I Landurlaub

Der Sommer 1801 war selbst für das milde West-England außergewöhnlich freundlich und warm; er brachte tagelang blauen, wolkenlosen Himmel und reichlich Sonnenschein. Plymouth lag an diesem geschäftigen Julivormittag unter einem so gleißenden Licht, daß die Schiffe, die von der Reede bis zum Sund dicht an dicht ankerten, im Glast zu wabern und zu tanzen schienen, als wollten sie vergessen machen, wie grimmig ihre Batteriedecks drohten und wie tief die Narben aus der Schlacht waren, die manche von ihnen davongetragen hatten.

Eine schnittige Gig glitt zielstrebig unter dem Heck eines hohen Dreideckers durch und wich dabei geschickt einem schwerfälligen Leichter aus, der bis übers Dollbord mit großen Wasserfässern und Tonnen beladen war. Die hellen Riemen der Gig hoben und senkten sich im Gleichtakt, und auch die sauberen karierten Hemden und frisch geteerten Hüte der Crew machten ihrem Mutterschiff und dessen Bootsmann alle Ehre. Letzterer beobachtete zwar aufmerksam den Bootsverkehr im Hafen, beschäftigte sich aber im Geiste vor allem mit seinem Passagier: Kapitän Thomas Herrick, den er mit der Gig gerade von der Pier abgeholt hatte.

Herrick war sich der Geistesabwesenheit seines Bootsmanns sehr wohl bewußt; er spürte auch die Spannung der Bootsgasten, die seinem Blick auswichen, als sie jetzt ihre Riemenblätter horizontal drehten und die Gig wie einen riesigen Käfer über das helle Wasser gleiten ließen.

Herrick hatte eine lange, ermüdende Reise aus seiner Heimat Kent hinter sich, und je näher er Plymouth gekommen war, um so besorgter hatten sich seine Gedanken mit dem beschäftigt, was ihn erwarten würde.

Sein Schiff, die mit 74 Kanonen bestückte *Benbow,* war erst vor knapp einem Monat in Plymouth eingelaufen. Kaum zu glauben, daß jenes blutige Inferno, das man inzwischen die »Schlacht von Kopenhagen«* nannte, erst drei Monate zurücklag. Das kleine Küstengeschwader, dessen Flaggschiff die *Benbow* gewesen war, hatte sich im Kampf [illegible] ren dieser

* am 2. April 1801

Ansicht, und die *Gazette* hatte sogar angedeutet, daß ohne ihren Einsatz die »Dinge« vielleicht ganz anders ausgegangen wären.

Herrick runzelte die Stirn und rutschte unbehaglich auf seiner Ducht herum. Er merkte nicht, daß der Schlagmann unter seinem starren Blick zusammenfuhr, ja, er war sich des Mannes nicht einmal bewußt. Herrick zählte jetzt 44 Jahre und hatte seinen hart erkämpften augenblicklichen Rang weder guten Beziehungen noch einem einflußreichen Gönner zu verdanken. Und das Gerede an Land kannte er bis zum Überdruß, er verachtete gründlich jene Neunmalklugen, die von einem Seegefecht so faselten, als sei es lediglich ein sportliches, von einem Schiedsrichter zu bewertendes Kräftemessen.

Solche Leute bekamen nie das Blut zu sehen, das Gemetzel, die zerfetzten Körper und zerrütteten Gemüter, die der Zoll jeder Schlacht waren. Oder das Verhau aus gebrochenen Stagen und gesplitterten Spieren, das ohne Federlesen gekappt werden mußte, damit der Schaden sich in Grenzen hielt und das Wrack sich wieder in ein Kriegsschiff verwandelte.

Herrick ließ den Blick über die stark befahrene Reede wandern. Überall wurden Schiffe ausgerüstet oder verproviantiert. Eine schlanke Fregatte erregte seine Aufmerksamkeit, die ohne Rigg und mit hohem Freibord über ihrem eigenen schmucken Spiegelbild ritt; noch unbelastet von schweren Geschützen oder voller Mannschaft, schwang sie vor der Helling an ihren Trossen: soeben von Stapel gelaufen. Herrick sah winkende Arme und geschwenkte Hüte, bunte Flaggen über noch leeren Stückpforten, und fühlte förmlich die wachsende Selbstsicherheit der neuen Fregatte. Ein Schiff wie ein frisch geworfenes Fohlen, dachte er.

Doch so leicht ließen sich seine Sorgen nicht zerstreuen. Acht Jahre Krieg mit Frankreich und seinen Verbündeten, und England hatte immer noch viel zu wenig Fregatten. Wohin würde wohl dieser Neubau beordert werden? Wer würde ihn befehligen und an Bord Ruhm oder Schande ernten?

Das erinnerte Herrick an den jungen Leutnant, der ihn mit der Gig abgeholt hatte. Er mußte an Bord gekommen sein, während er selbst seine sieben kostbaren Tage in Kent verbrachte. So blaß und jung sah er aus, so unsicher, daß Herrick ihn eher für einen neu angemusterten Midshipman* gehalten hätte als für einen

* Offiziersanwärter: Seekadett bzw. Fähnrich zur See

Leutnant. Aber der Krieg hatte so viele Leben gekostet, daß die ganze Flotte nur noch aus Knaben oder alten Männern zu bestehen schien.

Sinnlos, diesen Jungen danach zu fragen; der fürchtete sich ja vor seinem eigenen Schatten.

Herrick blickte zu seinem breitschultrigen Bootsmann auf, der die Gig gerade unter einem weiteren hochragenden Bugspriet hindurchsteuerte, beobachtet von den glühenden Augen der Galionsfigur.

Doch dieser bibbernde Junge in Leutnantsuniform hatte ihn an der Pier erwartet, hatte ehrerbietig seinen Hut gezogen und atemlos in einem einzigen Satz hervorgesprudelt: »Empfehlung des Ersten Offiziers, Sir, und der Admiral ist an Bord.«

Zum Glück stand also wenigstens der Erste Offizier zu seinem Empfang bereit, dachte Herrick grimmig. Aber weshalb war Konteradmiral Richard Bolitho, ein Marineoffizier, unter dem er in allen Winkeln der Welt gekämpft hatte, den er verehrte wie keinen zweiten, wieso war Bolitho ausgerechnet jetzt auf der *Benbow*?

Immer noch standen die letzten schrecklichen Augenblick bei Kopenhagen vor Herricks Augen: Bolitho mitten im rauchdurchzogenen Schlachtgetöse, unter fallenden Spieren und ohrenzerreißendem Geschützfeuer. Wild trieb er seine Leute an, führte sie mit der rücksichtslosen Entschlossenheit, wie nur er sie über sich brachte. Allein Herrick, sein engster Freund, wußte, was diese Entschlossenheit Bolitho kostete. Er kannte die Zweifel und Ängste, die Erregung über eine Herausforderung, die Verzweiflung über unnütz vergeudete Menschenleben.

Gerade für Bolitho hätte der Landurlaub ganz anders aussehen sollen. Diesmal erwartete ihn eine Frau, eine schöne junge Frau, die ihn entschädigen konnte für den tragischen Verlust, den er vor nicht sehr langer Zeit erlitten hatte. Bolitho war kurz nach London zur Admiralität gereist und hatte dann wieder nach Cornwall zurückkehren wollen, in das große alte Haus in Falmouth.

Die Gig näherte sich ihrem Ziel, dem Linienschiff *Benbow*, dessen Anblick Herrick immer noch den Atem verschlug. Mit ihrer schwarzen, hellbraun abgesetzten Bordwand, die im Sonnenlicht glänzte, schien sie ihn ganz persönlich willkommen zu heißen. Nur ein Berufsseemann, und ganz besonders natürlich ihr Kommandant, konnte erkennen, worüber neue Farbe und Pech, frisch geteertes Rigg und sauber aufgetuchte Segel die anderen hinwegtäuschten. Jetzt drängten sich Leichter und Flöße rund um den fülligen Rumpf der *Benbow,* die Luft vibrierte vom Lärm der Hämmer und Sägen, und noch während Herrick hinsah, wurde wieder ein großes Bündel mit neuen Leinen zur Besanmaststenge hochgehievt; die alte Stenge war ihnen im Gefecht weggeschossen worden. Aber die *Benbow* war ein relativ neues Schiff und so stark wie zwei ältere Schiffe ihrer Klasse. Zwar hatte sie schwer gelitten, aber nun war sie ja aus dem Dock heraus und würde binnen weniger Monate wieder mit dem Geschwader in See stechen können. Seine gewohnte Vorsicht vergessend, spürte Herrick Stolz und Genugtuung über das, was sie geleistet hatten. Typischerweise machte er sich nicht klar, daß der Erfolg zum größten Teil ihm selbst zu verdanken war, seiner ansteckenden Begeisterung und seinem unermüdlichen Streben, die *Benbow* wieder seeklar zu machen.

Sein Blick blieb am Besanmast hängen und an der Flagge, die nur ab und zu an seinem Mastknopf auswehte. Es war die Flagge eines Konteradmirals der Roten Territorien*, aber Herrick bedeutete er sehr viel mehr. Wenigstens hatte er seine junge Frau Dulcie diesmal daran teilhaben lassen können. Obwohl er erst seit kurzem verheiratet war, hatte Herrick sich wie ein gestandener Ehemann gefühlt, als er seine Schwester am Altar dem baumlangen Leutnant zur See George Gilchrist zugeführt hatte – vor erst vier Tagen daheim in Maidstone. In der Erinnerung mußte er lächeln, wodurch sein rundliches Gesicht alle Strenge verlor. Er – und ein erfahrener Ratgeber in Ehedingen!

Der Buggast erhob sich, den Bootshaken einsatzbereit.

Während Herricks Gedanken abgeirrt waren, war die Bordwand der *Benbow* immer höher über ihnen emporgewachsen. Nun, da sie fast längsseit lagen, sah er die ausgebesserten Planken, die Farbflecken, die das aus den Speigatten geflossene Blut verdeckten. Es war gewesen, als verblute das Schiff selbst, nicht nur die Besatzung.

Die Riemen wurden gepickt, und Tuck, der Bootsmann, zog den Hut. Als ihre Blicke sich trafen, lächelte Herrick kurz. »Danke, Tuck. Gut gemacht.«

Sie verstanden einander ohne viele Worte.

* *Rear-Admiral* of the Red: britisches Stammgebiet, das auf den alten Karten rot gekennzeichnet war, im Gegensatz zu beispielsweise Indien (blau)

Herrick blickte zur Schanzkleidpforte auf und wappnete sich – wie ihm schien, zum tausendstenmal. Er erinnerte sich an die Zeit, als er sich nicht einmal seines Leutnantsranges sicher gefühlt hatte. Dann kam der Schritt von der Offiziersmesse zum Achterdeck, und jetzt war er sogar Flaggkapitän des in seinen Augen besten Marineoffiziers, über den England verfügte; er konnte es immer noch nicht fassen.

Mit seinem neuen Haus in Kent ging es ihm ähnlich. Das war keine Kate mehr, sondern ein stattliches Wohnhaus, sogar mit einem echten Admiral und einigen reichen Kaufleuten als Nachbarn. Dulcie hatte ihn beschwichtigt: »Für dich, mein Liebster, ist nichts zu schade. Das hier hast du dir hart erkämpfen müssen, und eigentlich gebührt dir viel mehr.«

Herrick seufzte. Das meiste Geld war sowieso von ihr gekommen. Womit hatte er bloß das Glück verdient, so eine Frau wie seine Dulcie zu finden?

Ein Wölkchen aus Pfeifentonstaub hing über den starren Gesichtern und schwarzen Hüten, als die Seesoldaten knallend die Musketen aufstampften, während Herrick unter dem Zwitschern der Bootsmannspfeifen grüßend seinen Hut zum Achterdeck hin lüftete und auch Wolfe, seinen überlangen Ersten Offizier, in den Gruß mit einbezog; Wolfe war für Herrick wohl der häßlichste, wahrscheinlich aber einer der besten Seeleute, die ihm je begegnet waren.

Der Lärm verklang, und Herrick musterte die zum Seitepfeifen Angetretenen mit Wehmut. So viele neue Gesichter, die er sich einprägen mußte. Einstweilen sah er hinter ihnen immer noch die der anderen Männer, die in der Schlacht gefallen oder in irgendeinem Marinelazarett verschwunden waren.

Aber Major Clinton von der Marineinfanterie war noch da. Und hinter seiner roten Uniformschulter sah der alte Ben Grubb hervor, der Sailing Master*. Eigentlich konnte Herrick sich glücklich schätzen, daß ihm noch so viele erfahrene Leute geblieben waren, die nun Rekruten und Gepreßte zu einer Mannschaft zusammenschweißen mußten.

»Also, Mr. Wolfe, vielleicht erklären Sie mir, warum da oben die Flagge des Admirals weht?«

* sailing master: ursprünglich Segelschiffskapitän. Bei der Kriegsmarine jedoch für Seemannschaft und Navigation verantwortlicher Decksoffizier

Er fiel neben dem Leutnant in Schritt, dessen grellrotes Haar wie zwei Leesegel zu beiden Seiten seines Huts hervorstand. Schon kam es ihm vor, als sei er nie von Bord gewesen. Das Schiff hatte ihn vereinnahmt, und das Land dort drüben, mit seinen schimmernden Häusern und gezackten Festungswällen, hatte jede Bedeutung für ihn verloren.

Mit seiner rauhen, trockenen Stimme sagte Wolfe: »Der Admiral kam gestern nachmittag an Bord, Sir.« Seine Pranke schoß vor und deutete auf einen Bunsch soeben aufgeschossener Fallen. »Was soll das sein – ein verdammtes Storchennest?« Er wandte sich von dem versteinerten Matrosen ab und bellte: »Mr. Swale, notieren Sie den Namen dieses Idioten! Er ist ein vermaledeiter Weber, kein Seemann!«

Schweratmend fuhr Wolfe fort, an Herrick gewandt: »Die meisten Ersatzleute sind solche Versager, Sir. Kehricht aus dem Karzer und nur ganz vereinzelt ein paar erfahrene Seeleute.« Er rieb sich die fleischige Nase. »Die hier habe ich von einem Indienfahrer. Behaupteten, sie seien vom Kriegsdienst freigestellt. Wollten angeblich auch Papiere besitzen, in denen das bestätigt wurde.«

Herrick grinste schief. »Aber bis Sie die Angelegenheit geklärt hatten, war der Indienfahrer schon ohne die Leute ausgelaufen, nicht wahr, Mr. Wolfe?«

Beide hegten keine sonderliche Sympathie für die vielen erstklassigen Matrosen, die vom Dienst bei der Kriegsmarine freigestellt blieben, bloß weil sie bei der Ostindischen Handeskompanie oder irgendeiner Hafenbehörde dienten. Schließlich befand sich England im Kriegszustand. Gebraucht wurden Seeleute, nicht Krüppel oder Kriminelle. Aber die Lage wurde von Tag zu Tag prekärer. Herrick hatte gehört, daß die Preßkommandos und Werber schon viele Meilen tief im Binnenland umherzogen.

Er blickte zum turmhohen Großmast und dem imponierenden Dickicht der Taljen, Rahen und Taue hoch. Wieder drängte sich ihm die Erinnerung an den Pulverrauch und die zerschossenen Segel auf, an die Seesoldaten in den Marsen, die da oben brüllten und jubelten und ihre Musketen und Drehbassen auf das Tohuwabohu unten abfeuerten.

Gemeinsam betraten sie den Schatten der Poop und beugten die Köpfe unter den schweren, niedrigen Decksbalken.

Wolfe sprach als erster. »Der Admiral ist allein gekommen, Sir.« Er zögerte, als fürchte er, zu weit gegangen zu sein. »Ich dachte, er wollte seine Lady mitbringen?«

Herrick wandte sich seinem Ersten prüfend zu. Wolfe war ein vierschrötiger, manchmal brutaler Mann und hatte auf den unterschiedlichsten Schiffen gedient, von der Kohlenbrigg bis zum Sklaventransporter. Er hatte keine Geduld mit Faulpelzen und kein Verständnis für menschliche Schwächen. Aber er war auch kein Schwatzmaul.

Deshalb sagte Herrick, was er dachte. »Das hatte ich ebenfalls gehofft. Weiß Gott, der Mann hätte es verdient . . .«

Der Rest des Satzes wurde übertönt vom Ruf des Wachtpostens vor der Kajüte, der mit seiner Muskete auf den Boden stampfte und ankündigte: »Der Flaggkapitän, Sir!«

Wolfe wandte sich grinsend ab. »Verdammte Holzköpfe!«

Die Tür wurde ihnen von Ozzard, Bolithos Steward, geöffnet. Ozzard war ein seltsamer Kauz. Jetzt galt er als tüchtiger Steward, aber man munkelte, daß er früher ein noch besserer Anwaltsgehilfe gewesen sei, der vor einer langen Kerkerstrafe oder dem Galgen mit knapper Not zur Marine entkommen war.

Die große Achterkajüte, von weißen Lamellentüren in einen Schlaf- und einen Speiseraum unterteilt, war frisch gestrichen, und den Boden bedeckte wieder eine schwarz-weiß gewürfelte Persenning, welche die Narben der Schlacht den Blicken entzog.

Bolitho hatte sich aus einem Heckfenster gebeugt, wandte sich aber jetzt um, seinen Freund zu begrüßen. Erleichtert stellte Herrick fest, daß er sich äußerlich nicht verändert hatte. Sein goldbetreßter Admiralsrock lag achtlos über einen Stuhl geworfen, er trug nur Hemd und Kniehose. Mit dem schwarzen Haar, von dem eine Strähne übers rechte Auge fiel, und mit seinem raschen, warmherzigen Lächeln wirkte Bolitho eher wie ein Leutnant als wie ein Flaggoffizier.

Ihr Händedruck war kurz, enthielt für beide aber eine ganze Welt gemeinsamer Erinnerungen. Dann sagte Bolitho: »Bring uns Wein, Ozzard.« Er zog einen Stuhl für Herrick heran. »Setzen Sie sich, Thomas. Es tut gut, Sie wiederzusehen.«

Bolithos graue Augen ruhten etwas länger als sonst auf seinem Freund; Herrick wirkte breiter, sein Gesicht etwas voller, aber das lag wohl an den Kochkünsten seiner fürsorglichen jungen Frau. Sein braunes Haar hatte hier und da hellgraue Lichter, wie Reif auf einem struppigen Busch. Aber die klaren blauen Augen, die so trotzig, aber auch so verletzt blicken konnten, waren noch dieselben.

Sie stießen an, und Bolitho fragte: »Wie steht's mit Ihrer Einsatzbereitschaft, Thomas?«

Herrick verschluckte sich fast am Wein. Einsatzbereitschaft? Sie lagen erst seit einem Monat im Hafen, und zwei Schiffe des Geschwaders waren während der Schlacht verlorengegangen! Sogar ihr leichtester Zweidecker, die mit 64 Kanonen bestückte *Odin* unter dem Kommando von Kapitän Inch, hatte nur mit knapper Not bis zur Nore* hinken können, so tief war sie schon weggesackt. Und hier in Plymouth lagen die *Indomitable* und die *Nicator,* beides 74er wie die *Benbow,* im Reparaturdock fest.

Deshalb sagte Herrick vorsichtig: »Die *Nicator* wird als erste fertig, Sir. Der Rest des Geschwaders sollte bis September einsatzbereit sein, wenn diese Räuber in der Werft ein Einsehen haben.«

»Und was ist mit der *Styx*?«

Bei der Frage nach der einzigen Fregatte des Geschwaders, die das Gefecht überlebt hatte, trat ein geistesabwesender Blick in Herricks Augen. Sie hatten damals ihre zweite Fregatte und eine Korvette verloren – ausgelöscht mit allen Menschen, als hätte es sie nie gegeben.

Herrick wartete, bis Ozzard ihre Weingläser wieder gefüllt hatte, dann antwortete er: »Auf *Styx* wird Tag und Nacht gearbeitet, Sir. Kapitän Neale bringt seine Leute dazu, ein Wunder nach dem anderen zu wirken.« Entschuldigend fügte er hinzu: »Ich selbst bin gerade erst aus Kent zurückgekehrt, Sir, kann Ihnen aber bis heute abend einen vollständigen Bericht über die *Benbow* geben.«

Bolitho war aufgesprungen, als hielte es ihn nicht länger auf seinem Stuhl.

»Aus Kent?« Er lächelte. »Vergeben Sie mir, Thomas, ich vergaß. Ich hatte zu viele eigene Sorgen im Kopf, um mich zu erkundigen: Wie war die Hochzeit?«

Aber als Herrick den Ablauf der Ereignisse zu schildern begann, der schließlich in der Hochzeit seiner Schwester mit seinem ehemaligen Ersten Offizier den Höhepunkt erreichte, schweiften Bolithos Gedanken schon wieder ab.

Als er nach der Schlacht von Kopenhagen nach Falmouth zurückgekehrt war, hatte er sich gefühlt wie der glücklichste und zu-

* Sandbank in der Themsemündung und Reede gleichen Namens

friedenste Mensch. Denn erstens hatte er überlebt; zweitens konnte er mit seinem Neffen Adam Pascoe und seinem Bootsmann und Freund John Allday ins Haus der Bolithos zurückkehren. Vor allem aber erwartete ihn dort Belinda. Immer noch konnte er nicht an sie denken, ohne jedesmal zu fürchten, daß diese Frau nur ein Traum, ein grausamer Scherz des Schicksals war, aus dem ihn eines Tages die bittere Wirklichkeit reißen würde.

Er hatte die Schlacht, das Geschwader und alles andere vergessen, als sie gemeinsam das alte Haus erforscht hatten, als seien sie hier fremd. Sie hatten Pläne geschmiedet, hatten sich geschworen, nicht eine einzige Minute von Bolithos Landurlaub zu vergeuden.

Es gingen sogar Gerüchte über einen Friedensschluß um. Nach dem jahrelangen Krieg, nach Blockade und gewaltsamem Tod sollten nun endlich Geheimverhandlungen in London und Paris stattfinden, in denen es um einen Waffenstillstand ging, um eine Atempause, bei der keine der kriegführenden Parteien fürchten mußte, an Prestige zu verlieren. Für Bolitho hatte das in seinem Glücksrausch ganz plausibel geklungen.

Aber nach den ersten beiden Wochen war ein Kurier aus London eingetroffen und hatte Bolitho den Befehl überbracht, sich umgehend auf der Admiralität bei Admiral Sir George Beauchamp zu melden, seinem alten Vorgesetzten und Gönner, der ihm seinerzeit das Kommando über das Ostseegeschwader übertragen hatte.

Doch selbst dann noch hatte Bolitho im dramatischen Auftritt des Kuriers nichts weiter gesehen als eine kurze Unterbrechung.

Belinda war mit ihm zur Kutsche geschlendert, hatte sich lachend und Wärme ausstrahlend an ihn geschmiegt, als sie ihm weiter von ihren Plänen erzählte, von den Hochzeitsvorbereitungen während seines Londoner Aufenthalts. Bis zu ihrer Heirat sollte sie im Gutshaus des Richters wohnen, denn in einer Hafenstadt wie Falmouth gab es immer lose Zungen, und Bolitho wollte keinen Schatten auf ihrem gemeinsamen Anfang. Zwar verabscheute er Richter Lewis Roxby von ganzem Herzen und konnte immer noch nicht begreifen, weshalb seine Schwester Nancy ausgerechnet ihn geheiratet hatte. Aber wenigstens würde es Belinda dort nicht langweilig werden, denn er besaß einen Reitstall und ein wachsendes Imperium von Bauernhöfen und Weilern. Roxbys Bedienstete nannten ihn hinter seinem Rücken den »König von

Cornwall«.

Der Schreck war Bolitho erst in die Glieder gefahren, als er in Admiral Beauchamps Dienstzimmer gebeten wurde. Der Admiral war zwar immer schmal und gebrechlich gewesen, schien an seinen Epauletten und Goldlitzen ebenso schwer zu tragen wie an seiner ungeheuren Verantwortung; wo ein britisches Kriegsschiff im Dienste des Königs segelte, dort war er mit seinen Gedanken. Aber jetzt saß er tief über seinen papierbeladenen Schreibtisch gebeugt und konnte sich zu Bolithos Begrüßung nicht einmal erheben. Obwohl erst sechzig, sah er aus wie ein Hundertjähriger. Nur in seinen hellwachen Augen funkelte immer noch das alte Feuer.

»Wir wollen keine Zeit verlieren, Bolitho. Ihnen bleibt nämlich nur noch ganz wenig und mir überhaupt keine mehr.«

Es war ihm anzusehen, daß mit jedem mühsamen Atemzug, mit jeder verstrichenen Stunde mehr Leben aus ihm entwich. Bolitho war erschüttert, aber auch fasziniert von der Intensität des schmächtigen Mannes, dessen stärkster Charakterzug immer sein Enthusiasmus gewesen war.

»Ihr Geschwader hat sich tapfer gehalten.« Seine klauenartige Hand tastete blindlings über die Papierhaufen. »Zwar haben wir viele gute Männer verloren, aber andere stehen bereit, ihre Stelle einzunehmen.« Sein Kopf sank vornüber, als seien die Worte für ihn zu schwer. »Ich verlange viel von Ihnen, Bolitho, wahrscheinlich sogar zuviel – ich weiß es nicht. Sie haben von dem Waffenstillstandsangebot gehört?« Durch die hohen Fenster fiel Sonnenlicht und reflektierte von Beauchamps tiefliegenden Augen, als brenne Licht in einem Totenschädel. »Diese Gerüchte entsprechen den Tatsachen. Wir brauchen Frieden – zu Bedingungen, die trotz aller Scheinheiligkeit noch akzeptabel sind, damit wir Zeit gewinnen, eine Atempause vor der endgültigen Entscheidung.«

Bolitho hatte leise gefragt: »Sie trauen den Franzosen nicht, Sir?«

»Niemals!« Der Ausruf schien Beauchamp die letzten Kräfte gekostet zu haben, denn er konnte erst nach längerer Pause fortfahren: »Die Franzosen wollen uns für sie vorteilhafte Bedingungen aufzwingen. Um Druck auf die Verhandlungen auszuüben, sammeln sie in ihren Kanalhäfen bereits eine Invasionsflotte, meist Prähme und Schuten, und an Land Truppen und Artillerie, die diese Flotte aufnehmen soll. Bonaparte hofft, unser Volk so einzuschüchtern, daß wir Vertragsbedingungen akzeptieren, die nur für ihn von Vorteil sind. Später, wenn die Wunden der Franzosen verheilt, ihre Schiffe ersetzt und ihre Regimenter aufgefüllt sind, wird er den Vertrag zerreißen und uns angreifen. Wenn es erst so weit kommt, haben wir keine zweite Chance.«

Wieder eine Pause, dann murmelte Beauchamp fast tonlos: »Wir müssen England sein Selbstvertrauen zurückgeben. Müssen beweisen, daß wir immer noch angreifen können, nicht nur verteidigen. Einzig auf diese Weise erringen wir eine gleichberechtigte Verhandlungsposition. Jahrelang haben wir die Franzosen zurück in ihre Häfen gescheucht oder sie gestellt und bekämpft, bis sie sich ergeben mußten. Blockade und Patrouille, die Kiellinien-Formation oder Einzelaktionen – das hat die englische Kriegsmarine mächtig gemacht. Aber Bonaparte ist Infanterist, vom Seekrieg versteht er nichts, und Gott sei Dank hört er nicht auf den Rat von Leuten, die sich auskennen.«

Die Stimme war immer schwächer geworden, und Bolitho hatte schon überlegt, ob er Hilfe herbeirufen sollte.

Doch dann hatte Beauchamp sich ruckartig aufgerichtet und hervorgestoßen: »Wir brauchen eine Geste! Eine Demonstration unserer Stärke. Und unter all den jungen Offizieren, die ich im Laufe der Zeit beobachtete und förderte, haben nur Sie mich nie enttäuscht.« Eine Fingerklaue hob sich und winkte wie eine Karikatur des Mannes, den Bolitho einmal gekannt hatte. »Na ja, jedenfalls nicht in dienstlichen Angelegenheiten.«

»Besten Dank, Sir.«

Beauchamp hörte ihn gar nicht. »Machen Sie möglichst viele Ihrer Schiffe möglichst schnell klar zum Auslaufen. Ich habe Instruktionen ausgefertigt, wonach Ihnen das Oberkommando über ein Blockade-Geschwader vor Belle Ile* übertragen wird. Weitere Schiffe werden zu Ihrer Verstärkung abgestellt, sobald meine Depeschen den Hafenadmirälen ausgehändigt sind.« Er hatte Bolitho starr angeblickt. »Ich brauche Sie draußen auf See. In der Biskaya. Ich weiß, ich verlange viel von Ihnen, aber schließlich habe auch ich mein Letztes gegeben.«

Das Bild des hohen Dienstzimmers in der Admiralität, der Blick auf die belebte Straße, die eleganten Kutschen, vielfarbigen Damenroben und scharlachroten Uniformen verschwamm vor Bolithos Augen und wich wieder dem Anblick der Kapitänskajüte

* Belle Ile (en Mer): größte der Bretonischen Inseln

auf der *Benbow*. Er sagte: »Admiral Sir George Beauchamp hat mir befohlen auszulaufen, Thomas. Es darf keine Widerrede und nur die geringstmögliche Verzögerung geben. Unvollendete Reparaturen, Unterbemannung, noch nicht gelieferte Munition, fehlendes Pulver – ich brauche alle Angaben bis ins letzte Detail. Deshalb schlage ich ein Treffen aller Kommandanten meines Geschwaders vor. Gleich anschließend lasse ich einen Brief an Kapitän Inch aufsetzen, der sofort mit Kurier nach Chatham auf sein Schiff gebracht werden muß.«

Herrick konnte Bolitho nur anstarren. »Das klingt nach Zeitdruck, Sir.«

»Kann sein.« Bolitho dachte wieder an Beauchamps Worte: *›Ich brauche Sie draußen auf See.‹* Mit einem Blick in Herricks besorgtes Gesicht sagte er: »Tut mir leid, daß ich Ihr junges Glück stören muß.« Er zuckte die Schultern. »Ausgerechnet in die Biskaya segeln wir.«

Vorsichtig erkundigte sich Herrick: »Als Sie nochmals kurz nach Falmouth zurückkehrten, Sir . . .«

Bolithos Blick fiel durch die Heckfenster auf ein Proviantboot, das sich der *Benbow* näherte. Er antwortete: »Als ich zurückkam, stand das Haus leer. Zum großen Teil war das meine eigene Schuld. Belinda ist mit meiner Schwester und deren Mann nach Wales gereist, wo sie sich ein von meinem Schwager erworbenes Gut ansehen wollen.«

Er wandte sich ab, um seine Verbitterung, seine Verzweiflung zu verbergen.

»Wer hätte auch vermutet, daß ich nach dem Dienst in der Ostsee und nach dieser Hölle von Kopenhagen schon so bald wieder auslaufen muß?« Er blickte sich um, wie nach den Toten und Verwundeten, welche diese Kajüte schon gesehen hatte. »Wie wird sie es aufnehmen, Thomas? Was bedeuten Worte wie ›Pflicht‹ und ›Ehre‹ für eine Frau, die schon so viel verloren hat?«

Herrick beobachtete Bolitho und scheute sich fast zu atmen. Er konnte es sich so gut vorstellen: Bolithos hastige Rückkehr nach Falmouth, die vorher zurechtgelegten Erklärungen – unter anderem, wie sehr er Beauchamp verpflichtet war, auch wenn die geforderte Geste sich als fruchtlos erweisen sollte. Beauchamp hatte im Krieg gegen Frankreich seine Gesundheit verschlissen. Er hatte Bolitho zum erstenmal die Chance geboten, ein ganzes Geschwader zu kommandieren. Nun war er dem Tode nahe und seine Lebensaufgabe immer noch unvollendet.

Herrick kannte Bolitho besser als sich selbst. Also deshalb war Bolitho auf sein Schiff gekommen! Sein Haus hatte leer gestanden, und er selbst hatte keine Möglichkeit mehr gehabt, Belinda Laidlaw über die jüngsten Entscheidungen zu informieren.

»Sie wird mich verachten, Thomas. Jemand anderer hätte an meiner Stelle segeln können. Konteradmirale, besonders so junge wie mich, gibt es dutzendweise. Warum gerade ich? Was bin ich – ein Übermensch?«

Herrick mußte lächeln. »So etwas denkt sie ganz bestimmt nicht, Sir, das wissen Sie auch. Wir wissen es beide.«

»Wirklich?« Bolitho legte Herrick im Vorbeigehen die Hand auf die Schulter, als suche er eine Bestätigung. »Ich wollte ja noch bleiben. Aber ich hatte Beauchamps Drängen zu folgen. Es war das mindeste, was ich ihm schuldete.«

Es hatte ihn an den Alptraum erinnert, der ihn gelegentlich heimsuchte: Er kam zurück in ein menschenleeres Haus, wilde Blumen blühten auf der Gartenmauer über der Steilküste, umsummt von Bienen, aber die Hauptakteure waren nicht da, um sich an dem Anblick zu freuen, nicht einmal sein Neffe und Erbe Adam Pascoe. Unglücklicherweise hatte er wenige Stunden nach Bolithos Aufbruch mit dem Kurier einen Gestellungsbefehl auf ein anderes Schiff erhalten.

Trotz seines Kummers mußte Bolitho lächeln. Die Royal Navy brauchte dringend erfahrene Offiziere, und Adam Pascoe war versessen auf jede Gelegenheit, die ihn seinem großen Ziel, dem Kommando über ein eigenes Schiff, näherbringen konnte. Also verdrängte Bolitho die besorgten Gedanken. Adam war gerade einundzwanzig geworden, das ideale Alter. Er durfte sich nicht zu sehr um ihn sorgen.

Gedämpft drang die Stimme des Wachtpostens durch die Tür: »Der Bootsführer des Admirals, Sir!«

Allday trat ein und lächelte breit zu Bolitho hinüber, Herrick begrüßte er mit einem fröhlichen Nicken: »Captain Herrick, Sir ...« Dann stellte er einen großen Seesack auf dem Boden ab.

Bolitho schlüpfte in seinen Uniformrock und ließ Ozzard den Haarzopf über dem goldbetreßten Kragen zurechtzupfen. Die ganze Angelegenheit hatte nur *eine* gute Seite, und beinahe hätte er sie vergessen.

»Ich werde meine Flagge auf *Styx* setzen, Thomas. Je früher ich zu den anderen Schiffen meines Geschwaders vor Belle Ile stoße, desto besser.« Aus der Innentasche seines Rocks holte er einen langen Briefumschlag hervor und reichte ihn dem erstaunten Herrick. »Von den Lordschaften der Admiralität, Thomas, und zwar mit Wirkung von morgen mittag zwölf Uhr an.« Bolitho nickte Allday zu, der einen langen scharlachroten Kommodorewimpel aus dem Seesack zog und ihn wie einen Teppich auf dem Boden ausbreitete. »Sie, Kapitän Thomas Herrick, Kommandant des Kriegsschiffes Seiner Majestät *Bendow,* werden hiermit zum Kommodore dieses Geschwaders ernannt und mit allen entsprechenden Pflichten und Vollmachten betraut.« Bolitho drückte Herrick das Couvert in die eine Hand und schüttelte ihm die andere herzhaft. »Herrgott, Thomas, wenn ich Ihr verdattertes Gesicht sehe, geht es mir gleich viel besser.«

Herrick hatte einen Kloß in der Kehle. »Ich, Sir – Kommodore?«

Allday grinste breit. »Gut gemacht, Sir!«

Herrick starrte auf den roten Wimpel zu seinen Füßen nieder. »Und mit einem eigenen Flaggkapitän? Wen – ich meine, was . . .«

Bolitho ließ mehr Wein kommen. Der Kummer drückte ihm immer noch das Herz ab, er fühlte sich Belinda gegenüber weiterhin als Versager, aber die Verwirrung seines Freundes hatte ihn doch etwas aufgeheitert. Hier waren sie in ihrer Welt. Jene andere Welt, in der von Heirat gesprochen wurde und von Geborgenheit, von Frieden und einer gesicherten Zukunft, sie hatte hier an Bord nichts zu suchen.

»Bestimmt ist in den Depeschen, die Sie aus London erreichen werden, alles Nähere erläutert, Thomas.« Herricks Verstand hatte die Neuigkeit jetzt sichtlich akzeptiert und begann, sie zu verarbeiten. Die Navy brachte einem das bei – das und mehr. Wer diese Flexibilität nicht besaß, erlitt Schiffbruch. »Denken Sie doch daran, wie stolz Dulcie sein wird«, schloß Bolitho.

Herrick nickte bedächtig. »Ja, wahrscheinlich.« Aber dann schüttelte er den Kopf. »Doch wie dem auch sei – Kommodore!« Er sah Bolitho mit seinen blauen Augen offen an. »Ich hoffe, daß wir dadurch nicht allzu weit auseinanderdriften, Sir . . .«

Nun mußte Bolitho sich abwenden, um seine Rührung zu verbergen. Wie typisch für Herrick, als erstes an so etwas zu denken! Nicht an die längst überfällige Beförderung, die sein Recht und sein Verdienst war, sondern an die Auswirkungen, die sie auf ihre Freundschaft haben mochte.

Alldays Aufmerksamkeit schien plötzlich ganz von den beiden Säbeln, die am Querschott hingen, in Anspruch genommen. Der eine war eine Prunkwaffe, Bolitho in Anerkennung seiner Tapferkeit im Mittelmeer und bei der Schlacht von Abukir* von der Stadt Falmouth überreicht. Der andere Säbel war weder so prunkvoll noch so glänzend, er wirkte sogar etwas altmodisch und schäbig, mußte aber vollendet ausbalanciert in der Hand liegen. Dennoch konnte die Prunkwaffe, und hätte es sie auch hundertfach gegeben, mit ihrem ganzen Gold und Silber nicht den Wert der alten Waffe aufwiegen. Es war der Familiensäbel der Bolithos, auf mehreren Porträts in dem alten Haus in Falmouth zu sehen und Allday von vielen heißen Gefechten her wohlvertraut: einmalig, unbezahlbar und unersetzbar.

Sogar Allday konnte diesmal den überraschenden Einsatzbefehl nicht mit seinem gewohnten Gleichmut akzeptieren. Kaum länger als für eine Hundewache hatte er den Fuß an Land gesetzt, und nun sollten sie wieder auslaufen. Schon vorher hatte er vor Wut geschäumt über die himmelschreiende Ungerechtigkeit und Dummheit, die daran schuld war, daß Bolitho nach der Schlacht von Kopenhagen nicht die ihm gebührende Anerkennung erhalten hatte: den Adelstitel. *Sir* Richard Bolitho. Das hatte den richtigen Klang, sinnierte er.

Aber nein, diese Trottel bei der Admiralität hatten absichtlich unterlassen, was aller Welt nur recht und billig schien. Allday starrte die beiden Säbel an und ballte unwillkürlich die Fäuste. Immerhin munkelte man in der ganzen Flotte, daß Nelson genauso schnöde behandelt worden war – ein kleiner Trost. Vor Kopenhagen hatte Nelson allen aus dem Herzen gesprochen, als er sich weigerte, das Signal seines Oberbefehlshabers zu bestätigen, womit dieser ihm Abbruch des Gefechts und Rückzug befahl. Genau das machte den Mann bei seinen Leuten so beliebt und bei den Seelords, die sich nicht aufs Wasser wagten, so verhaßt.

Seufzend dachte Allday an die junge Frau, die er erst vor wenigen Monaten aus der umgestürzten Kutsche geborgen hatte. Daß Bolitho nun Gefahr lief, sie doch noch zu verlieren – bloß wegen eines blödsinnigen Einsatzbefehls –, das wollte nicht

* am 1.8.1798

in seinen Kopf.

»Einen Toast auf unseren neuen Kommodore«, schlug Bolitho mit einem Blick auf die gefüllten Pokale vor. Auch der Erste Offizier war nach achtern gekommen, gefolgt von Master Grubb, der breitbeinig dastand und durstig auf den Pokal herabstarrte, der in seiner Pranke so klein wirkte wie ein Fingerhut.

Herrick rief Allday herbei. »Angesichts der besonderen Umstände möchte ich, daß Sie mit uns trinken.«

Allday wischte sich die Hände an dem rötlich gelben Baumwolltuch seiner schneidigen Nanking-Breeches sauber und murmelte verlegen: »Besten Dank, Sir.«

Bolitho erhob sein Glas. »Ihr Wohl, Thomas. Auf alte Freunde und auf alte Schiffe!«

Herrick lächelte nachdenklich. »Das ist ein guter Trinkspruch, Sir.«

Allday trank seinen Wein und zog sich in den Schatten der Achterkajüte zurück. Er war Herrick dankbar, daß er ihn miteinbezogen hatte, und das vor aller Augen. Sie fuhren auch schon eine kleine Ewigkeit miteinander, hatten andere, nicht so Glückliche, kommen und gehen gesehen. Nun würde Bolithos Geschwader bald im Golf von Biskaya stehen. Fremde Schiffe bildeten den Verband, so unbekannt wie die Aufgaben, die den Admiral erwarteten.

Aber warum ausgerechnet die Biskaya? Allday schlüpfte durch eine Seitentür aus der Achterkajüte und strebte dem Sonnenlicht auf dem Hauptdeck zu. Es gab doch Schiffe und Mannschaften zuhauf, die dort seit Jahren den zermürbenden Blockadedienst versahen, bis der Bewuchs auf den Rümpfen so lang war wie eine Schleppe. Aber wenn Beauchamp den Befehl gab und speziell Bolitho dafür ausersehen hatte, dann mußte es sich um eine harte Nuß handeln. Das war so sicher wie das Amen in der Kirche.

Allday trat in den Sonnenschein hinaus und spähte zur Flagge auf, die am Besanmast auswehte.

»Trotzdem bleibt's dabei: Es müßte *Sir* Richard heißen!«

Der junge wachhabende Offizier wollte Allday schon zur Ordnung rufen, dann bedachte er jedoch, was er über den Bootsmann des Admirals gehört hatte. Deshalb schritt er lieber wortlos zur anderen Seite des Achterdecks hinüber.

Als sich schließlich Dunkelheit über die Reede senkte, nur hin und wieder erhellt von Ankerlichtern und dem Strahl eines Festfeuers an Land, schien auch die *Benbow* in Schlaf zu sinken. Erschöpft von der langen Arbeit in der Takelage und an Deck, lag die Mannschaft dicht an dicht in ihren Hängematten und schlief wie eine Reihe Kokons in einer versiegelten Höhle. Zwischen den Hängematten warteten die Kanonen stumm hinter ihren Stückpforten und träumten vielleicht von der Zeit, als sie Tod und Verderben spien und alles sich vor ihrer brüllenden Wut duckte.

Achtern saß Bolitho in der großen Tageskajüte noch an seinem Schreibpult, während eine Laterne über seinem Kopf leise im Kreis schwang, im Takt zu den Bewegungen des Schiffes an seiner Ankertrosse.

Für das Geschwader, für seine Mannschaft war er ein Name, ein Anführer, dem man blind gehorchte. Manche hatten schon unter ihm gekämpft und waren stolz darauf. Andere mußten sich erst ein Bild von ihm machen, in den Erfolgen des jungen Konteradmirals einen kleinen Anteil Ruhm und Unsterblichkeit für sich selbst verkörpert sehen. Und dann gab es die wenigen, die wie der getreue Ozzard – der jetzt in seiner Pantry so wachsam schlief wie eine kleine Maus – Bolithos Stimmungen am frühen Morgen, nach einem wilden Sturm oder einer wüsten Verfolgungsjagd kannten. Zu ihnen gehörte auch Allday, der Bolitho selbstlos ergeben war, obwohl er als Gepreßter eigentlich Haß und Demütigung hätte empfinden müssen. Herrick, der über einem Stapel mit Dienstpapieren eingeschlafen war, hatte Bolitho in Augenblicken höchster Erregung und tiefster Niedergeschlagenheit erlebt. Besser als jeder andere hätte er jetzt den Mann durchschaut, der in straffer Haltung an seinem Pult saß, die Schreibfeder über einem Stück Briefpapier, in Gedanken völlig bei der Frau, die er an Land zurücklassen mußte.

Mit Bedacht und Sorgfalt begann Bolitho zu schreiben: »Meine geliebte Belinda . . .«

II Kein Blick zurück

Richard Bolitho lehnte in seinem Sessel und wartete ungeduldig darauf, daß Allday endlich mit dem Rasieren fertig wurde. Herrick stand außerhalb seines Gesichtsfelds an der Lamellentür, während überall unter und über ihnen Rumpf und Decks der *Benbow* vom Lärm der Reparaturarbeiten widerhallten.

Herrick berichtete: »Ich habe Kapitän Neale darüber informiert, Sir, daß Sie noch heute vormittag Ihre Flagge auf *Styx* setzen werden. Er scheint darüber ganz außerordentlich erfreut zu sein.«

Bolitho blickte Allday an, der konzentriert mit dem Rasiermesser an seinem Kinn herumschabte. Der Ärmste mißbilligte ganz offensichtlich den Umzug auf die enge Fregatte und hätte den relativen Luxus auf dem Flaggschiff bestimmt vorgezogen; genau wie Herrick es offenbar keinem anderen Kommandanten zutraute, daß er die Aufgaben eines Flaggkapitäns bewältigen konnte.

Es war wirklich seltsam, wie sich die Schicksalsfäden bei der Navy immer wieder ineinanderwoben. Kapitän John Neale, jetzt Kommandant der mit 32 Kanonen bestückten Fregatte *Styx,* hatte in einem anderen Krieg, auf einer anderen Fregatte, als pausbakkiger Midshipman unter Bolitho gedient. Auch Kapitän Keen, der mit seinem Linienschiff dritter Klasse, der *Nicator,* kaum eine Kabellänge* entfernt ankerte, war auf einem Schiff Bolithos Midshipman gewesen.

Stirnrunzelnd dachte Bolitho an Adam Pascoe; wann würde er von ihm hören, von seinen Fortschritten, seinem neuen Schiff und seinem Kommandanten erfahren?

Sorgfältig wischte Allday ihm das Gesicht sauber. »Fertig, Sir.«

Bolitho wusch sich in einer Schüssel, die Allday bei den Heckfenstern hingestellt hatte. Zwischen ihnen bedurfte es keiner langen Worte. Allday kannte von vielen Jahren Dienst im Hafen oder auf See Bolithos Gewohnheiten und seine Ungeduld, wenn er die Wand anstarren mußte, während Allday ihn für den Tag zurechtmachte.

Schließlich gab es eine Menge zu tun, Befehle an die einzelnen Kommandanten mußten ausgefertigt werden, ein Bericht über den Stand ihrer Einsatzbereitschaft an die Admiralität sollte abgehen, die unerbittlich wachsenden Werftrechnungen mußten geprüft und abgezeichnet, Beförderungen ausgesprochen werden. Es wäre unfair, Herrick zu viele unerledigte Arbeiten zu hinterlassen, überlegte Bolitho.

* 1 Kabellänge = 182 m

Herrick fuhr fort: »Unser Postboot hat Ihre Depeschen an Land gebracht, Sir. Es hat gerade wieder an seiner Spiere festgemacht.«

»Verstehe.« Das war Herricks Art, ihm anzudeuten, daß kein Brief von Belinda gekommen war.

Bolitho blickte durchs Fenster hinaus. Der Himmel war klar wie am Tag zuvor, die See jedoch etwas rauher. Aber er konnte Wind gebrauchen, wenn er schnell zu den Schiffen des Blockade-Geschwaders stoßen wollte, über das er den Oberbefehl erhalten hatte. Das Gebiet um Belle Ile war ein Drehkreuz im System der patrouillierenden Geschwader, die den Blockadedienst von Gibraltar bis zu den Kanalhäfen aufrechterhielten. Sonnenklar, daß Beauchamp ihn ins Zentrum des Geschehens schicken wollte. Dieses spezielle Einsatzgebiet umfaßte im Norden die Zufahrtswege nach Lorient und im Osten die wichtigsten Ansteuerungsrouten zur Loire-Mündung. Von hier aus konnte man zwar einen Würgegriff um die Handels- und Nachschubwege des Feindes legen; andererseits war es riskantes Terrain für eine unachtsame britische Fregatte oder Brigg, die sich an einer Leeküste überraschen ließ oder zu beschäftigt war mit dem Auskundschaften eines französischen Hafens, um einen schnellen Angreifer rechtzeitig zu bemerken.

Styx war Bolitho nicht fremd. Er hatte schon öfter an Bord geweilt und in der Ostsee ihren jungen Kommandanten mit der Kaltblütigkeit eines Veteranen kämpfen gesehen.

Ärgerlich über seine Tagträumerei warf Bolitho das Handtuch in die Ecke. Er durfte nicht dauernd über Vergangenes grübeln. Mußte nur an das denken, was vor ihm lag, an die Schiffe, deren Schicksal bald von ihm abhängen würde. Er war jetzt Flaggoffizier und mußte wie Herrick endlich begreifen, daß eine so hohe Beförderung eine Auszeichnung war und nicht sein Recht, das die Versehung ihm schuldete.

Verlegen lächelnd bemerkte er, daß die anderen ihn anstarrten.

Milde erkundigte Allday sich: »Sie haben es sich vielleicht anders überlegt, Sir?«

»Was denn, zum Teufel?«

Allday hob den Blick zur Kajütdecke. »Na ja, Sir – ich meine . . . Im Vergleich hierzu wird uns *Styx* vorkommen wie ein Heringfaß, nicht wie ein Schiff!«

Herrick schüttelte den Kopf. »Allday, eines Tages nehmen Sie sich noch mal zuviel heraus. Und dann geht's Ihnen schlecht, alter Knabe.« Er sah zu Bolitho hinüber. »Trotzdem ist was dran. Sie könnten Ihre Flagge auch auf *Nicator* setzen, und ich würde das Kommando übernehmen, bis . . .«

Bolitho blieb fest. »Geben Sie's auf, alter Freund, es bringt keinen von uns beiden weiter. Ab heute sind Sie Kommodore und werden unter dem Ihnen zustehenden Wimpel segeln. Bald sollten Sie Ihren eigenen Flaggkapitän ernennen und sich über die Bestallung eines neuen Kommandanten für *Indomitable* klarwerden.«

Wieder mußte Bolitho eine Erinnerung beiseite schieben. *Indomitable* war vor Kopenhagen im dicksten Schlamassel gewesen, und erst nach dem Feuereinstellungsbefehl hatte Bolitho erfahren, daß ihr Kommandant, Kapitän Charles Keverne, im Gefecht gefallen war. Keverne war Bolithos Erster Offizier gewesen, als er selbst noch Flaggkapitän gewesen war wie Herrick bis gestern. Alles Glieder einer Kette. Und da ein Glied nach dem anderen herausgebrochen wurde, schien die Kette immer kürzer und kürzer zu werden.

Bolitho riß sich zusammen. »Und überhaupt – ich kann hier nicht quengeln wie ein grüner Junge. Die Entscheidung war nicht unsere Sache.«

Schritte polterten auf dem Seitendeck draußen, und Bolitho wußte ebenso wie Herrick, daß dies ihre letzten ungestörten Augenblicke waren. Bald würden sich hier alle die Klinke in die Hand geben: die um ihre Befehle einkommenden Offiziere, die Behördenvertreter aus Plymouth und sonstwo, denen man mit Schmeicheleien und Bestechung eine schnellere Beendigung der Reparaturarbeiten abringen mußte. Yovell, Bolithos Sekretär, würde ihm noch mehr Briefe zur Unterschrift vorlegen, Ozzard mußte Anweisungen erhalten, was er einpacken sollte und was auf *Benbow* blieb, bis . . . Er runzelte die Stirn. Bis wann?

Herrick wandte sich abrupt um, als der Wachtposten draußen den Ersten Offizier ankündigte.

»Ich werde an Deck gebraucht«, sagte er kläglich.

Bolitho ergriff seine Hand. »Ich bedaure sehr, daß ich nicht an Bord sein werde, wenn Ihr Wimpel zum erstenmal ausweht. Aber da ich nun mal gehen muß, will ich es schnell hinter mich bringen.«

Wolfe trat in die Tür. »Pardon, Sir, aber es kommt Besuch an

Bord.« Er blickte Bolitho an, dessen Herz einen Schlag aussetzte. Aber seine freudige Überraschung fiel in nichts zusammen, als Wolfe trocken fortfuhr: »Ihr Flaggleutnant ist eingetroffen, Sir.«

»Browne?« rief Herrick aus.

Allday verbiß sich ein Grinsen. »Browne mit e«, konstatierte er.

Bolitho ließ sich in seinen Stuhl sinken. »Schicken Sie ihn rein.«

Der Ehrenwerte Leutnant Oliver Browne war ihm von Beauchamp als Flaggleutnant beigegeben worden. Obwohl er Bolitho bei ihrem ersten Kontakt wie ein hohlköpfiger Junker vorgekommen war, hatte Browne sich dem neu ernannten Admiral bald als wertvoller Berater erwiesen – und später auch als Freund. Als das Geschwader schwer angeschlagen von der Ostsee zurückgekehrt war, hatte Bolitho Browne freie Wahl gelassen: zu seinen zivilisierteren Aufgaben und Lebensumständen in London zurückzukehren oder weiter als sein Flaggleutnant zu dienen.

Als Browne die Kajüte betrat, sah er für seine Verhältnisse abgehetzt und derangiert aus.

Herrick und Wolfe empfahlen sich schnell, und Bolitho bemerkte: »Das ist eine Überraschung.«

Der Leutnant sank auf einen hingeschobenen Stuhl, und als sein Mantel dabei auseinanderklaffte, erkannte Bolitho Schweißflecken auf den Innenseiten seiner Breeches. Er mußte wie ein Wahnsinniger geritten sein.

Heiser begann Browne zu berichten. »Sir George Beauchamp ist letzte Nacht gestorben, Sir. Er fertigte noch die Befehle für Ihr Geschwader aus und dann ...« Er zuckte mit den Schultern. »Es passierte, während er über den Karten an seinem Schreibtisch saß.« Kopfschüttelnd schloß Browne: »Dachte, Sie sollten das schnell erfahren, Sir. Noch bevor Sie nach Belle Ile auslaufen.«

Bolitho wußte aus Erfahrung, daß man Browne besser nicht danach fragte, woher er Informationen über Dinge besaß, die eigentlich als geheim galten.

»Ozzard, frischen Kaffee für meinen Flaggleutnant!« Bolitho sah, daß Brownes erschöpftes Gesicht kurz aufleuchtete. »Falls es das ist, was Sie fürderhin zu sein beabsichtigen?«

Browne lockerte sein Halstuch und schüttelte sich. »Doch, Sir, darum wollte ich Sie höflichst ersuchen. Ich wünsche mir nichts sehnlicher, als dieses stinkende London verlassen zu dürfen.«

Über ihren Köpfen verriet das Schrillen der Pfeifen und Quietschen der Taljen, daß wieder Vorräte und Ausrüstungsgegenstände an Bord gehievt wurden. Aber hier unten in der Kajüte war es still, während Browne beschrieb, wie Beauchamp an seinem Schreibtisch, über seinem kaum getrockneten Namenszug unter den letzten Befehlen tot zusammengebrochen war.

Scheinbar gleichmütig schloß Browne: »Ich habe mich mit diesen Befehlen direkt zu Ihnen auf den Weg gemacht, Sir. Wären Sie ausgelaufen, ehe ich hier eintraf, hätten sie Sie wahrscheinlich nie erreicht; man hätte Ihnen kaum eine Kurierbrigg mit den Depeschen nachgeschickt.«

»Wollen Sie damit sagen, daß Sir Georges Plan widerrufen worden wäre?«

Nachdenklich starrte Browne in seine Kaffeetasse. »Eher auf unbestimmte Zeit verschoben. Ich fürchte, an der Spitze gibt es zu viele Leute, die nur den Friedensvertrag mit Frankreich im Kopf haben – nicht als Atempause, wofür ihn Lord St. Vincent und einige andere halten, sondern als eine große Chance zu Geschäftemacherei und Bereicherung, wie sie ein Waffenstillstand nun einmal mit sich bringt. In ihren Augen bedeutet angesichts des nahen Friedens jeder Angriff auf französische Häfen oder Schiffe eine Quertreiberei und keineswegs eine günstigere Verhandlungsposition.«

»Vielen Dank, daß Sie mich darüber ins Bild setzen.« Bolitho sah über Brownes Kopf hinweg zu den beiden gekreuzten Säbeln an der Schottwand. Was wußten Männer wie jene, die sein Flaggleutnant gerade charakterisiert hatte, von Ehre und Anstand?

Browne lächelte. »Es schien mir wichtig für Sie. Wenn Sir George Beauchamp noch lebte und seine Hand über den Ablauf künftiger Ereignisse halten könnte, würden Ihre Aktionen im neuen Einsatzgebiet kein Sicherheitsrisiko für Sie bedeuten, ganz gleich, in welches Wespennest Sie auch stochern würden.« Sein jugendliches Gesicht wirkte über seine Jahre hinaus gereift, als er Bolitho nun direkt in die Augen sah. »Aber nach Sir Georges Tod ist keiner mehr da, der Ihre Partei ergreifen wird, wenn etwas schiefgeht. Seine Verdienste um England geben diesen letzten Befehlen genug Gewicht, so daß niemand sie anzweifeln wird. Sollte Ihr Einsatz jedoch mit einem Mißerfolg enden, werden Sie als Sündenbock, nicht als tapferer Seeheld in die Heimat zurückkehren.«

Bolitho nickte. »Es wäre nicht das erstemal.«

Browne mußte grinsen. »Seit der Schlacht von Kopenhagen traue ich Ihnen alles zu, Sir, aber diesmal gibt mir das hohe Risiko doch zu denken. Ihr Name ist von Falmouth bis zu den Bierkneipen in Whitechapel in aller Munde. Aber das gilt auch für Nelson, und trotzdem sind Ihre Lordschaften davon nicht beeindruckt; sie werfen ihm nichts weniger als Insubordination vor, wegen Kopenhagen.«

»Erzählen Sie.« Bolitho starrte den jungen Offizier an, als käme er aus einer anderen Welt. Aus einer Welt der Intrigen und Taktiken, der Familienklüngel und Geldsäcke. Kein Wunder, daß Browne lieber zur See fahren wollte. Die *Benbow* hatte ihn auf den Geschmack gebracht.

Verbittert fuhr Browne fort: »Nelson – der Sieger von Abukir, der Held von Kopenhagen, der Liebling des Volkes. Aber jetzt haben Ihre Lordschaften beschlossen, daß ihm ein Heer frisch rekrutierter Landratten unterstellt werden soll, mit dem er die Kanalküste gegen mögliche Invasoren zu verteidigen hat!« Zornig stieß er hervor: »Jedenfalls ein Haufen Trunkenbolde und Nichtsnutze! Ein feiner Lohn für unseren Nel!«

Bolitho war entsetzt. Immerhin hatte er schon allerhand Gerüchte über Nelsons verächtliche Haltung gegenüber seinen Vorgesetzten gehört, über sein sagenhaftes Glück, das ihn bisher vor dem Kriegsgericht gerettet hatte, vor dem andere an seiner Stelle unweigerlich gelandet wären. Also wollte Browne ihn, Bolitho, nur schützen. Denn wenn er Beauchamps Pläne nicht mit dem größtmöglichen Erfolg in die Tat umsetzte, würde man den Stab über ihm brechen.

Ruhig sagte Bolitho: »Wenn Sie immer noch mit mir kommen wollen – ich beabsichtige, morgen mit der Tide auszulaufen. Sagen Sie Allday, was Sie brauchen, er wird es zu *Styx* hinüberschaffen lassen. Alles nicht unmittelbar Notwendige kann Ihnen sicherlich nachgeschickt werden. Da Sie so einflußreiche Freunde haben, läßt sich das bestimmt leicht arrangieren.« Er streckte die Hand aus. »Also, wie sehen meine Befehle nun aus?«

Browne berichtete: »Wie Sie wissen, Sir, ziehen die Franzosen schon seit Monaten in den Häfen im Norden Landungsschiffe zusammen. Portugiesische Agenten haben uns informiert, daß ein Großteil dieser Landungsschiffe in den Häfen der Biskaya erbaut, ausgerüstet und bewaffnet wird.« Browne lächelte schief. »In Ihrem neuen Einsatzgebiet, Sir. Ich war nicht immer einer Meinung

mit Sir George, aber er hatte Stil. Dieser Plan, eine mögliche Landungsflotte zu vernichten, noch ehe sie in den Kanal verlegt werden kann, trägt seine Handschrift. Ein meisterhafter Stratege!«
Röte stieg Browne ins Gesicht. »Bitte um Vergebung, Sir. Aber ich habe immer noch nicht ganz begriffen, daß er tot ist.«

Bolitho wog den schweren Pergamentumschlag in Händen: sein Einsatzbefehl mit Beauchamps letztem strategischem Schachzug, gewiß bis in Detail ausgearbeitet. Es brauchte nur noch den rechten Mann, den Plan in die Tat umzusetzen. Bewegt machte sich Bolitho klar, daß Beauchamp ihn von Anfang an dafür ins Auge gefaßt haben mußte. Also hatte er gar keine andere Wahl gehabt.

Leise sagte er zu Browne: »Ich muß noch einen Brief schreiben.«

Er blickte sich in der großen Achterkajüte um, sah die schimmernden Lichtreflexe vom Wasser unten über die weißen Deckenbalken tanzen. Wenn er dies alles nun eintauschte gegen die schneidige Kampftechnik und feurige Begeisterung auf einer kleinen Fregatte, wenn er mit seinem zusammengewürfelten Geschwader gegen die Festung Frankreich anrannte, dann war das keine leere Geste. Vielleicht entwickelte sich alles für ihn mit der Folgerichtigkeit eines vorherbestimmten Schicksals. Zu Beginn des Krieges hatte Bolitho als blutjunger Kapitän an dem unglückseligen Angriff auf Toulon teilgenommen, an diesem Versuch französischer Royalisten, die Revolution aufzuhalten und den Lauf der Geschichte zu ändern. In die Geschichte eingegangen waren sie zwar, dachte Bolitho grimmig, aber geendet hatte das Ganze mit einem blutigen Fehlschlag.

Es lief ihm kalt über den Rücken. Vielleicht war wirklich alles vorherbestimmt. Belinda hatte wohl damit gerechnet, daß er jetzt monatelang in Falmouth bleiben durfte, möglicherweise noch länger, falls es wirklich zum Friedensschluß kam. Vielleicht bewahrte diese überraschende Wendung sie nur vor einem noch größeren Schmerz in der Zukunft. Bolitho starrte durch die Heckfenster auf die ankernden Schiffe hinaus. Denn diesmal würde er nicht zurückkehren. Irgendwann mußte es ja ein letztes Mal geben. Er rieb sich den linken Schenkel, um den vertrauten Schmerz der Wunde zu fühlen, die von einer Musketenkugel stammte. Aber so bald schon? Ohne eine letzte Gnadenfrist, ohne jede Vorwarnung?

Abrupt sagte er zu Browne: »Ich habe es mir überlegt, der Brief wird nicht geschrieben. Ich ziehe jetzt sofort auf *Styx* um. Sagen Sie das meinem Bootsmann, ja?«

Als er endlich allein war, ließ sich Bolitho auf die Bank unter den Heckfenstern sinken und rieb sich die Augen mit den Fäusten, bis ihn der Schmerz zur Besinnung brachte. Immerhin hatte das Schicksal es gut mit ihm gemeint, hatte ihm Liebe gegönnt und damit einen letzten Halt, an den er sich klammern konnte, bis schließlich auch ihr Bild sich in nichts auflösen würde.

Herrick erschien in der Tür. »Das Boot liegt längsseits, Sir.«

An der Schanzkleidpforte, wo die rotberockten Seesoldaten Spalier standen, verhielt Bolitho den Schritt und starrte zu der schnittigen Fregatte hinüber. Ihre Segel waren nur noch lose aufgegeit, Seeleute huschten wie Insekten in ihren Rahen und Webeleinen herum – das ganze Schiff schien ungeduldig darauf zu warten, daß es ankerauf gehen konnte.

Herrick berichtete noch: »Das Geschwader wird schon in wenigen Wochen seeklar sein, Sir. Von Monaten ist nicht mehr die Rede. Ich bin erst dann zufrieden, wenn *Benbow* wieder unter Ihrem Kommando steht.«

Bolitho lächelte, aber der Wind zerrte an seinem Bootsmantel, als wolle er ihn zum Aufbruch drängen, und hob spielerisch die Haarsträhne von seiner Stirn, die gewöhnlich die furchtbare Narbe verdeckte.

»Falls Sie ihr begegnen, Thomas . . .« Er drückte dem Freund die Hand, ohne den Satz vollenden zu können.

Herrick erwiderte den Händedruck. »Ich werde es ihr sagen, Sir. Geben Sie gut acht auf sich. Und greifen Sie dem Glück notfalls unter die Arme!«

Damit trennten sie sich und ließen der formellen Abschiedszeremonie ihren Lauf.

Als das Beiboot geschickt vom hohen Rumpf des Vierundsiebzigers absetzte, wandte Bolitho sich noch einmal um und hob die Hand, aber Herricks Gestalt verschmolz bereits mit den anderen Männern der *Benbow,* diesem Schiff, das ihnen beiden so viel bedeutete.

Bolitho kletterte den Niedergang hinauf und blieb kurz stehen, um sein Gleichgewicht zu bewahren, während die Fregatte unter ihm wieder in ein tiefes Wellental sackte. So ging es nun schon den ganzen Tag. Sobald sie frei waren vom Plymouth Sound, hatte *Styx* auch das letzte Fetzchen Tuch gesetzt, um den auffrischenden Nordost voll nutzen zu können. Obwohl Bolitho fast den ganzen Tag in seiner Kajüte geblieben war und seine schriftlichen Befehle sorgsam durchgearbeitet hatte, wobei er sich Notizen für später machte, war er doch ständig an die Beweglichkeit und das Temperament eines kleineren Schiffes erinnert worden.

Kapitän Neale hatte den günstigen raumen Wind dazu genutzt, seine Leute an und über Deck exerzieren zu lassen. Den ganzen Nachmittag vibrierten die Planken vom Stampfen nackter Füße, erschollen die antreibenden Stimmen von Offizieren und Decksoffizieren, die aus Chaos Ordnung zu schaffen bemüht waren. Was die Mannschaftsstärke betraf, war Neale auch nicht besser dran als die anderen Kommandanten. Von seinen erfahrenen, gut ausgebildeten Leuten waren viele befördert und auf andere Schiffe versetzt worden. Was an verläßlichen Matrosen zurückgeblieben war, hatte er strategisch unter den Neulingen verteilen müssen; von den neuen Leuten waren manche durch den Schock des Gepreßtwerdens oder den abrupten Abschied von der relativ sicheren Gefängniszelle noch so entnervt, daß sie nur mit Schlägen dazu gebracht werden konnten, in den schwankenden Webeleinen aufzuentern.

Bolitho bemerkte Neale, der mit seinem wortkargen Ersten Offizier am Luvschanzkleid des Achterdecks lehnte, das Haar vom Wind ins Gesicht geweht und die Augen überall auf der Suche nach einem Fehler bei der Segelbedienung oder einem Bummelanten, der seinen Befehlen nicht flott genug nachkam. Solche Nachlässigkeiten konnten später Menschenleben kosten, vielleicht sogar das ganze Schiff. Neale war mit seinen Aufgaben gewachsen, obwohl es Bolitho immer noch leichtfiel, in ihm den dreizehnjährigen Seekadetten zu erkennen, dessen Vorgesetzter er einst gewesen war.

Neale entdeckte seinen Admiral und eilte grüßend herbei.

»Binnen kurzem werde ich Segel kürzen lassen, Sir.« Er mußte schreien, um Wind und See zu übertönen. »Aber wir sind heute gut vorangekommen!«

Bolitho schritt zu den Finknetzen und mußte sich kräftig festhalten, als das Schiff wieder einmal nach vorne und abwärts schoß, wobei der Klüverbaum die Gischt wie eine Lanze durchstach. Kein Wunder, daß Adam so ungeduldig auf das Kommando über ein eigenes Schiff wartete; ihm selbst war es nicht anders ergangen. Bolitho sah zu den vollstehenden Segeln auf, zu den Toppsgasten, die mit gespreizten Beinen in den Fußpferden der schwankenden Großrah standen. Ja, das hatte er am meisten vermißt: die Gelegenheit, ein Schiff wie die *Styx* zu zähmen und seinem Willen zu unterwerfen, sich geschickt mit Ruder und Segeln gegen seinen unbändigen Freiheitsdrang zu behaupten.

Neale hatte ihn beobachtet. »Hoffentlich werden Sie hier nicht allzusehr gestört, Sir?« fragte er.

Bolitho schüttelte den Kopf. Für ihn war es wie ein Aufputschmittel, die beste Arznei gegen alle Sorgen; nur das Hier und Jetzt zählte noch.

»An Deck!« Der Ruf des Ausguckpostens wurde vom Wind verzerrt. »Land in Luv voraus!«

Neale grinste triumphierend und riß ein Fernrohr aus seiner Halterung neben dem Ruder. Er stellte es richtig ein und reichte es Bolitho.

»Dort drüben, Sir: Frankreich.«

Bolitho wartete, bis das Deck auf einem Wellenkamm kurz ruhig lag, dann richtete er das Glas auf die Peilung aus. Zwar dämmerte es schon, aber trotzdem konnte er noch den verwischten violetten Schatten erkennen: die Insel Ouessant und irgendwo dahinter Brest. Das waren Namen, die sich tief ins Gedächtnis jedes Seemanns eingebrannt hatten, der hier monatelang im harten Blockadedienst geschwitzt hatte.

Nun konnten sie bald ihren Kurs ändern und Südost laufen, tiefer in den Golf von Biskaya. Doch das war Neales Problem – und nichts im Vergleich zu der Aufgabe, mit der er selbst seine Schiffe konfrontieren mußte. Später.

Innerhalb einer Woche würden Beauchamps Befehle von den betroffenen Stäben bestätigt werden. Die Kommandanten würden ihre Leute aufscheuchen, die Kurse zum Rendezvous mit dem neuen Konteradmiral berechnen. Ihr Ziel war ein Kreuz auf der Seekarte, irgendwo bei Belle Ile. Und innerhalb eines Monats würde man von Bolitho die ersten Aktionen erwarten, die ersten Schläge gegen den in seinem eigenen Lager überraschten Gegner.

Daß Bolitho die vorgeschlagene Taktik so ruhig besprechen konnte, als sei ihr Erfolg eine unumstößliche Tatsache, hatte Browne sichtlich beeindruckt. Aber Browne hatte seine Adjutantenstelle den Beziehungen seines Vaters in London zu verdanken, er war nie durch die harte Schule der Kriegsmarine gegangen. Bolitho dagegen war wie die meisten Marineoffiziere noch als halbes Kind auf sein erstes Schiff gekommen. Binnen kürzester Zeit hatte man ihm beigebracht, eine Barkasse zu befehligen und Autorität auszuüben, einen schweren Warpanker im Boot auszubringen, Passagiere oder Waren von und an Bord zu transportieren und später seine Bootsmannschaft im Nahkampf gegen Piraten oder Kaperer zu führen: all dies gehörte zur harten und gründlichen Schulung eines jungen Offiziersanwärters.

Leutnant, Kapitän oder jetzt Konteradmiral – Bolitho war derselbe geblieben, fand sich aber damit ab, daß mit der Beförderung in den Stabsrang alles für ihn anders geworden war. Jetzt kam es nicht mehr darauf an, sich mit Mut und Wahnwitz zu behaupten und eher Leib und Leben zu riskieren, als vor den Untergebenen Schwäche oder Furcht zu verraten. Auch war es nicht mehr eine Frage des blinden Gehorsams unter allen Umständen, gleichgültig, welch entsetzliche Szenen sich rundum abspielten. Jetzt hatte er über das Schicksal anderer zu bestimmen, und ob sie überlebten oder starben, hing von seinen Fähigkeiten ab, von seiner Auslegung der wenigen Informationen, die er zur Verfügung hatte. Genaugenommen entschied er mit seinem Urteil nicht nur das Geschick der ihm Untergebenen, sondern darüber hinaus – und das hatte Beauchamp ihm klargemacht – auch das Schicksal unzähliger anderer Menschen, vielleicht sogar das des ganzen Landes.

In der Tat, die Marine war eine grausame Lehrmeisterin, dachte Bolitho. Aber das Ergebnis konnte sich sehen lassen. Es gab weniger Sadisten und Tyrannen von eigenen Gnaden, denn vor den Breitseiten des Feindes konnte keiner nur mit Großmäuligkeit bestehen. Täglich wuchsen in der Navy neue gewandte Führerpersönlichkeiten nach – Männer wie Neale, dachte Bolitho mit einem Seitenblick auf seinen Flaggkapitän –, die es verstanden, in ihren Leuten Loyalität und Begeisterung zu wecken, wenn sie am dringendsten gebraucht wurden.

Neale schien den prüfenden Blick seines Vorgesetzten nicht bemerkt zu haben. »Um Mitternacht gehen wir auf den anderen Bug, Sir«, sagte er. »Hoch am Wind wird es dann etwas ungemütlicher an Bord, fürchte ich.«

Bolitho lächelte, weil ihm Browne einfiel, der halbtot vor Seekrankheit unten in seiner Kajüte lag. »Dann sollten wir morgen das eine oder andere unserer Schiffe in Sicht bekommen«, sagte er.

»Aye, Sir.« Neale wandte sich um, als ein Midshipman über die nassen Planken heranbalancierte und schnell etwas auf die Schiefertafel neben dem Ruder kritzelte. »Oh, dies ist Mr. Kilburne, Sir, unser Signalfähnrich.«

Der Junge, etwa sechzehn Jahre alt, erstarrte und blickte Bolitho an, als sei er der Leibhaftige.

Bolitho mußte lächeln. »Freut mich, Sie kennenzulernen.«

Da der Fähnrich immer noch dastand wie vom Schlag gerührt, fuhr Neale fort: »Mr. Kilburne hat eine Frage an Sie, Sir.«

Leise sagte Bolitho: »Quälen Sie den Jungen nicht, Neale. Haben Sie denn ein so schlechtes Gedächtnis?« Er wandte sich an Kilburne. »Worum geht's?«

Kilburne stammelte, offenbar überrascht, daß er seinem Admiral Auge in Auge gegenüberstehen und trotzdem noch atmen konnte: »Also, Sir, wir waren alle so aufgeregt, als wir hörten, daß Sie an Bord kommen...«

Mit »alle« meinte er wahrscheinlich die drei anderen Midshipmen des Schiffs, dachte Bolitho.

Kilburne fing sich etwas. »Stimmt es, Sir, daß die erste Fregatte, die Sie befehligten, *Phalarope* war?« platzte er heraus.

Schroff sagte Neale: »Das reicht, Mr. Kilburne!« Entschuldigend wandte er sich an Bolitho. »Bitte um Vergebung, Sir. Ich dachte, der junge Tölpel wollte was ganz anderes fragen.«

Aber Bolitho war die plötzliche Anspannung nicht entgangen. »Worum geht's, Mr. Kilburne?« wiederholte er. »Ich bin immer noch ganz Ohr.«

Zerknirscht sagte der Signalfähnrich: »Ich habe das Signalbuch berichtigt, Sir.« Er warf seinem Kommandanten einen furchtsamen Blick zu, als frage er sich, womit er diese Katastrophe heraufbeschworen habe. »Denn *Phalarope* stößt zu unserem Geschwader, Sir. Unter Kapitän Emes.«

Bolithos Hand krampfte sich fester um die Finknetze, während er Kilburnes Worte verarbeitete.

Der Junge mußte sich irren. Aber weshalb? Über ein neues Schiff mit dem Namen *Phalorope* war nichts an die Öffentlichkeit gedrungen. Bolitho blickte Neale an. Und gerade hatte er ihn im Geiste als jungen Midshipman an Bord eben dieses Schiffes vor sich gesehen. Es war schon gespenstisch.

Verlegen ergriff Neale wieder das Wort. »Ich war selbst überrascht, Sir. Aber ich wollte Sie in Ihrer ersten Nacht an Bord nicht beunruhigen. Für meine Offiziere war es eine Ehre und eine Freude, Sie hier willkommen heißen zu dürfen, auch wenn wir Ihnen wenig zu bieten haben.«

Bolitho nickte. »Die Freude ist ganz meinerseits, Kapitän Neale.« Aber im Geiste war er immer noch bei *Phalarope.* Sie mußte jetzt fünfundzwanzig Jahre alt sein, wenn nicht mehr. Als er sie damals im Spithead übernommen hatte, hatte sie erst sechs Jahre auf dem Buckel gehabt. Aber sie war ein Unglücksschiff gewesen, an Bord herrschten Grausamkeit und Verzweiflung, und die Mannschaft stand kurz vor der Meuterei, so sehr war sie von dem abgelösten Kommandanten geschunden worden.

Nichts hatte er vergessen, vor allem nicht den Anblick der französischen Wimpel und Bramsegel, als die gegnerische Flotte über die Kimm gekommen war: wie Ritter, die zum Turnier stürmten. Heute nannte man es die Schlacht bei den Saintes*, und die *Phalarope* war als kaum noch schwimmfähiges Wrack aus ihr hervorgegangen.

»Geht es Ihnen gut, Sir?« Neale sah Bolitho besorgt an, hatte sein eigenes Schiff für den Augenblick völlig vergessen.

Wie zu sich selbst sagte Bolitho: »Sie ist zu alt für diesen Einsatz. Ich hielt sie für verloren, untergegangen im Kampf, nicht ausrangiert als Hulk für Sträflinge oder Waren in irgendeinem elenden Hafen.« Er wußte, die Marine brauchte dringend Fregatten – aber ausgerechnet diese?

Neale erzählte bereitwillig: »Ich habe gehört, daß sie in Irland repariert und ausgerüstet wurde, Sir. Aber für den Dienst als Wach- oder Wohnschiff, dachte ich.«

Bolitho starrte hinaus auf die endlos anstürmenden weißen Hunde. *Phalarope* – so viele Jahre lagen dazwischen, so viele andere Gesichter und Schiffe, und jetzt würde er sie wiedersehen. Auch Herrick mußte inzwischen das berichtigte Signalbuch gesehen haben. Für ihn würde es einen ähnlichen Schock bedeuten. Und für Allday, der von einem Preßkommando wie ein Verbrecher an Bord gezerrt worden war.

Bolitho wurde sich bewußt, daß ihn der Signalfähnrich immer noch anstarrte, die Augen so groß wie Wagenräder. Er ergriff sei-

* 12. April 1782 in Westindien

nen Arm. »Sie haben sich nichts vorzuwerfen, Mr. Kilburne. Für mich war es nur eine Überraschung, das ist alles. Die *Phalarope* ist ein gutes Schiff. Dafür haben wir damals gesorgt.«

Neale mischte sich ein. »Mit Verlaub, Sir: *Sie* haben dafür gesorgt.«

Bolitho stieg die Leiter vom Achterdeck hinab und ging nach achtern, auf den Wachtposten vor seiner Kajüte zu.

Da sah er auf einem Zwölfpfünder eine Gestalt hocken, nur undeutlich, denn hier im Zwischendeck war es dämmrig, und so früh wurden die Lampen noch nicht angezündet. Aber selbst in pechschwarzer Nacht hätte Bolitho die Gestalt als Allday erkannt, vierschrötig, unerschütterlich und immer zugegen, wenn er gebraucht wurde; mutig bis zum äußersten und – wenn Mut nichts mehr nützte – frech und unverfroren.

Allday wollte Haltung annehmen, aber Bolitho winkte ab. »Rühren. Du hast es also auch schon gehört?«

»Aye, Sir.« Allday nickte schwermütig. »Das hätte nicht passieren dürfen. Es ist unfair.«

»Sei kein altes Weib, Allday. Du fährst jetzt lange genug zur See, um es besser zu wissen. Die Schiffe kommen und gehen; eines, auf dem du letztes Jahr gedient hast, kann morgen längsseits liegen. Und eines, das du in einem Dutzend verschiedener Häfen oder Schlachten gesehen hast, ohne jemals einen Fuß an Bord zu setzen, kann leicht dein nächstes werden.«

Doch Allday blieb stur. »Das ist es nicht, Sir. Mit *Phalarope* war's anders. Die Lords hatten kein Recht, sie wieder in die Biskaya zu schicken, dafür ist sie zu alt. Von den Saintes hat sie sich bestimmt nie wieder erholt. Warum soll es ihr anders gegangen sein als uns?«

Bolitho wurde es auf einmal unbehaglich. »Jedenfalls kann ich nichts dagegen tun«, sagte er. »Sie ist meinem Kommando unterstellt, genau wie die anderen Schiffe des Geschwaders.«

Allday erhob sich von der Kanone und stand da, den Kopf unter die Decksbalken gebeugt. »Aber sie ist nicht wie die anderen!«

Bolitho verbiß sich eine scharfe Erwiderung. Warum Allday dafür büßen lassen? Ihn traf keine Schuld, ebensowenig wie den Midshipman, der ihm auf dem Achterdeck unabsichtlich die schlimme Neuigkeit beigebracht hatte.

Deshalb sagte er nur ruhig: »Nein, Allday, wie die anderen ist sie nicht. Das behaupte ich auch nicht. Aber es geht nur uns beide an. Du weißt, wie schnell Seeleute mit Schauermärchen bei der Hand sind, deshalb also nimm dich zusammen. Wir brauchen in den nächsten Wochen unseren klaren Verstand, keine Latrinengerüchte. Also Schluß damit, was gewesen ist, ist gewesen. Und kein Blick zurück! Erinnerungen können wir uns nicht leisten.«

Allday seufzte tief. »Wahrscheinlich haben Sie recht, Sir.« Er schüttelte es ab oder versuchte es jedenfalls. »Und jetzt muß ich Sie für die Offiziersmesse ankleiden, Sir. An diesen Abend sollen alle denken.« Aber irgendwie sagte er es ohne seinen gewohnten Humor.

Bolitho ging voran zu seiner Kajüte. »Also fangen wir gleich damit an, einverstanden?«

Allday folgte ihm gedankenversunken. Vor neunzehn Jahren war es gewesen, Bolitho zählte damals nicht mehr Jahre als sein Neffe Adam Pascoe jetzt. Wie viele Gefahren und Scharmützel sie in der Zwischenzeit auch erlebt hatten, Allday war seither immer an Bolithos Seite geblieben: der gepreßte Seemann und der junge Kommandant, der einer vom Unglück verfolgten, von Tyrannei und Sadismus verdorbenen Mannschaft durch sein Beispiel und den gemeinsamen Erfolg Stolz und Selbstbewußtsein zurückgegeben hatte. Und jetzt tauchte sie wieder auf aus dem Nebel der Vergangenheit, ein Geisterschiff. Brachte sie Glück oder Unglück?

Allday sah Bolitho an den Heckfenstern stehen und hinausblikken, wo der letzte Schimmer Tageslicht von der Gischt unter der Heckgillung reflektiert wurde.

Und er dort stellt sich bestimmt die gleiche Frage, dachte Allday. Wahrscheinlich macht er sich noch viel mehr Sorgen als ich.

Mit gekürzten Segeln legte sich die Fregatte auf den anderen Bug und richtete den Klüverbaum auf den neuen Kurs, der Biskaya und dem geplanten Treffen entgegen.

III Ein Veteran kehrt wieder

Kapitän John Neale von der Fregatte *Styx* beendete sein Morgengespräch mit dem Ersten Offizier und wartete ab, ob Bolitho von der Kajütstreppe auf ihn zukam. Es waren jetzt sieben Tage seit Plymouth, und Neale hörte nicht auf, sich über die scheinbar unerschöpfliche Energie seines Admirals zu wundern.

Inzwischen hatte Bolitho sich einen gründlichen Überblick verschafft – über die französische Küstenlinie ebenso wie über die ihm zur Verfügung stehenden Schiffe. Sie hatten eine schlimme Überraschung erlebt, als sie mit dem küstennahen Patrouillenschiff, der Fregatte *Sparrowhawk,* einen Tag nach Insichtkommen von Belle Ile Kontakt aufgenommen hatten. In Bolithos Einsatzgebiet operierte neben einer schnellen Brigg, die den passenden Namen *Rapid* trug, nur noch eine weitere Fregatte, die *Unrivalled.* Nein, sie hatte operiert. Neale verzog bitter den Mund. Ihr Kommandant hatte dicht unter der Küste gekreuzt und dabei einen fatalen Fehler begangen, indem er sich nicht genug Seeraum ließ, um notfalls schnell aufs offene Meer abdrehen zu können. Zwei gegnerische Schiffe hatten sich, vor dem Wind laufend, auf ihn gestürzt; nur mit knapper Not war er ihnen entkommen. Was aber Bolithos kleine Streitmacht betraf, so hätte *Unrivalled* ebensogut erbeutet oder versenkt sein können, denn sie hatte sich mit durchlöchertem Rumpf und unter Behelfsrigg absetzen müssen und hinkte jetzt nach Hause in die Sicherheit irgendeines Reparaturdocks.

Neale warf einen Blick hinauf zum Toppstander. Der Wind hatte schon wieder auf Nord gedreht, war frisch und böig. Hoffentlich erreichte der gerupfte Unglücksvogel den Hafen noch in einem Stück.

Bolitho nickte dankend, als Neale zum Gruß an seinen Hut tippte. Ganz gleich, wann er an Deck kam, Neale schien immer schon vor ihm da zu sein, und sei es vor Tagesanbruch. Wenn mit seinem Schiff irgend etwas nicht stimmte, dann wollte er es als erster erfahren und nicht von seinem Admiral hören; Neale machte seine Sache gut.

Während Allday ihm unten Kaffee servierte, hatte Bolitho über sein ausgedünntes Geschwader nachgedacht. Bis die versprochene Verstärkung eintraf, konnte er also nur auf zwei Fregatten zurückgreifen und auf die Brigg, die Verbindung mit den stärkeren Geschwadern nördlich und südlich von ihm halten mußte. Auf einer Wandkarte in Whitehall mochte sich das ja ganz passabel ausnehmen. Aber hier draußen in dieser Wasserwüste, wo das Morgengrauen einen ersten schmutziggelben Schimmer auf die endlosen Staffeln der weißen Wellenkämme warf, war es trostlos.

Immerhin sollten jetzt bald die Segel von *Sparrowhawk* querab in Sicht kommen, ihrer anderen Fregatte, die vor Belle Ile gekreuzt und auf den örtlichen Schiffsverkehr gelauert hatte, der sich dicht unter Land nach Nantes oder Lorient durchzuschlagen versuchte.

Wie sie uns hassen müssen, dachte Bolitho. Uns und die zähen, sturmerprobten Schiffe, die mit jedem neuen Morgen wieder in Sicht kommen, stets bereit zum Angriff; sie warteten nur darauf, dem Feind eine Prise vor der Nase wegzuschnappen oder – wenn die französischen Admirale es wagten, ihnen die Stirn zu bieten – davonzujagen und die Hauptmacht der Blockadeflotte zu alarmieren.

So klein es war, sein Geschwader hatte Bolitho beeindruckt. Er hatte sowohl der Brigg wie auch der anderen Fregatte einen Besuch abgestattet, obwohl das hieß, bis auf die Haut naß zu werden, als er sich im schlingernden Boot übersetzen ließ. Aber sie mußten ihn kennenlernen, als sei er einer von ihnen und nicht ein ferner Flaggoffizier auf dem Achterdeck irgendeines pompösen Dreideckers. Nein, wenn es ums Letzte ging, mußten sie ihn als einen der Ihren sehen, der mitten im Gefecht stand.

Zu Neale meinte er: »Der Wind hat gedreht.«

Neale beobachtete seine Toppsgasten, die wieder einmal aufenterten, um die Bramsegel zu trimmen.

»Aye, Sir. Der Master ist überzeugt, daß er bis zum Abend noch weiter raumen wird.«

Bolitho lächelte. Dann würde es auch so kommen. Der Master und seinesgleichen durchschauten den Wind, noch ehe er selber wußte, was er wollte.

Sieben Tage seit Plymouth, das hallte wie ein Klagelied in seinem Kopf wider. Sieben Tage – und kaum Resultate. Selbst wenn sein ganzes Geschwader eintraf – was sollte er unternehmen oder anordnen?

Einer einzigen faulen Sache war er bisher auf die Spur gekommen. Alle beide Kommandanten, der derbe junge Duncan von *Sparrowhawk* ebenso wie der noch jüngere Lapish von *Rapid*, hatten die Leichtigkeit erwähnt, mit der die Franzosen die britischen Schiffsbewegungen konterkarierten. Im vergangenen Jahr hatten gut bestückte Linienschiffe immer wieder Häfen dieses Küstenabschnitts angegriffen, doch jedesmal waren die Franzosen darauf vorbereitet gewesen, hatten ihre eigenen Schiffe gefechtsbereit und die Küstenbatterien alarmiert; so war den Angriffen die Spitze genommen.

Und das, obwohl die britischen Geschwader im Norden wie im

Süden jedes angeblich neutrale Fahrzeug aufbrachten, durchsuchten und davonjagten, ehe es die wirkliche Stärke der Blockadeflotte erkunden konnte. Oder ihre Schwäche, dachte Bolitho grimmig.

Die Hände auf dem Rücken, ging er auf dem Achterdeck auf und ab, während er über diese minimale Erkenntnis nachdachte. Vielleicht kundschafteten die Franzosen nachts mit kleinen Fahrzeugen die Briten aus? Nein, die waren zu langsam und zu schwerfällig, um bei einer eventuellen Entdeckung zu entkommen. Eilkuriere, die mit einem Gewaltritt wie damals Browne die Nachricht zu den Befehlshabern entlang der Küste brachten? Möglich, aber unwahrscheinlich. Die schlechten Straßen und großen Entfernungen zwischen den einzelnen Küstenstädten hätten eine zu lange Verzögerung bedingt.

Obwohl er auf der Hut war, merkte Bolitho, daß seine Gedanken doch wieder nach Falmouth abirrten. Inzwischen mußte Belinda zu Hause sein. Zurückgekehrt in ein leeres Haus, wo sein einarmiger Diener Ferguson ihr nach besten Kräften Erklärungen und Trost offerieren würde. Was mochte sie von ihm halten? Sie, die nicht wußte, wozu die Kriegsmarine fähig war?

Belinda war jetzt vierunddreißig und damit zehn Jahre jünger als er. Man konnte nicht verlangen, daß sie auf ihn wartete, daß sie wieder wie in ihrer ersten Ehe Qualen ausstand.

Bolitho blieb stehen und umklammerte den Handlauf der Finknetze. Vielleicht gehörte sie schon jetzt, in diesem Augenblick, einem anderen. Einem Jüngeren vielleicht, der mit beiden Beinen fest an Land verwurzelt war.

Browne trat heran und wünschte ihm mit angegriffener Stimme einen guten Morgen.

Seit Plymouth hatte man Bolithos Adjutanten kaum an Deck gesehen. Aber selbst die älteren Seeleute erzählten mit genüßlichem Schauder, welche Rekorde Browne beim Fischefüttern aufstellte. Doch heute sah er schon etwas besser aus, dachte Bolitho. Ihm kam es vor wie Hohn, daß er selbst sich trotz seiner privaten und dienstlichen Sorgen gesundheitlich nie wohler gefühlt hatte. Das Leben an Bord und das ständige Kommen und Gehen von Männern, deren Gesichter ihm allmählich vertraut waren, erinnerten ihn ständig an seine Jugend als Fregattenkapitän. Er fühlte, daß er körperlich und geistig so fit war wie kaum jemals auf einem viel gewaltigeren Linienschiff.

»Wir müssen heute Kontakt mit *Rapid* aufnehmen, Mr. Browne«, sagte er. »Ich will sie dichter unter Land stationieren – es sei denn, der Master irrt sich mit seiner Wettervorhersage.«

Browne musterte Bolitho nachdenklich. Wie schaffte der Mann das bloß? Visitierte die anderen Schiffe des Geschwaders, besprach mit Neale jede Einzelheit der Küstenhandelsschiffahrt und des örtlichen Schiffsverkehrs und schien niemals müde zu werden.

Vielleicht setzte er sich selbst nur so unter Druck, um nicht ins Grübeln über andere, private Probleme zu geraten. Browne hatte Bolitho inzwischen doch durchschauen gelernt.

»An Deck!«

Browne blickte nach oben und verzog schmerzlich das Gesicht, als er die winzige Gestalt erblickte, die hoch über Deck gefährlich auf der Saling balancierte.

»Segel Steuerbord achteraus!« meldete der Ausguck.

Neale eilte herzu und rief auf ein kurzes Nicken Bolithos: »Alle Mann an Deck, Mr. Pickthorn! Wir gehen sofort über Stag und so hoch an den Wind wie möglich.«

Noch bevor der Erste Offizier sein Sprachrohr angesetzt hatte oder die Bootsmannsmaaten mit schrillenden Pfeifen durchs Mannschaftslogis rannten, stellte Neale schon seine Berechnungen an, obwohl er den Neuankömmling noch gar nicht sehen konnte.

Bolitho beobachtete, wie die Seeleute und Soldaten durch die Luken hasteten und auf beiden Seitendecks entlangrannten, bis sie von den Decksoffizieren und Steuerleuten auf ihre Stationen eingewiesen wurden.

»Es wird schon heller, Sir«, sagte Neale. »Bald werden Sie . . .«

»Bemannt die Brassen! Klar zur Wende!«

»Hartruder!«

Mit wild schlagenden Rahen und Segeln, mit Blöcken, in deren Scheiben die Taue kreischten wie Vögel in Todesnot, drehte *Styx* schwerfällig durch die Seen, wobei Spritzwasser bis zu den Seitendecks einstieg und die an den Brassen ziehenden Seeleute wie mit Schrotkörnern beharkte.

»Voll und bei, Sir! Kurs Südwest zu West!«

Unter Neales wachsamen Blicken wurde das Schiff wieder unter Kontrolle gebracht; es krängte so stark, daß die Stückpforten an der Leeseite fast eintauchten.

»Hinauf mit Ihnen, Mr. Kilburne, und nehmen Sie ein Fernrohr mit«, befahl Neale. Und fügte hinzu, ans Achterdeck im allgemeinen gewandt: »Wenn's ein Franzose ist, erledigen wir ihn, ehe er sich an der Küste verkriechen kann.«

»Große Worte«, murmelte Browne.

Bolitho spürte, daß Allday neben ihm wartete, und hob die Arme, damit der stämmige Bootsführer ihm den Säbel an den Gürtel schnallen konnte. Allday schien plötzlich gealtert zu sein, obwohl er gleich alt war wie Bolitho. Aber die unteren Decks hatten an Komfort nicht viel zu bieten. Selbst für den Bootsführer des Admirals konnte das Leben nicht immer leicht sein dort unten; aber Allday hätte das als erster eifrig abgestritten, genauso wie er verletzt und wütend reagiert hätte, wenn Bolitho ihn nach Falmouth abkommandiert hätte, wo ihn wohlverdiente Bequemlichkeit und Sicherheit erwarteten.

Allday bemerkte Bolithos prüfenden Blick und grinste träge. »Ich kann diesen Milchbärten immer noch das Zittern beibringen, Sir!«

Bolitho nickte bedächtig. Er wußte, wenn es einmal soweit sein würde, dann an einem Tag wie diesem, wenn Allday wie schon so oft die alte Familienwaffe brachte und einen dummen Witz dabei machte, den Neale als Außenseiter nicht mit ihnen belächeln konnte.

Bolitho hob den Blick zum Besanmasttopp, wo seine Flagge so steif auswehte, als sei sie aus bunt bemaltem Metall.

Schließlich riß er sich ärgerlich zusammen. Wenn Beauchamp einen anderen Admiral als ihn mit diesem Auftrag betraut hätte, wäre es ihm auch nicht recht gewesen.

Allday spürte Bolithos Stimmungsumschwung und zog sich beruhigt zurück.

Auf dem Achterdeck hoben sich mehrere Teleskope wie kleine Kanonenrohre, als Kilburnes Stimme hoch und dünn aus dem Masttopp erklang: »An Deck! Es ist ein britisches Schiff, Sir!« Dann eine kleine Pause, während der Midshipman oben wohl mit einer Hand das Signalbuch aufschlug. »Und zwar *Phalarope,* 32 Geschütze, unter Kapitän Emes, Sir!«

»Herr im Himmel«, murmelte Allday.

Mit verschränkten Armen wartete Bolitho, bis sich *Styx* wieder auf einen Wellenkamm hob und er die ferne Segelpyramide auf konvergierendem Kurs sehen konnte. Er hatte gewußt, daß sie an diesem Tag eintreffen würde; als die Leute vorhin an Brassen und Schoten geeilt waren, hatte er den Anlaß dafür vorausgeahnt.

Neale ließ den Blick nicht von ihm. »Ihre Befehle, Sir?«

Bolitho wandte sich um und sah die bunten Flaggen sich an der Signalrah entfalten: Die beiden Schiffe tauschten ihre Kenn-Nummern aus, nachdem sie einander auf den Punkt getroffen hatten. Für fast alle in der Mannschaft bedeutete dies eine willkommene Ablenkung, Unterstützung durch zusätzliche Feuerkraft.

»Bitte drehen Sie bei, sobald es Ihnen paßt«, wies Bolitho seinen Flaggkapitän an. »Und signalisieren Sie an –«, der Name wollte ihm nicht so leicht über die Zunge, »– an *Phalarope,* daß ich umgehend an Bord komme.«

»Aye, Sir.«

Bolitho ließ sich vom Midshipman der Wache ein Teleskop geben und ging zur Luvseite des Achterdecks hinüber. Dabei war er sich jeder seiner Bewegungen bewußt, als sei er ein Schauspieler auf der Bühne.

Mit angehaltenem Atem wartete er, bis das Schiff unter ihm vorübergehend ruhig lag. Und da war sie. Ihre Rahen schwangen schon herum, die Bramsegel und das Großsegel wurden mit Gewalt gebändigt, bis sie sich folgsam auf dem neuen Bug überlegte. Bolitho bewegte das Fernrohr um ein winziges Stück und erkannte – ehe der Bugspriet drüben wieder in einer Wolke von Gischt verschwand – die vertraute Galionsfigur: den vergoldeten Vogel auf dem Delpin.

Sie war noch die alte, und trotzdem stimmte etwas nicht mit ihr. Stirnrunzelnd bewegte Bolitho das Teleskop, bis er die Seeleute drüben wie Ameisen auf den Webeleinen und Seitendecks Laufplanken ausschwärmen sah, das Blau-Weiß der Offiziersuniformen neben dem Ruder erkannte.

Veraltet, das war's, was ihn an ihr störte. Wäßriges Sonnenlicht glänzte auf der hohen Kampanje der Fregatte, und Bolitho sah im Geiste wieder das feine, vergoldete Schnitzwerk vor sich, geschaffen von Meistern ihres Fachs. Ornamente aus einem anderen Jahrhundert. Neubauten wie *Styx* prunkten heutzutage nicht mehr mit solchen pompösen Accessoires, sie waren auch äußerlich zweckmäßiger und nüchterner, ganz auf die Erfordernisse der Seeschlacht oder einer Verfolgungsjagd konstruiert.

Neale ließ sein Fernrohr sinken und sagte heiser: »Alle Teufel der Hölle, Sir, aber mir kommt es vor wie gestern. Als würde man sich selbst zuschauen.«

Bolitho sah zu Allday hinüber, der an den Finknetzen stand, die Fäuste geballt, und der schnell segelnden Fregatte entgegenstarrte, bis ihm der Wind die Tränen in die Augen trieb.

Trotzdem zwang sich Bolitho, wieder hinüberzusehen. Für ihr Alter war sie noch recht flott, reagierte auf den Anblick des Flaggschiffs genauso prompt wie damals, als sie unter Bolithos Kommando nach Antigua gesegelt war.

Neale rief: »Lassen Sie beidrehen, Mr. Pickthorn! Und die Gig aussetzen!«

Browne erkundigte sich: »Werde ich benötigt, Sir?«

»Kommen Sie nur mit, wenn Sie sicher sind, daß Ihnen unterwegs nicht schlecht wird«, antwortete Bolitho.

Allday schritt zur Schanzkleidpforte und wartete, bis die Gig verholt und an den Großrüsten festgemacht war. Neales Bootsführer nickte ihm zu und überließ ihm wortlos seinen Platz an der Pinne. Bolitho sah das alles, ohne es wirklich zu registrieren. Also war die Neuigkeit schon auf dem ganzen Schiff bekannt, wahrscheinlich sogar auf allen Schiffen seines Geschwaders. Er grüßte die Offiziere und Seesoldaten an der Pforte mit einem Griff zum Hut und sagte leise zu Neale an seiner Seite: »Ich werde für uns alle die Bekanntschaft erneuern.«

An wen dachte er dabei? An Allday und Neale, an Herrick daheim in Plymouth, auch an seinen Steward Ferguson, der in der Schlacht bei den Saintes einen Arm verloren hatte. Oder sprach er auch für die anderen, die nie mehr zurückkehren würden?

Dann saß er im Heck der Gig, und die Riemen schlug bereits in die hochgehenden Seen, um das Boot gut frei zu halten von der Bordwand der Fregatte. Allday gab die Kommandos. »Alle Mann – zugleich!« Bolitho sah zu ihm auf, aber Allday hielt den Blick aufs Schiff gerichtet. Sie hatten beide gewußt, daß es so kommen konnte, aber jetzt waren sie befangen.

Bolitho hakte den Halsverschluß seines Bootsmantels auf und schlug ihn so zurück, daß die Goldepauletten mit ihrem neuen silbernen Stern sichtbar wurden.

Die *Phalarope* war nichts weiter als ein Schiff, das sein mageres Geschwader verstärken sollte, sagte er sich. Aber dann gewahrte er Alldays verkrampfte Schulterhaltung und wußte, er machte sich etwas vor.

Nach dem Knarren der Riemen und dem Klatschen des Spritzwassers kam es Bolitho an Deck der *Phalarope* seltsam still vor. Er rückte seinen Hut wieder zurecht und nickte kurz dem Offizier der Marineinfanterie zu, der seine Männer zum Empfang des Admirals in zwei scharlachroten Reihen aufgestellt hatte.

»Kapitän Emes?« Bolitho reichte dem schlanken, mittelgroßen Mann, der auf ihn zutrat, die Hand; sein erster Eindruck war der von mißtrauischer Wachsamkeit, ein jugendliches Gesicht, dessen Mund schon harte, von Autorität geprägte Linien aufwies.

Emes sagte: »Es ist mir eine Ehre, Sie an Bord begrüßen zu dürfen, Sir.« Auch in der Stimme lag Wachsamkeit und Schärfe, als hätte er die Worte für diesen Anlaß vorher eingeübt. »Obwohl ich annehme, daß Sie *Phalarope* besser kennen als ich.« Hinter den gelassenen Augen schien sich ein Schleier herabzusenken, als bedaure er, schon zuviel gesagt zu haben. Er wandte sich halb zu seinen Offizieren, um sie Bolitho vorzustellen, aber sein Blick irrte schon weiter, suchte Fehler oder Mängel, irgend etwas, das seiner Schiffsführung ein schlechtes Zeugnis ausstellen mochte.

Bolitho konnte verstehen, daß ein Kommandant auf seinen neuen Admiral den besten Eindruck machen wollte, hing doch vielleicht sein Wohl und Wehe in der Zukunft davon ab. Aber er erriet, daß bei Emes noch mehr dahintersteckte. Daß er mit 29 Jahren schon Kapitän war und ein eigenes Schiff kommandierte, hätte ihn mit Stolz und mehr Selbstvertrauen erfüllen müssen.

Kurz und sachlich fuhr Emes fort: »Und auch meinen Ersten dürften Sie besser kennen als ich, Sir.« Er machte einen Schritt zur Seite, als wollte er Bolithos Reaktion beobachten.

Bolitho rief: »Adam! Das ist eine Überraschung.«

Leutnant Adam Pascoe wirkte in seiner Freude und Verlegenheit noch jünger als einundzwanzig. »Ich – tut mir leid, Onk ... Sir«, stammelte er errötend. »Ich hatte keine Gelegenheit mehr, dich zu benachrichtigen. Meine Ernennung kam völlig überraschend, und ich mußte mit der ersten Post nach Irland aufbrechen.«

Sie musterten einander prüfend, als wären sie Brüder, nicht Onkel und Neffe.

Verlegen fügte Pascoe hinzu: »Sobald ich gehört hatte, auf welchem Schiff ich Dienst tun sollte, konnte ich kaum noch an anderes denken, muß ich gestehen.«

Bolitho schritt weiter und begrüßte den Zweiten und Dritten

Offizier, den Master, den Schiffsarzt und den Hauptmann der Seesoldaten. Hinter ihnen standen die Midshipmen und viele Decksoffiziere, umgeben von den dichtgedrängten Reihen neugieriger Matrosen, alle so überrascht über den unerwarteten hohen Besuch gleich bei ihrem ersten Einsatz, daß ihnen die private Wiedersehensszene an der Schanzkleidpforte entging.

Bolitho ließ den Blick übers obere Batteriedeck wandern, bemerkte die sauber aufgeschossenen Leinen und das straffe Rigg. Er erinnerte sich an das Gefühl, als er zum erstenmal den Fuß an Bord dieses Schiffes gesetzt hatte.

Schließlich räusperte er sich. »Lassen Sie die Männer wegtreten, Kapitän Emes, und gehen Sie in Luv von *Styx* auf Position.« Die Überraschung in Emes' Augen entging ihm. »Allday«, fuhr er fort, »schick die Gig zurück. Du selbst bleibst bei mir.«

Die Menge der Umstehenden löste sich in ein systematisches Chaos auf, als die Pfeifen das Signal zum Wegtreten gaben. Innerhalb von fünf Minuten hatte Emes die Untersegel und Bramsegel wieder anbrassen lassen; obwohl einige Seeleute auf die Kommandos noch langsam und sogar ungeschickt reagierten, war doch nicht zu übersehen, daß an Bord offensichtlich hart exerziert worden war, seit die *Phalarope* ihren Heimathafen verlassen hatte.

»Prächtiges Schiff, Sir«, meinte Browne mit einem Blick auf die hart in die Brassen einfallenden Seeleute.

Bolitho schritt das Luv-Seitendeck hinunter, wobei er weder die neugierigen Blicke der Seeleute rundum bemerkte noch Emes' Schatten hinter ihm.

Aber plötzlich blieb er stehen und deutete auf eine Stelle unterhalb der gegenüberliegenden Laufplanke. Kein Wunder, daß ihm das Schiff verändert schien: Statt der gewohnten Zwölfpfünder standen gedrungene Karronaden an den Stückpforten. Zwar wurden Karronaden oder »Zerschmetterer«, wie sie von den Seeleuten respektvoll genannt wurden, fast auf jedem Kriegsschiff gefahren, gewöhnlich vorn am Bug auf jeder Seite eine. Sie wurden mit bis zu 68 Pfund schweren Kartätschenkugeln geladen, die beim Aufprall zerplatzten und den Feind mit einem mörderischen Eisenhagel überschütteten, beispielsweise bei einem Schuß in das ungeschützte Heck. Aber eine ganze Schiffsbatterie nur aus Karronaden? Niemals! Zwar hatte man vor kurzem auf einer anderen Fregatte, der *Rainbow,* einen entsprechenden Versuch unternommen, aber es war ein Mißerfolg gewesen und im Nahkampf sogar ausgesprochen gefährlich für die eigenen Leute.

Emes beeilte sich zu erläutern: »Sie waren schon montiert, bevor ich die Aufsicht über die Wiederausrüstung des Schiffes erhielt, Sir. Wie ich hörte, entschloß man sich für Karronaden, als *Phalarope* für diesen Sektor hier bestimmt wurde.« Er machte eine Geste zum Achterdeck hin. »Aber ich habe immer noch acht Neunpfünder, Sir.«

Bolitho war Emes' defensiver Ton nicht entgangen. Er bemerkte nur: »Admiral Sir George Beauchamp muß gründlicher vorausgeplant haben, als ich vermutete.« Als Emes darauf nicht mit der Wimper zuckte, schloß Bolitho, daß er von ihren Einsatzbefehlen noch nichts wußte.

Ein Midshipman rief: *»Styx* signalisiert, Sir.«

Emes blaffte: »Komme sofort.« Aber es klang Erleichterung durch. »Wenn Sie mich jetzt entschuldigen, Sir?«

Bolitho nickte und schritt weiter das Seitendeck hinunter, hörte im Geist für immer verstummte Stimmen, sah fast schon vergessene Gesichter wieder vor sich.

Ein sauberes, diszipliniertes Schiff mit einem Kommandanten, der keinerlei Mätzchen duldete. Immer noch konnte er es kaum glauben, daß Pascoe hier Erster war. Als hätte er das alte Schiff von ihm geerbt. Jedenfalls war sein sehnlichster Wunsch damit fast verwirklicht, sagte sich Bolitho. Ihm selbst wäre es in dem Alter nicht anders gegangen.

Allday hinter ihm murmelte: »All diese Karronaden, Sir – wenn sie eine Breitseite abfeuern muß, zerreißt es ihr den Bauch.«

An der Back verhielt Bolitho, eine Hand auf einem abgewetzten Handlauf. »Hier hast du gestanden, Allday, damals bei den Saintes.«

Allday sah sich auf dem schrägliegenden Deck um. »Aye, Sir. Ich und ein paar andere.« Aber dann riß er sich aus seiner Melancholie. »Gott, haben uns die Franzosen an dem Tag eingeheizt, das muß der Neid ihnen lassen! Ich sah den Ersten fallen und kurz darauf den Zweiten. Mr. Herrick, jung, wie er damals war, mußte ihren Platz einnehmen, und ich selbst dachte mehr als einmal, mein letztes Stündlein hätte geschlagen.« Er schaute in Bolithos überschattetes Gesicht. »Ich sah auch Ihren Bootsführer sterben, den alten Stockdale. Als er Ihnen den Rücken deckte, vor dem Feuer der französischen Scharfschützen.«

Bolitho nickte schmerzlich. Er hatte nicht einmal bemerkt, daß Stockdale sich für ihn geopfert hatte.

Allday rang sich ein trauriges Grinsen ab. »Damals schwor ich mir, Sir, wenn Sie am nächsten Tag noch lebten, dann wollte ich Stockdales Stelle bei Ihnen einnehmen. Seitdem habe ich das zwar mehr als einmal bedauert, Sir, aber trotzdem ...«

Pascoe kam die Leiter vom Batteriedeck heraufgeklettert. »Kapitän Emes hat mich abgestellt, Sir, Sie durchs Schiff zu führen.« Verlegen lächelnd blickte er sich um. »Ich nehme an, sie hat sich ziemlich verändert?«

Bolitho warf einen Blick nach achtern und sah Emes' Gestalt sich dunkel vom blauen Himmel abheben. Wahrscheinlich beobachtete er sie und fragte sich, welche Vertraulichkeiten sie austauschten, an denen er nie teilhaben würde. Bolitho kam sich schäbig vor, aber er mußte einfach fragen.

»Hast du Mrs. Laidlaw gesehen, Adam?«

»Nein, Sir. Ich mußte noch vor ihrer Rückkehr aufbrechen. Aber natürlich habe ich einen Brief für sie hinterlassen.«

»Danke.«

Nun war er doch froh, daß er Pascoe von seinem Vater erzählt hatte. Andernfalls ...

Als könne er Gedanken lesen, sagte sein Neffe: »Als Vater während der amerikanischen Revolution gegen uns kämpfte, hat er doch auch dieses Schiff hier angegriffen. Ich habe lange darüber nachgedacht und nachzuempfinden versucht, was das für euch beide bedeutet hat.« Ängstlich starrte er Bolitho an, dann sprudelte er hervor: »Egal, ich wollte unbedingt an Bord, Onkel. Notfalls auch als rangniedrigster Offizier.«

Bolitho ergriff seinen Arm. »Das freut mich – für dich *und* für das Schiff.«

Ein Midshipman kam nach vorn gerannt und griff grüßend zum Hut. »Empfehlung des Kommandanten, Sir, es liegt eine Nachricht für Sie vor.«

Auf dem Achterdeck schien Emes von den Neuigkeiten nicht weiter aus der Ruhe gebracht. »*Styx* hat eine Brigg gesichtet, Sir, im Süden von uns.« Ärgerlich blickte er nach oben, als sein eigener Ausguckposten das fremde Segel meldete. »Der da muß blind geworden sein.«

Bolitho wandte sich ab, um sein Lächeln zu verbergen. Denn er wußte, daß Neale den Ausguck gehenden Midshipman im Topp oft mit einem starken Teleskop versah, wenn die Sicht so gut war, daß es sich lohnte.

Emes hatte seinen Ärger schnell wieder unter Kontrolle. »Darf ich Sie jetzt zu einem Glas Wein in die Kajüte einladen, Sir?«

Wieder mußte Bolitho den Mann ansehen. Er spürte, daß Emes sich vor ihm fürchtete; zumindest fühlte er sich sehr unbehaglich.

»Ja, danke. Signalisieren Sie *Styx,* sie soll Näheres auskundschaften, während wir uns diesen Schluck gönnen.«

Die Kajüte war so sauber und ordentlich wie das ganze Schiff, nichts lag herum, was über die Persönlichkeit ihres Bewohners Aufschluß gegeben hätte.

Emes füllte zwei Weingläser, während Bolitho durch die salzverkrusteten Heckfenster starrte und der auf ihn einstürmenden Erinnerungen Herr zu werden versuchte.

»Mr. Pascoe hält sich gut, Sir, so jung er auch ist.«

Bolitho musterte Emes über den Rand seines Weinglases. »Und wenn es anders wäre, würde ich keinerlei Nachsicht erwarten, Kapitän Emes.«

Diese unverblümte Antwort verunsicherte Emes. »Aha, verstehe, Sir. Aber man weiß ja, was die Leute so denken.«

»Ja? Und was denke ich, Kapitän?«

Emes schritt in der Kajüte auf und ab. »Die Flotte hat so wenig erfahrene Offiziere, Sir, und ausgerechnet mir hat man das Kommando über dieses alte Schiff gegeben.« Er wartete auf ein Zeichen Bolithos, ob er zu weit gegangen war, aber als keines kam, fuhr er entschlossen fort: »Sie war einmal ein feines Schiff, Sir, und unter Ihrem Kommando wurde sie sogar berühmt. Aber jetzt –«, wie ein gefangenes Tier blickte er sich gehetzt um, »jetzt ist sie veraltet, die Spanten und Planken sind morsch vom Hafenliegen. Trotzdem bin ich froh, daß ich sie bekommen habe.« Er blickte Bolitho direkt ins Gesicht. »*Dankbar* wäre der treffendere Ausdruck.«

Langsam stellte Bolitho sein Weinglas auf den Tisch zurück. »Jetzt erinnere ich mich.«

Er hatte nur an seine eigenen Probleme gedacht, an das unvermutete Auftauchen seines alten Schiffes, so daß er an seinen neuen Kommandanten kaum einen Gedanken verschwendet hatte. Aber jetzt fiel es ihm wie Schuppen von den Augen. Natürlich, er hatte Kapitän Daniel Emes von der Fregatte *Abdiel* vor sich, der vor etwa einem Jahr als Angeklagter einem Kriegsgericht gegenübergestanden hatte. Wie konnte ihm das entfallen sein? Nur wenige Meilen von ihrem augenblicklichen Standort entfernt hatte Emes das Gefecht mit einem überlegenen Feind abgebrochen und damit zugelassen, daß ein anderes britisches Schiff erbeutet wurde. Gerüchteweise war verlautet, daß nur die frühe Beförderung zum Kapitän und seine bisher makellose Führung Emes vor der unehrenhaften Entlassung bewahrt hatten.

Es klopfte, und Browne spähte mit unschuldigem Gesicht herein. »Bitte um Vergebung, Sir, aber *Styx* signalisiert, daß sie mit der Brigg Kontakt hat. Sie kommt mit Depeschen vom Süd-Geschwader.« Kurz streifte sein Blick Emes' angespanntes Gesicht. »Der Brigg ist offenbar sehr daran gelegen, baldmöglichst in Kontakt mit Ihnen zu kommen.«

»Ich kehre gleich auf *Styx* zurück.« Und nachdem Browne sich eilig zurückgezogen hatte, fügte Bolitho, an Emes gewandt, hinzu: »Als ich damals hier das Kommando übernahm, war *Phalarope* zwar ein viel jüngeres Schiff, aber auch ein sehr viel schlechteres als heute. Vielleicht scheint sie Ihnen zu alt für die Aufgabe, die man uns gestellt hat. Vielleicht glauben Sie außerdem, daß sie für einen Offizier von Ihrer Erfahrung und Tüchtigkeit bei weitem nicht gut genug ist.« Er griff nach seinem Hut und schritt zur Tür. »Zu dem ersten Vorbehalt kann ich mich nicht äußern, aber zum letzteren werde ich mir ganz bestimmt meine eigene Meinung bilden. Und was mich betrifft, sind Sie einer meiner Kommandanten, sonst nichts.« Er sah Emes offen ins Gesicht. »Die Vergangenheit lassen wir ruhen.«

Die Wände der Kajüte schienen ihm seine letzten Worte höhnisch an den Kopf zu werfen. Aber er mußte Emes vertrauen, mußte ihn dazu bringen, sein Vertrauen auch zu erwidern.

Heiser sagte Emes: »Danke für dieses Wort, Sir.«

»Noch eine Frage, bevor wir zu den anderen gehen, Kapitän Emes. Wenn Sie sich morgen in der gleichen Lage wiederfänden, die Sie damals vors Kriegsgericht gebracht hat – wie würden Sie sich diesmal entscheiden?«

Unschlüssig hob Emes die Schultern. »Das habe ich mich schon tausendmal gefragt, Sir. Ehrlich gesagt, ich weiß es nicht.«

Bolitho berührte seinen Arm, fühlte die Verkrampfung und Wachsamkeit, die von den Goldtressen nur äußerlich kaschiert wurde.

Er lächelte. »Wäre Ihre Antwort anders ausgefallen, hätte ich wahrscheinlich mit der nächsten Kurierbrigg eine Ablösung für Sie angefordert.«

Später, als die beiden Fregatten dichter nebeneinander kreuzten und die ferne Brigg mehr Segel setzte, um schneller zu ihnen aufzuschließen, stand Bolitho an der Querreling des Achterdecks und blickte über das Schiff hinweg nach vorn. Er hörte Emes hinter sich auf seine gewohnt knappe Art Befehle bellen. Ein schwieriger Mann, der aber auch eine schwere Last mit sich herumtrug.

Unvermutet meldete Allday sich zu Wort. »Na und, Sir, was halten Sie davon?«

Bolitho lächelte ihn an. »Ich bin froh, daß sie wieder da ist, Allday. Hier und heute gibt es viel zu wenig Veteranen.«

Bolitho wartete so lange, bis die Gläser alle gefüllt waren und seine Erregung sich etwas gelegt hatte. Die Achterkajüte der *Styx* lag gemütlich im Schein der Deckenlampen, und obwohl das Schiff nach wie vor schwer arbeitete, spürte Bolitho doch, daß die See sich etwas beruhigt hatte; genau wie der Master prophezeit hatte, war der Wind auf Nordwest umgesprungen.

Er warf einen Blick in die Runde. Trotz der Dunkelheit vor den Heckfenstern konnte er sich vorstellen, wie die anderen Schiffe *Styx* in Kiellinie folgten, während ihre Kommandanten hier an Bord ihrem Admiral Bescheid taten. Nur der junge Kommandant von *Rapid* fehlte, weil er irgendwo im Nordosten wachsam auf und ab stand, jederzeit bereit, mit halbem Wind herbeizueilen und sein Geschwader zu alarmieren, sollten die Franzosen im Schutz der Dunkelheit einen Ausbruchsversuch wagen.

Was würden die Familien dazu sagen, wenn sie ihre Söhne an diesem Abend hier so sehen könnten? fragte sich Bolitho. Zum Beispiel den derben, rotwangigen Kapitän Duncan, Kommandant der *Sparrowhawk,* der gerade mit viel Elan und zu Neales offensichtlicher Erheiterung von seiner jüngsten Affäre mit der Frau eines Richters in Bristol erzählte. Oder Emes von der *Phalarope,* wachsam und sehr beherrscht, der nur beobachtete und zuhörte. Browne, der sich auf die breiten Schultern von Neales Diener stützte und seine gemurmelten Kommentare abgab.

An Bord der drei Schiffe, die Bolithos kleinem Geschwader angehörten, würden sich die Ersten Offiziere jetzt den Kopf darüber zerbrechen, was bei diesem Kommandantentreffen wohl beschlossen werden mochte. Wie würde das Ergebnis ihr Schicksal beeinflussen? Es konnte Beförderung bedeuten oder Tod, vielleicht sogar den Befehl über das Schiff, wenn ihr Vorgesetzter fallen sollte.

Der Diener hatte allen eingeschenkt, richtete sich auf und verschwand leise aus dem Raum.

Bolitho lauschte kurz auf das Gurgeln des Wassers am Ruder, auf das leise Schlagen der Heißleinen und den ruhelosen Schritt des Wachhabenden über ihren Köpfen. Solch ein Schiff war wie ein lebendes Wesen.

»Gentlemen – auf Ihr Wohl!«

Damit ließ er sich wieder am Tisch nieder und drehte eine Seekarte herum. Seine drei Schiffe hielten im Augenblick auf die Küste zu, genauer gesagt auf die Loire-Mündung, aber das war nicht weiter ungewöhnlich. Unzählige britische Schiffe vor ihm hatten das gleiche getan, entweder im Verband oder einzeln, um die französische Flotte in Atem zu halten und ihre wichtigen Versorgungs- und Verbindungswege zu blockieren.

Die am Tage eingetroffene Kurierbrigg war inzwischen schon wieder unterwegs, Kurs Nord und heim nach England. Sie hatte Depeschen vom Befehlshaber des Süd-Geschwaders an Bord, Berichte und Informationen, die eines Tages für die Lagebeurteilung durch die Admiralität bedeutsam werden mochten.

Aber dem üblichen Marinebrauch entsprechend hatte der Kommandant der Brigg Anweisung gehabt, mit jedem ranghöheren Offizier Kontakt aufzunehmen, dessen Schiff er unterwegs begegnete. Und ein scharfäugiger Ausguckposten hatte dafür gesorgt, daß dieser Offizier Bolitho war.

Er sagte nun: »Inzwischen kennen Sie alle in groben Zügen unseren Einsatzbefehl und damit den wahren Grund für unsere Anwesenheit in diesem Sektor.«

Er musterte die gespannten Gesichter; alle waren so jung und ernst, dachten wohl jeder an die angeblich geheimen Friedensverhandlungen, deren erfolgreicher Ausgang für sie jede Aussicht auf baldige Beförderung zunichte machen konnte. Bolitho verstand das recht gut. Zwischen den beiden Kriegen war er selbst einer der wenigen Glückspilze gewesen, denen man ein Schiff überantwortet hatte, während die meisten Offiziere verarmt und von niemandem gebraucht an Land versauerten.

»Vor einer Woche stießen unsere Patrouillen im Süden auf ein spanisches Handelsschiff und wollten es aufbringen. Da es schon fast dunkel war, suchte der Spanier sein Heil in der Flucht. Aber er hatte mehrere Einschußlöcher im Rumpf, außerdem ging seine Ladung über, deshalb begann er zu kentern. Unsere Entermannschaft kam gerade noch rechtzeitig, um die Schiffspapiere an sich zu nehmen und zu entdecken, daß die Ladung aus Bausteinen bestand. Mit etwas Nachhilfe gestand der spanische Kapitän schließlich, daß seine Ladung für *diesen* Sektor bestimmt war.« Bolithos Finger pochten auf eine Stelle der Seekarte. »Er liegt vierzig Seemeilen südlich von unserem jetzigen Standort: die Ile d'Yeu.«

Wie er erwartet hatte, war ihre Erregung allmählich der Enttäuschung gewichen, deshalb beschloß er, sie nicht länger auf die Folter zu spannen.

»Der spanische Kapitän berichtete, daß er schon mehrmals bei der Insel gewesen war und dort jedesmal eine Ladung Steine gelöscht hatte.« Bolitho nahm den Stechzirkel auf und ließ ihn über die Karte wandern. »Außerdem informierte er uns, daß der Ankerplatz voll kleiner Fahrzeuge liege, die alle neu und frisch ausgerüstet seien. Ihren Verwendungszweck konnte er uns nicht nennen – bis man ihm Zeichnungen vorlegte, welche französische Landungsboote zeigten, wie sie jetzt in den Kanalhäfen zusammengezogen werden.« Zufrieden registrierte Bolitho das plötzlich wiedererwachte Interesse der Tischrunde. »Sie waren absolut identisch. Während wir also Belle Ile und Lorient überwachen, kann der französische Admiral seine Flottillen von Landungs- und Mörserbooten jederzeit nach Norden in Marsch setzen, wenn er weiß, daß die Luft rein ist.«

Duncan öffnete den Mund, schloß ihn aber gleich wieder.

»Kapitän Duncan«, sagte Bolitho, »Sie haben eine Frage?«

»Die Bausteine, Sir. Ihr Zweck leuchtet mir nicht ein. Selbst für Schiffsneubauten braucht man nicht solche Mengen Ballast, und wenn, müßten sie doch leicht in der näheren Umgebung der Werften zu finden sein.«

»Vielleicht nehmen sie die Steine nur vorübergehend als Ballast auf, und zwar bis zur endgültigen Indienststellung in Lorient oder Brest. Dort könnten die Steinladungen dann gelöscht und zur Verstärkung der Festungswälle und Landbatterien verwendet werden. Das wäre zweckmäßig und würde sehr viel weniger Aufmerksamkeit erregen als ein Transport auf größeren Schiffen. Wie dem auch sei, meine Herren, wir haben die ganze Zeit das falsche Gebiet überwacht. Aber jetzt sind wir klüger, und ich beabsichtige, aufgrund dieser Informationen zu handeln.«

Neale und Duncan grinsten einander an, als wären sie Verbündete in einer Schlacht, die bereits geschlagen und gewonnen war.

Emes dagegen wandte ein: »Aber ohne Verstärkung wird das eine harte Nuß für uns, Sir. Ich kenne die Ile d'Yeu und das schmale Fahrwasser zwischen ihr und der Küste. Eine Reede, die leicht verteidigt, aber schwer angegriffen werden kann.« Sein Gesicht erstarrte wieder zur Maske, weil ihn die anderen so anfunkelten, als hätte er einen unerhörten Fauxpas begangen.

»Gut gesagt.« Bolitho legte beide Hände flach auf die Seekarte. »Deshalb starten wir auch ein Ablenkungsmanöver. Die Franzosen bekommen uns dort zu sehen, wo sie uns erwarten, und werden deshalb nicht mit einem Überfall in so engen Gewässern rechnen.« Er drehte sich zu Browne um, der schon seit einigen Minuten seine Aufmerksamkeit zu erregen versuchte. »Ja?«

»Sir, wenn wir warten, bis Verstärkung eintrifft – was ja auch Sir George Beauchamps ursprünglichem Plan entspräche –, dann hätten wir doch gewiß bessere Erfolgsaussichten? Andererseits, wenn die Kurierbrigg mit neuen Befehlen zurückkehrt, die unseren jetzigen Auftrag widerrufen, dann hätten wir verfrüht gehandelt und besser nichts getan.«

»Nichts tun, Mann?« explodierte Duncan. »Was reden Sie da?«

Aber Bolitho lächelte. »Ich verstehe, was Sie damit sagen wollen, Browne.«

Wie Herrick und Allday, so versuchte auch Browne nur, ihn zu schützen. Wenn sein Angriff mißlang, würde die Friedenspartei seinen Kopf fordern. Wenn er sich andererseits jetzt still verhielt, konnte niemand ihm daraus einen Vorwurf machen. Aber Beauchamps Vertrauen wäre damit bitter enttäuscht.

Deshalb sagte er ruhig: »Wenn es zum Friedensschluß kommt, dann soll das unter gleichen und fairen Bedingungen geschehen, nicht unter der Drohung einer Invasion. Und wenn der Krieg später wieder ausbricht, müssen wir schon heute sicherstellen, daß unsere Leute nicht von dem Augenblick an, da der Friedensvertrag zerrissen wird, auf verlorenem Posten kämpfen. Ich wüßte also nicht, was mir anderes übrigbliebe.«

Duncan und Neale nickten eifrig, aber Emes wischte sich nur mit ausdruckslosem Gesicht ein loses Fädchen vom Ärmel. In der

Stille hörte Bolitho Smiths Feder über das Papier kratzen.

Er fügte hinzu: »Ich habe schon zu viele Schiffe verlorengehen sehen, zu viele Menschen sterben, als daß ich eine Chance ignorieren könnte, die für unsere Zukunft wichtig, ja entscheidend ist. Also schlage ich vor, meine Herren, daß Sie an Bord zurückkehren und Ihre Pflicht tun, genau wie ich hier.«

Als die drei Kommandanten die Kajüte verlassen hatten, sagte Bolitho zu Browne: »Dank für Ihre Sorge um mich, Oliver. Aber ich hatte von Anfang an keine andere Wahl. Auch ohne diese neuen Informationen hätte ich jetzt losschlagen müssen. Zumindest weiß ich nun, wo. Nur das Wie herauszufinden, dauert immer ein bißchen länger.«

Browne lächelte gerührt, weil Bolitho seinen Vornamen benutzt und ihm seine Überlegungen anvertraut hatte. Doch als der Admiral fortfuhr, war sein Ton wieder distanziert, als sei er in Gedanken bereits woanders.

»Aber etwas geht mir nicht aus dem Kopf . . .« Er dachte an den verbitterten und reservierten Emes, an seinen wunschlos glücklichen Neffen Adam, an die junge Frau in Falmouth. »Wenn ich wüßte, was das ist, wäre mir schon sehr viel wohler.«

Falls es nicht schon zu spät ist, dachte er insgeheim.

IV Kampfgeist

Sieben Tage nach dem Treffen der Kommandanten wartete Bolitho immer noch ungeduldig auf neue Nachrichten. Ihm kam es so vor, als hätte die Welt jenseits von *Styx* ihn vergessen oder schon abgeschrieben.

Die beiden anderen Fregatten hatte er absichtlich nach Belle Ile geschickt, damit sie die Insel und ihre Zufahrten für alle sichtbar kontrollierten. So mußten die Franzosen glauben, die Blokkade sei in vollem Umfang aufrechterhalten. Und während *Styx* im Süden auf einem Dreieckskurs mit jeweils zwanzig Meilen langen Seiten langsam hin und her kreuzte, hielt die kleine Brigg Verbindung zwischen den drei Schiffen.

Die Untätigkeit machte Bolitho fast verrückt; nur mit Mühe hielt er sich zurück, wenn er bei jedem Ruf aus dem Ausguck oder bei jeder ungewohnten Unruhe draußen an Deck stürzen wollte. Auch das Wetter war keine große Hilfe. Der Wind war abgeflaut und nur noch eine schwache Brise, die kaum die blaugraue Oberfläche des Golfs kräuselte. Die Mannschaft hatte sich an die Gegenwart ihres Admirals gewöhnt und wurde allmählich nachlässig und schnodderig. Es gab gelegentlich Seeleute, die über dem Spleißen und Betakeln, dem Polieren und Nähen sich ein schnelles Nickerchen erlaubten, und manche enterten nur auf, um oben an einem sicheren Platz ungestörter schlafen zu können.

Bolitho war es nicht entgangen, daß weder Neale noch Browne die ausbleibende Unterstützung erwähnten, die sie aus dem Süden oder dem Norden längst hätte erreichen sollen. Beauchamps Befehle hätten inzwischen in Aktionen umgesetzt werden müssen, selbst aus Gibraltar hätten die versprochenen Mörserboote längst eintreffen sollen, deren Hilfe er so dringend benötigte. Wenn Browne schwieg, dann bedeutete das, daß er und nicht sein Konteradmiral recht behielt: Sie hatten keine Unterstützung mehr zu erwarten, denn Beauchamps sorgfältig ausgearbeiteter Einsatzplan blieb offenbar absichtlich in irgendeiner Stahlkassette der Admiralität liegen, bis man ihn unbeschadet vergessen konnte.

Allday betrat die Kajüte und nahm Bolithos Säbel von der Wand, um ihn wie jeden Tag zu polieren. Zögernd blieb er stehen, während seine mächtige Gestalt leicht mit den Bewegungen des Schiffes hin und her schwankte.

»Die Brigg könnte auch aufgehalten worden sein, Sir«, sagte er schließlich. »Sie hat den Wind von vorn, und es braucht Zeit, durch den Kanal zu kreuzen. Ich weiß noch, als wir . . .«

Bolitho schüttelte den Kopf. »Jetzt nicht mehr. Ich weiß, du meinst es gut, aber sie hatte viele Tage Zeitreserve, selbst bei schlechtestem Wetter. Diese Kuriere verstehen ihr Handwerk.«

Allday seufzte. »Trotzdem brauchen Sie sich keine Vorwürfe zu machen, Sir.« Er wartete ab, ob Bolitho ihm diese Bemerkung verübeln würde. »Seit Tagen kommen Sie mir vor wie ein Falke an der Fessel, der fliegen will, aber nicht kann.«

Bolitho ließ sich auf die Bank unter den Heckfenstern sinken. Seltsam, daß er mit seinem vierschrötigen Bootsführer über so vieles sprechen konnte, was er Neale oder seinen anderen Offizieren gegenüber niemals auch nur angedeutet hätte. Es hätte auf sie gewirkt wie Schwäche oder Unsicherheit – beides Eigenschaften, die den Ausschlag gaben, wenn die Luft voll Eisen war und Mut so nötig wie nie zuvor.

Vielleicht hatte Allday ja recht gehabt, und dieser neue Auftrag war zu früh gekommen nach der kräftezehrenden Ostsee. Schließlich mußte Allday das besser wissen als alle anderen, denn er hatte ihn auf seinen Armen davongetragen, als seine Wunde wieder aufgebrochen und er fast daran gestorben war.

Also fragte er nur: »Und was tut dein gefesselter Falke, Allday?«

Allday hob den alten Säbel vor die Augen und ließ die Sonnenreflexe darauf spielen, bis die Schneide wie ein Goldfaden glänzte.

»Er wartet auf den richtigen Moment, Sir. Wenn sein Los die Freiheit ist, dann wird er sie auch irgendwann gewinnen.«

Beide blickten zur Decke, überrascht vom Ruf des Ausgucks, dessen Stimme durch das offene Skylight zu ihnen herunterdrang: »An Deck! Segel Backbord achteraus!«

Schritte polterten über die Decksplanken, und eine andere Stimme bellte: »Verständigen Sie den Kommandanten, Mr. Manning! Mr. Kilburne, entern Sie auf, aber blitzartig!«

Bolitho und Allday wechselten Blicke. Jetzt kam das, was Bolitho am meisten haßte: warten, untätig bleiben, statt an Deck zu stürzen zu den anderen und sich selbst ein Bild zu machen. Aber nein, der Kommandant war Neale.

Stimmen erklangen auf dem Achterdeck, blieben jetzt aber unverständlich. Entweder hatte Neales Erscheinen die Lautstärke gedämpft, oder es lag an der Tatsache, daß das Skylight über der Achterkajüte zugeklappt war.

Allday murmelte: »Hol sie der Teufel – die brauchen eine Ewigkeit.«

Doch als dann endlich ein atemloser Midshipman hereinstürzte und mit besten Empfehlungen des Kommandanten meldete, daß ein Segel von Backbord achteraus zu ihnen aufschloß, fand er seinen Admiral gelassen und seelenruhig auf der Heckbank sitzen und seinem ganz aufs Säbelpolieren konzentrierten Bootsführer zuschauen.

Oben auf dem Achterdeck brannte die Sonne und warf den Schatten des Riggs wie ein riesiges Gitternetz auf die weißgescheuerten Decksplanken.

Bolitho trat zu Neale an die Finknetze. Wie alle anderen Offiziere hatte er seinen schweren Rock abgelegt und trug nur Hemd und Breeches, weshalb er sich in nichts von seinen Untergebenen abhob. Wenn irgendeiner von den rund zweihundertvierzig Männern an Bord den Admiral nach zwei Wochen immer noch nicht erkannte, dachte Bolitho, dann war ihm eben nicht mehr zu helfen.

Neale berichtete: »Der Ausguck rief etwas von zwei Schiffen, Sir. Aber bei dem Hitzeflimmern läßt es sich noch nicht genau sagen.«

Bolitho nickte; vor lauter Ungeduld war ihm entgangen, daß er den Kommandanten fast grimmig angefunkelt hatte.

»An Deck! Es ist eine Brigg, Sir!« Nach einer Pause setzte Kilburne hinzu: »Und – und noch eine Brigg, Sir!«

Der Master brummte mißbilligend: »Da soll doch der Teufel dreinfahren!«

Neale legte die Hände trichterförmig um den Mund und rief nach oben: »Was soll das heißen, verdammt noch mal – Sir?«

Der Zweite Offizier, der die Wache hatte, wollte in die Bresche springen. »Ich könnte aufentern, Sir, und ...«

»Sie bleiben hier!« Neale fuhr zu seinem Ersten Offizier herum. »Mr. Pickthorn, da ich offenbar von lauter Blinden und Krüppeln umgeben bin, muß ich Sie bitten, oben nach dem Rechten zu sehen.«

Pickthorn verbiß sich ein Grinsen und war schon halbwegs die Webeleinen aufgeentert, ehe Neale sein seelisches Gleichgewicht wiedergefunden hatte.

Die Luft vibrierte unter den Schallwellen eines entfernten Kanonenschusses, und Bolitho mußte sich nach Lee abwenden, um seine Ungeduld zu verbergen.

»Deck! Es ist die *Rapid,* Sir! Sie verfolgt ein anderes kleines Schiff, vermutlich eine Yawl.«

Neale spähte zum Toppstander hinauf und zu den lustlos killenden Segeln. »Hol's der Henker! Wir haben keine Chance, sie einzuholen!«

Scharf fragte Bolitho: »Welcher Kurs zur Ile d'Yeu?«

Neale dachte offenbar immer noch an die unerreichbare Prise, deshalb beantwortete der Master Bolithos Frage. »Genau Ost, Sir.«

Bolitho kam quer übers Deck heran, wobei er die neugierigen Blicke der Umstehenden völlig ignorierte.

»Wenden Sie das Schiff, Kapitän Neale, und kreuzen Sie nach Luv auf!« befahl er. »Wenn Sie auf Signaldistanz an *Rapid* heran sind, befehlen Sie ihr, die Verfolgung abzubrechen.«

Pickhorn landete mit einem Poltern an Deck. Heiser berichtete er: »Die Yawl läuft um ihr Leben, Sir. Aber *Rapid* kommt schnell auf!« Er erntete nur gespanntes Schweigen. »Sir?«

»Signal an *Rapid: Verfolgung abbrechen!* Dann alle Mann an Deck und klar zur Wende.« Neale warf Bolitho einen schnellen Blick zu. »Die Verfolgung übernehmen jetzt wir.«

Pickthorn konnte ihn nur anstarren. »Verstehe«, sagte er dann. »Aye, Sir, sofort!«

Die Pfeifen schrillten, und innerhalb von Minuten warfen sich die Männer in die Brassen, holten die Rahen herum, bis die Segel fast back standen. In wildem Aufruhr schlug und knallte die Leinwand, die von ihren Spieren gerissen worden wäre, hätte der Wind zugelegt.

Der zweite Midshipman der Wache schob sein Teleskop zusammen und meldete: »*Rapid* hat bestätigt, Sir.«

Er brauchte nicht hinzuzufügen, was ohnehin alle Umstehenden dachten: Es war tabu für jedes Schiff, erst recht für eines, das unter der Flagge eines Konteradmirals segelte, einem anderen befreundeten Schiff die Prise abzujagen. Da *Styx* im Augenblick fast im Wind stand und mühsam gegenankreuzen mußte, konnte die flinke Yawl möglicherweise nun beiden Verfolgern entkommen. Das mußte abends in einem französischen Hafen ein ziemliches Hohngelächter geben.

»Nordnordwest, Sir!« rief der Master. »Voll und bei!«

Bolitho hätte auf den Hinweis verzichten können. Die Fregatte lag so stark über, das Rigg ächzte und stöhnte so laut unter der extremen Belastung, daß jedem klar war, sie segelten mit optimaler Geschwindigkeit.

Doch Bolitho verschloß sich dem und konzentrierte sich nur auf das ferne Bild der Segel in seiner Teleskoplinse. Für eine Yawl war sie groß, zumal sie jetzt auch den letzten Fetzen Tuch gesetzt hatte, um mit dem Wind zu entkommen. Ob nun Kurier- oder Schmugglerschiff, sie mußte sich in Sicherheit bringen, und die Ile d'Yeu war nun einmal der nächste Hafen, den sie anlaufen konnte.

Säuerlich sagte Neale: »Wenn ich wenden lasse und auf Steuerbordbug gehe, werden wir schneller und können sie vielleicht noch abfangen. Bis zur Dunkelheit bleiben uns noch sechs Stunden.« Aber er konnte seine Enttäuschung und Verwirrung nicht verbergen.

»Bleiben Sie auf diesem Bug, Kapitän Neale. Im Gegenteil, ich muß Sie gleich bitten, noch mehr anzuluven. Segeln Sie sich fest.«

»Aber ...« Neale fand keine Worte mehr. Einem anderen die Prise abzujagen und sie dann absichtlich entkommen zu lassen – das ging über sein Fassungsvermögen.

Bolitho sah ihn ruhig an. »Auf dieser Yawl soll man *glauben,* daß wir uns festgesegelt haben.«

Neale nickte ruckartig. »Aye, Sir. Mr. Pickthorn! Drehen Sie das Schiff in den Wind! Klar bei Halsen und Schoten!« Heiser murmelte er wie zu sich selbst: »Fehlt nicht viel, und ich glaube es selber.«

Als das Ruder noch stärker nach Luv gelegt wurde, bäumte *Styx* sich auf wie ein Pferd, das mitten im Sprung von einer Kugel getroffen wurde. Unter Pickthorns Befehlen und den Flüchen und Schlägen der nervösen Decksoffiziere manövrierte die Mannschaft das Schiff in ein tiefes Wellental, wo es sich mit killenden Segeln festfuhr wie ein voll Wasser geschlagener Kutter.

Ein Toppsgast fiel von den Webeleinen, strampelte wild über dem schäumenden Wasser, ehe er von seinen Kameraden an Bord und in Sicherheit gezerrt werden konnte. Aber keine Spiere brach, keine Segelnaht platzte, als die unglückselige Fregatte, scheinbar außer Kontrolle geraten, wild in den Seen rollte.

Wieder hob Bolitho sein Fernrohr und suchte die hellbraunen Segel der Yawl. Sie stand jetzt weit an Steuerbord, ihr Rumpf verschwand fast schon hinter der Kimm.

»Noch einen Augenblick, Kapitän Neale.«

Bolitho reichte Allday sein Teleskop. Falls der seinen Admiral für meschugge hielt, ließ er sich jedenfalls nichts anmerken.

Endlich sagte Bolitho: »Bringen Sie sie wieder auf Kurs und nehmen Sie erneut die Verfolgung auf. Aber setzen Sie nicht die Bramsegel. Ich will sie zwar jagen, aber wenn Sie sie einholen, dann sollen Sie an Ihrem Prisengeld ersticken, so wahr ich hier stehe!«

Neale ging endlich ein Licht auf; voll verblüffter Bewunderung starrte er Bolitho an.

»Wir folgen dem Franzmann bis zur Insel, Sir?«

Bolitho sah zu, wie die verwirrten Seeleute systematisch wieder an die Brassen und Schoten gescheucht wurden. »Ja, bis zur Insel«, nickte er.

Während Neale davoneilte, um den Befehl an seine Offiziere weiterzugeben, wandte Bolitho sich zu Allday um. »Na?« fragte er.

Allday fuhr sich mit dem Handrücken über den Mund. »Tja, Sir, ich schätze, der Falke ist frei, so wahr mir Gott helfe!«

»An Deck! Land voraus! Land in Lee voraus!«

Während die Offiziere und Steuerleute zur Querreling drängten, um ihre Teleskope auf das ferne Land auszurichten, bemühte Bolitho sich, seine wachsende Erregung zu beherrschen.

Besorgt bemerkte Neale: »Der Wind läßt nach, Sir.«

Bolitho blickte zu den Marssegeln auf, die sich widerstrebend mit Wind füllten und schnell wieder lose flappten. Die Jagd dauerte jetzt schon zwei Stunden, und die Fregatte hatte ihr Opfer immer in gerade Linie vor ihrem Bugspriet gehalten. Es jetzt, da schon Land in Sicht war, wegen des abflauenden Windes zu verlieren, wäre eine nicht zu überbietende Dummheit gewesen.

»Also setzen Sie schon die Bramsegel. Notfalls auch die Leesegel, wenn Sie es für richtig halten.«

Damit wandte Bolitho sich ab, während Neale seinen Ersten Offizier heranwinkte und nach achtern zum Ruderrad trat.

Bolitho nickte dem Master zu. »Was wissen Sie über das Fahrwasser zwischen der Ile d'Yeu und dem Festland, Mr. Bundy?«

Der Master war ein kleiner, schmächtiger Mann mit einem Gesicht wie aus rissigem Leder. Aus dem alten Ben Grubb, Master auf der *Benbow,* hätte man viere seinesgleichen machen können, überlegte Bolitho.

Aber seine Antwort kam völlig selbstsicher. »Sieht schlecht aus, Sir. Etwa zehn Meilen breit, aber schlechter Grund, und bei Niedrigwasser kaum tiefer als drei Faden*.« Er starrte an den killenden Segeln vorbei nach vorn, als sähe er die Insel bereits vor sich. »Nur gut als Ankerplatz für eine Flottille leichter Fahrzeuge, schätze ich.« Nachdenklich rieb er sich das Kinn. »Auf meiner Karte ist die ganze Insel nicht länger als fünf Meilen.«

»Danke, Mr. Bundy.«

Bolitho wandte sich ab, um zu Neale zurückzukehren, deshalb entgingen ihm die Erleichterung und Genugtuung in Bundys Gesicht. Der Admiral hatte ihn nicht nur um seine Meinung gefragt,

* 1 Faden = 1,83 m

er hatte es auch so getan, daß seine Steuerleute und Rudergänger es hören mußten.

»Ich kann sie gerade so erkennen.« Neale wartete, bis Bolitho ein Teleskop ans Auge gesetzt hatte. »Aber im Dunst verschwimmen die Konturen.«

Mit angehaltenem Atem wartete Bolitho darauf, daß das Deck wieder eine Aufwärtsbewegung machte. Dann sah er ihn, den Flecken dunkleres Blau vor dem helleren Blau der See: die Insel, wo das spanische Schiff seine Ladung Bausteine gelöscht hatte.

Die Yawl steuerte augenblicklich zwar die Nordspitze der Insel an; sobald sie diese aber gerundet hatte, konnte sie in ihrem Schutz auch dichter unter Land gehen und an der Küste entlang nach Süden segeln – bis Nantes. Bei der herrschenden Windrichtung hatte ihr Kapitän auf diesem Kurs jeden Vorteil, sollten die Verfolger ihm in letzter Minute den Weg abzuschneiden versuchen oder von einer weiter südlich patrouillierenden Einheit Verstärkung erhalten. Bei dieser Überlegung konnte Bolitho ein bitteres Lächeln nicht unterdrücken: Er hätte jede Wette gehalten, daß sich zweihundert Meilen im Umkreis kein anderes britisches Kriegsschiff befand.

Er ließ sein Fernrohr sinken und beobachtete, wie die Toppsgasten auf den oberen Rahen auslegten, um die Bramsegel zu setzen und vorzuschoten, auch wenn sie sich in der leichten warmen Brise nur lustlos füllten. Noch blieben ihnen vier Stunden Tageslicht, das mußte reichen. Wenn sie bis zum nächsten Morgen warten wollten, hätten sie ebensogut selbst die nächste französische Garnison alarmieren können.

Bestimmt folgten viele Blicke der eiligen Yawl und der drohenden Segelpyramide, die sie jagte. Ein reitender Boote mußte schon zum Kommandeur der Garnison unterwegs sein. Eine Festlandbatterie würde sich bereit machen, dem toll gewordenen englischen Kommandanten, der für eine magere Beute so viel riskierte, ein paar Schüsse vor den Bug zu setzen.

Wie beiläufig erkundigte sich Neale: »Was haben Sie als nächstes vor, Sir?«

Vielleicht deutete er Bolithos Schweigen als Unsicherheit, deshalb schlug er vor: »Wir könnten Kurs ändern und den Wind somit besser ausnützen. Wenn wir die Südseite der Insel ansteuern, gelingt es uns vielleicht, die Franzosen abzufangen, sobald sie aus dem Sund zu entkommen versuchen.«

»Ja. Aber wenn die Yawl gar nicht weiter nach Süden will?«

Neale zuckte die Schultern. »Dann entkommt sie uns.«

Wieder hob Bolitho sein Fernrohr und richtete es auf die ferne Insel. »Sie ist uns bereits entkommen, Kapitän Neale.«

Neale starrte ihn an. »Demnach wollen Sie so nahe wie möglich an die Insel heran, um ihre Verteidigungsanlagen zu erkunden?«

Bolitho lächelte. »Wir werden noch sehr viel mehr tun: nämlich in den Sund selbst einfahren. Da wir dort günstigen Wind haben, sollten wir die Franzosen ordentlich überraschen können.«

Neale mußte schlucken. »Aye, Sir. Aber Mr. Bundy sagt...«

»Ich weiß: drei Faden bei Ebbe. Also müssen wir uns besonders geschickt anstellen.« Lächelnd griff er nach Neales Arm und war insgeheim dankbar, daß es ihm offenbar gelungen war, seine eigene Besorgnis vor dem jungen Kommandanten zu verbergen. »Mein Vertrauen in Sie ist unbegrenzt.«

Dann wandte Bolitho sich zum Niedergang. »Allday, bring mir etwas Kühles aus unserem Weinvorrat. Ich muß nachdenken.« Mit einem Nicken verabschiedete er sich von den umstehenden Offizieren.

Allday folgte Bolitho in die Achterkajüte, während das Deck über ihnen unter dem Getrampel der plötzlich aufgescheuchten Seeleute erzitterte.

»Bei Gott, Sir«, grinste er bewundernd, »die haben Sie aber auf Trab gebracht!«

Bolitho schritt zu den Heckfenstern und beugte sich hinaus, um einen Blick auf die Wirbel und Strudel zu werfen, mit denen das Wasser vom Ruderblatt abfloß. Über sich hörte er gedämpft Kommandorufe und das Quietschen der Lafetten, als weiter vorn die Buggeschütze für die ersten Schüsse des Treffens ausgefahren wurden.

Wie sehr hätte er sich gewünscht, an Deck bleiben und an allem teilhaben zu können! Aber er mußte sich damit abfinden, daß Neale als sein verlängerter Arm fungierte. Ohne den großen Zusammenhang zu kennen, hatte er Bolithos Anweisungen akzeptiert und würde sie in die Tat umsetzen – komme, was wolle. Zum Beispiel konnte er binnen weniger Stunden gefallen sein oder schreiend auf dem Tisch des Schiffsarztes liegen; aus seinem geliebten Schiff mochte ein entmastetes Wrack geworden sein, oder es konnte mit hoher Fahrt auflaufen, wenn die Seekarte trog. Und das alles, weil der Admiral es so befohlen hatte.

Bolitho sagte: »Bitte Mr. Browne auf ein Glas zu mir, Allday.«

Als die Tür sich hinter seinem Bootsführer schloß, begann sich Bolitho allmählich zu entspannen. Browne war anders als alle Menschen seiner Umgebung, vielleicht schaffte er es, ihn von dem Gedanken an einen drohenden Mißerfolg eine Weile abzulenken.

Als Bolitho aufs Achterdeck zurückkehrte, war die Insel schon sehr viel größer geworden und lag jetzt an Steuerbord voraus, langgestreckt wie ein rundrückiges Seeungeheuer.

Neale berichtete: »Wir überholen sie, Sir.« Er machte eine Pause, um Bolithos Reaktion abzuwarten. »Aber sie steht schon fast auf der Höhe des Vorlands.«

Bolitho studierte die hügelige Insel, die weißen Grundseen über einem Riff und ein Eiland, das wie ein gekalbter Eisberg vor der Hauptinsel lag. Die Yawl hielt sich so dicht an der Landzunge, daß es aussah, als wolle sie gleich aufs trockene Land klettern.

Scharf befahl Neale: »Einen Strich höher, Mr. Bundy!«

»Aye, Sir. Ost zu Nord liegt an.«

Bolitho schwenkte sein Fernrohr so vorsichtig, daß er darin den killenden Klüver einfing und zwei Seeleute auf der Back, die in der Vergrößerung riesig wirkten. Danach einige niedrige Gebäude unten am Ufer der Insel, wahrscheinlich mehr auf der dem Festland zugekehrten Seite. Dann fuhr er auf, weil er auf dem Rücken des Vorlandes graue Mauern entdeckt hatte. Eine Batterie? Während er noch hinüberstarrte, leuchtete ein winziger Farbfleck in der Sonne auf wie ein bunter Schmetterling. Der Fahnenmast war noch unsichtbar, aber über der Mauer wehte zweifellos die Trikolore.

Er befahl: »Klar Schiff zum Gefecht, Kapitän Neale. Und bitte sagen Sie Ihrem Stückmeister, er soll der Yawl dort ein paar Kugeln hinterherjagen.«

Als die Trommelbuben ihre Stöcke tanzen ließen und die Bootsmannsmaaten schrien: »Alle Mann auf Stationen – klar Schiff zum Gefecht«, da spürte Bolitho die plötzliche Erregung wie eine Flutwelle über die Decks rollen.

Die Bugkanone an Steuerbord feuerte ihren ersten dröhnenden Schuß ab und krachte auf ihrer Lafette binnenbords, während die Bedienungsmannschaft schon wieder vorsprang, um auszuwischen und nachzuladen. Mittlerweile sah Bolitho die Kugel in direkter Verlängerung zur Yawl einschlagen, wobei sie eine Gischtfontäne aufwarf, als hätte dort ein Wal geblasen.

Die andere Bugkanone spie Feuer und Rauch, und eine zweite Wasserfontäne löste bei den Toppsgasten und allen an Deck, die sie sehen konnten, erneutes Jubelgeschrei aus.

Neale blieb gelassen. »Keine Chance, daß wir einen Treffer landen, nicht auf diese Distanz.«

Der Erste Offizier eilte herbei und griff grüßend zum Hut. »Schiff ist gefechtsklar, Sir.«

Demonstrativ zog Neale seine Taschenuhr und studierte sie gründlich. Dann sagte er trocken: »Zwölf Minuten, Mr. Pickthorn. Sie enttäuschen mich. Nächstesmal bitte zehn Minuten oder weniger!«

Bolitho mußte sich abwenden. Genau das gleiche hatte er selbst gesagt, als er Kommandant der *Phalarope* und Neale sein jüngster Midshipman gewesen war.

Die Bugkanonen feuerten weiter hinter der Yawl her, und obwohl die Schüsse eine Kabellänge zu kurz fielen, begriff der Franzose nicht sein Glück, sondern begann, wie wild Zickzack zu laufen, um der nächsten Kugel zu entgehen.

Neale grinste. »Beachtlich, Sir. Wenn er so weitermacht, kriegen wir ihn vielleicht doch noch.«

Rauch stieg von der grauen Mauer auf dem Vorland in die Höhe, und nach scheinbar endloser Zeit spritzten weit vor der Fregatte Fontänen in die Höhe. Harmlos.

Bolitho lauschte den Schüssen der versteckten Batterie nach. Nur eine Kostprobe, eine Warnung war das gewesen.

»Luven Sie jetzt an, Kapitän Neale.«

Neale nickte, in Gedanken bei den nächsten zehn oder zwölf Problemen, die ihm auf den Nägeln brannten. »Vier Strich nach Backbord, Mr. Pickthorn. Neuer Kurs Nordost zu Nord.«

»Bemannt die Brassen!«

Als das große Doppelrad langsam nach Lee gedreht wurde, reagierte *Styx* gehorsam auf Segel- und Ruderdruck. Die Insel schien nach Steuerbord davonzugleiten.

Wieder hob Bolitho das Teleskop. An Steuerbord voraus öffnete sich jetzt die Einfahrt zum Sund. Weit entfernt, nur ein dunklerer Schatten im Dunst, ließ sich dahinter das Festland erahnen, die Küste Frankreichs.

Die Inselbatterie hatte das Feuer eingestellt, und während die

Yawl weiterhin an der Nordseite der Insel entlang das Weite suchte, drehte *Styx* zielstrebig ab, als habe sie die Verfolgung aufgegeben.

Bolitho trat an die Querreling und musterte das Batteriedeck. Unter beiden Seitendecks sah er die Stückmannschaften sich hinter den noch geschlossenen Pforten ducken, ihr Handwerkszeug in Reichweite neben sich. Jeder Stückmeister war dort ein kleiner König, jede Kanone ein Reich für sich.

Die Decks waren mit Sand bestreut worden; hoch über den eifrig arbeitenden Seeleuten und Marinesoldaten war jede Rah mit Kettenschlingen gesichert, und etwas tiefer waren Netze aufgespannt worden, um die Mannschaft vor herabfallenden Wrackteilen zu schützen.

Neale sah zu ihm herüber. »Noch fünfzehn Minuten, Sir.« Zögernd fügte er hinzu: »Ich habe meine zwei besten Lotgasten in die Ketten vorn geschickt. Wir haben schon ablaufendes Wasser, fürchte ich.«

Bolitho nickte. Neale hatte an alles gedacht. Zu Allday sagte er: »Hol meinen Rock.« Unten an den nächststehenden Kanonen starrten einige Männer zu ihm auf, als wollten sie aus seinem Benehmen ablesen, was dieser Tag ihnen bringen würde.

Allday hielt ihm den Rock hin, und er schlüpfte hinein. Als er Neale einen Seufzer ausstoßen hörte, sagte er: »Keine Sorge, heute wird es keine Scharfschützen geben.«

Der Admiralsrock tat sofort seine Wirkung. Einige Seeleute riefen hurra, und die Seesoldaten, die im Großmars die Drehbassen bemannten, schwenkten ihre Hüte, als feierten sie ein besonderes Ereignis.

Leise sagte Neale: »Sie danken es Ihnen, Sir. Solche Beweise brauchen sie.«

»Und Sie? Was brauchen Sie?«

Neales Gesicht überzog ein breites Grinsen, das ebenso spontan hervorbrach wie eben noch das Jubelgeschrei.

»Ihre Flagge weht auf meinem Schiff, Sir. Das erfüllt alle an Bord mit Stolz, ganz besonders aber mich.« Sein Blick blieb auf Bolithos glänzenden Epauletten haften. »Eine Menge Leute würden heute gern mit mir tauschen.«

Bolitho schaute an ihm vorbei ins schäumende Wasser. »Dann also los.« Er sah Browne herzueilen, der seine Seekrankheit offenbar völlig überwunden hatte. »Sind Sie soweit, Kapitän Neale?«

Neale legte beide Hände um den Mund und rief: »Klar zur Wende, Mr. Pickthorn! Kurs Südost!«

Als die Rahen herumschwangen und der Rumpf unter dem stärkeren Winddruck tiefer eintauchte, wandte *Styx* den Bug gehorsam nach Steuerbord, bis er auf die Mitte der Einfahrt zeigte. Von dem Manöver überrascht, zeigte die Yawl sich zum erstenmal in ganzer Länge, wie in der Bewegung erstarrt und vom Klüverbaum der Fregatte aufgespießt.

»Südost liegt an, Sir!«

»Setzen Sie die Royals, Mr. Pickthorn. Dann lassen Sie laden und ausrennen!«

Bolitho stand dicht an der Reling und sah die Insel wieder von Steuerbord herangleiten; über ihr hing vom Wind zerfaserter Rauch: brennendes Unkraut oder eine Feueresse, in der schon Kugeln erhitzt wurden? *Styx* näherte sich dem Sund mit sehr schneller Fahrt, weil Royals und Bramsegel jetzt voll zogen.

Auf ein Pfeifensignal hoben sich zu beiden Seiten die Klappen über den Stückpforten. Ein zweites Signal, und die Kanonen wurden ausgefahren. Die schwarzen Rohre schimmerten gefährlich wie Hauer im Licht der schon tiefstehenden Sonne.

Trotz des warmen Uniformrocks fröstelte Bolitho. Falls die Franzosen über ihre Absichten bisher noch Zweifel gehegt hatten – jetzt mußten sie klarsehen.

Ohne sich nach ihnen umzuwenden, wußte er Allday und Browne dicht hinter sich und Neale in seiner Nähe. Die beiden anderen Offiziere der Fregatte gingen hinter den Kanonen unten langsam auf und ab, ihre Säbel wie Spazierstöcke geschultert. Das waren die Männer, die das Volk, das sie verteidigten, nie so zu Gesicht bekam. In der Admiralität mochten Strategien und Einsatzpläne entwickelt werden – in die Tat umgesetzt wurden sie von Männern und Knaben wie diesen mit ihrem Kampfgeist. Bolitho lächelte in sich hinein, weil ihm einer seiner früheren Kommandanten einfiel, der diesen Gedanken schon vor ihm formuliert hatte.

Einige der Umstehenden sahen des Admirals Lächeln und wußten, daß es ihnen galt. So wie dieser Tag ihnen gehörte.

V Auf sich allein gestellt

»Sieben Faden am Lot!« Den gespannt lauschenden Männern auf dem Achterdeck klang das Aussingen des Lotgasten unnatürlich laut.

Bolitho blickte schnell nach oben, als das Großsegel und die Breitfock sich in einer leichten Brise füllten und steifstanden. Wind konnte man das zwar nicht nennen, aber da alle Segel der *Styx* nun optimal zogen, brachte sie es immerhin auf acht bis neun Knoten Fahrt durchs Wasser.

Steuerbord voraus wurde die Insel langsam größer. In den letzten Minuten, so kam es Bolitho vor, war die Sonne darüber hinweggewandert, deshalb lag die vorderste Landzunge schon im Schatten.

Immer noch feuerten die Bugkanonen in regelmäßigen Intervallen auf die französische Yawl, die weit vor *Styx'* Galion ihre Haken schlug, weil der Kapitän offenbar sein Schiff weiterhin für das Ziel der Fregatte hielt.

Neale ließ sein Teleskop sinken. »Die Dämmerung kommt früh heute abend.«

Bolitho schwieg und konzentrierte sich auf die kleine Insel. Während die Fregatte immer tiefer in den Sund vordrang, spürte er, wie die Spannung wuchs, und überlegte, was die Franzosen dort jenseits des schmalen Fahrwassers wohl taten. Beschossen hatte man sie nicht mehr, deshalb fragte er sich mit nagender Sorge, ob er sich nicht doch verrechnet hatte und die Insel völlig unwichtig war.

Allday scharrte mit den Füßen und murmelte: »Die schlafen wohl, das Pack!«

»Ich sehe Rauch«, meldete sich Browne. »Dort unten, dicht überm Boden.«

Neale hastete herbei, stieß einen Midshipman zur Seite, als wäre er ein leerer Sack. »Wo?« Wieder richtete er sein Fernrohr auf die Insel. »Verdammt, das ist nicht Rauch – das ist Staub!«

Bolitho schwenkte sein Teleskop in die von Neale angezeigte Richtung. Es war tatsächlich Staub, und zwar wurde er von einem Pferdegespann aufgewirbelt, das jetzt hinter niedrigem Gebüsch hervorpreschte und ein Feldgeschütz auf einer Protze polternd hinter sich herzog, offenbar zur anderen Seite der Insel. Minuten später folgte ein zweites Gespann mit einer Kanone, und die sinkende Sonne reflektierte kurz auf Uniform und Ausrüstung der Vorreiter.

Bolitho schob das Fernrohr zusammen und bemühte sich, sein Triumphgefühl zu beherrschen. Also hatte er sich doch nicht geirrt! Die Franzosen fühlten sich hier so sicher, daß sie sich auf Feldartillerie verließen, statt eine feste Küstenbatterie zu installieren. Wahrscheinlich wollten sie die Kanonen wieder aufs Festland schaffen, sobald die neuen Landungsboote erst zu ihrem endgültigen Ziel unterwegs waren.

Kein Wunder, daß *Styx* nach den ersten Warnschüssen nicht mehr unter Feuer genommen worden war. Die Schußfolge war auch viel zu exakt gewesen, daraus ließ sich auf Artillerie schließen, die nur an den Krieg zu Lande gewohnt war. Ein Schiffskanonier hätte jedes Geschütz sorgsam gerichtet und abgefeuert, nur um ganz sicherzugehen und keine Munition zu verschwenden. Der begrenzte Munitionsvorrat an Bord stand einem Seemann immer vor Augen, er hätte auch an Land seine Technik nicht geändert.

»An Deck!«

Neale wischte sich mit dem Handrücken über den Mund und brummte: »Na, los doch, Mann, spuck's aus!«

Aber der Ausguckposten im Masttopp war viel zu gut gedrillt, als daß er sich von den ungeduldigen Kameraden da unten hätte irritieren lassen.

Als er sich seiner Sache sicher war, rief er: »Schiffe vor Anker – knapp hinter der Landspitze, Sir!«

Einer der Lotgasten vorn sang aus: »Fünf Faden, abnehmend!« Aber bis auf Bundy, den Master, schien das keinen zu kümmern. Einige starrten voraus, andere nach oben zum Ausguck, auf dessen nächste Meldung sie ungeduldig warteten.

»Da ankern ein Dutzend Schiffe oder mehr, Sir!« Trotz der Distanz war das ungläubige Staunen in der Stimme des Postens nicht zu überhören, als er hinzufügte: »Nein, Sir – sehr viel mehr!«

Neale schlug sich mit der rechten Faust in die linke Handfläche. »Wir haben sie, bei Gott!«

Bundy meldete sich zu Wort. »Wir kommen aufs Flach, Sir.« Neale starrte ihn so wütend an, daß er ergänzte: »Tut mir leid, Sir, aber das müssen Sie wissen.«

»Vier Faden!« Die Stimme des Lotgasten klang wie ein Trauergesang. Der Erste Offizier trat zu Bundy an die Seekarte. »Immer noch ablaufendes Wasser.« Vielsagend blickte er seinen Kommandanten an und sah dann zu den Rahen auf.

Neale reagierte endlich. »Setzen Sie die Leesegel. Wir wollen den Tidenstrom ausnutzen.« Mit einem Blick zu Bolitho fügte er hinzu: »Falls Sie einverstanden sind, Sir.«

»Gewiß. Im Augenblick ist Schnelligkeit für uns am wichtigsten.«

Und dann vergaß Bolitho die Rufe der Toppsgasten, die hoch oben die Leesegel ausbrachten, das Trommelfeuer der Befehle und Knirschen der Heißleinen, denn als das Schiff auf konvergierenden Kurs zur nächsten Landspitze einschwenkte, konnte er die ersten verankerten Landungsschiffe sehen. Kein Wunder, daß der Ausguck verblüfft gewesen war. Dort lagen Dutzende und Aberdutzende, manche Seite an Seite, andere – wahrscheinlich die Mörserboote oder Bombenwerfer – einzeln für sich: eine wahre Armada kleiner Landungsfahrzeuge. Nur zu leicht konnte Bolitho sich vorstellen, wie sie französische Dragoner und Infanteristen auf die Strände Südenglands spien.

»Vier Faden!« Der Lotgast holte die Leine so flink auf, daß sein muskulöser Arm im roten Abendsonnenschein kaum zu sehen war.

Neale rief: »Steuerbordbatterie, Achtung!« Er sah, daß jeder Stückmeister seitlich die Hand hob, während dahinter die Offiziere weiter auf und ab marschierten, als wären sie Fremde.

Vor dem Hintergrund der in immer tiefere Schatten sinkenden Insel lagen die Rümpfe der neuen Leichter und Prähme so dicht beieinander, daß die Reede von einem überdimensionalen Floß bedeckt schien.

Bolitho starrte in die glühend rote Abendsonne. Jetzt konnte es nicht mehr lange dauern. Wenn nur *Sparrowhawk* oder *Rapid* hier gewesen wären! Aber für *Styx* mußte es bald zu flach werden, und wenn die Fregatte nicht frei manövrieren konnte, würde sie höchstens zwei oder drei Landungsschiffe versenken oder beschädigen können.

»Wo ist die Yawl?« wollte er wissen.

»Steuerbord voraus, Sir«, antwortete Neale. »Wahrscheinlich will sie sich zwischen den Ankerliegern verkriechen, wenn sie es schafft.«

Bolitho kam zu einem Entschluß. »Die Stückmeister sollen auf die Yawl zielen. Die Mannschaft, welche sie als erste trifft, bekommt eine Guinea.«

Es gab nicht wenige, die sich über dieses Ziel wunderten, aber nach ein paar schnellen Korrekturen mit Handspaken und Taljen waren die Kanonen gerichtet, und die Stückmeister meldeten Feuerbereitschaft.

»Einzelfeuer!« Neale hob den geschwungenen Säbel hoch über den Kopf. »In der Aufwärtsbewegung – Feuer!«

Über die ganze Länge der Bordwand spuckte ein Kanonenrohr nach dem anderen Feuer und Rauch und ruckte auf seiner Lafette dann wieder nach innen. Die vordersten Kanonen wurden schon wieder ausgewischt und nachgeladen, während die achteren noch schossen.

Die Yawl hatte gerade wenden wollen, auf die verankerten Landungsboote zu. Jetzt schien sie unter dem Gewicht des Eisens förmlich einzustürzen, als die Fregatte ihre Doppelkugeln auf weniger als zwei Kabellängen Distanz abfeuerte.

Rund um die zerschmetterte Yawl war die Wasseroberfläche wie pockennarbig vom Einschlag der Kugeln und Wrackteile. Irgendwo auf dem Wrack flammte ein kleiner Lichtfunke auf, der sich sofort explosionsartig zu einem riesigen Feuerball vergrößerte. Die Ursache mochte ein Pulverfaß gewesen sein, in das ein Funke fiel, auch ein benommener Seemann, der im Zwischendeck mit einer Lampe in der Hand das Gleichgewicht verloren hatte – wer wollte das wissen?

Bundy stammelte: »Mein Gott, sie brennt wie Zunder!«

Bolitho versuchte, sich sein Mitleid für die Männer auf dem brennenden Schiff nicht anmerken zu lassen. Eine Doppelkugel hätte schon ausgereicht, sie zu versenken, aber diese Salve hatte sie in ein Flammenmeer verwandelt. In einen Brander.

Sachlich sagte er: »Das sollte die anderen aufscheuchen!«

Etwas durchschlug wie mit einer Riesenfaust das Großsegel und hinterließ ein Loch, so groß, daß ein Mann bequem hätte durchschlüpfen können. Also hatte eine dieser Feldhaubitzen das Feuer eröffnet.

Der Erste Offizier rief aufgeregt: »Sie kappen die Ankertrossen!«

Das weite Feld der verankerten oder vertäuten Boote brach schon auseinander, von Wind und Ebbstrom noch geschoben; jeder Skipper suchte verzweifelt, sich von den anderen freizuhalten und Segel zu setzen, koste es, was es wolle. Niemand scherte sich um den Nebenmann, Hauptsache, man nahm Fahrt auf und entkam dem Brander und dem Beschuß durch die feindliche Fregatte, die in voller Fahrt auf sie zugerauscht kam, obwohl sie nur wenige Fuß Wasser unterm Kiel haben konnte.

»Steuerbordbatterie – weiterfeuern!«

Neale stürzte zum Schanzkleid, das Gesicht vom Widerschein der Flammen rot angehaucht, und starrte auf die ersten Kähne, die jetzt fast auf gleicher Höhe mit der Fregatte aus dem Schatten auftauchten.

»Backbordbatterie – Achtung!«

Die Crew jubelte, als an Backbord das erste gegnerische Boot erschien, das den Bug in Richtung Festland gedreht und einige Segel schon gesetzt hatte.

Die Backbordbatterie begann zu feuern und begrub das flüchtende Fahrzeug fast unter Eisen und Wasserfontänen, während seine Takelage wie von einem Hurrikan über Bord gefegt wurde.

Neale stellte fest: »Der ist erledigt.« Er zuckte zusammen, als eine Kugel tief über die Finknetze zischte und querab ins Wasser schlug.

Bolitho starrte in das Chaos; allmählich wuchs die Gefahr, daß die angreifende Fregatte selbst hineinverstrickt wurde. Fahrzeuge, die ihre Trossen zu früh gekappt hatten, verfingen sich treibend in noch manövrierfähigen und blockierten damit auch sie. Andere riskierten alles, um das offene Wasser zu erreichen, sie liefen genauso große Gefahr, von der eigenen Feldartillerie getroffen zu werden wie von Neales Kanonen. Denn es war jetzt fast dunkel, die See hatte die Flammen auf den brennenden Fahrzeugen erstickt, und nur Mündungsfeuer erhellte noch die Szene.

»Lassen Sie das Feuer einstellen, Kapitän Neale.«

Bolitho versuchte, sich von der fiebrigen Erregung nicht anstekken zu lassen und wieder klaren Kopf zu gewinnen. *Styx* war von keiner einzigen Kugel getroffen worden, auch nicht ein Mann war verwundet. Das Gefecht war abgelaufen wie in Bolithos kühnsten Träumen.

»Sir?« Neale wartete gespannt auf seinen nächsten Befehl.

»Wenn Sie der französische Kommandeur wären«, begann Bolitho, »war würden Sie jetzt tun? Die Landungsflotte zurückbeordern und wieder hier vor Anker gehen lassen, während gleichzeitig zu ihrem Schutz eine neue, effektive Küstenbatterie installiert wird – oder sie gleich weiter nach Norden segeln lassen, wohin sie ja ohnehin bestimmt war?«

Neale grinste auf zwei rauchgeschwärzte Seeleute hinab, die jubelnd auf dem Batteriedeck ihre Freudensprünge machten. Dann wurde er ernst. »Ich würde sie nicht zurückbeordern. Das könnte aussehen wie Unfähigkeit, sogar wie Feigheit, wenn man berücksichtigt, wie dringend sie gebraucht werden.« Er nickte bekräftigend. »Ja, Sir, ich würde sie gleich nach Norden weiterschicken, bevor wir ihnen mit Verstärkung noch gefährlicher werden können.«

Bolitho lächelte nachdenklich. »Da stimme ich Ihnen voll zu. Also lassen Sie den Master einen Kurs festlegen, der uns aus diesem Sund heraus und zum Treffpunkt zurückführt. Sobald wir *Rapid* sichten, sende ich sie nach den anderen aus. Ich wette, *Rapid* ist noch in der Nähe, und ihr Kommandant zerbricht sich den Kopf, womit, zum Teufel, wir uns die Zeit vertreiben. Wenn wir ihm nicht gerade seine Prise wegschnappen, heißt das.« Nun ging die Erregung doch mit ihm durch, und er packte Neale am Arm. »Mann, bedenken Sie – wir werden den Wind zu unseren Gunsten haben! Und wir wissen, daß von Lorient oder Brest keine Unterstützung für die Landungsflotte unterwegs ist, sonst hätten *Sparrowhawk* oder *Phalarope* sie gesichtet. Bisher haben wir nur Panik verursacht, aber das ist nicht von langer Dauer. Wir müssen sofort nachstoßen. Mit ihrer Karronaden-Bestückung kann *Phalarope* unter diesen leichten Fahrzeugen verheerenden Schaden anrichten.«

Scharf spähte er nach oben, als die Segel den Wind verloren und laut knallten. Aber es war nur die Leeabdeckung der Insel. Wenn sie erst draußen in tieferem Wasser segelten, konnten sie sich leicht zum Rest des Geschwaders durchschlagen.

Besorgt überlegte Neale: »Wir müssen verdammt dicht unter Land segeln, Sir.« Doch dann grinste er. »Aber Sie haben recht, wir werden es schon schaffen. Mr. Pickthorn, bemannen Sie die Brassen. Klar zur Halse!«

Bolitho schickte sich zum Gehen an, wandte sich aber noch einmal um. »Vorhin hätte es Ihnen leicht den Kiel herausreißen können«, sagte er. »Deshalb weiß ich Ihr Vertrauen sehr zu schätzen, Kapitän Neale.«

Neale sah ihm nach. »Wenn wir das geschafft haben, segeln wir nächstesmal auch über ’ne taunasse Wiese«, grinste er.

Bundy sah seine Rudergänger an und verzog das Gesicht. »Aber nicht mit mir, oder ich will verdammt sein!«

Stöhnend öffnete Bolitho die Augen. Alles tat ihm weh, er fühlte sich am ganzen Körper wie zerschlagen. Dann begriff er, daß er auf Neales Stuhl eingeschlafen war.

Doch wurde er sofort hellwach, als er sah, daß Allday sich über ihn beugte.

»Was gibt’s?«

Vorsichtig stellte Allday einen Topf Kaffee auf den Tisch. »Der Wind frischt auf, Sir, und in einer halben Stunde wird es hell.« Er trat einen Schritt zurück, den Kopf unter den niedrigen Decksbalken etwas eingezogen, und musterte Bolitho kritisch. »Dachte, Sie wollten vielleicht rasiert werden, ehe es tagt.«

Bolitho streckte die Beine aus und schlürfte Kaffee. Allday dachte wirklich an alles.

Während das Deck unter seinen Füßen im Seegang arbeitete, schien es ihm fast unglaublich, daß sie erst vor wenigen Stunden mit der Brigg *Rapid* Kontakt aufgenommen hatten, die kurz danach wieder eilig davongesegelt war, um Verbindung mit *Phalarope* herzustellen.

Der Rest war dann viel einfacher gewesen als erwartet. Beide Fregatten waren wieder über Stag gegangen und hatten Südost-Kurs gesteuert, wobei sie den Wind voll ausnutzen konnten, während *Rapid* sich auf die Suche nach Duncans *Sparrowhawk* machte.

Besonders eindrucksvoll war seine Streitmacht nicht, mußte Bolitho sich eingestehen, aber was ihr an Stärke fehlte, machte sie durch Beweglichkeit und Feuerkraft wieder wett. Auf *Styx* hatte er sie gerade erlebt, diese an Wahnsinn grenzende Wildheit, mit der die Leute auf das Donnern der Kanonen reagierten. Wenn sie die Landungsflotte noch einmal aufspüren und versprengen konnten, dann mußte sich Panik ausbreiten wie ein Steppenbrand.

Danach konnte er der Admiralität berichten, daß Beauchamps Auftrag ausgeführt war.

Es klopfte, und herein trat Neale, das runde Gesicht von Wind und Gischt gerötet.

»*Phalarope* kommt achteraus allmählich in Sicht, Sir. Der Himmel wird schon hell, aber der Wind hat auf Nord zu West gedreht. Ich habe die Leute bereits frühstücken geschickt, denn mir schwant, daß uns heute allerhand bevorsteht. Falls die Franzosen ausgelaufen sind, meine ich.«

Bolitho nickte. »Und falls nicht, gehen wir genauso vor wie gestern, nur haben wir diesmal *Phalaropes* Karronaden zur Unterstützung.«

Er spürte, daß Allday bei der Nennung dieses Namens mitten in der Bewegung erstarrte, das Rasiermesser einen Moment innehielt.

Neale lauschte auf laute Stimmen oben an Deck und entschuldigte sich mit dringenden Aufgaben; Alldays Bestürzung war ihm entgangen.

Bolitho lehnte sich im Stuhl zurück und sagte leise: »Auf See gibt es keinen Spuk, Allday. Wir werden heute diese Landungsboote vernichten, was auch kommt. Und danach . . .«

Allday fuhr schweigend mit dem Rasieren fort.

Trotzdem, seltsam war es schon, daß *Phalarope* irgendwo achteraus im Dämmerlicht segelte, wo sie bisher nur von dem scharfäugigen Ausguck im Masttopp gesehen werden konnte. Was erregte ihn mehr, die Aussicht auf Vernichtung der Invasionsflotte oder die Möglichkeit, dieses ganz besondere Schiff wieder unter seinem Kommando zu haben? Er seufzte und dachte statt dessen an Belinda. Was mochte sie wohl gerade tun? Lag sie im Bett und lauschte auf das verschlafene Zwitschern der ersten Vögel? Dachte sie an ihn und ihre gemeinsame Zukunft? Ihr verstorbener Mann hatte den Kriegsdienst gehaßt und seinen Abschied eingereicht, um statt dessen für die Ostindische Handelskompanie zu fahren. Würde ihr das Leben an der Seite eines Marineoffiziers genauso verhaßt werden? Er konnte von heute auf morgen auf die andere Seite der Welt abkommandiert werden.

Abermals klopfte es, und Bolitho war fast dankbar für die Unterbrechung. Browne trat ein, wieder völlig gesund und so untadelig gekleidet, als trete er vor das House of Lords.

»Ist es soweit?«

Browne nickte. »Der Morgen dämmert, Sir.«

Bolitho sah Allday resigniert die Schultern zucken. Solche Mutlosigkeit war seinem Bootsführer sonst fremd.

Beim Aufstehen spürte Bolitho stärker die abrupten Schiffsbewegungen. Der Wind hatte also noch weiter gedreht. Sie mußten höllisch auf der Hut sein, wenn sie bei dieser Windrichtung nicht an einer Leeküste stranden wollten. Er lächelte grimmig. Aber das galt auch für die Franzosen.

Er schlüpfte in seinen Rock. »Fertig.« Und zu Allday: »Ein Morgen wie jeder andere.«

Allday riß sich zusammen. »Aye, Sir. Und ich hoffe, wenn es das nächstemal tagt, haben wir Frankreich das Heck zugekehrt. Ich hasse diesen verfluchten Golf, der uns schon so viel Unglück gebracht hat.«

Bolitho ließ es dabei bewenden. Wenn Allday eine seiner seltenen Anwandlungen von Trübsinn hatte, ließ man ihn am besten in Ruhe. Heute standen andere Dinge auf dem Spiel.

Nach der stickigen Wärme in der Kajüte war es auf dem Achterdeck eiskalt. Bolitho erwiderte Neales Gruß und nickte den anderen Wachoffizieren zu. Das Schiff war schon gefechtsklar oder würde es doch sein, sobald erst die letzte Wand zwischen der Kommandantenkajüte und dem Batteriedeck abgeschlagen war. Aber noch räkelten sich die Geschützmannschaften unter den Seitendecks herum; die schlagenden Segel und das dunkle Rigg verbargen noch die Scharfschützen oben in den Marsen.

Bolitho trat nach achtern ans Heckgeländer, vorbei an den Seesoldaten, die ihre Musketen an die prall gestopften Hängemattsnetze gelehnt hatten, während sie sich selbst daneben ausstreckten. Im fahlen Licht der Morgendämmerung leuchteten ihre weißen Brustriemen gespenstisch, während die roten Uniformröcke jetzt schwarz wirkten.

Dann erblickte er zum erstenmal die alte Fregatte in *Styx'* Kielwasser und erstarrte.

Bramrahen und Stander fingen schon einen ersten Lichtschimmer ein, während die unteren Segel und der Rumpf selbst noch völlig im Dunkeln lagen: wirklich ein gespenstischer Anblick.

Er schüttelte sich und dachte statt dessen an den Rest seines Geschwaders. *Rapid* mochte Duncan inzwischen aufgespürt haben. Andere Schiffe konnten zu ihrer Unterstützung eintreffen, wie Beauchamp das ursprünglich verfügt hatte. Aber wie Browne hegte auch er einige Zweifel daran.

Neale trat an die Reling neben ihn, und gemeinsam sahen sie zu, wie das Licht von Land her auf sie zukroch: eine feurige Morgenröte. Bolitho mußte lächeln, weil ihm einfiel, was seine Mutter immer gesagt hatte: »Morgenrot – Schlechtwetterbot'.« Ihn fröstelte plötzlich, und er drehte sich nach Allday um. Aber dann ärgerte er sich selbst über seinen Aberglauben.

»Nehmen Sie so bald wie möglich Kontakt mit *Phalarope* auf«, wies er Browne an. »Signalisieren Sie, daß sie in Luv bleiben soll.«

Browne eilte zu seinen Signalflaggen, und Bolitho fuhr, an Neale gewandt, fort: »Wenn *Phalarope* bestätigt hat, gehen wir dichter unter Land.«

Neale hatte Bedenken. »Dann wird man uns sofort entdecken, Sir.«

Bolitho hob die Schultern. »Bis dahin ist es ohnehin zu spät.«

Plötzlich vermißte er Herrick. Standhaft wie ein Fels in der Brandung, aber jederzeit bereit, auf seine dickköpfige Art zu widersprechen. Neale würde seinem Admiral blindlings und ohne Zögern in die Hölle folgen, ganz im Gegensatz zu Herrick. Aber wenn der Plan einen Fehler enthielt, konnte man sicher sein, daß Herrick ihn fand.

Bolitho blickte zum Stander im Masttopp auf: steif wie ein Brett. Der Wind legte immer noch zu.

Gedankenverloren spielten seine Finger mit dem Griff seines alten Säbels, während er sich sagte, daß er Neale und Allday gegenüber unfair war. Und auch gegenüber Herrick.

Da oben im Besantopp wehte seine Flagge, und die Verantwortung lag bei ihm, bei niemandem sonst.

Überraschenderweise fühlte er sich danach ruhiger. Als er seinen gewohnten Fußmarsch begann, immer hin und her auf der Luvseite des Achterdecks, verriet nichts mehr an seinem Benehmen, daß er eben noch gefürchtet hatte, das Vertrauen in sich selbst zu verlieren.

Der Erste Offizier ging quer übers Deck zum Kompaß und las ihn ab, ehe er aufblickte und den Stand jedes einzelnen Segels überprüfte.

Niemand sprach, und Worte waren auch nicht nötig. Die Berufsseeleute an Bord kannten ihr Schiff so genau wie ihre Kameraden. Hätte Pickthorn die Bemerkung fallengelassen, daß der Wind noch einen Strich weiter gedreht hatte, wäre ihm das von Bundy verübelt und von Neale als Zeichen der Nervosität ausgelegt worden.

Bolitho kannte das alles, hatte es am eigenen Leibe erfahren. Er wandte sich wieder nach achtern und beobachtete, wie sich die endlos anstürmenden weißen Wellenkämme mit den Farben des erwachenden Tages überzogen. Salz brannte auf seinen Lippen und Wangen, aber er beachtete es nicht, sondern starrte zu *Phalarope* hinüber, die sich Steuerbord achteraus gehorsam nach Luv arbeitete. Mit ihren geschlossenen Stückpforten, die sich wie ein gewürfeltes Band über die ganze Länge des Rumpfes zogen, sah sie prächtig aus. Die vergoldete Galionsfigur schimmerte in den ersten Sonnenstrahlen, und auf dem Achterdeck konnte Bolitho mit bloßem Auge eine Gruppe blau uniformierter Männer stehen sehen; einer von ihnen mußte Adam sein, dachte er, der wohl wie Pickthorn Segel und Crew nicht aus den Augen ließ, jederzeit bereit, mit einem Befehl einzugreifen. *Phalarope* segelte mit starker Schräglage, Wind und Seegang krängten sie so, daß sie sich zu *Styx* hinüber neigte.

Wie mochte seine Fregatte von dort drüben aussehen?

Bolitho wandte sich ab und stieg den Niedergang zum Batteriedeck hinunter. Die Kanoniere waren noch auf Station, aber die Spannung war mit der Dunkelheit gewichen, als das Licht ein leeres Meer enthüllte. Der Zweite und Dritte Offizier plauderten so entspannt miteinander wie Spaziergänger in einem Park.

Neale richtete sein Teleskop durch die Backbord-Webeleinen auf das hügelige, schiefergraue Festland. Bis zur Küste waren es nur fünf Seemeilen, dort drüben mußten schon viele Augen den beiden britischen Schiffen folgen.

Gereizt warf Neale sein Fernrohr einem Midshipman zu und grunzte: »Nicht das geringste zu entdecken.«

Browne trat neben Bolitho ans Schanzkleid. »Sie scheint durch die See zu fliegen, Sir.«

Bolitho lächelte ihn an. Browne war wohl so erregt über das prächtig segelnde Schiff unter seinen Füßen, das sich temperamentvoll wie ein lebendiges Wesen den weißen Hunden entgegenwarf, daß ihn die aufgezwungene Untätigkeit nicht zu stören schien.

»Gewiß. Mein Neffe dort drüben wird alle Hände voll zu tun haben, aber zweifellos jeden Moment genießen.«

»Na, darum beneide ich ihn nicht, Sir.« Browne vermied es stets sorgfältig, den Kommandanten der *Phalarope* zu erwähnen. »Eine bunt zusammengewürfelte Mannschaft und dazu Offiziere, die noch halbe Kinder sind. Nein, da ist mir meine Aufgabe hier an Bord schon sehr viel lieber.«

Bundy rief: »Nebel voraus, Sir!«

Neale brummte bestätigend. Er hatte schon selbst gesehen, daß sie auf eine leichte Nebelbank zufuhren, die wie heller Rauch tief über dem Wasser hing. Wenn Bundy sie erwähnte, bedeutete dies, daß er sich deshalb Sorgen machte. Es konnte nicht mehr lange dauern, bis die Ausguckposten die südliche Landspitze der Loiremündung ausmachen mußten. Danach würden sie als nächstes die Ile d'Yeu sichten. Sie waren wieder da, wo alles angefangen hatte, aber diesmal sehr viel dichter unter Land.

Neale warf einen Blick zu Bolitho, der mit auf dem Rücken verschränkten Händen am Schanzkleid stand und mit den Knien die unregelmäßigen Schiffsbewegungen abfederte. Der kehrt niemals um, auch nicht in tausend Jahren, dachte Neale. Seltsamerweise fühlte er Mitleid für den Admiral und Betroffenheit darüber, daß sein wagemutiger Plan zu mißlingen drohte.

»An Deck! Segel Backbord voraus!«

Neale war mit einem Sprung in den Wanten und gestikulierte ungeduldig nach seinem Fernrohr.

Bolitho verschränkte die Arme über der Brust, damit niemand sah, wie seine Hände vor Spannung bebten.

Der Wind griff in die Nebelbank und wirbelte sie davon, der Küste zu. Und da waren sie, die Landungsboote: sechs Reihen breit, segelte die Flotte in Kiellinie, so diszipliniert wie eine römische Kohorte auf dem Marsch. Die Wimpel und Flaggen, die steif auswehten und im grellen Morgenlicht bunt leuchteten, wirkten wie Standarten.

Browne holte tief Luft. »Bei Tageslicht scheinen es sogar noch mehr zu sein, Sir.«

Bolitho nickte, sein Mund war plötzlich trocken geworden. Die Flotte kleiner Fahrzeuge kämpfte schwer mit Wind und See, kreuzte hin und her, immer bemüht, in Kiellinie zu bleiben und nach Luv voranzukommen.

Neale rief: »Was sie jetzt wohl vorhaben? Sich zerstreuen und fliehen?«

Bolitho befahl: »Setzen Sie mehr Segel, Kapitän Neale, und zwar so viel, wie sie nur tragen kann. Wir wollen dem Feind keine Chance geben, das selbst zu entscheiden.«

Er wandte sich um und sah Browne übers ganze Gesicht grinsen, während überall Männer auf ihre Stationen hasteten, um den schrillen Pfiffen und dem Ruf nach mehr Segelfläche zu gehorchen. Auf beiden Seiten wurden die riesigen Leesegel ausgebracht, die wie große Ohren abstanden und sie immer schneller auf den dichten Teppich der Landungsboote zutrugen.

An Steuerbord achteraus legte sich die helle Segelpyramide von *Phalarope* noch schräger, als sie dem Beispiel der führenden Fregatte folgte, und Bolitho glaubte, den Fiedler auf seiner Geige kratzen zu hören – anfeuernde Begleitmusik zu den Shantys der schwer in die Brassen einfallenden Seeleute.

Midshipman Kilburne hielt trotz der Aufregung sein Fernrohr unbeirrt auf die andere Fregatte gerichtet und rief jetzt: »Von *Phalarope,* Sir! Sie meldet: *Segel in Nordwest*!«

Neale wandte sich nur kurz um. »Das wird wahrscheinlich *Rapid* sein«, sagte er.

Bolitho umklammerte den Handlauf fester, weil *Styx* gerade wieder in ein Wellental sackte. Spritzwasser peitschte die Decks, als segelten sie durch einen Wolkenbruch, und die Männer an den Kanonen wurden bis auf die Haut durchnäßt, während ihr Schiff sich mit hoher Fahrt auf die Formation kleiner Landungsboote stürzte, die vor ihm immer breiter wurde.

Die Peilung ließ tatsächlich auf *Rapid* schließen. Die Brigg mußte auf *Sparrowhawk* gestoßen sein und eilte nun herbei, um sich an dem Gefecht zu beteiligen. Bolitho biß sich auf die Lippe. Oder an dem Gemetzel, das war wohl der treffendere Ausdruck.

»Lassen Sie die Kanonen laden und ausrennen. Und zwar auf beiden Seiten.«

Bolitho zog seine Taschenuhr heraus und ließ den Deckel aufspringen. Es war genau acht Uhr morgens. Im selben Augenblick ertönte auch die Glocke auf dem Vorschiff. Trotz allem hatte sich dort ein Schiffsjunge an seine halbstündige Aufgabe erinnert und trug seinen Teil dazu bei, daß die Bordroutine funktionierte.

»Der Feind teilt sich in zwei Kolonnen, Sir«, meldete Pickthorn. Kopfschüttelnd fuhr er fort: »Aber sie sind nie im Leben schneller als wir, und auf der anderen Seite liegen doch nur Felsen oder der Strand.« Es klang, als sei er betroffen über die Hilflosigkeit der Franzosen.

Kilburne preßte das große Dienstteleskop des Signalfähnrichs so fest ans Auge, daß ihm die Tränen kamen. Bolitho stand nur einen Schritt von ihm entfernt, und er wollte seine Überlegungen nicht durchkreuzen, indem er irgendeinen dummen Fehler beging. Deshalb blinzelte er heftig und sah dann noch einmal hinüber, studierte *Phalaropes* stahlharte Segel und die bunten Signalflaggen an ihrer Rah.

Aber er hatte sich nicht geirrt. Mit nicht ganz fester Stimme meldete er: »Von *Phalarope,* Sir. Sie hat *Rapids* Erkennungsnummer gehißt.«

Bolitho wandte sich um. Daß ein Schiff das Flaggensignal eines anderen wiederholte, war die übliche Praxis, aber in Kilburnes Stimme hatte ein warnender Unterton mitgeklungen.

Und da war es schon: »Meldung von *Rapid,* Sir: *Feind in Sicht in Nordwest*!«

Leise fluchte Browne: »Hölle und Teufel!«

»Ihre Befehle, Sir?« Neale sah Bolitho an, weder sein Blick noch seine Miene verrieten Unruhe.

Bolitho straffte sich. »Wir greifen trotzdem an. Ändern Sie den Kurs etwas nach Backbord und schneiden Sie den Führungsbooten den Weg ab, wenn sie an uns vorbei ausbrechen wollen.«

Wieder einmal eilten die Männer an Brassen und Schoten; die meisten ahnten noch nichts von der Gefahr, die hinter der Kimm lauerte.

Allday stieß sich von den Webeleinen ab und schlenderte wie absichtslos zu Bolitho hinüber. Der sah ihm nachdenklich entgegen. »Tja, vielleicht behältst du doch noch recht, alter Freund, mit deinen finsteren Ahnungen. Aber wir müssen da durch.«

Haßerfüllt starrte Allday zu den Reihen niedriger Rümpfe und kleiner Segel hinüber und dachte daran, welchen Blutzoll sie von ihnen fordern würden. Aber laut sagte er: »Wir machen sie fertig, Sir. So oder so.«

Auf den vordersten gegnerischen Fahrzeugen krachten ein paar Drehbassen und Musketen, aber ihr schwaches Geknatter wurde umgehend vom Brüllen der ersten Breitseite übertönt, die *Styx* abfeuerte.

Neale rief durch die trichterförmig um den Mund gelegten Hände: »Mr. Pickthorn – Segel kürzen! Nehmen Sie Royals und Leesegel weg!« Er sah zu, wie die Leesegelrahen eingezogen und die obersten Segel aufgegeit wurden. Wieder krachten die Kanonen auf dem Batteriedeck, Männer schrien kaum Verständliches, vereinzelt zischten feindliche Musketenkugeln durch die Wanten, gefolgt von Kartätschen des Feindes.

Bolitho sagte: »Mr. Browne, Signal an *Phalarope: Verwickeln*

Sie den Feind ins Gefecht!«

Noch blieb ihnen genug Zeit. *Styx* konnte die Sundausfahrt blockieren und die feindliche Formation sprengen und zerstreuen, *Phalarope* mit ihrer schweren Bestückung aus Karronaden konnte Vorhut und Gros des Feindes angreifen. Danach blieb ihnen immer noch genug Raum, sich freizusegeln und draußen auf See zu *Rapid* zu stoßen. Doch *Phalarope* hißte bereits ein anderes Signal.

Midshipman Kilburne übermittelte die Meldung schreiend zwischen den Salven beider Batterien: »Weitergeleitet von *Rapid*, Sir: *Drei feindliche Schiffe in Nordwest*!« Er biß sich auf die Lippen, als die Kanone direkt unter der Querreling feuerte und auf ihrer Lafette wieder binnenbords krachte; dann fuhr er fort: *»Dabei wahrscheinlich ein Linienschiff.«* Unter ihnen liefen Munitionsmanner mit neuen Kartuschen und Kugeln herbei.

Allday rieb sich das stoppelige Kinn: »Mehr sind's nicht?«

Als wollte er das Maß voll machen, meldete sich auch der Ausguck im Masttopp: »An Deck! Land Steuerbord voraus!«

Bundy nickte mit steinernem Blick. Das war die Ile d'Yeu. Sie lag vor ihnen wie die untere Hälfte einer riesigen Raubtierfalle.

Pickthorn ließ seinen Schalltrichter sinken, da seine Toppsgasten schon wieder in den Wanten niederenterten. *»Phalarope* nimmt Segel weg, Sir.«

Bolitho vergewisserte sich, daß an *Styx'* Signalrah noch die letzte Flaggenkombination auswehte: sein Befehl an Kapitän Emes, dem anrückenden Feind entgegenzusegeln und ihn in ein Gefecht zu verwickeln.

Da hörte er, wie Browne den Signalfähnrich anfauchte: »Hat sie das Signal nicht gesehen, Mr. Kilburne?«

Kilburne setzte das Glas nur so lange ab, wie er für die Antwort brauchte: »Sie hat es bestätigt, Sir.«

Browne wurde blaß und sah Bolitho perplex an. »Bestätigt!« wiederholte er.

Kartätschen pfiffen quer übers Achterdeck und schlugen wie unsichtbare Fäuste in die festgezurrten Hängematten. Mit blutüberströmtem Gesicht brach ein Seesoldat in die Knie und wurde sofort von seinen Kameraden in Deckung gezogen: ihr erster Verwundeter.

Ein außer Kontrolle geratener Lugger, bei dem die Flammen schon aus allen Luken schlugen, trieb gefährlich nahe an ihrer

Backbordseite vorbei; aber dort warteten schon der Bootsmann und seine Helfer mit Äxten und mit Eimern voll Wasser, um jedes Übergreifen der Flammen auf ihr geteertes Rigg und die leicht brennbaren Segel zu verhindern.

Trocken stellte Neale fest: »*Phalarope* reagiert nicht, Sir.«

»Signalisieren Sie an *Phalarope: Mehr Segel setzen.*« Bolitho spürte die Blicke der Männer, die nicht begreifen konnten oder wollten, was da vor sich ging.

»Sie hat bestätigt, Sir.«

Bei dem Inferno aus Rauch und Mündungsblitzen konnte man nur schwer einen klaren Gedanken fassen. Bolitho sah zu Neale hinüber. Wenn er das Gefecht sofort abbrach und den Feind verschonte, konnten sie wenden und mit Glück die offene See gewinnen. Andernfalls und auf sich allein gestellt, vermochte *Styx* höchstens eine Handvoll Landungsfahrzeuge zu vernichten, und auch das nur unter hohen Opfern.

Er starrte zu der anderen Fregatte hinüber, die achteraus immer weiter zurückfiel, bis seine Augen und sein Kopf vor Wut und Enttäuschung schmerzten.

Wieder hatte Brownes Ansicht sich als richtig erwiesen. Nun blieb ihnen auch nicht die kleinste Chance, und auf keinen Fall durfte er sinnlos Schiff und Mannschaft opfern.

Er räusperte sich. »Brechen Sie das Gefecht ab, Kapitän Neale. Und dann wenden Sie. Es ist vorbei.«

Entgeistert starrte Neale ihn an. »Aber, Sir, wir können sie immer noch schlagen. Notfalls auch allein!«

In die Stille, die nach dem letzten Kanonenschuß eingetreten war, gellte laut die Stimme des Ausguckpostens: »An Deck! Drei Schiffe in Sicht in Nordwest!«

Bolitho kam es vor, als sei das ganze Schiff von einem Treffer erschüttert worden. Niemand rührte sich, und die wenigen Männer auf dem Vorschiff, die den letzten Befehl irrtümlich als Zeichen ihres Sieges bejubelt hatten, verstummten und stierten benommen zum Achterdeck.

Die Ausguckposten im Masttopp, so gut sie sonst auch waren, hatten sich vielleicht durch die Menge der aufkreuzenden Landungsboote ablenken lassen, später dann durch die drohend über die Kimm steigenden drei Kriegsschiffe. Jedenfalls sahen sie die größte Gefahr erst, als es zu spät war.

Es war einer der Lotgasten, die Neale nach vorn in die Ketten geschickt hatte wie vor kurzem, als sie das flache Fahrwasser schon einmal angesteuert hatten, der jetzt aufschrie: *»Wrack! Direkt voraus!«*

Bolitho packte den Handlauf fester und sah die Männer ringsum aus ihrer Erstarrung aufschrecken und auf ihre Posten rennen, um noch mehr Segel wegzunehmen, während andere mit aller Kraft in die Brassen einfielen, um die Rahen herumzuholen und sofort über Stag zu gehen.

Wahrscheinlich war es eines der kleinen Schiffe, die sie am Vortag hier versenkt hatten, das jetzt voll Wasser gelaufen dicht unter der Oberfläche mit Strom und Wind trieb, bis es seinen Mörder wiedergefunden hatte. Oder es mochte auch ein älteres Wrack sein, ein zähes Opfer der Riffe und Sandbänke, welche die Einfahrt in die Loiremündung wie Schildwachen flankierten.

Als der Aufprall schließlich kam, schien die Zeit stillzustehen. Die Sekunden dehnten sich endlos, während die Fregatte, in allen Verbänden zitternd, gegen die Hulk fuhr und darüber hinweg – bis mit dem Donner einer niederbrechenden Lawine Groß- und Fockmast von oben kamen, auf das Vorschiff stürzten und in die See. Den Masten folgten riesige Schlingen aus Stagen und Wanten, ein Regen gesplitterter Spieren, von dem schreiende und fluchende Männer begraben wurden, soweit sie von den Fallstricken des gebrochenen Riggs nicht schon über Bord gezogen worden waren.

Nur der Besanmast stand noch, an dem Bolithos Flagge auswehte, als wolle sie für alle Zeit diesen Ort der Zerstörung und des Todes markieren. Als sich das Wrack dann unter *Styx'* Kiel durchgewälzt hatte und zu beiden Seiten ein Feld riesiger Luftblasen mit ordinären Geräuschen platzte, begann auch der Besanmast zu wanken; schließlich stürzte er der Länge nach auf das Batteriedeck.

Neale brüllte: »Mr. Pickthorn!« Dann verstummte er, als er das Blut auf seiner Hand gewahrte, das von einer Kopfwunde stammte, und den halbierten Körper sah, der einmal sein Erster Offizier gewesen war; ein gebrochenes Want, vom Gewicht der Großmaststenge saitenstraff gespannt, hatte Pickthorn umschlungen und in zwei Teile geschnitten.

Neale blickte zu Bolitho hinüber, dem Allday gerade aufhalf, und keuchte: »Das ist das Ende.« Er schwankte und wäre gestürzt, hätten ihn nicht Bundy und ein Midshipman aufgefangen.

Bolitho befahl mit rauher Stimme: »Alle Mann an Deck!« Und zu Kilburne gewandt: »Bergen Sie so viele Verwundete wie möglich aus den Trümmern und lassen Sie alle unbeschädigten Boote zu Wasser.« Schon hörte er das Wasser durch die Lecks einströmen, es röhrte und rumorte im Rumpf, während oben Taljen und Rollen knirschten, wo eine Kanone sich losgerissen hatte und das schrägliegende Deck hinunterschlidderte. »Mr. Browne, stehen Sie dem Kommandanten bei«, ordnete er an.

Aus dem Wirrwarr der herabgestürzten Takelage kämpften sich Männer mit irren, entsetzten Augen, aus denen bei manchen schon der Wahnsinn leuchtete, und hasteten blindlings zu den Seitendecks.

Einige Seesoldaten versuchten, die Ordnung wieder herzustellen; auch der Dritte – wahrscheinlich der einzige überlebende Offizier – bemühte sich trotz seines gebrochenen Arms, die Männer zur Vernunft zu bringen. Aber er wurde beiseite gestoßen.

Wieder bäumte sich das Deck unter Bolithos Füßen auf, und er sah die See durch die offenen Stückpforten einsteigen, als der Rumpf – vom ungeheuren Gewicht der außenbords hängenden Wrackteile gezogen – noch stärkere Schlagseite bekam.

Allday rief: »Das Seitenboot wird nach achtern verholt, Sir.« Seine Ruhe war von eiskalter Gefährlichkeit, und er hielt das Entermesser in der Faust.

Bundy drückte Chronometer und Sextant fest an sich, fand aber noch Zeit, Bolitho zu berichten: »Ich habe ein paar Leute angewiesen, ein Floß zusammenzulaschen.«

Bolitho hörte ihn kaum. Er starrte über die weite Wasserfläche, deren frei und lebhaft anrennende, weiße Wellenkämme ihn zu verhöhnen schienen, den schnell näherkommenden Segelpyramiden entgegen.

Dann sah er *Phalarope,* die – das Heck ihm zugekehrt – die Rahen hart rundbraßte und einen gleitenden Schatten auf die See warf, während sie über Stag ging; der vergoldete Galionsvogel strebte weg von ihm, weg von dem anstürmenden Feind.

Mit gebrochener Stimme stammelte Allday: »Verflucht soll er sein! Verflucht in alle Ewigkeit, der feige Hund!«

Ein Boot machte an dem fast im Wasser liegenden Schanzkleid vorübergehend fest, ein zweites wurde längsseits geholt, während ein Bootsmann gemeinsam mit einem bulligen Stückmeister Verwundete und Ertrinkende aus dem Wasser fischte und an Bord hievte. Sie sanken auf die Bodenbretter wie nasse Säcke.

Neale öffnete die Augen und fragte heiser: »Sind sie gerettet?« Offenbar erkannte er Bolitho trotz des blutigen Schleiers über seinen Augen. »Meine Leute?«

Bolitho nickte. »Wir retten so viele wie möglich, seien Sie ganz ruhig.«

Er blickte hinaus auf den wachsenden Teppich aus improvisierten Flößen, treibenden Spieren und Fässern, an die sich die Überlebenden in der Hoffnung auf ein Wunder klammerten. Aber viel größer war die Zahl der im Wasser Treibenden. Nur wenige Seeleute konnten schwimmen, und bald gaben die anderen den Kampf auf, ließen sich mit dem leblosen Treibgut von der Strömung davontragen in den Tod.

Bolitho wartete, bis noch einige halb betäubte und blutende Männer in das Seitenboot gezerrt waren, dann kletterte er selbst hinein und stellte sich neben Allday. Neale lag bewußtlos zu ihren Füßen.

Der junge Kilburne, den die letzten Augenblicke in einen Mann verwandelt hatten, rief: »Verhaltet euch ruhig, Leute! Riemen bei!«

Wie das andere Boot war auch ihres so überfüllt, daß es nur noch wenige Zoll Freibord aufwies. Jedes Fahrzeug hatte nur zwei Riemen, mit denen es jetzt den Steven den Wellen zuwandte, die noch vor kurzem ihre Verbündeten gewesen waren, aber plötzlich nur *ein* Ziel zu kennen schienen: die Boote zum Kentern zu bringen und die Schiffbrüchigen zu verschlingen.

»Da geht sie hin!«

Der Schrei kam aus vielen Kehlen. Vor Schreck erstarrt sahen die Männer, wie *Styx* sich auf die Seite rollte und dann langsam zu unterschneiden begann. Einige ältere Seeleute blickten stumm hinüber, zu erschüttert, um in den Aufschrei der Jüngeren einzustimmen. Wie alle Schiffe, war sie für ihre Stammbesatzung viel mehr gewesen als bloß irgendein Schiff: *Styx* hatte ihnen ein Heim geboten, hatte Freunde und vertraute Gewohnheiten beherbergt. All das war für immer dahin.

Browne flüsterte: »Das vergesse ich nie. Und wenn ich hundert Jahre werde.«

Styx sank jetzt schneller, aber der Sund war an dieser Stelle so flach, daß sie auf Grund stieß und wieder an die Oberfläche federte – wie ein Ertrinkender, der um sein Leben kämpfte. Aus ihren Speigatten und Stückpforten schoß das Wasser, und mehrere Leichen, die sich in den gebrochenen Stagen verfangen hatten, hüpften auf und nieder, als winkten sie ihren überlebenden Kameraden zu.

Dann rollte sich die Fregatte ein letztesmal herum, sank unter die Wasseroberfläche und blieb verschwunden.

Mit dumpfer Stimme meldete Allday: »Ein Boot hält von der Küste auf uns zu, Sir.«

Und weil er Bolithos wilde Verzweiflung spürte, setzte er hinzu: »Wir sind nicht das erstemal in Gefangenschaft, Sir. Wir werden es auch diesmal überstehen, das schwöre ich Ihnen.«

Bolitho spähte nach *Phalarope* aus. Aber auch sie war verschwunden. Es war vorbei.

VI Seeklar

Thomas Herrick stützte die Ellbogen auf die polierte Tischplatte in der großen Achterkajüte der *Benbow* und überlas noch einmal seinen in wohlgesetzten Worten abgefaßten Bericht.

Eigentlich hätte er stolz sein können auf seinen Erfolg, denn sogar die zuversichtlichsten unter den Zimmerleuten und Schiffsausrüstern hatten ihm prophezeit, daß die Reparaturen an *Benbow* noch mindestens einen Monat in Anspruch nehmen würden. Morgen war nun der erste August, und die *Benbow* war fertig – viel früher, als er in seinen kühnsten Träumen zu hoffen gewagt hatte.

So ungeduldig hatte er auf den Augenblick gewartet, in dem er die ersehnten Worte in den Bericht an Ihre Lordschaften schreiben konnte – *Melde ergebenst, daß HMS Benbow seeklar ist und bereit, etc.* –, und jetzt standen sie da, warteten nur noch auf seine Unterschrift. Dennoch empfand er keinerlei Frohlocken oder Begeisterung.

Das lag nicht etwa an schlechten Nachrichten; eher schon daran, daß überhaupt keine Nachrichten eingingen. Er hatte diese Unruhe zum erstenmal verspürt, als die von Schüssen durchlöcherte Fregatte *Unrivalled,* ein Schiff aus Bolithos Biskaya-Geschwader, in Plymouth vor Anker gegangen war; alle Pumpen an Bord arbeiteten fieberhaft, um die Fregatte noch so lange über Wasser zu halten, bis Hilfe eintraf. Und selbst das hätte Herrick nicht stärker belasten sollen als andere ähnliche Vorkommnisse, an die man sich im Krieg gewöhnen mußte. Er hatte schon so viele Schiffe verlorengehen gesehen, auch vor der *Unrivalled* hatte er oft genug beobachten müssen, wie Tote und Verwundete an Land geschafft wurden. Warum war er gerade jetzt so aufgewühlt?

Es mußte daran liegen, daß er sich von dem Tag an, seit Bolitho seine Flagge auf *Styx* setzte und auslief, Sorgen machte; denn seiner Ansicht nach segelte Bolitho in sehr dubioser Mission.

Als er dann *Phalaropes* Namen im Signalbuch entdeckte, zusammen mit der knappen Verlautbarung, daß sie Bolithos Oberkommando unterstellt wurde, hatten sich Herricks Ahnungen noch mehr verdüstert. Dulcie blieb im *Golden Lion* und tat ihr Bestes, um ihn aufzuheitern. Trotzdem, sein häusliches Glück machte ihn eher schuldbewußt. Dulcie verstand nichts von der See und der Kriegsmarine – und genauso sollte es bleiben, solange er dabei etwas zu sagen hatte.

In der Nachbarkajüte waren Schritte zu hören: Ozzard, Bolithos Steward, schlich wie ein Geist umher, seit sein Herr ohne ihn davongesegelt war. Solche wie ihn gab es noch mehr an Bord; zum Beispiel Yovell, Bolithos Schreiber, der jeden Bericht in seiner gerundeten Handschrift abgefaßt hatte.

Das Deck unter Herricks Füßen bewegte sich leicht, und er trat an die offenen Heckfenster. Mittlerweile lagen hier schon weniger Schiffe in Reparatur, das Getöse der Hämmer und das Quietschen der Flaschenzüge hatte nachgelassen.

Dort drüben schwojte Keens mit 74 Kanonen bestückte *Nicator* an ihrer Ankertrosse, hatte Sonnen- und Windsegel ausgebracht, um den Aufenthalt an und unter Deck bei dieser drückenden Hitze so angenehm wie möglich zu machen. Und daneben *Indomitable,* ihr anderer Zweidecker, unter dem neuen Kommandanten Kapitän Henry Veriker, der innerhalb des kleinen Geschwaders schon eine gewisse Berühmtheit errungen hatte: Seit der Schlacht bei Abukir war er fast taub, eine Verletzung, die nach stundenlangem, ununterbrochenem Kanonenfeuer oft auftrat. Aber Verikers Taubheit kam und ging, war manchmal schwächer, manchmal stärker, so daß sich nie genau sagen ließ, was er nun gehört hatte oder was er mißverstand. Für seine Offiziere mußte es die Hölle sein, überlegte Herrick. Schon die kleine Kostprobe an dem Abend, als sie zusammen gespeist hatten, hatte ihm gereicht.

Er beugte sich hinaus, um die neue Fregatte zu mustern, die er damals kurz nach ihrem Stapellauf gesehen hatte, als er auf sein eigenes Schiff zurückgekehrt war. Jetzt lag sie schon tiefer im Wasser, hinter jeder offenen Stückpforte lauerte eine schwarze Mündung, und alle drei Masten standen, waren verstagt und getakelt. Lange brauchte diese Schönheit nun nicht mehr zu warten. Herrick fragte sich, wer wohl ihr glücklicher Kommandant sein würde.

Der Anblick der neuen Fregatte erinnerte ihn an Adam Pascoe. Der junge Teufel hatte die Kommandierung auf *Phalarope* akzeptiert, ohne einen Gedanken an mögliche Konsequenzen zu verschwenden. Bolitho hatte aus ihr wieder ein kampftüchtiges Schiff gemacht, hatte der Mannschaft Zuversicht eingeflößt. Herrick erinnerte sich nur zu gut daran, wie die Stimmung gewesen war, als er, der jüngste ihrer Offiziere, zum erstenmal an Bord kam: verbittert und verzweifelt, kurz vor der Meuterei gegen einen Kommandanten, der jede menschliche Regung als Todsünde verabscheute.

Herrick hörte die gedämpfte Meldung der Türwache draußen und wandte sich um. Der Ankömmling war sein Erster Offizier, der den rothaarigen Kopf tief unter die niedrigen Decksbalken beugen mußte.

»Was gibt's, Mr. Wolfe?«

Wolfes tiefliegende Augen erfaßten den schriftlichen Bericht auf dem Schreibtisch, dann kehrten sie zum Kommandanten zurück. Er hatte härter als die meisten anderen an der Wiederherstellung des Schiffes gearbeitet und zwischendurch trotzdem Zeit gefunden, seine jungen und weitgehend ahnungslosen Offiziere zu schulen.

»Meldung vom Offizier der Wache, Sir: Sie können den Hafenadmiral in etwa einer halben Stunde an Bord erwarten.« Wolfe grinste mit seinem unregelmäßigen Gebiß. »Ich habe schon alles veranlaßt, Sir. Am Fallreep werden Empfangskomitee und Ehrenwache bereitstehen.«

Herrick bedachte die Neuigkeit. Der Hafenadmiral war ein seltener Gast an Bord, aber kein unebener Kerl; ein behäbiger, gemütlicher Mann, der mittlerweile mit Dockarbeitern und Händlern besser umzugehen verstand als mit einer Flotte auf hoher See.

»Sehr gut«, sagte Herrick deshalb zu Wolfe. »Ich glaube, wir haben nichts zu befürchten. Wir sind sogar früher mit den Reparaturen fertig geworden als Kapitän Keens *Nicator,* wie?«

»Ob er uns neue Befehle bringt, Sir?«

Der Gedanke bereitete Herrick Unbehagen. Er hatte noch nicht einmal Zeit gefunden, sich einen Flaggkapitän auszusuchen; aber brauchen würde er einen, ganz gleich, wie kurzfristig sein Kommodorewimpel auf *Benbow* auch wehen mochte. Vielleicht scheute er die Endgültigkeit des Schritts, überlegte er, denn damit würde er das letzte Bindeglied zu seinem Freund und Konteradmiral durchtrennen, obwohl er immer noch nicht wußte, was in der Biskaya geschehen war.

Draußen waren eilige Schritte zu hören, und nach der Ankündigung des wachestehenden Seesoldaten trat der Fünfte Offizier schneidig durch die Tür, seinen Hut unter den Arm geklemmt.

Wolfe funkelte ihn so gereizt an, daß der junge Mann zurückfuhr. In Wirklichkeit war der Erste mit dem jungen Offizier ganz zufrieden, aber es war noch viel zu früh, ihn das merken zu lassen. Erst abwarten, bis wir auf See sind, pflegte er zu sagen.

»Ein – ein Brief, Sir«, meldete der Fünfte. »Kam mit der Kutsche aus Falmouth.«

Herrick riß ihm den Brief fast aus der Hand. »Danke. Machen Sie weiter, Mr. Nash.«

Während der Leutnant schleunigst verschwand und Wolfe sich auf einen Stuhl sinken ließ, schlitzte Herrick den Umschlag auf. Er kannte die Handschrift; obwohl er den Brief erwartet hatte, fürchtete er sich vor dem, was sie ihm sagen würde.

Wolfe beobachtete ihn neugierig. Zwar wußte er das meiste schon und konnte den Rest leicht erraten, trotzdem blieb ihm die seltsam enge Bindung des Kommandanten an Richard Bolitho unerklärlich. Für Wolfe war ein Freund auf See am ehesten noch mit einem Schiff zu vergleichen: Man setzte sich füreinander ein, aber wenn die Wege sich trennten, vergaß man den anderen am besten und kehrte nie zurück.

Langsam ließ Herrick den Brief sinken und sah dabei die Schreiberin im Geiste vor sich, das kastanienbraune Haar in die Stirn fallend, während sie über das Papier gebeugt saß.

Er riß sich zusammen. »Mrs. Belinda Laidlaw kommt nach Plymouth«, sagte er. »Meine Frau wird sich während der Dauer ihres Besuches um sie kümmern.«

Irgendwie war Wolfe enttäuscht. »Das ist alles, Sir?«

Herrick starrte seinen Ersten an. Eigentlich hatte er recht. Belinda sandte ihm und Dulcie die herzlichsten Grüße, aber mehr auch nicht. Immerhin war es ein Schritt in die richtige Richtung. Wenn sie erst einmal hier sein würde in Bolithos Welt, würde sie bestimmt offener sprechen, Herrick vielleicht sogar um seinen Rat ersuchen.

Draußen an der Bordwand erklangen Stimmen, Wolfe schnappte sich seinen Hut und fuhr auf: »Der Admiral, Sir! Den haben wir ganz vergessen!«

Schwer atmend hasteten der stämmige Kommandant und sein schlaksiger Erster Offizier, beide die Säbel fest an die Seite gepreßt, damit sie nicht darüber stolperten, hinaus aufs Achterdeck.

Admiral Sir Cornelius Hoskyn, Ritter des Bathordens, hievte sich das Fallreep hinauf und durch die Schanzkleidpforte; trotz seiner Leibesfülle ging sein Atem nicht schwerer, als er grüßend den Hut zum Achterdeck lüftete und geduldig abwartete, bis die Querpfeifen mit dem Lied »Hearts of Oak« – Herzen aus Eiche – fertig waren. Herrick mochte seine warme, volltönende Stimme und rosige Gesichtsfarbe, vor allem aber seine Gewohnheit, sich für jeden Kommandanten, der durch Plymouth kam, ausgiebig Zeit zu nehmen und ihm nach besten Kräften behilflich zu sein.

Der Admiral blickte zum knatternden Kommodorewimpel auf und sagte: »Hat mich gefreut, als ich *davon* erfuhr.« Dann nickte er den versammelten Offizieren zu und fuhr fort: »Ihr Schiff macht Ihnen alle Ehre. Sie sind bald seeklar, wie?«

Herrick wollte erwidern, daß die Meldung über ihre Einsatzbereitschaft nur noch auf seine Unterschrift wartete, aber der Admiral war schon weitergeschritten, dem willkommenen Schatten unter dem Hüttenaufbau zu.

Hinter ihm her marschierten sein Flaggleutnant, sein Sekretär und zwei Stewards, die eine Kiste mit Wein trugen.

In der großen Achterkajüte ließ sich der Admiral bedachtsam auf einen Stuhl nieder, während sein Stab sich unter der Anleitung von Herricks Steward mit Weingläsern und -kühler zu schaffen machte.

»Ist dies Ihr Bericht?« Der Admiral zog ein Lorgnon aus seinem schweren Uniformrock und studierte das Papier. »Unterschreiben Sie ihn jetzt, wenn ich bitten darf.« Fast im selben Augenblick fügte er hinzu: »Prächtig, prächtig – ich hoffe nur, das Glas ist kalt, Mann.« Damit nahm er von einem Steward das erste Glas Wein entgegen.

Herrick nahm erst Platz, nachdem der Leutnant und der Sekretär die Kajüte verlassen hatten, wobei letzterer Herricks versiegelte Bereitschaftsmeldung wie einen Talisman an die Brust gepreßt trug.

»Also.« Sir Cornelius Hoskyn betrachtete Herrick forschend über den Rand seines Lorgnons. »Sie erhalten umgehend Ihre Befehle, wahrscheinlich noch heute abend. Sowie ich von Bord bin, rufen Sie Ihre Kommandanten zu einer Einsatzbesprechung zusammen und bereiten sie ohne weitere Verzögerung auf ihre Aufgabe vor. Ob sie unterbemannt, leck oder sonstwas sind, schert mich einen Dreck; es ist nicht mein Problem, sondern ihres. Manche Leute glauben zwar, daß demnächst der Friede ausbricht – wollte Gott, sie behielten recht –, aber bis man mich vom Gegenteil überzeugt, befinden wir uns im Kriegszustand.« Obwohl er nicht die Stimme gehoben hatte, hallten seine Worte wie Pistolenschüsse in der sonnendurchfluteten Kajüte.

»Halten zu Gnaden, Sir Cornelius . . .« Herrick fühlte sich zwar hoffnungslos ins Hintertreffen geraten, blieb aber eisern. »Meine Schiffe unterstehen nach wie vor dem Oberkommando von Konteradmiral Richard Bolitho, und es wird Ihnen doch klar sein, daß . . «

Der Admiral musterte ihn ernst und füllte zunächst sorgfältig ihre Gläser nach, ehe er antwortete.

»Ich hege großen Respekt vor Ihnen, Herrick, deshalb komme ich persönlich einer Aufgabe nach, die mir so verhaßt ist wie bisher selten eine.« Er milderte seinen Ton. »Bitte, trinken Sie noch einen Schluck. Der Wein kommt aus meinem eigenen Keller.«

Herrick schluckte Wein, ohne ihn zu schmecken; ebensogut hätte er auch Bilgenwasser trinken können.

»Sir?«

»Ich habe gerade durch einen Sonderkurier Nachricht erhalten und muß Ihnen folgendes mitteilen: Vor zehn Tagen, offenbar bei dem Versuch, feindliche Schiffe südlich der Loiremündung zu vernichten, erlitt die Fregatte Seiner Majestät *Styx* Schiffbruch. Es war ein Totalverlust. Das Unglück geschah sehr schnell und bei auffrischendem Wind.« Der Hafenadmiral machte eine Pause, ohne den Blick von Herricks Gesicht zu wenden. »Und da gleichzeitig mehrere feindliche Schiffe am Schauplatz erschienen, unter ihnen ein Linienschiff, wurde das Gefecht abgebrochen.«

Leise fragte Herrick: »Unsere anderen Schiffe haben sich zurückgezogen, Sir?«

»Es handelte sich nur um ein einziges Schiff von Bedeutung, und ihr Kommandant, der ranghöchste anwesende Offizier, traf diese Entscheidung. Ich bedaure zutiefst, daß ich Ihnen die Nachricht überbringen muß, denn ich weiß, was die Freundschaft Richard Bolithos Ihnen bedeutet hat.«

Herrick erhob sich taumelnd, als sei er geschlagen worden. »Bedeutet *hat*? Sie meinen . . .«

»Es kann nicht viele Überlebende gegeben haben. Dennoch darf man nie aufhören zu hoffen.«

Herrick ballte die Fäuste und wandte sich den Heckfenstern zu, ohne sie zu sehen. »Er hat oft vorausgesagt, daß es einmal so kommen würde.« Mit rauher Stimme fügte er hinzu: »Wer war der andere Kommandant, Sir, der die Entscheidung zum Rückzug traf?« Aber insgeheim wußte er es schon.

»Emes von der *Phalarope.*«

Immer noch konnte Herrick den Hafenadmiral nicht anblicken. Der junge Pascoe mußte alles mit angesehen haben, hatte nichts dagegen unternehmen können, daß dieser elende Feigling Emes den Schwanz einkniff und floh.

Aber dann kam ihm ein neuer Gedanke, so daß er ausrief: »Mein Gott, Sir, und sie kommt nach Plymouth! Ich meine die Frau, die er in Falmouth heiraten wollte! Was soll ich ihr nur sagen?«

Der Admiral erhob sich. »Ich halte es für das beste, wenn Sie sich auf Ihre Pflicht konzentrieren. Nur so können Sie sich ablenken. Verluste sind nur zu alltäglich geworden in diesem Krieg, der offenbar nie zu Ende gehen will. Trotzdem gewöhnt man sich nicht daran. Ich will Ihnen auch keinen billigen Trost zusprechen, weil ich weiß, daß es Trost für Sie nicht gibt. Wenn ich Näheres erfahre, lasse ich es Sie so schnell wie möglich wissen.«

Herrick folgte dem Hafenadmiral hinaus auf das breite Batteriedeck und verabschiedete ihn, ohne sich ganz bewußt zu werden, was er tat.

Als er seine Umgebung schließlich wieder wahrnahm, hatte die Schaluppe des Hafenadmirals bereits abgelegt, und Wolfe erbat Erlaubnis, die Ehrenwache wegtreten zu lassen.

»Darf ich fragen, was geschehen ist, Sir?« Wolfes knappe, sachliche Stimme riß Herrick aus seiner Erstarrung.

»Richard Bolitho und *Styx* – wir haben sie verloren.«

Wolfe stellte sich schnell so, daß er Herrick vor den Blicken der anderen abschirmte.

»Beeilung, ihr Trantüten! An die Arbeit, oder ich lasse den Bootsmann eure faulen Häute klopfen, bis ihr springt!«

Herrick kehrte in seine Kajüte zurück und ließ sich auf einen Stuhl fallen. Nichts war mehr wichtig für ihn, weder das Schiff, noch sein Kommodorewimpel, nicht einmal sein junges privates Glück.

Wolfe erschien in der Tür. »Haben Sie Befehle Sir?«

»Doch, ja, die habe ich, Mr. Wolfe. Lassen Sie an *Nicator* und *Indomitable* signalisieren, daß ich die Kommandanten zu mir an Bord bitte.« Aber dann schüttelte Herrick mutlos den Kopf. »Lassen Sie, das kann noch warten. Setzen Sie sich und versuchen Sie den Wein, den der Admiral mitgebracht hat. Er soll sehr gut sein.«

»Gern, Sir«, antwortete Wolfe, »aber später. Im Augenblick bin ich an Deck noch nicht entbehrlich. Das Signal heiße ich um acht Glasen*, Sir, dann bleibt noch reichlich Zeit.«

Vor der Kajüte wäre Wolfe fast über die winzige Gestalt von Ozzard gestolpert. Mein Gott, der Mann weinte ja! Offenbar wußte an Bord schon jeder Bescheid. Es war doch immer dasselbe: Bei der Navy ließ sich nichts geheimhalten.

Draußen im Sonnenschein verhielt Wolfe und atmete ein paarmal tief durch. An Deck warteten keine sonderlich dringenden Aufgaben; er hatte sie nur vorgeschützt, weil er um nichts in der Welt hätte dasitzen können und Herricks Qual mitansehen. Daß er nichts tun konnte, um diesem Mann zu helfen, den er schätzen gelernt hatte, deprimierte Wolfe zutiefst; noch nie war er sich so überflüssig vorgekommen.

In der Kajüte goß Herrick sich ein neues Glas Wein ein. Und danach noch eins. Das machte es zwar nicht leichter, aber es gab seinen Händen wenigstens etwas zu tun.

Beim dritten Glas blieb seine Hand in der Luft hängen, weil sein Blick auf den Prunksäbel an der Wand fiel, den Bolitho hier zurückgelassen hatte, als er auf *Styx* umgezogen war.

Ein wundervolles Stück Handwerksarbeit, dachte Herrick. Aber wenn es das einzige war, was von Bolitho blieb, dann war es verdammt wenig.

* zum Ende der Wache

Herrick sprang aus der grüngestrichenen Barkasse der *Benbow* auf die Pier und wartete darauf, daß sein Bootsführer ihm folgte.

Dabei hatte er sich schon verspätet, hatte ursprünglich viel früher an Land sein wollen. Jetzt lag schon mattrotes Abendlicht über Sund und Reede und den Schiffen, die sich friedlich im glatten Wasser spiegelten.

Herrick hatte seiner Frau eine Nachricht gesandt, in der er nur so viel andeutete, wie sie unbedingt wissen mußte. Dulcie war eine vernünftige Frau und verlor bestimmt nicht die Beherrschung. Aber Herrick hatte eigentlich schon bei ihr sein wollen, wenn die Postkutsche aus Falmouth vor die Herberge rollte.

»Fahr zurück an Bord, Tuck«, sagte er zu seinem Bootsführer. »Ich nehme mir nachher eine Mietjolle. Mr. Wolfe weiß, wo ich zu erreichen bin.«

Der Bootsführer tippte an seinen Hut. »Aye, aye, Sir.« Er wußte längst, was geschehen war, dachte dabei aber mehr an Allday als an Bolitho. Beide Bootsführer ihrer Kommandanten, hatten sie einander respektieren gelernt und waren gut miteinander ausgekommen. »Und, Tuck, wenn die Leute zu munkeln anfangen . . .«

Der Bootsführer nickte. »Aye, Sir, bin im Bilde. Dann komme ich so schnell zurück, daß der Kiel gar nicht erst naß wird.«

Herrick schritt die Pier hinunter; auf den runden, abgewetzten Kieselsteinen, über die schon Legionen von Seefahrern bis zurück zu Drake gegangen waren, klickten seine Schuhe so laut, daß er meinte, es müßte bis zur Herberge zu hören sein.

Als er den *Golden Lion* mit seinen in der Abendsonne rotglühenden Fensterscheiben vor sich sah, verließ ihn der Mut, und er hielt inne. Im Hof stand eine leere Kutsche, die Pferde waren schon ausgespannt, nur zwei Diener luden Reisetaschen auf das Dach, wohl für die nächste Etappe nach Exeter.

Alles war schon schlimm genug, aber daß die elende Kutsche auch noch pünktlich eingetroffen war, ausgerechnet an diesem Abend, das machte es für Herrick noch schwerer.

Neben dem Hoftor blies ein einbeiniger Krüppel, mühsam auf einer primitiven Krücke balancierend, zum Vergnügen einiger Straßenjungen und Passanten eine Melodie auf seiner Querpfeife. Er trug den roten Rock der Seesoldaten, und der dunklere Fleck auf dem abgewetzten Ärmel, wo einst der Winkel aufgenäht gewesen war, verriet Herrick, daß er einen alten Sergeanten vor sich hatte.

Er tastete nach ein paar Münzen in der Rocktasche und warf sie dem Krüppel in die Mütze, beschämt, peinlich berührt und vor allem wütend darüber, daß solch ein Mann so elend dahinvegetierte. Aber bis es endlich zum Friedensschluß kommen würde, mußten bestimmt noch viel mehr Rotröcke verkrüppelt in den Straßen betteln.

Doch der Mann ließ sich nicht aus der Ruhe bringen. Breit grinsend hob er die Hand an die Stirn und salutierte spöttisch.

»Sergeant Tolcher, Sir. So geht's einem im Leben, wie, Kapitän?«

Herrick nickte bedrückt. »Von welchem Schiff?«

»Mein letztes, Sir? Das war die alte *Culloden,* unter Käpt'n Troubridge. War'n richtiger Gentleman, unser Käpt'n, jedenfalls für einen Seeoffizier.«

Herrick hätte längst bei Dulcie sein müssen, aber irgend etwas hielt ihn hier zurück. Dieser unbekannte Marinesoldat hatte an der Schlacht von Abukir teilgenommen, hatte wie er selbst und Bolitho vor der Nilmündung gekämpft. Auf einem anderen Schiff zwar, aber immerhin.

»Viel Glück, Kamerad.« Mit diesen Worten wandte Herrick sich ab und eilte zum Eingang.

Der Marinesoldat schob die Münzen in die Tasche und grämte sich, daß er einen guten Zuhörer verloren hatte. Aber dieser stämmige Kapitän mit den auffallend blauen Augen hatte ihn für manches entschädigt.

Außerdem hatte er jetzt genug beisammen für ein paar Krüge Bier mit den alten Kumpels unten im *Volunteer.* Der Ex-Sergeant der *Culloden* humpelte davon, wobei seine Krücke laut über das Steinpflaster kratzte.

Als Herrick das Zimmer betrat, standen beide Frauen da und warteten, der Tür zugekehrt, als hätten sie seit Stunden auf demselben Fleck verharrt.

Er wandte sich zunächst an Dulcie. »Tut mir leid, Liebste, aber ich wurde aufgehalten. Neue Befehle.«

Die plötzlich in den Augen seiner Frau aufsteigende Furcht sah er nicht mehr, weil sich seine Aufmerksamkeit jetzt auf Belinda konzentrierte, die neben dem kalten Kamin stand.

Herrgott, wie schön sie ist, dachte er. Sie trug ein flaschengrünes Reisekleid und hatte das volle, kastanienbraune Haar mit einem passenden Band im Nacken zusammengebunden. Aber sie war blaß, die großen braunen Augen schienen das ganze Gesicht zu beherrschen, als sie fragte: »Gibt es Neuigkeiten, Thomas?«

Herrick war gerührt von so viel Selbstbeherrschung und auch davon, daß sie ihn so selbstverständlich mit seinem Vornamen ansprach.

»Nein, noch nicht«, antwortete er. Er ging zu einem kleinen Tisch, nahm ein Glas auf, stellte es wieder hin. »Aber Neuigkeiten brauchen eben ihre Zeit, bis sie eintreffen. Gute Neuigkeiten, meine ich.«

Endlich konnte er auf sie zugehen und ihre Hände in seine nehmen. In seinen harten Seemannspranken fühlten sie sich sehr weich an – und sehr hilflos.

Leise sagte Belinda: »Dulcie hat mir berichtet, was Sie ihr geschrieben haben. Und einige Offiziere in der Gaststube unten haben davon gesprochen, daß ein Schiff untergegangen sei. Besteht noch Hoffnung?«

Sie hob den Blick zu ihm, so flehend, daß ihre äußere Ruhe Lügen gestraft wurde.

Herrick seufzte. »Im Augenblick wissen wir noch viel zu wenig. Die Küste dort ist ziemlich gefährlich; soweit ich in Erfahrung bringen konnte, war es eine Kollision, möglicherweise mit einem Wrack, wonach *Styx* wegsackte und ziemlich schnell unterging.«

Inzwischen hatte Herrick die Szene im Geiste hundertmal nacherlebt, sogar bei der Kommandantenbesprechung, als er seinen Untergebenen die neuen Befehle erläutert hatte. Er wußte nur zu gut, wie das Unglück abgelaufen sein mußte, schließlich hatte auch er schon ein Schiff verloren. Die Schreie, dazu das Krachen und Knallen der brechenden Takelage gellten ihm noch im Ohr, er sah sie immer wieder vor sich, die Ertrinkenden: Manche starben lautlos, andere verfluchten Gott und die Welt und selbst den Namen ihrer Mutter, ehe die See ihnen den Mund verschloß.

»Aber Ihr Richard hatte tüchtige Männer um sich«, fuhr er fort, um Belinda etwas zu beruhigen. »Allday wich bestimmt nicht von seiner Seite, und der junge Neale war ein erstklassiger Kapitän.«

Belinda warf Dulcie einen schnellen Blick zu. »Wer wird es seinem Neffen sagen?«

Sehr sanft ließ Herrick ihre Hände los. »Das ist nicht notwendig. Adam war selbst dort. An Bord des Schiffes, das . . .« Gerade noch rechtzeitig verschluckte er den Rest des Satzes. »Adam war auf *Phalarope,* die das Flaggschiff begleitete.«

Dulcie Herrick griff sich an die Brust. »Gott helfe dem Jungen.«

»Aye. Es muß furchtbar für ihn sein.«

Belinda Laidlaw setzte sich – zum erstenmal, seit sie aus der Postkutsche gestiegen war.

»Kapitän Herrick . . .« Sie rang sich ein Lächeln ab. »Oder besser: Thomas. Denn Sie sind sein Freund und jetzt, so hoffe ich, auch meiner. Also, Thomas, was ist Ihrer Ansicht nach geschehen?«

Herrick spürte, daß seine Frau ihm ein Glas Wein in die Hand drückte, und warf ihr einen dankbaren Blick zu.

Dann sagte er: »Richard ist insgeheim immer ein Fregattenkapitän geblieben. Wenn es nur nach ihm ginge, würde er ohne großen Zeitverlust den Feind stellen und angreifen. Aber als kommandierender Konteradmiral hatte er andere Verpflichtungen. Er mußte Admiral Beauchamps Pläne in die Tat umsetzen und die wachsende Gefahr einer Invasion Englands abwenden. Nur das war seine Aufgabe.« Um Verständnis bittend sah er Belinda an. »Mein Gott, Ma'am, wenn Sie wüßten, wie er sich gegrämt hat, was es ihn gekostet hat, so schnell wieder in See zu stechen, ohne Sie auch nur gesehen zu haben, ohne Ihnen alles erklären zu können. Als wir uns das letztemal sahen, war sein größter Kummer das Leid, das er Ihnen antun mußte. Aber wenn Sie Richard wirklich kennen«, sagte er abschließend und mit Nachdruck, »dann werden Sie verstehen, daß seine Ehre ihm genauso wichtig ist wie seine Liebe zu Ihnen.«

Sie nickte mit feuchten Augen. »Das weiß ich nur zu gut und möchte es auch gar nicht anders. Obwohl wir uns erst letztes Jahr kennengelernt haben. Und in der ganzen Zeit seither war ich immer nur wenige Tage mit ihm zusammen. Wie ich Sie beneide, Thomas, daß Sie so vieles gemeinsam mit ihm erleben durften, daß Sie so viele Erinnerungen teilen, die mir immer fremd bleiben werden.« Sie schüttelte den Kopf, wobei ihr das lange Haar über die Schulter fiel. »Nein, Thomas, ich werde ihn niemals aufgeben. Und jetzt schon gar nicht.«

Tränen rannen ihr über die Wangen, aber als Dulcie und Herrick tröstend auf sie zukamen, wehrte sie ab. »Nein, nein, danke, es ist schon gut. Ich werde nicht in Selbstmitleid schwelgen, wenn

Richard mich braucht.«

Herrick konnte sie nur anstarren. »Ihre Worte wärmen mir das Herz, Ma'am. Aber erhoffen Sie sich nicht zuviel, versprechen Sie mir das. Sonst könnten Sie die Enttäuschung nicht ertragen.«

»Zuviel erhoffen?« Sie ging zu den offenen Fenstertüren hinüber, eine schmale Silhouette vor See und Himmel, und trat auf den Balkon hinaus. »Das wäre mir gar nicht möglich. Richard ist das einzige, wofür ich lebe. Alles andere ist mir unwichtig geworden, lieber Freund.«

Herrick spürte, daß Dulcie nach seiner Hand griff, und erwiderte den leichten Druck. Belinda mußte sich aus eigener Kraft wieder fangen, und ob sie es schaffen konnte, würde nur die Zeit erweisen. Er sah auf seine Frau hinab, als sie flüsterte: »Du hast vorhin von neuen Befehlen gesprochen, Thomas?«

»Vergib mir, Liebste. Ich war in Gedanken ganz bei diesem Unglück hier...« Mit einem Blick auf Belinda, die ins Zimmer zurückkehrte, fuhr er fort: »Ich habe Befehl erhalten, einen Konvoi aus Handelsschiffen nach Gibraltar zu eskortieren. Soweit ich weiß, sind es Schiffe mit ziemlich wertvollen Ladungen, die auch in Friedenszeiten verlockende Prisen wären.«

Wieder stieg die Empörung in ihm auf, daß er ausgerechnet jetzt, da man ihn hier so dringend brauchte, mit einem Konvoi weit weg geschickt wurde. Aber hätte er seinen ersten Auftrag als Kommodore abgelehnt, hätte weder sein guter Ruf noch die Freundschaft mit Bolitho, ja nicht einmal ein Adelstitel seine Karriere retten können. In solchen Dingen besaß die Marine ein Elefantengedächtnis.

Deshalb erläuterte er nur: »Dieser Auftrag ist zwar lästig, aber völlig ungefährlich, und ich werde früher, als ihr beide damit rechnet, wieder daheim ein Plymouth sein.« Das war nicht einmal ganz unwahr und ging ihm leichter über die Zunge, als er befürchtet hatte.

Belinda legte ihm die Hand auf den Arm. »Und die Schiffe des Konvois sammeln sich hier?«

»Aye. Zwei kommen aus Bristol und die anderen von den Downs*.«

Sie nickte nachdrücklich, und ihre Augen glänzten. »Dann werde ich mich auf einem davon einschiffen. Ich habe Freunde in

* Reede an der Südostküste Englands, vor der Stadt Deal

Gibraltar. Mit guten Beziehungen und etwas Geld kann ich mir vielleicht Gewißheit über Richards Schicksal verschaffen.«

Herrick wollte schon protestieren, klappte den Mund aber schnell wieder zu, als er einen Blick seiner Frau auffing, die leise den Kopf schüttelte. Und es stimmte ja, über gefallene oder vermißte Offiziere hatte man auf Umwegen in Spanien oder Portugal oft viel mehr erfahren als über die offiziellen Kanäle. Aber Belindas Eifer, ihre feste Überzeugung, daß Richard Bolitho noch lebte, machten sie so viel verwundbarer, wenn das Schlimmste geschah. Wer sollte ihr dann helfen?

»Das eine ist ein Indienfahrer, die *Duchess of Cornwall.* Wie ich hörte, besaßen Sie gute Beziehungen zur Ostindischen Handelskompanie. Bestimmt wird man, soweit möglich, für Ihre Bequemlichkeit an Bord sorgen. Auf alle Fälle verständige ich den Kapitän brieflich.« Er lächelte gezwungen. »Kommodore zu sein, muß doch wenigstens einen Vorteil haben.«

»Danke«, sagte sie ernst. »Sie sind sehr gut zu mir. Ich wollte nur, ich könnte auf Ihrem Schiff reisen.«

Herrick vermochte nicht zu verhindern, daß ihm darob die Röte ins Gesicht stieg. »Gütiger Himmel, Ma'am, wenn ich Sie unter diesen Grobianen und Galgenvögeln wüßte, könnte ich in meiner Koje kein Auge zutun!«

Wieder warf sie ihr Haar zurück. Kein Wunder, dachte Herrik, daß Bolitho von ihr so völlig behext war. »Na ja, wenigstens werde ich Ihr Schiff jeden Tag sehen, Thomas. Dann fühle ich mich bestimmt nicht so allein.«

Dulcie nahm ihre Hand. »Allein brauchen Sie sich niemals zu fühlen, meine Liebe.«

Herrick hörte eine Uhr schlagen und unterdrückte einen Fluch.

»Ich muß gehen«, sagte er, an die Frau im grünen Reisekleid gewandt. »Am besten gewöhnen Sie sich schon ans abrupte Abschiednehmen.« Machte er ihr etwas vor, oder hatten ihr Mut, ihre Zuversicht auf ihn abgefärbt?

Draußen ernüchterte ihn die kühle Abendluft sehr schnell. Er warf einen Blick zur Straßenecke, aber der verkrüppelte Marinesoldat war nicht mehr da.

Von der Pier aus sah er seine Barkasse im Schatten warten; schnell tauchten die Riemen ins Wasser, und das Boot schoß auf ihn zu.

Herrick packte seinen Säbel und verfluchte den Wind, der ihm das Wasser in die Augen trieb. Tuck hätte ihn eher auf die Nationalflagge spucken als ein Mietboot nehmen lassen.

Diese beiden, Tuck und die schöne junge Frau mit dem kastanienbraunen Haar, hatten ihm wieder etwas von seiner alten Kraft und Zuversicht zurückgegeben, auch wenn ihm eine innere Stimme sagte, daß er wahrscheinlich bitter enttäuscht werden würde – später. Aber im Augenblick konnte er wieder hoffen.

Er stieß die Säbelscheide auf die rundgetretenen Kieselsteine und sagte wie zu sich selbst: »Halt aus, Richard! Wir geben noch nicht auf.«

»Sie wollten mich sprechen, Sir?« Leutnant Adam Pascoe stand mitten in der Kajüte, den Blick über die rechte Epaulette seines Kommandanten in die Ferne gerichtet.

Emes lehnte sich in seinem Stuhl zurück und preßte die Hände mit den Fingerspitzen gegeneinander. »So ist es.«

Von außerhalb der Kajüte drang kein Laut herein, lediglich Wind und See rauschten gedämpft, und ab und zu knarrte eine Schiffsplanke.

Emes begann: »Es sind jetzt fünf Tage vergangen, seit *Styx* sank. Morgen ist der sechste Tag. Ich habe nicht vor, auch nur eine weitere Stunde mitanzusehen – geschweige denn einen weiteren Tag –, wie Sie im Umgang mit mir jedes überflüssige Wort vermeiden und Ihr Schweigen nur brechen, wenn der Dienst es unumgänglich macht. Sie sind mein Erster Offizier, und das ist für einen so jungen Mann wie Sie eine beachtliche Chance. Und eine Ehre. Aber vielleicht sind Sie doch zu jung dafür?«

Pascoe sah Emes jetzt direkt an. »Ich verstehe Sie nicht! Wie konnten Sie das nur tun? Wie konnten Sie sie dem sicheren Verderben ausliefern?«

»Mäßigen Sie Ihren Ton, Mr. Pascoe, und sprechen Sie mich mit ›Sir‹ an. Unter allen Umständen.«

Tap – tap – tap, die Fingerspitzen klopften leicht gegeneinander.

»Ein Angriff auf die französischen Boote war in dem Moment sinnlos geworden, in dem das Eingreifen größerer Kriegsschiffe unmittelbar bevorstand. Ich befehlige eine ziemlich alte Fregatte, Mr. Pascoe, und kein Linienschiff!«

Pascoe senkte den Blick, seine Hände zitterten so, daß er sie gegen die Schenkel pressen mußte, um sich nicht zu verraten. Seit diesem schrecklichen Tag hatte er an nichts anderes mehr denken können. Wenn sein Onkel dabei ums Leben gekommen war, dann hatte ihm bestimmt nicht der Tod den größten Schmerz gebracht. Nein, am schlimmsten mußte für ihn der Anblick seines alten Schiffes gewesen sein, seiner *Phalarope,* die er einst geliebt hatte und die jetzt ihn und die Seinen im Stich ließ.

Aber Emes hatte in seinem gewohnten kühlen Ton schon weitergesprochen. »Wenn Ihr Onkel nicht auf *Styx* gewesen wäre, würden Sie die Sache vielleicht anders sehen. Sie sind emotional zu stark beteiligt, zu direkt betroffen, um die Tatsachen zu akzeptieren. *Styx* hatte keine Chance mehr. Meine Verpflichtung galt in erster Linie diesem Schiff hier und dem noch verbliebenen Rest unseres Geschwaders, das mir als dem ranghöchsten Offizier nun anvertraut war. Eine tapfere, aber sinnlose Geste hätte mir die Admiralität schlecht gedankt, und noch mehr hätten die Witwen sie mir verübelt, deren Männer ich in den Tod geschickt hätte, wäre ich so verfahren, wie Sie es ertrotzen wollten. Sie haben an Bord gute Arbeit geleistet, und ich bin bis zu einem gewissen Grad mit Ihnen zufrieden. Aber wenn ich diese Mahnung wiederholen muß, dann werde ich dafür sorgen, daß Sie vor ein Seekriegsgericht kommen. Habe ich mich klar ausgedrückt?«

Unbeherrscht platzte Pascoe heraus: »Glauben Sie, das kümmert mich noch, wenn . . .«

»Das sollte es aber!« Emes' beide Hände schlugen krachend auf den Tisch. »Nach allem, was ich hörte, hat die Familie Ihres Onkels einen guten Namen in der Marine, oder?«

Pascoe nickte krampfhaft. »Und er hat alles für mich getan, alles.«

»Eben.« Emes entspannte sich fast unmerklich. »Vergessen Sie nicht, Sie sind ein Mitglied dieser Familie.«

»Jawohl, Sir.«

»Dann handeln Sie danach. Möglicherweise sind Sie jetzt der letzte der Bolithos.« Er hob die Hand, weil Pascoe protestieren wollte. »Möglicherweise, sagte ich. Wenn Sie als Erbe nach Hause zurückkehren, werden Sie anderen ein Vorbild sein müssen. Es geht jetzt um mehr als um Ihre private Verzweiflung. Hassen Sie mich, wenn Sie unbedingt wollen, aber vernachlässigen Sie nicht Ihren Dienst. Das ist alles, was ich von Ihnen verlange. Was ich Ihnen befehle.«

»Darf ich jetzt gehen, Sir?«

Emes wartete, den Blick auf seine gefalteten Hände gerichtet, bis sich die Tür hinter dem jungen Leutnant mit dem wirren Haarschopf geschlossen hatte. Dann fuhr er sich mit der Handfläche über die Stirn. Sie war naß vor Schweiß, und er kam sich schmutzig vor; übel war ihm außerdem.

Die Sache war damit noch nicht ausgestanden, das wußte er, auch daß die Zeit allein diese Wunden nicht heilen konnte. Pascoe würde die Dinge nicht auf sich beruhen lassen, und in seiner Verzweiflung konnte er alles zerstören.

Emes griff nach dem Federkiel und starrte gedankenverloren auf die Logbuchseite nieder. Er hatte richtig gehandelt, er wußte, daß er richtig gehandelt hatte. Nun mußte er nur noch die anderen dazu bringen, das einzusehen.

Fand der Alptraum denn niemals ein Ende? Würde er wieder die Beschuldigungen und die Verachtung von Leuten ertragen müssen, die nie einen Schuß im Gefecht gehört hatten und die nichts ahnten von der Qual eines Kommandanten, der die schlimmste Entscheidung seines Lebens treffen mußte? Die gleichen anonymen Besserwisser würden ihn verdammen, ohne ihn überhaupt gehört zu haben. Er hatte eine Bewährungschance bekommen und keinen Finger gerührt, als sein Admiral unterging. Das würden sie ihm niemals verzeihen.

Er blickte sich in der Kajüte um und erinnerte sich an den Tag, als Bolitho hier gewesen war. Wie war ihm wohl zumute, als er nach so langer Zeit wieder auf seinem alten Schiff stand? Aber wenn er Bolithos Anblick von damals je vergessen sollte, brauchte er nur seinen Ersten Offizier anzusehen. Pascoe würde ihn das nicht vergessen lassen.

Wie gestochen begann Emes zu schreiben: *Patrouille fortgesetzt, keine besonderen Vorkommnisse . . .*

VII Ein Geheimnis

Einzeln oder in Gruppen, kampflustig oder halb betäubt, so stolperten die Überlebenden der *Styx* den schräg ansteigenden Strand hinauf; mittlerweile war er von einem Kordon schwerbewaffneter Soldaten abgesperrt worden.

All das vollzog sich in eisigem Schweigen. Die benommenen Seeleute lagen oder hockten auf dem nassen Sand und starrten nicht ihre Bewacher an, sondern hinaus aufs bewegte Wasser, das noch vor kurzem ihr Schiff getragen hatte. Andere wateten niedergeschlagen am Ufer auf und ab, suchten mit den Augen das Strandgut ab, musterten die treibenden Leichen, ob nicht doch noch ein verzweifelter Schwimmer unter ihnen war. Und über allem kreisten gierig und ungeduldig die Möwen.

Etwas weiter strandabwärts nahmen sich einige Frauen der Verwundeten an, die sich aus dem Landungsboot hatten retten können, das *Styx* kurz vor ihrem eigenen Ende vernichtet hatte. Diese Handvoll Seeleute starrte finster zu der wachsenden Zahl britischer Überlebender hinüber; trotz der Entfernung und der Soldatenkette wirkte ihr Haß immer bedrohlicher.

Bolitho sah Boote auslaufen, meist kleine Fischkutter, die von der örtlichen Kommandantur hastig zur Suche nach Überlebenden requiriert worden waren.

Neale bemühte sich stöhnend, auf die Füße zu kommen. »Wie viele sind gerettet?«

»Hundert, vielleicht auch mehr«, antwortete Allday. »Genau läßt es sich nicht sagen.«

Da sank Neale in den Sand zurück und starrte blicklos zum blauen Himmel auf. »Mein Gott, weniger als die Hälfte!«

»Und was kommt jetzt?« fragte Browne; irgendwie hatte er es geschafft, trotz allem seinen Hut zu retten. »Ich gestehe, daß mir diese Situation neu ist.«

Bolitho legte den Kopf zurück und empfand dankbar den wärmenden Sonnenschein auf Stirn und Augen. Die Schmerzen konnte er allerdings nicht lindern. Nun waren sie also Gefangene, irgendwo an der Küste Frankreichs. Und schuld daran war sein eigenes törichtes Ungestüm.

Brüsk befahl er Browne: »Gehen Sie zu den anderen. Sie sollen antreten wie zum Appell.«

Er sah ihren Schiffsarzt neben der ausgestreckten Gestalt eines verletzten Seemanns knien und war dankbar, daß wenigstens er überlebt hatte. Sie würden ihn weiß Gott noch brauchen, denn manche seiner Leute schienen in schlimmem Zustand zu sein.

Die drei Midshipmen hatten alle überlebt, ebenso der noch so junge Dritte Offizier; allerdings hatte er einen zerquetschten Arm und schien kaum bei Bewußtsein. Außerdem entdeckte Bolitho noch Bundy, den Master, auch den Bootsmann und zwei oder drei Seesoldaten. Aber die Achterdeckswache war fast ausnahmslos über Bord gerissen worden, als der Besanmast heruntergekracht war. Neale hatte schon recht, es war weniger als die Hälfte.

Bolitho beschattete seine Augen und blickte wieder auf die See hinaus. Der Nebel war dichter geworden, und von den französischen Kriegsschiffen konnte er keine Spur mehr entdecken. Aber die Flotte der Landungsboote hatte sich wieder formiert und würde ihre Fahrt nun bald fortsetzen. Diesmal wußten sie, daß sie vom Feind beobachtet wurden, und konnten sich gegen einen Überraschungsangriff besser wappnen.

»Da kommen sie«, flüsterte Allday ihm zu.

Der Kordon oben am Strand teilte sich und ließ drei französische Offiziere mit ihrer Eskorte durch; zielstrebig marschierten sie auf die verstreuten Seeleute zu.

Bolitho kannte die Uniform des voranschreitenden Offiziers: Er war ein Hauptmann der Artillerie, wahrscheinlich von einer Küstenbatterie in der Nähe.

Der Hauptmann erreichte die Gruppe der Midshipmen und musterte sie kalt.

Bolitho sagte: »Händigen Sie ihm Ihre Waffen aus und auch den Säbel des Dritten Offiziers.«

Wütend rammte Allday sein langes Entermesser in den Sand. »Wäre das doch sein Bauch!« knirschte er dabei.

Auch Browne löste den Säbel von seiner Seite und bückte sich dann, um Neales Waffe von dessen Gürtel zu schnallen. Doch Neale schien zum erstenmal, seit man ihn ins Rettungsboot getragen hatte, seinen alten Kampfgeist und Mut wiederzufinden. Taumelnd kam er auf die Füße, tastete nach der Scheide und zog den Säbel, während die französischen Soldaten, von Neales überraschender Gegenwehr überrumpelt, verspätet ihre Pistolen und Musketen hoben.

Mit gebrochener, fast unkenntlicher Stimme rief Neale: »Zu mir, Leute! Schließt die Reihen! Schlagt die Enterer zurück!«

Bolitho sah, daß der französische Hauptmann auf Neale anlegte, und trat schnell zwischen ihn und den Phantasierenden. »Bitte, Capitaine. Der Mann spricht im Fieberwahn!«

Der Franzose blickte schnell zwischen Neale und Bolitho hin und her, musterte die fürchterliche Kopfwunde des jungen Kommandanten und dann Bolithos Epauletten.

Das Schweigen war wie eine unsichtbare Mauer. Neale stand schwankend da und spähte halb blind zu seinen Männern hinüber, die ihrerseits zurückstarrten, mitleidig und peinlich berührt.

Es war ein kritischer Augenblick. Die französischen Soldaten waren monotonen Garnisonsdienst gewohnt und mochten sich von den britischen Seeleuten, deren Schiff so schnell gesunken war und sie praktisch auf den Strand gespien hatte, bedroht fühlen. Nun mußte nur einer der Gefangenen eine falsche Bewegung machen, dann würden die Musketen losgehen und der Sand sich rot färben vom Blut der Gefangenen.

Bolitho kehrte der Pistole des Franzosen weiterhin den Rücken, aber der Schweiß rann ihm prickelnd zwischen den Schulterblättern herab, während er auf den Schuß, auf den vernichtenden Einschlag im Rückgrat wartete.

Ganz vorsichtig nahm er Neale den Säbel aus der Hand. »Immer mit der Ruhe«, sagte er. »Wir sind bei Ihnen, ich und Allday.«

Neale öffnete die Faust und ließ den Arm sinken. »Tut mir leid.«

Endlich kapitulierte er vor dem Schmerz. Bolitho sah den Schiffsarzt hastig herbeieilen, während Neale mit heiserer Stimme noch hinzufügte: »Hab' das verdammte Schiff geliebt.« Dann brach er zusammen.

Bolitho wandte sich um und reichte Neales Waffe an den nächststehenden Soldaten weiter. Dann bemerkte er den Blick des Offiziers, der auf seinem eigenen Säbel haftete, und löste ihn mit der Scheide vom Gürtel. Nur kurz zögerte er, um die glatte, vielgetragene Form noch einmal durch die Finger gleiten zu lassen. Ein unrühmliches Ende, dachte er voll Bitterkeit. In wenigen Monaten wäre die Waffe hundert Jahre in der Familie gewesen.

Neugierig beäugte der französische Hauptmann Scheide und Knauf und klemmte den Säbel dann unter den Arm.

Bolitho hörte Allday neben sich murmeln: »Den hole ich Ihnen zurück, Sir, warten Sie's nur ab.«

Oben am Strand waren inzwischen Pferdewagen angekommen, begleitet von noch mehr Soldaten. Ohne große Umstände wurden die Verwundeten verladen, und zuletzt erhielt der Schiffsarzt den Befehl, aufzuspringen.

Gerne hätte Bolitho zu den erschöpften Männern gesprochen, die bereits viel von ihrer Individualität und Zielstrebigkeit eingebüßt hatten, als sie jetzt wie eine Herde Schafe mit ungeduldigen Gesten und Kolbenstößen von ihren Bewachern zusammengetrieben wurden. Aber so blickte er sich nur nach den Zivilisten um, die ihnen folgten, Frauen zumeist, mit irgendwelchen Lasten auf den Armen, Brotkörbchen oder Wäschebündeln; der Krieg hatte sie bei ihren Alltagsgeschäften überrascht.

Weiter unten auf der Straße drängte sich ein Mann durch die Menge und versuchte, einen Matrosen an der Schulter zu packen. Aber der Soldat daneben hob drohend den Arm, und der Angreifer zog sich zurück. Wer mochte das gewesen sein? überlegte Bolitho. Der Angehörige eines französischen Gefallenen? Oder ein Veteran, der im Krieg halb verrückt geworden war? Seltsamerweise hatte der englische Seemann die Drohgebärde nicht einmal bemerkt und trottete weiterhin folgsam hinter seinem Vordermann her.

Browne flüsterte: »Sie haben eine Kutsche für uns bereitgestellt, Sir.«

Also wurden sie jetzt endgültig getrennt. Ein französischer Marineleutnant war auf den Plan getreten und eifrig dabei, sich Notizen über die Gefangenen zu machen, wobei er ihnen mit Gesten bedeutete wie sie sich aufzustellen hatten, jeder gemäß seinem Rang.

Die Midshipmen benahmen sich wie erfahrene Veteranen, stellte Bolitho fest. Der junge Kilburne lächelte ihn sogar an und griff grüßend an den Hut, als er mit seinen Kameraden und einer Handvoll jüngerer Decksoffiziere abgesondert und die Straße hinunter geschickt wurde.

Der Artilleriehauptmann schien sich etwas zu entspannen. Egal, was jetzt noch geschehen mochte, er konnte es unter Kontrolle halten.

Er wies auf die Kutsche, ein schäbiges Gefährt mit zerkratztem Anstrich. Wahrscheinlich aus dem Nachlaß irgendeines hingerichteten Aristokraten, dachte Bolitho.

Wütend funkelte Allday einen Soldaten an, dessen blankes Bajonett ihm den Weg versperrte. Endlich nickte der Marineleutnant knapp und ließ Allday hinter Bolitho in die Kutsche klettern.

Die Tür wurde zugeschlagen, und Bolitho konnte seine Gefährten genauer betrachten. Browne neben ihm preßte die Lippen fest zusammen und bemühte sich offenbar, sein seelisches Gleichgewicht wiederzufinden. Drüben lehnte Neale, der jetzt einen provisorischen Kopfverband trug, und neben ihm der letzte der noch überlebenden Offiziere, der bewußtlose Dritte.

Allday grunzte. »Kein Wunder, daß sie mich mitkommen ließen. Schließlich braucht man immer einen Dummen, der seine Vorgesetzten Huckepack trägt.«

Es war ein schwacher Versuch, witzig zu sein, aber er rührte Bolitho so sehr, daß er die Hand ausstreckte und Alldays breites Handgelenk packte.

Allday schüttelte den Kopf. »Sie brauchen nichts zu sagen, Sir. Wenn's Ihnen so geht wie mir, dann drückt Ihnen jetzt der Zorn die Kehle zu.« Er warf einen grimmigen Blick zum schmutzverschmierten Fenster, weil die Kutsche mit einem Ruck angefahren war. »Aber wenn uns die Galle hochkommt, dann sollten diese Lackaffen lieber aufpassen. So wahr mir Gott helfe!«

Browne ließ sich gegen die rissige Lehne zurücksinken und schloß die Augen. Neale sah schrecklich aus, und dem Leutnant, durch dessen Armverband bereits wieder Blut sickerte, schien es sogar noch schlechter zu gehen. Browne spürte zum erstenmal Angst in sich aufwallen. Angenommen, sie trennten ihn von Bolitho und Allday, was dann? Vermißt in einem fremden Land, wahrscheinlich schon für tot erklärt . . . Er riß sich zusammen und öffnete die Augen.

Mit belegter Stimme sagte er: »Ich habe nachgedacht, Sir.«

»Was?« Bolitho erschrak, weil er fürchtete, daß jetzt auch Browne einen Zusammenbruch erlitt.

Der aber ließ sich von Bolithos starrem Blick nicht beirren. »Es war fast so, als würden wir erwartet, Sir«, fuhr er fort. »Als ob sie über unsere Aktionen von Anfang an im Bilde gewesen wären.«

Bolitho blickte an Browne vorbei durchs Fenster auf die armseligen Hütten neben der Straße und die Hühner, die vor ihrer Kutsche davonstoben.

Das Haar in der Suppe. Die Ungereimtheit, die ihn schon die ganze Zeit gestört hatte. Und ausgerechnet Browne war darauf gestoßen.

In der schwankenden, schlecht gefederten Kutsche wurde ihnen die Reise zur Qual. Die Landstraße bestand fast nur aus Schlaglöchern, und sie wurden so furchtbar durchgerüttelt, daß Neale oder Algar, der Dritte Offizier, immer wieder vor Schmerzen aufschrien. Ihre drei unverletzten Gefährten bemühten sich vergeblich, sie vor dem Schlimmsten zu bewahren.

Jeder Versuch, die Kutsche zum Anhalten zu bringen oder nur

zu gemäßigterer Fahrt, war sinnlos. Sobald Bolitho die Aufmerksamkeit des Kutschers auf dem Bock wecken wollte, galoppierte jedesmal ein Kürassier herbei, schwang seinen Säbel und scheuchte ihn vom Fenster weg.

Trotz seiner Kopfschmerzen und Niedergeschlagenheit bemühte sich Bolitho nachzudenken; was sprach für, was gegen Brownes Idee, daß die Franzosen im voraus über die Bewegungen der britischen Schiffe informiert gewesen waren? Im Augenblick führte die Straße weg von der See, und zwar, soweit er es beurteilen konnte, in nordöstlicher Richtung. Die Luft roch nach Feldern, frischer Erde und Tieren – also eine bäuerliche Gegend. Fast wie in Cornwall, dachte er vage.

Bolitho fühlte sich wie ein Wild in der Falle, dem sich nirgends ein Fluchtweg bot. Er hatte Beauchamps Vertrauen enttäuscht, hatte Belinda verloren. Männer, die an ihn glaubten, hatte er mit seiner Taktik in den Tod geschickt. Mit brennenden Augen starrte er durchs Kutschenfenster. Sogar den Familiensäbel hatte er verloren.

Brownes Stimme weckte ihn aus seinen Depressionen. »Ich habe eben einen steinernen Wegweiser gesehen, Sir. Wir scheinen nach Nantes zu fahren.«

Bolitho nickte. Das konnte durchaus sein, die Richtung stimmte jedenfalls.

Bald darauf wurde die Kutsche etwas langsamer, und Bolitho zog seine Schlüsse daraus. »Sie müssen Befehl haben, uns vor Einbruch der Dunkelheit dort hinzubringen.«

»Hoffentlich noch lebend.« Allday rieb dem Leutnant das Gesicht mit einem feuchten Tuch ab. »Was gäbe ich jetzt für einen kräftigen Schluck!«

Zögernd fragte Browne: »Was wird wohl aus uns, Sir?«

Bolitho dämpfte die Stimme. »Kapitän Neale wird zweifellos gegen einen gefangenen Franzosen von gleichem Rang ausgetauscht – das heißt, falls er reisefähig ist.«

Beide blickten Leutnant Algar an, und Bolitho setzte leise hinzu: »Ich fürchte, daß er einen Austausch nicht mehr erleben wird.« Auch bei Neale war das noch zweifelhaft, dachte er. Selbst wenn er durchkam und die beste Pflege fand, würde er nie wieder der alte werden. Laut fuhr er fort: »Und was Sie betrifft – stimmen Sie jedem Austausch zu, Oliver, den die Franzosen Ihnen vorschlagen.«

»Auf keinen Fall«, rief Browne aus. »Ich kann Sie doch nicht verlassen, Sir. Was verlangen Sie da von mir?«

Bolitho wandte den Blick ab. »Ihre Treue rührt mich, Oliver, aber ich muß darauf bestehen. Es wäre absurd, in Gefangenschaft zu bleiben, wenn sich Ihnen eine gegenteilige Chance bietet.«

Düster fragte Allday: »Heißt das, Sie selbst rechnen nicht mit einem Austausch, Sir?«

Bolitho hob die Schultern. »Schwer zu sagen. Admiräle werden nicht gerade häufig gefangengenommen.« Er konnte die Verbitterung in seinem Ton nicht unterdrücken. »Aber wir werden ja sehen.«

Allday verschränkte die muskulösen Arme. »Ich bleibe jedenfalls bei Ihnen, Sir. Das ist beschlossene Sache.«

Endlich kam die Kutsche schwankend zum Stehen. Während zwei Kürassiere zu ihren beiden Seiten Aufstellung nahmen, saß der Rest ihrer Eskorte ab.

Vor dem Fenster neben Bolitho erschien ein Gesicht: der französische Marineleutnant. Nach dem scharfen Ritt über Land war sein blauer Uniformrock staubbedeckt.

Der Offizier griff grüßend an seinen Hut, öffnete kurz die Tür und sagte in gebrochenem Englisch: »Jetzt dauert es nicht mehr lange, M'sieu.« Mit einem Blick auf die beiden Verwundeten fügte er hinzu: »Dort wartet schon ein Arzt auf Sie.«

»In Nantes?«

Statt sich verärgert abzuwenden, wie Bolitho erwartet hatte, lächelte der Offizier amüsiert. »Sie scheinen sich in Frankreich auszukennen, M'sieu.« Damit reichte er ihnen zwei Flaschen Wein in die Kutsche, grüßte abermals und ritt zu den anderen Offizieren zurück.

Bolitho wandte sich seinen Gefährten zu, schwieg aber, als er den gespannten Ausdruck in Brownes Gesicht bemerkte.

»Sehen Sie dort, Sir!«

Neben der Straße standen Bäume und etwas zurückgesetzt einige winzige Katen. Aber beide wurden weit überragt von einem offenbar neu erbauten Turm; an seinem Fuß machten sich noch Steinmetze zu schaffen und meißelten die gelblichbraunen Mauersteine glatt.

Aber Bolithos Blick hing gebannt an der Spitze des Turms, wo sich ein Bündel langer, häßlicher Metallarme scharf vom Himmel abhob.

»Ein optischer Telegraf!«

Plötzlich war alles so sonnenklar, daß er sich wie vor den Kopf geschlagen fühlte. Die Franzosen hatten Semaphoren-Türme! Und deren rauhe Mauern bestanden aus Steinen, die zu Schiff von Spanien herangeschafft wurden. Keinesfalls stammte dieses gelblichbraune Gestein hier aus der Gegend.

Auch in England hatte die Admiralität Semaphoren-Türme errichten lassen, und zwar südlich von London, damit die Befehle aus den Kanzleien schneller ihren Weg zu den wichtigsten Häfen und Reeden fanden; und die Franzosen hatten dieses Signalsystem schon seit längerem eingeführt. Doch in beiden Ländern hatte man sich bisher auf die Kanalküste beschränkt. Noch war keine Kunde nach England gedrungen, daß die Kette der französischen Signaltürme erweitert worden war. Kein Wunder, daß man an der Biskaya so genau über ihre Bewegungen im Bilde gewesen war: Die Meldungen waren längs der Küste telegrafiert worden, und französische Kriegsschiffe konnten sich rechtzeitig einfinden, um jeden geplanten Angriff auf Häfen oder Schiffahrt vorher abzublocken.

Allday sagte: »Jetzt fällt mir ein, daß ich was Ähnliches gesehen habe, als wir in die Kutsche stiegen, Sir. Aber die Signalarme waren auf einem Kirchturm montiert.«

Bolitho ballte die Fäuste. Natürlich, auch in Portsmouth hatte man den Semaphor auf dem Turm der Kathedrale montiert, von wo aus er den ganzen Spithead-Sund überblicken konnte.

»Hier, öffnet die Flaschen.« Bolitho drückte sie Allday in die Hand. »Und seht nicht zu dem Turm hinüber. Der Leutnant ist nicht dumm.«

Gewaltsam wandte er den Blick ab, als die Semaphorenarme jetzt wie Marionetten zu tanzen und zu winken begannen. In zehn oder zwanzig Meilen Entfernung würde jemand mit einem Teleskop jede einzelne Bewegung entziffern und die Nachricht dann an die nächste Station weitergeben. Bolitho erinnerte sich, daß er von einer neuen Turmkette gelesen hatte, die jetzt London und Deal verband. Schon beim ersten Test hatte sie alle Rekorde gebrochen und ein Signal in nur acht Minuten über die gesamte Distanz von 72 Meilen weitergegeben!

Bestimmt hatte sich der französische Admiral schadenfroh die Hände gerieben, als ihm *Styx* erstmals an der Ile d'Yeu gemeldet worden war. Danach war alles ein Kinderspiel: Während der

Nacht mußte er die drei Kriegsschiffe ausgesandt haben, und als dann *Styx,* von *Phalarope* begleitet, über die Invasionsflotte hergefallen war, konnte das französische Geschwader zielstrebig dazwischengehen. Kein unnützer Zeitverlust, keine Kräfteverzettelung oder Fehldisposition. Nein, wie eine zuschnappende Falle. Bolitho spürte Wut in sich aufsteigen, fast so intensiv wie seine Verzweiflung.

Die Kutsche rollte wieder an; als Bolitho durchs Fenster sah, standen die Telegraphenarme still, als ruhe sich der ganze Turm aus und nicht nur seine Bedienungsmannschaft.

Ein neuer Gedanke quälte Bolitho: daß Herrick Befehl erhalten mochte, mit wehrhafteren Schiffen des Geschwaders einen neuen Angriff zu fahren. Dabei mußte es zu einer Katastrophe kommen. Der Feind konnte rechtzeitig eine Übermacht zusammenziehen und bei der schnellen Nachrichtenübermittlung jede Bewegung Herricks sofort konterkarieren.

Bolitho blickte zum Himmel auf. Es dunkelte schon, bald mußten die Signaltürme nutzlos sein – bis zum nächsten Tagesanbruch.

Dann klapperten die Pferdehufe und eisenbeschlagenen Kutschenräder über Pflastersteine, und Bolitho gewahrte draußen stattlichere Gebäude und einige Lagerhäuser; aus manchen Fenstern fiel trauliches Lampenlicht.

Es widerstrebte ihm, seine Lage als total hoffnungslos zu sehen. 25 Meilen die Loire abwärts, und man war an der See. Obwohl er sich zur Ruhe zwang, fühlte er ein Kribbeln der Erregung zwischen den Schulterblättern. Aber eines nach dem anderen. Alle Hoffnung mußte verblassen, wenn sie nicht von konstruktiven Ideen genährt wurde. Er öffnete das Fenster um einen Spalt und glaubte, den Fluß riechen zu können; im Geist sah er ihn sich dem offenen Meer entgegenschlängeln, wo die Schiffe des Blockadegeschwaders unermüdlich auf Wacht waren.

Allday beobachtete seinen Kommandanten und spürte seine Stimmung. Leise sagte er: »Erinnern Sie sich noch an die Frage, die Sie mir vor kurzem gestellt haben, Sir? Über den Falken an der Kette?«

Bolitho nickte. »Ja, aber wir wollen uns nicht zuviel erhoffen. Es wäre noch zu früh.«

Begleitet von Geschrei und dem Klappern der Ausrüstung bogen die Kutsche und ihre Eskorte durch einen Torweg in einen umfriedeten, viereckigen Platz.

Während die Kutsche bremste, meinte Browne: »Nun sind wir endlich angekommen, Sir.«

Draußen vor den Fenstern zogen Bajonette vorbei, und Bolitho bemerkte einen Offizier mit großer Tasche, der unter einem Türbogen stand und ihnen entgegensah. Also wartete wirklich wie versprochen ein Arzt auf sie. Selbst dieser Befehl mußte von den optischen Telegraphen weitergegeben worden sein. Über die ganze Distanz von vierzig Meilen.

Ihre Tür wurde aufgerissen, mehrere Soldaten bemächtigten sich des stöhnenden Leutnants und trugen ihn ins nächste Gebäude. Als nächster kam Neale dran. Bewußtlos wurde er auf die gleiche Weise abtransportiert.

Bolitho sah die beiden anderen an. Es wurde Zeit.

Der französische Leutnant verbeugte sich höflich. »Wenn Sie mir bitte folgen wollen?« Sein Ton war verbindlich, aber die bewaffneten Posten hinter ihm ließen den Gedanken an Widerspruch gar nicht erst aufkommen.

Auf der anderen Seite des Hofs traten sie durch eine eisenbeschlagene Tür in einen kahlen, mit Steinen gepflasterten Raum, dessen einziges Fenster vergittert war und außerdem zu hoch in der Wand, als daß man es erreichen konnte. Bis auf eine Holzbank, einen stinkenden Eimer und einen Haufen Stroh war der Raum leer.

Bolitho hatte erwartet, daß man ihn sofort offiziell verhören würde. Aber die schwere Tür schlug mit einem lauten Knall hinter ihnen zu, der von den Mauern widerhallte wie in einem Mausoleum.

Angewidert sah Browne sich um, und selbst Allday schien es die Sprache verschlagen zu haben. Bolitho ließ sich auf die Bank sinken und starrte zwischen seinen Knien auf den Steinboden. Sie waren Kriegsgefangene.

Mit verschränkten Armen wartete der französische Marineleutnant, bis Bolitho mit Alldays Hilfe in seinen Rock geschlüpft war und sein Halstuch zurechtgezupft hatte.

Der übliche Kasernenlärm hatte sie am frühen Morgen geweckt. Das Haupthaus und einige Nebengebäude waren offenbar vom Militär requiriert worden, konnten aber ihre herrschaftliche Vergangenheit nicht verleugnen. Vor der Revolution mußte dies ein stattlicher Landsitz gewesen sein, überlegte Bolitho. Einen kleinen Teil davon hatte er zu sehen bekommen, als er in einen anderen Raum geführt worden war, wo Allday ihn unter den wachsamen Blicken eines Soldaten rasieren durfte.

Bolitho wußte, daß Allday sich jetzt nicht mehr fortschicken lassen würde. Sie mußten einfach das Beste aus ihrer Lage machen, und es war ja auch nicht das erstemal. Aber nach außen hin gab er Allday als seinen Kammerdiener aus, denn wenn man in ihm den Berufsseemann erkannte, wurde er bestimmt von ihm getrennt und zum Rest der Mannschaft verlegt, wo sie auch sein mochte.

Schließlich nickte der Leutnant zufrieden. »Bon.« Ohne sich um Alldays Stirnrunzeln zu kümmern, wischte er ein paar Staubkörnchen von Bolithos Schulter. »Sind Sie bereit, M'sieu?«

Gefolgt von Browne und Allday betrat Bolitho den Korridor und stieg eine breite Treppe zum nächsten Stock hinauf. Mehrere Stufen waren beschädigt, und auch in der Wand gewahrte Bolitho vielfach Einschußstellen, wo Musketenkugeln wahrscheinlich die früheren Bewohner des Schlosses niedergemäht hatten.

Ihr Frühstück war ihnen nur Minuten nach dem ersten Weckruf von Soldaten gebracht worden: einfache, aber reichliche Speisen mit Landwein zum Hinunterspülen. Bolitho hatte sich zum Essen gezwungen, damit seine beiden Gefährten sich nicht um ihn sorgten.

Der französische Leutnant eröffnete ihnen, daß sie nun seinem Vorgesetzten, Konteradmiral Jean Rémond, vorgeführt würden. »Zu diesem Zweck ist er die ganze Nacht unterwegs gewesen.« Der Leutnant lächelte knapp. »Deshalb provozieren Sie ihn bitte nicht.« Ehe Bolitho scharf erwidern konnte, fuhr der Franzose fort: »Um meinetwillen, M'sieu!«

Er überließ sie ihrer Eskorte und ging ihnen zu einer hohen Flügeltür voraus.

Bolitho sah aus den Fenstern auf üppig begrünte Felder. Die Morgensonne glitzerte auf einem Streifen Wasser, der zwischen einigen Häusern sichtbar wurde. Dahinter erkannte er die Masten eines vertäuten Schiffes. Dort mußte der Fluß sein.

Der Leutnant kehrte zurück und winkte Bolitho. Browne und Allday beschied er: »Warten Sie hier.« Er war nicht mehr leutselig, sondern sichtbar im Dienst.

Bolitho betrat den großen Salon und hörte die Tür hinter sich leise ins Schloß fallen. Nach dem verwahrlosten Erdgeschoß und der Freitreppe wirkte dieser Raum luxuriös. Kostbare Teppiche und ein riesengroßes Schlachtengemälde verliehen ihm arrogante Eleganz.

Bolitho schritt quer durch den Salon auf einen verzierten Prunktisch zu. Angesichts der Gestalt, die dahinter saß, wurde er sich wieder seines lädierten Aufzugs bewußt. Der Weg kam ihm endlos vor.

Konteradmiral Rémond war ein dunkelhäutiger, südländischer Typ und makellos gekleidet. Sein Haar, ebenso schwarz wie das Bolithos, trug er in die breite Stirn gebürstet, unter der die Augen im schwachen Sonnenlicht wie nasse Kohlen glänzten.

Er erhob sich nur andeutungsweise und winkte Bolitho auf einen vergoldeten Stuhl. Wie die große Entfernung zur Tür, sollte auch das einschüchternd wirken.

Bolitho ließ sich nieder, verlegen wegen seiner salzverkrusteten Kleidung, und spürte wieder das Blut in der alten Schenkelwunde pochen. Dies und die sorgsame Plazierung des unbequemen Stuhls deprimierten ihn. Daß die Demütigung beabsichtigt war, half ihm nicht, sie zu ertragen.

Ganz gegen seinen Willen wurde sein Blick von seinem alten Säbel unwiderstehlich angezogen, der wie bei einer Kriegsgerichtsverhandlung quer über dem Tisch lag.

Kurzangebunden begann der französische Admiral: »Haben Sie mir etwas zu sagen?«

Bolitho hielt seinem festen Blick stand. »Ich bin verantwortlich für Offiziere und Mannschaft der Fregatte *Styx.* Ihr Kommandant ist so schwer verwundet, daß er sich nicht für sie verwenden kann.«

Mit einem Schulterzucken deutete der Franzose an, daß er diesen Punkt für belanglos hielt. »Damit beschäftigen sich meine Offiziere. Ich bin mehr an Ihnen selbst interessiert.«

»Sie sprechen sehr gut englisch«, sagte Bolitho, um Zeit zu gewinnen.

»Da ich einige Monate in englischer Gefangenschaft war, ist das nur natürlich.« Dieser Abstecher ins Persönliche schien ihn im nachhinein zu ärgern, deshalb sagte er schneidend: »Selbstverständlich waren wir über Ihren Auftrag informiert, wußten im voraus von Ihrem zum Scheitern verurteilten Versuch, unsere Schiffsbewegungen zu behindern. Überhaupt wissen wir eine

Menge über Sie und Ihre Familie. Ganz in alten Traditionen wurzelnd, wie?« Ohne auf Antwort zu warten, fuhr er fort: »Ich hingegen mußte ohne Privilegien meinen Weg machen und mich nach oben arbeiten.«

»Dasselbe gilt auch für mich!« erwiderte Bolitho schärfer als beabsichtigt.

Das entlockte Rémond nur ein leichtes Lächeln. Er hatte kleine spitze Zähne wie ein Terrier. »Wie dem auch sei, für Sie ist der Krieg vorbei. Da wir ranggleich sind, war es meine Pflicht, Sie zu empfangen. Mehr nicht.« Er griff nach dem alten Säbel und drehte ihn nachlässig hin und her.

Bolitho glaubte zu spüren, daß Rémond unsicher war. Er stellte ihn auf die Probe, wollte etwas von ihm erfahren. Um seine plötzliche Entschlossenheit zu verbergen, senkte er den Blick. Das neue Telegraphensystem! Rémond mußte unbedingt erfahren, ob die Engländer es entdeckt hatten.

Vielleicht besaßen auch die Franzosen eines Oberbefehlshaber wie Beauchamp, der schon Pläne in der Schublade hatte, wie die Angreifer zu vernichten waren?

»Schöne alte Waffe«, bemerkte Rémond und legte den Säbel dicht vor Bolitho auf den Tisch. »Selbstverständlich werden Sie hier angemessen untergebracht werden und können auch Ihren Diener behalten. Und wenn Sie mir Ihr Ehrenwort geben, daß Sie auf jeden Fluchtversuch verzichten, wird Ihnen innerhalb gewisser Grenzen auch einige Bewegungsfreiheit zugestanden; die Details hängen von Ihren Bewachern ab.« Er blickte auf den Säbel nieder. »Außerdem wird Ihnen gestattet, diese Waffe zu behalten. Sobald der Friedensvertrag unterzeichnet ist, werden Sie ohne jeden Makel in Ihre Heimat zurückkehren können.« Damit lehnte er sich zurück und musterte Bolitho von oben herab. »Also?«

Langsam erhob sich Bolitho und ließ die Augen nicht von dem Mann, der hinter dem Tisch saß.

»Der Friede ist nicht mehr als ein Gerücht, Konteradmiral. Im Augenblick haben wir Krieg. Ich bin Offizier des Königs und nicht gewohnt, andere für mich kämpfen zu lassen.«

Diese Antwort schien Rémond zu überraschen. »Wie absurd! Sie weisen die Vorteile zurück, die Ihnen Ihrem Rang entsprechend in Gefangenschaft zustehen? Vielleicht setzen Sie Ihre Hoffnungen auf eine Flucht? Aber das ist genauso lächerlich!«

Bolitho zuckte die Achseln. »Jedenfalls kann ich mein Ehrenwort nicht geben.«

»Wenn Sie auf dieser Ablehnung bestehen, schwindet für Sie jede Hoffnung auf Rettung oder Entkommen. Denn sobald ich meine Hand von Ihnen abziehe, werden Sie dem Heer überstellt.«

Bolitho schwieg. Hätte er sich etwa ein relativ bequemes Leben machen können, nachdem er schuld war am Verlust seines Schiffes und am Tod so vieler Menschen? Wenn er jemals in die Heimat zurückkehrte, dann in Ehren – oder gar nicht.

Rémond nickte.

»Wie Sie wollen. Dann werden Sie also alle gemeinsam eingeschlossen. Wenn der verwundete Kapitän in der Gefangenschaft stirbt, hat er es Ihnen zu verdanken.«

»Muß der Leutnant ebenfalls bleiben?« Seltsamerweise beruhigte es Bolitho, daß die Versprechungen nun von Drohungen abgelöst wurden.

»Oh, habe ich vergessen, Ihnen das zu erzählen?« Der französische Admiral zupfte ein Fädchen von seiner Hose. »Wie ich hörte, mußte ihm heute nacht ein Arm amputiert werden. Aber er ist trotzdem gestorben.« Rémond dämpfte die Stimme. »Nehmen Sie doch Vernunft an. Die Garnison hier besteht zum Teil aus Narren, aus Bauern in Uniform. Sie sind nicht gerade entzückt von der englischen Marine und der Blockade, von dem Versuch, sie so lange auszuhungern, bis sie sich ergeben. Aber in Lorient wären Sie bei Ihren Offizierskameraden und in der Obhut der französischen Marine.«

Bolitho schob das Kinn vor. »Sie kennen meine Antwort«, sagte er kühl.

»Dann sind Sie leider ein Narr, Bolitho. Wir werden bald Frieden schließen. Was gilt dann ein toter Held, he?«

Er läutete, und Bolitho spürte, daß die Tür hinter ihm geöffnet wurde.

Rémond kam um den Tisch herum und musterte ihn neugierig. »Dann werden wir uns also nicht wiedersehen.« Damit schritt er aus dem Salon.

Der Leutnant trat zu Bolitho und warf einen Blick auf den Säbel. Er seufzte. »Tut mir leid, M'sieu.« Mit einem Wink an die Eskorte fügte er noch hinzu: »Alles ist arrangiert. Sie werden noch heute in ein anderes Gefängnis verlegt. Danach . . .« Ratlos hob er die Hände. »Aber ich wünsche Ihnen Glück, M'sieu.«

Bolitho sah ihm nach, als der Leutnant zur Treppe eilte. Ohne

Zweifel wurde Rémond in Lorient von einem Vorgesetzten erwartet.

Die Soldaten fielen neben ihrem Gefangenen in Schritt, und kurz darauf fand sich Bolitho in der Zelle wieder. Allein.

VIII Die *Ceres*

Erst nach einer ganzen Woche Einzelhaft wurde Bolitho aus der Zelle geholt und in eine verdunkelte Kutsche gesetzt, die ihn in das neue Gefängnis bringen sollte. In diesen sieben Tagen hatte er all seine Selbstbeherrschung und Entschlußkraft benötigt, um nicht zusammenzubrechen. Mehr als einmal hatte er in den endlosen Stunden der Vorsehung gedankt, daß der in der harten Schule des Marinedrills gestählt worden war.

Seine Bewacher mußten speziell wegen ihrer Grobheit und Brutalität ausgesucht worden sein, und ihre schlechtsitzenden Uniformen machten sie nur noch bedrohlicher.

Sie zwangen Bolitho, sich nackt auszuziehen, dann durchsuchten sie ihn und raubten ihm auch den letzten privaten Gegenstand, den er noch besessen hatte. Zuletzt rissen sie die Epauletten und Goldknöpfe von seinem Uniformrock, wahrscheinlich um sie als Souvenirs zu verhökern. Und während der ganzen Prozedur demütigten und beschimpften sie ihn nach Kräften. Aber Bolitho durchschaute die Männer und machte sich keinerlei Illusionen: Sie suchten nur einen Vorwand, um ihn zu töten; als er stumm und äußerlich ruhig blieb, ließen sie ihn für ihre Enttäuschung büßen. Nur einmal hätte er beinahe die Beherrschung verloren. Ein Soldat hatte ihm das Medaillon vom Hals gerissen und es lange neugierig angestarrt. Bolitho hatte den Unbeteiligten markiert, obwohl er dem Mann am liebsten an die Kehle gesprungen wäre und ihn erwürgt hätte, bevor ihn die anderen unschädlich machen konnten.

Der Soldat hatte das Medaillon mit seinem Bajonett aufgebrochen und blöde der Haarlocke nachgestarrt, die herausgefallen war und durch die offene Tür davonwehte.

Aber das Medaillon war aus Gold, das schien ihn zufriedenzustellen. Zum Glück ahnte er nicht, was es für Bolitho bedeutete: Es war ein Geschenk Cheyneys, seiner verstorbenen ersten Frau, das sie ihm zusammen mit einer Locke ihres Haars bei ihrem letzten Abschied gegeben hatte.

Da er weder eine Uhr noch Gefährten besaß, verlor er bald jedes Zeitgefühl, jedes Empfinden für die Vorgänge jenseits der Zellenmauern. Als er auf den Hof geführt wurde und die Kutsche warten sah, war er dankbar. Das neue Gefängnis mochte schlimmer sein, ihn vielleicht sogar mit einem Exekutionskommando empfangen – aber wenigstens war die Zeit des Wartens endlich vorbei.

In der verhängten Kutsche stieß er auf seine Gefährten von der *Styx.* Das war für alle eine bewegende Überraschung. Als die Kutsche anrollte und die Eskorte sich hinter ihr formierte, schüttelten sie einander die Hände, musterten wortlos die Gesichter der anderen in dem spärlichen Licht, das durch die Blenden fiel.

Schließlich sagte Bolitho: »Daß Sie hier sind, ist meine Schuld. Hätte ich den Franzosen mein Ehrenwort gegeben, wären Sie vielleicht in die Heimat entlassen worden. Aber nun«, er zuckte die Achseln, »sind Sie genauso Kriegsgefangene wie ich.«

Allday schien sich darüber zu freuen; oder war es Erleichterung, Bolitho noch am Leben zu finden?

»Bei Gott, Sir«, explodierte er, »ich bin froh, daß wir das Gesindel los sind!« Er hob die großen Fäuste und schüttelte sie drohend. »Noch ein paar Tage bei diesen Laffen, und ich hätte ihnen eine gelangt!«

Neale, der zwischen Browne und Allday lehnte, von ihnen gestützt, ergriff Bolithos Hand. Er trug einen dicken Kopfverband, und sein Gesicht war totenblaß. »Wieder beisammen«, flüsterte er. »Jetzt werden wir's ihnen zeigen.«

Leise sagte Allday: »Er gibt sein Bestes, Sir.« Traurig wiegte er den Kopf.

Browne berichtete: »Ich wurde von zwei französischen Offizieren vernommen, Sir. Sie fragten mich nach Ihnen aus. Später hörte ich sie über Sie sprechen und merkte, daß sie sich Ihretwegen Sorgen machten.«

Bolitho nickte. »Sie gaben aber nicht zu erkennen, daß Sie gut französisch sprechen?«

Browne lächelte nur, und Bolitho erinnerte sich wieder an die anderweitigen Qualitäten seines Adjutanten. Immerhin ein Punkt zu ihren Gunsten.

Die Kutsche wurde schneller, so daß Browne sich an einem Gurt festhalten mußte. »Es war die Rede davon, daß noch mehr

Landungsfahrzeuge nach Lorient und Brest abgestellt werden sollen. Offenbar handelt es sich um zwei verschiedene Bootstypen. Einmal sprachen sie von einer *chaloupe de cannonière*, ein andermal von einem kleineren Boot, einer *péniche*. Wie es sich anhörte, bauen sie Hunderte davon.«

Bolitho entdeckte, daß er diese Informationen mit kühlem Kopf in seine Überlegungen einbeziehen konnte. Die lange Einzelhaft hatte möglicherweise einen Haß in ihm geweckt, der ihm jetzt half, eiskalt einen Gegenschlag zu planen.

Er sah Neale haltlos in Alldays stützendem Arm hin und her schwanken. Sein Hemd stand bis zum Gürtel offen und enthüllte Kratzspuren auf der Brust, wo ihm offenbar jemand das Medaillon heruntergerissen hatte, das Neale immer getragen hatte: mit einem Bild seiner Mutter. Der Ärmste war nur noch ein Schatten seiner selbst. Womit beschäftigte sich sein verwirrter Geist? Mit seiner geliebten *Styx*, mit zu Hause oder mit dem Schicksal seines Ersten Offiziers, des schweigsamen Mr. Pickthorn, der ihm gedient hatte wie ein verlängerter Arm?

Wenn ich mich anders entschieden hätte, läge Neale jetzt gut versorgt im Hospital, dachte Bolitho.

Sie verbrachten die Fahrt vor sich hin dösend, schreckten aber immer wieder auf, um sich zu vergewissern, daß sie wirklich wieder alle vereint waren und das Wiedersehen nicht nur geträumt hatten. Ohne zu wissen, wohin die Reise ging oder wo sie waren, ertrugen sie die drückende Hitze in der halbdunklen, ungelüfteten Kutsche.

Mehrmals wurde ein Halt eingelegt, die Pferde wurden getränkt oder gewechselt, auch schob man ihnen Brot und Wein ins Innere, ohne sie auch nur eines Blickes oder eines Wortes zu würdigen. Stets ging es so schnell wie möglich wieder weiter.

»Wenn man uns abermals trennt, müssen wir versuchen, irgendwie in Verbindung zu bleiben.« Bolitho hörte eine Kutsche in entgegengesetzter Richtung an ihnen vorbeirasseln; also befanden sie sich jetzt auf einer breiteren Straße. »Ich habe vor zu fliehen, zusammen mit Ihnen allen.« Er spürte, wie sie ihn anstarrten, wie plötzlich Hoffnung in ihnen aufflackerte. »Wenn einer von uns fällt oder ergriffen wird, dann müssen die anderen unbedingt weitermachen. Irgendwie müssen wir die Informationen über die französischen Invasionsvorbereitungen und über ihr neues Telegraphensystem nach England bringen.«

»Aber nur gemeinsam«, grunzte Allday. »Und wenn ich Sie, mit Verlaub, auf dem Rücken tragen muß, Sir. Dann wartet England eben ein bißchen länger.«

Browne gluckste vor unterdrücktem Lachen, was ihnen allen wohltat in dieser Situation, in der sie nicht wußten, ob sie den nächsten Tag noch erleben würden. Aber er ermahnte Allday: »Nehmen Sie sich nicht zuviel heraus. Sie sind der Steward des Admirals, nicht sein Bootsführer, denken Sie daran.«

Allday grinste. »Mal sehen, ob ich das schaffe.«

Bolitho hob die Hand. »Still!«

Er versuchte, eine Fensterblende zu lockern, bekam sie aber nur einen schmalen Spalt auf. Die anderen ließen ihn nicht aus den Augen, als er das Gesicht dagegenpreßte.

Leise sagte er: »Das Meer – ich kann es riechen.«

Dann blickte er sie an, als hätte er ihnen gerade etwas Wunderbares mitgeteilt. Das Meer – für Seeleute war es tatsächlich so etwas wie eine Offenbarung. Auch wenn man sie jetzt wieder in eine stinkende Zelle sperrte, sie wußten, die See war nicht weit. In jedem Seemann saß tief die Überzeugung verwurzelt: Wenn er es erst bis zur See geschafft hatte, dann würde er irgendwann, irgendwie auch in die Heimat gelangen.

Die Kutsche hielt, ein Soldat öffnete die Fenster, um frische Luft hineinzulassen.

Bolitho rührte sich nicht, doch seine Augen waren überall.

Keine Spur von Wasser, aber hinter einer Reihe niedriger, rundgeschliffener Hügel konnte man das Meer erahnen. Auf der anderen Seite der Straße erstreckte sich weit und breit dürres Brachland. Eingehüllt in dicke Staubwolken, exerzierte darauf Kavallerie und erinnerte Bolitho an das monumentale Schlachtengemälde im Salon des Admirals.

»Wie unsere Eskorte«, murmelte Browne. »Französische Kürassiere.«

Bolitho hörte ein Trompetensignal und sah die Sonne auf schwarzen Helmbüschen und Brustpanzern glänzen. Dann schwenkte das Karree ab und verschwand galoppierend hinter einer Staubwolke. Offenes Gelände also, gut geeignet für die Kavallerie, die hier möglicherweise auf die Invasion vorbereitet wurde. Außerdem war sie für jeden Flüchtling eine ernsthafte Bedrohung. Als Kind hatte Bolitho oft zugesehen, wie die Dragoner von Truro exerzierten oder paradierten, auch wie sie in der Nähe von

Falmouth fliehende Schmuggler verfolgten; mit gezogenen Säbeln waren sie hinter ihnen ins Moor galoppiert.

Nur zu bald wurden die Fenster wieder geschlossen, und die Kutsche ruckte an. Bolitho begriff, daß das Fenster zur Warnung geöffnet worden war, nicht aus Erbarmen. Worte hätten es nicht klarer ausdrücken können, welche Bedrohung von diesen martialischen Kürassieren ausging.

Der Abend dämmerte schon, als sie endlich mit steifen Gliedern aus der Kutsche klettern durften. Der junge Offizier, der die Eskorte geführt hatte, händigte einem Beamten in blauem Rock einige Papiere aus, dann nickte er den Gefangenen kurz zu und machte auf dem Absatz kehrt, offenbar heilfroh, daß er die Verantwortung los war.

Bolitho blickte an dem Beamten vorbei, der immer noch mühsam seine Papiere entzifferte, auf das gedrungene Gebäude, das offenbar ihr neues Gefängnis werden sollte: hohe steinerne Mauern, keine Fenster, und in der Mitte wohl ein Turm, der hinter dem Tor im Schatten gerade noch zu erkennen war. Eine alte Festung oder eine Küstenwachstation, die im Lauf der Jahre erweitert worden war.

Der Mann in Blau hob jetzt den Blick und deutete aufs Tor. Einige Soldaten, die bisher die Ankömmlinge nur beobachtet hatten, formierten sich zu zwei Reihen, nahmen die Gefangenen in die Mitte und marschierten mit ihnen hinein.

In einem kahlen Raum mußten sie warten, an die Wand gelehnt, bis schließlich ein ältlicher Milizhauptmann erschien. »Ich bin Capitaine Michel Cloux, der Festungskommandant«, teilte er ihnen mit.

Er hatte ein schmales Fuchsgesicht, aber seine Augen blickten nicht gehässig; eher schon schien ihm seine neue Aufgabe Sorgen zu machen.

»Sie sind hier als Kriegsgefangene Frankreichs und haben ohne Widerrede allen meinen Anweisungen zu folgen. Verstanden? Auf Fluchtversuch steht die Todesstrafe. Auch jeder Widerstand gegen die Obrigkeit wird mit dem Tode bestraft. Aber wenn Sie sich anständig aufführen, haben Sie nichts zu befürchten.« Sein Blick blieb Allday hängen. »Ihr Steward wird entsprechend eingewiesen werden.«

Neale stöhnte auf und taumelte gegen Browne, der ihn stützte.

Irritiert blickte der Kommandant in seine Papiere und fügte etwas milder hinzu: »Ich lasse den Feldarzt kommen für – äh – Capitaine Neale, nicht wahr?«

»Danke, das wüßte ich sehr zu schätzen.« Bolitho sprach leise, um nicht seinen hohen Rang zu betonen, wodurch alles nur schlimmer geworden wäre. Neales schlechter Zustand hatte einen menschlichen Zug beim Kommandanten zutage gebracht, der zwar sicherlich seine strikten Anweisungen über die Behandlung und Unterbringung der Gefangenen besaß, aber als alter Soldat sicher selbst schon Kameraden verloren hatte. Trotzdem musterte er Neale weiterhin so argwöhnisch, als befürchte er eine Falle. »Sie werden jetzt in Ihre Quartiere gebracht«, sagte er schließlich. »Anschließend fassen Sie Verpflegung.« Mit großer Geste stülpte er sich den Zweispitz auf. »Folgen Sie meinen Soldaten!«

Als sie hinter zwei Wachtposten eine gewundene Steintreppe erklommen, wobei sie Neale halb trugen, damit er nicht fiel, murmelte Allday: »Bestehlen können sie mich hier wenigstens nicht. Weil ich nämlich nichts mehr besitze.«

Bolitho dachte an das Medaillon mit ihrem Porträt; und an Cheyneys Gesicht, als er sie zum letztenmal gesehen hatte. Allday mochte recht haben: Das Medaillon war ein Verbindungsglied zur Vergangenheit gewesen, die jetzt so ferngerückt war. Geblieben war nur die Hoffnung, und die wollte er sich um nichts in der Welt nehmen lassen.

Eintönig vergingen die Tage für Bolitho und seine Mitgefangenen. Sie wurden karg und primitiv verköstigt, aber ihre Wärter aßen auch nicht besser. Bald fanden sie heraus, daß sie die einzigen Insassen des kleinen Gefängnisses waren, jedenfalls im Augenblick. Denn als Bolitho und Browne unter Bewachung einmal vor den Toren spazierengehen durften, kamen sie an einer mit Einschußlöchern übersäten Mauer und einigen hastig aufgeworfenen Grabhügeln vorbei: Anzeichen dafür, daß ihre Vorgänger hier vor einem Exekutionskommando das Leben gelassen hatten.

Der Festungskommandant visitierte sie jeden Tag und hielt auch sein Wort, was den Arzt für Neale betraf. Bolitho erkannte in ihm denselben Arzt wieder, der in Nantes den Arm des jungen Leutnants amputiert hatte; und Browne hatte gehört, daß er von seinem Heimweg in die Kaserne sprach, der einen Ritt von drei Stunden erforderte.

Diese spärlichen Informationen waren ihnen bei der totalen

Isolation, in der sie gehalten wurden, sehr wichtig. Sie rechneten sich aus, daß Nantes etwa zwanzig bis dreißig Meilen östlich von ihrer Festung liegen mußte. Daraus ergab sich, daß ihr Gefängnis knapp zwanzig Meilen von der Stelle trennten, wo sie nach ihrem Schiffbruch an Land getaumelt waren.

Bolitho war überzeugt, daß sie damit richtig vermuteten. Man hatte sie zunächst landeinwärts geschafft und anschließend wieder zur Küste, diesmal allerdings näher bei der Loire-Mündung. Die Seekarte dieses Gebiets hatte Bolitho im Kopf: heimtückische Riffe und Sandbänke, an denen schon viele Seefahrten begonnen hatten, aber ebenso viele auch gescheitert waren.

Ihm war aufgefallen, daß der Kommandant sie immer nur zu zweit zum Ausgang vor die Mauern ließ. Die anderen blieben demnach als Geiseln zurück. Vielleicht waren die Gräber stumme Zeugen für den Versuch ihrer Vorgänger, den kleinen Kommandanten zu überlisten; sie hatten ihren Irrtum teuer bezahlt.

Eines warmen Morgens im August traten Bolitho und Brown vor das Tor, aber statt sich wie gewohnt auf der Straße zu halten, richtete Bolitho den Schritt nach Westen, auf eine niedrige Hügelkette zu. Ihre drei Bewacher, beritten und gut bewaffnet, erhoben keine Einwände; willig trotteten ihre Pferde hinter den Gefangenen über die Wiese, weg von der Festung. Bolitho hatte mit einem scharfen Verbot gerechnet, aber vielleicht langweilten sich die Wachen auf dem immer gleichen täglichen Weg und waren für die Abwechslung ganz dankbar.

Bolitho mußte sich kurz vor dem Hügelkamm bewußt beherrschen, damit er den Schritt nicht beschleunigte.

»Herrgott, ist das ein Anblick!« rief Browne begeistert aus.

Zu ihren Füßen erstreckte sich auf beiden Seiten die tiefblaue See, flimmernd im gleißenden Vormittagslicht und stellenweise dunstverhüllt wegen der Hitze. Bolitho erkannte Strömungen und Wirbel rund um einige kleine vorgelagerte Inseln und weit im Norden den dunklen Schatten von Land: wohl das jenseitige Ufer der Trichtermündung. Schnell sah er sich nach den Wachtposten um, aber die achteten nicht auf sie. Zwei waren vom Pferd gestiegen, nur der dritte saß noch im Sattel, eine Hakenbüchse schußbereit quer vor sich.

Bolitho sagte: »Wenn ich recht habe, sollte hier irgendwo ein Kirchtum sein.«

Browne hob schon den Arm, aber Bolitho zischte: »Nicht deuten! Beschreiben Sie ihn mir.«

»Er steht links von uns, Sir. Auf der fensterlosen Seite der Festung.«

Bolitho beschattete seine Augen und blickte wie beiläufig in die Runde. Halb von den Hügeln verdeckt, erkannte er eine Kirche mit viereckigem Turm, die sich in eine Bodenfalte duckte, als sei dies ihr angestammter Platz seit Urzeiten.

»Gehen wir zurück.« Nur widerwillig kehrte Bolitho der See den Rücken. »Jemand könnte uns beobachtet haben.«

Ziemlich verwirrt fiel Browne neben ihm in Schritt.

Bolitho wartete, bis er hinter sich das Scheppern und Trotten der Kürassiere hörte, dann begann er gedämpft: »Ich weiß jetzt mit Bestimmtheit, wo wir sind, Oliver. Und wenn ich mich nicht irre, hat kein Pfarrer diesen Kirchturm bezogen, sondern die französische Marine.« Er warf seinem Adjutanten einen kurzen, fast verzweifelt drängenden Blick zu. »Ich wette, es ist der letzte Semaphorenturm auf dieser Seite des Mündungsgebiets. Wenn wir nur ausbrechen könnten, wenigstens so lange, wie wir brauchen, um ihn zu zerstören!«

Browne konnte ihn nur anstarren. »Aber sie werden einen neuen bauen, und wir . . .«

»Ich weiß. Wir werden exekutiert. Trotzdem müssen wir einen Weg finden. Denn wenn unsere Schiffe hier angreifen, was sie bestimmt tun werden, segeln sie ins sichere Verderben. Ich fürchte, uns bleibt nicht mehr viel Zeit. In England muß man inzwischen vom Untergang der *Styx* erfahren haben und alle Anstrengungen machen, wenigstens die überlebenden Offiziere gegen gefangene Franzosen auszutauschen.«

Nachdenklich kaute Browne auf seiner Unterlippe. »Kapitän Neale wird als vermißt gemeldet werden, bis Überlebende der Besatzung herumerzählen, was aus ihm und uns geworden ist.«

Bolitho nickte ernst. »Aye. Und es wird bestimmt genug neutrale Zuträger geben, welche diese Neuigkeiten an die richtigen Leute verkaufen. Ich glaube, die Franzosen werden die Verhandlungen über Austausch oder Freilassung bewußt so lange verzögern, bis sie ihre neu formierte Landungsflotte in der richtigen Position haben. Admiral Beauchamp hatte völlig recht mit seinem Verdacht.«

»Und er hat auch den richtigen Mann mit Gegenmaßnahmen betraut«, sagte Browne.

»Wenn ich das nur glauben könnte, Oliver«, seufzte Bolitho. »Je länger ich hier nutzlos gefangensitze, desto gründlicher denke ich über unseren Angriffsplan nach. Ich hätte die schwache Stelle erkennen sollen, hätte sie mit einkalkulieren müssen, ganz gleich, wie spärlich die Informationen waren, die wir von der Admiralität bekamen.« Er blieb stehen und sah Browne in die Augen. »Als ich merkte, daß *Phalarope* davonsegelte, statt zu kämpfen, habe ich ihren Kommandanten verflucht. Heute bin ich mir da nicht mehr so sicher. Kann sein, er hat sich klüger verhalten, als wir ihm zunächst zubilligten, und auch mehr Mut bewiesen. Ich war schon immer der Meinung, daß ein Kommandant mit Eigeninitiative handeln muß, wenn seine Befehle in einer überraschenden Situation sinnlos werden.«

»Bei allem Respekt, Sir, da bin ich gegenteiliger Meinung.« Browne wartete auf eine Zurechtweisung; als keine kam, fuhr er fort: »Kapitän Emes hätte den aussichtslosen Kampf gegen die Übermacht aufnehmen müssen, statt *Styx* hilflos sich selbst zu überlassen. Jedenfalls hätten Sie sich so verhalten, Sir.«

Bolitho lächelte.

»Als Kommandant vielleicht. Aber in dem Augenblick, als meine Flagge fiel, ging der Oberbefehl an Emes über. Im Grund blieb ihm gar keine andere Wahl.«

Aber Bolitho spürte, daß er Browne nicht überzeugt hatte. Sein Schweigen war vielsagender als jeder laute Protest.

Allday erwartete sie im oberen Stockwerk des Festungsturms, als sie schwitzend die letzten Stufen erklommen, und sagte: »Der Arzt war wieder da, Sir. Kapitän Neale geht es ziemlich schlecht.«

Bolitho drängte sich an ihm vorbei und eilte zu dem größeren der beiden Turmzimmer. Dort lag Neale auf dem Rücken, starrte mit weit geöffneten Augen an die Decke und atmete so heftig, daß sich seine Brust wie im Krampf hob und senkte. Ein Wächter trug einen Eimer mit blutigen Verbänden davon; am vergitterten Fenster stand der kleine Festungskommandant und machte ein ernstes Gesicht.

»Ah, da sind Sie ja, Konteradmiral. Ich fürchte, Kapitän Neales Zustand hat sich verschlechtert.«

Vorsichtig ließ sich Bolitho auf die primitive Pritsche nieder und nahm Neales Hand. Trotz der Sommerhitze war sie eiskalt. »Was ist denn, John?« fragte er besorgt. »Komm, mein Junge, sag es mir.« Leicht drückte er Neales Hand, fühlte aber keine Reaktion. Nicht du auch, dachte er flehentlich, Herrgott, nicht du auch noch.

Die Stimme des Kommandanten schien aus weiter Ferne zu kommen. »Ich habe Befehl, Sie alle nach Lorient zu verlegen. Dort wird auch Kapitän Neale besser aufgehoben sein.«

Bolitho sah ihn an und versuchte, das Gehörte zu verarbeiten. Dann begriff er, daß alles umsonst gewesen war. Neale würde sterben, und sie selbst schaffte man nach Lorient, wo sie niemals ausbrechen und diesen Signalturm zerstören konnten.

Er protestierte: »Aber, Monsieur, der Transport würde Kapitän Neales sicheren Tod bedeuten!«

Der Kommandant wandte sich ab und starrte auf die See hinaus. »Ich habe Befehl, Sie nach Lorient in Marsch zu setzen. Auch der Arzt ist sich des Risikos für Kapitän Neale bewußt, aber er hat mir versichert, daß der Patient sich nur so lange ans Leben klammern wird, wie er mit Ihnen zusammen ist.« Sein Ton wurde etwas milder. »Wenigstens reisen Sie nicht in der Kutsche, sondern per Schiff. Diese kleine Vergünstigung konnte ich mit meinen beschränkten Mitteln immerhin für Sie durchsetzen, Admiral.«

Bolitho nickte langsam. »Danke. Das werden wir Ihnen nicht vergessen.«

Der Kommandant straffte die schmalen Schultern, der Augenblick des gegenseitigen Einverständnisses hatte ihn verlegen gemacht. »Heute abend werden Sie an Bord gebracht. Danach . . .« Er zuckte die Achseln. »Jedenfalls liegt dann nichts mehr in meiner Hand.«

Er ging, und Bolitho beugte sich über Neale. »Haben Sie das gehört, John? Wir bringen Sie woandershin, wo Sie ordentlich gepflegt werden können. Außerdem bleiben wir alle zusammen. Na?«

Neale richtete so langsam den Blick auf ihn, als ginge schon diese Anstrengung über seine Kräfte.

»Keinen . . . Sinn. Diesmal haben . . . sie mich . . . erledigt.«

Bolitho merkte, daß Neale nach seiner Hand tastete. Sein mühsamer Versuch eines Lächelns war herzzerreißend.

Neale flüsterte: »Mr. Bundy wird nachher wegen seiner Seekarten vorsprechen.« Er phantasierte wieder, die Schmerzen trübten seinen Blick. »Später . . .«

Bolitho ließ Neales Hand los und erhob sich. »Lassen wir ihn in Ruhe.« Und an Browne gewandt: »Sorgen Sie dafür, daß wir hier nichts vergessen.« Aber er wußte, daß er nur sprach, um Zeit zu gewinnen. Sie besaßen nichts, deshalb konnten sie auch nichts verlieren, wie Allday schon richtig angemerkt hatte.

Dieser sagte jetzt leise: »Ich kümmere mich um Kapitän Neale, Sir.«

»Ja, danke.«

Bolitho trat zum Fenster und drückte die Stirn an die sonnenwarmen Eisenstangen. Irgendwo links mußte der Kirchturm stehen, obwohl er ihn von hier aus nicht sehen konnte. Die englischen Schiffe würden mehrere Tage brauchen, ehe sie die günstigsten Angriffspositionen erreichten; aber der optische Telegraph benötigte nur Minuten, um die Verteidiger zu alarmieren.

Niemand in England wußte von den Invasionsbereitungen. Vielleicht würden sie es dort auch nicht mehr rechtzeitig erfahren. Dann starb Neale hier ebenso umsonst wie viele seiner Männer vor ihm.

Er preßte das Gesicht so fest an die Stäbe, daß der Schmerz ihn zur Besinnung brachte. Noch war Neale nicht tot. Und noch hatte der Feind nicht gewonnen.

Browne ließ seinen Admiral nicht aus den Augen. Er hätte ihm gern geholfen, wußte aber, daß dies außerhalb seiner Macht lag.

Allday ließ sich neben Neales Pritsche nieder. Der Verwundete hatte jetzt die Augen geschlossen und schien auch etwas ruhiger zu atmen.

Allday dachte an das französische Schiff, das sie nach Lorient bringen sollte. Mochte der Teufel wissen, wo Lorient lag. Ebensowenig scherten ihn die Musjöhs, wie er sie nannte. Aber ein Schiff war auf jeden Fall besser als eine Kutsche mit einem verdammten Rattenschwanz von Soldaten.

Immerhin wußte er, daß Lorient weiter nördlich lag; und damit ein bißchen näher an England.

Der kleine Kommandant stand wartend unter der Tür und sah Bolitho an. »Es wird Zeit, M'sieu.«

Bolitho blickte sich noch einmal in dem Raum um, der so lange ihre Zelle gewesen war. Den bewußtlosen Neale hatte man auf einer Bahre festgebunden und, begleitet von Allday, schon am frühen Nachmittag weggeschafft. Ohne Neale und seine verzweifelten Versuche, das ihm entgleitende Leben festzuhalten, wirkte der Raum öde und leer.

Browne fragte: »Hören Sie den Wind?«

Auch das war ein schlechtes Vorzeichen. Neale war kaum eine Stunde weg gewesen, da hatte der Wind aufgefrischt. Das Wetter mit seinen Launen hatte sie in dem exponierten Festungsturm auch vorher stark beeinflußt, aber als sie sich jetzt an der Tür zusammendrängten, schien es sich eindeutig zu verschlechtern. Der Wind strich heulend um die Mauern und rüttelte an den kleinen Fenstern wie ein lebendes Wesen, auf der Suche nach ihnen, um sie zu vernichten.

Bolitho sagte: »Hoffentlich ist Neale inzwischen wohlbehalten an Bord.«

Der Kommandant führte sie die enge, gewundene Steintreppe hinunter, wobei seine Stiefel immer die richtige Stelle auf den ausgehöhlten Stufen fanden – wohl aus langer Gewohnheit.

Über die Schulter sagte er: »Heute abend oder nie. Das Schiff kann nicht warten.«

Bolitho lauschte dem anschwellenden Sturm. Kein Wunder, dachte er.

Als er vors Tor trat, wurde ihm der Gegensatz zu jenem warmen Augustmorgen, an dem er mit Browne zur hügeligen Küste spaziert war, dramatisch bewußt: Diesmal zogen graue schwere Wolken tief über ihnen dahin und ließen nur selten einen silberweißen Strahl Mondlicht hindurch, der die Szenerie in ein scharfes, verzerrendes Licht tauchte. Zwischen tanzenden Laternen schritten sie auf einen Kommandoruf zur Rückseite der Festung, hinter dem Kommandanten her, der unbeirrt, auch ohne Laterne oder Mondlicht, seinen Weg fand. Sie schlugen denselben Pfad ein, den sie damals entdeckt hatten, doch diesmal, vom Sturm geschüttelt und in der Finsternis halb blind, hätte Bolitho sich darauf nie allein zurechtgefunden.

Er merkte, daß die Soldaten ihn beobachteten, und erinnerte sich an die letzten Worte des Festungskommandanten: »Ich entlasse Sie nicht wie Diebe, sondern wie Offiziere. Deshalb schließe ich Sie weder an Händen noch an den Füßen in Eisen. Aber wenn Sie zu fliehen versuchen . . .«

Angesichts der wachsamen Soldaten mit ihren langen Bajonetten konnte er sich weitere Erläuterungen sparen.

Browne meldete: »Jetzt geht es abwärts.«

Der Pfad machte einen Bogen nach rechts und fiel steil ab. Als sie in den Windschatten der Steilküste gelangten, wurde das Heulen des Sturms etwas schwächer.

Sowie Bolitho stolperte, hörte er sofort ein metallisches Klikken hinter sich. Tatsächlich, ihre Bewacher waren auf der Hut und jederzeit bereit, beim ersten Fluchtversuch gezielt zu schießen.

Dann endlich hörten sie die See, die wild gegen den Strand anbrandete, sich für die Augen aber nur hier und da mit einem hellen Gischtstreifen zu erkennen gab. Bolitho ertappte sich dabei, daß er die Sekunden und Minuten zählte, als sei es ausschlaggebend, die Stelle genau zu erkennen, wo sie die Klippe verlassen und eine andere Richtung einschlagen würden.

Andere Laternen schwankten ihnen strandaufwärts entgegen, Stiefel stapften quietschend durch nassen Sand.

Bolitho hörte den Kiel eines Bootes im Flachwasser knirschen und fragte sich, wo das Schiff wohl geankert hatte. Das Vorland gab ihnen jetzt Schutz vor dem Wind, woraus zu schließen war, daß sich der Sturm nicht nur verstärkt hatte, sondern auch umgesprungen war. Wehte es jetzt aus Ost? Wahrscheinlich, obwohl man sich in der Biskaya auf nichts verlassen konnte.

Im Schein einer Laterne tauchte das Gesicht des Festungskommandanten aus dem Dunkeln auf.

»Leben Sie wohl, M'sieu. Wie ich höre, ist Ihr verwundeter Kapitän sicher an Bord der *Ceres* gelangt.« Grüßend griff er zum Hut und trat zurück. »Viel Glück.«

Der Lichtschein verschwand und mit ihm der Kommandant.

Eine fremde Stimme befahl grob: »In die *chaloupe,* schnell!«

Man führte, stieß oder zerrte sie zu einer Barkasse, und kaum hatten sie sich in ihrem Heck zwischen einige nur undeutlich erkennbare Matrosen gequetscht, da wurde der Bug schon in tieferes Wasser geschoben; wild schlugen die Riemen, um das Boot in Fahrt zu bringen.

Sowie sie aus dem Windschatten der Steilküste kamen, wurde die Fahrt zu einer Art Ritt auf dem Delphin. Das Boot hob sich und fiel schwindelerregend, die Mannschaft kämpfte – vom Bootssteurer an der Pinne zum äußersten getrieben – verzweifelt gegen Wind und Seegang an.

Es war eine rauhe Nacht, die bald noch rauher werden mußte. Darüber war sich Bolitho klar. Er dachte an Neale, der hoffentlich in der vertrauteren Umgebung an Bord eines Schiffes, auch wenn es ein französisches war, inzwischen etwas mehr Ruhe gefunden hatte. Überhaupt war jetzt alles anders; es roch nach Teer und Rum, nach Salz und dem Schweiß der Seeleute, die mit ihrem Feind von altersher rangen, der See.

Also *Ceres.* Den Namen hatte er schon irgendwo gehört. Sie mußte eine der Fregatten sein, die als Blockadebrecher und Kuriere zwischen den französischen Flotten eingesetzt waren. Wenn die Franzosen erst die Kette der optischen Telegraphen weiter ausgebaut hatten, mußte der Dienst für diese Fregatten etwas leichter werden.

Browne griff nach seinem Arm, er blickte auf und sah den Umriß des französischen Schiffes vor und über sich in der Dunkelheit aufragen; um Steven und Ankertrosse kochte die See, als sei die Fregatte soeben erst aus der Tiefe emporgetaucht.

Nach drei vergeblichen Versuchen bekam der Buggast die Rüsten zu packen, das Fallreep schwang heran, und Bolitho sprang um sein Leben, ehe das Boot wieder unter seinen Füßen in das nächste tiefe Wellental absacken konnte; Browne folgte ihm ebenso.

Naß bis auf die Haut erreichten sie das Deck; die tropfenden Bootsmäntel, von denen Knöpfe und Rangabzeichen längst abgerissen waren, hingen ihnen von den Schultern wie die Lumpen einer Vogelscheuche.

Bolitho spürte an Bord drängende Eile und das Bestreben, möglichst schnell Segel zu setzen. Deshalb vermerkte er mit Respekt, daß der französische Kommandant, den man über den Dienstrang seines Gefangenen sicherlich informiert hatte, sich die Zeit nahm, sie an der Schanzkleidpforte zu empfangen.

Aber auch das ging vorbei, und dann wurde Bolitho über Niedergänge und unter niedrigen Balkendecken hindurch nach unten in eine Welt geführt, die ihm nur allzu vertraut war.

Unter Deck wirkten die Schiffsbewegungen noch heftiger. Er glaubte zu spüren, wie die Fregatte an ihrer Ankertrosse zerrte, um endlich der gefährlichen Umarmung des Landes zu entkommen und die Sicherheit der offenen See zu gewinnen.

Als sie den letzten Niedergang ins Orlopdeck hinunterkletterten, hörte Bolitho das Gangspill oben klicken und vom Sturm halb verwehte Befehle, die das Ankerlichten und Segelsetzen begleiteten.

Im Halbdunkel eilten gebückte Gestalten an ihnen vorbei; Bolitho erkannte dunkle Flecken auf den Decksplanken, die nur von

Blut herrühren konnten. Kein frisches Blut, aber zu tief ins Holz eingesickert, um jetzt noch abgeschrubbt zu werden. Wie immer im Orlopdeck, dachte er grimmig. Hier im Lazarett des Schiffes arbeiteten Feldscher und Arzt, so gut sie konnten, während über ihren Köpfen die Kanonen brüllten und der Strom ihrer Opfer nicht abriß, die – auf rohen Holztischen festgebunden – auf die Säge oder das Wasser warteten.

Auf einer Koje zwischen den mächtigen Spanten erkannte Bolitho den verwundeten Neale; daneben erhob sich Allday, um ihn so erleichtert zu begrüßen, als sei ihr Wiedersehen das einzige, was für ihn auf dieser Welt noch zählte.

Mit den Worten: »Das ist die *Ceres,* Sir, mit zweiunddreißig Geschützen«, empfing ihn Allday und führte sie alle zu einer Reihe alter Seekisten, die er mit Persenningen abgedeckt hatte, damit sie bequemer darauf sitzen konnten. Er fuhr fort: »Vor einiger Zeit geriet sie mit einem unserer Patrouillenschiffe aneinander. Der Koch hat mir von dem Gefecht erzählt.« Er grinste. »Ein Ire. Auf jeden Fall ist sie unterwegs nach Lorient.« Mit schräg gelegtem Kopf lauschte er auf Wind und See, die draußen gegen die Bordwand anstürmten. »Außerdem sind sie seither unterbemannt. Hoffentlich stranden sie, diese Hunde!«

»Wie geht es Kapitän Neale?«

Allday wurde wieder ernst. »Manchmal glaubt er, wieder auf der alten *Styx* zu sein. Dann gibt er dauernd Befehle. Aber sonst verhält er sich ruhig.«

Mehr Geschrei oben an Deck und dann ein scharfes Überholen des Schiffes. Bolitho ließ sich auf einer Seekiste nieder und stützte sich mit dem Rücken gegen die Bordwand, als der Anker jetzt ausgebrochen wurde und die *Ceres* ihren Kampf um freien Seeraum aufnahm. Er bemerkte, daß Allday in einer Ecke alte Leinwand angehäuft hatte, aber längst nicht genug, um die Handschellen und Fußeisen zu verdecken, die mit Ketten und Ringbolzen an die Planken geschmiedet waren: wieder eine Mahnung, daß sie Gefangene waren und mit dem Schlimmsten zu rechnen hatten, falls sie sich aufsässig verhielten.

Allday richtete lauschend den Blick zur Decke. »Der Anker ist frei, Sir. Sie segeln hoch am Wind, schätze ich.« Scheinbar unzusammenhängend fügte er hinzu: »Es gibt reichlich zu trinken an Bord, Sir. Aber kein gutes Bier.« Angewidert rümpfte er die Nase. »Na ja, was kann man von denen auch erwarten?«

Bolitho blickte erst zu Neale, dann zu Browne hinüber. Beide waren eingeschlafen, wohlbehalten und sicher für den Augenblick in ihrer ureigenen Welt.

Rund um sie stöhnte und arbeitete das Schiff, jede Planke bis zum äußersten beansprucht in diesem Duell mit dem Sturm, der die Kraft der Rudergänger und das Können des Kapitäns zu verspotten schien. Ohne Pause donnerten die Seen gegen den Rumpf, und Bolitho konnte sich vorstellen, wie oben grünes Wasser über das Schanzkleid einstieg, über die Seitendecks rauschte und Unaufmerksame oder Übermüdete wie dürre Blätter in die Speigatten wusch.

Er dachte auch an Belinda, an sein Haus zu Füßen von Pendennis Castle, an Adam und seinen Freund Thomas Herrick. Während er noch versuchte, ihre Gesichter vor seinem geistigen Auge heraufzubeschwören, fiel er in den tiefen Schlaf der Erschöpfung.

Als er wieder zu sich kam, wurde er sich sofort einer Veränderung in seiner Umgebung bewußt. Er begriff, daß er mehrere Stunden lang geschlafen haben mußte, denn durch einen der Niedergänge fiel fahles Tageslicht.

Allday saß kerzengerade auf seiner Kiste, und auch Browne war wach, obwohl er sich noch die Augen rieb und gähnte.

Bolitho beugte sich vor und achtete genauer auf die Schiffsbewegungen. Was hatte ihn geweckt?

»Gehen Sie bitte zum Niedergang, Oliver«, wies er Browne an. »Und sagen Sie mir, ob Sie etwas Verdächtiges hören.«

Nervös erkundigte sich Allday: »Wir können doch nicht schon in Lorient sein, oder?«

»Nein. Bei diesem ablandigen Sturm und in so gefährlichen Gewässern müssen sie den doppelten Weg zum Kreuzen zurücklegen.«

Browne umklammerte eine Niedergangsstufe fester, als von Deck oben eine Stimme zu ihnen herunterscholl: »*En haut les gahiers! En haut pour ferler les huniers!*«

Browne kam hastig zurück, schräg nach vorn geneigt, um auf dem abschüssigen Deck das Gleichgewicht zu halten.

»Sie haben die Toppsgasten nach oben befohlen, um die Bramsegel aufzugeien.«

Bolitho hörte Getrappel über sich, als die Freiwache auf Stationen rannte, entsprechend diesem letzten Befehl. Aber er sah keinen Sinn darin. Unterbemannt, hatte Allday gesagt. Warum dann die Freiwache um ihren kostbaren Schlaf bringen und ausgerechnet jetzt Segel reffen? Wenn er doch nur hätte sehen können, was da draußen vorging!

Eine Laterne warf ihren gelben Schein auf die Niedergangstreppe, und Bolitho sah einen Leutnant mit zwei bewaffneten Decksoffizieren hastig zu ihnen kommen.

Der Leutnant war jung und offenbar sehr nervös. Aber seine beiden altgedienten Begleiter zierten sich nicht, ließen die Eisen um Bolithos Hand- und Fußgelenke schnappen und verfuhren ebenso mit Browne. Als sie sich auch Allday vornehmen wollten, schüttelte der Leutnant den Kopf und deutete auf Neale. Offenbar behielt Allday seine Bewegungsfreiheit, um den verwundeten Kapitän versorgen zu können.

Bolitho sah auf seine Fesseln nieder. »Jetzt verstehe ich gar nichts mehr«, sagte er.

Das Schiff legte sich noch stärker über, während das Getöse über ihnen anwuchs: Stimmen überschrien einander, Blöcke quietschten gellend wie angestochene Schweine. Offenbar hatte der Kommandant ein Wendemanöver versucht, aber nicht geschafft. Dies immerhin ließ sich aus der ganzen Aufregung schließen. Ohne die Bramsegel mußte er ... Plötzlich fuhr Bolitho in die Höhe, so weit seine Ketten das zuließen.

Er begriff: Der französische Kommandant wollte ungesehen bleiben. Deshalb hatte er die obersten Segel wegnehmen lassen, damit sein Schiff von ferne gegen den tobenden Hintergrund der Brecher schlechter auszumachen war.

Wie zur Bestätigung seiner Überlegungen hörte Bolitho den Ruf von oben: »*Tout le monde à son poste! Branle-bas de combat!*«

Mit weit aufgerissenen Augen starrte Browne ihn an. »Sie machen klar zum Gefecht, Sir!«

Der Lärm schwoll noch an, als die Besatzung die Trennwände und Hängematten abzuschlagen begann, als die Kanonen auf ihren Lafetten in eine Position rumpelten, in der sie besser geladen werden konnten.

Ungläubig starrten die Gefangenen im Orlop einander an.

Dann brach es aus Allday heraus: »Mein Gott, das muß ein Unsriger sein, Sir!«

Mit eingezogenen Köpfen rannten wieder schattenhafte Gestalten an ihnen vorbei. Laternen wurden angezündet und an die Decke gehängt, wo sie in großen Kreisen frei schwangen; weitere

Kisten wurden herbeigezerrt und mitten auf dem Deck festgezurrt. Schwach schimmerten lange Schürzen im spärlichen Licht und eine funkelnde Batterie chirurgischer Instrumente, die Gehilfen des Schiffsarztes bereitlegten.

Niemand kümmerte sich um die drei Männer im Schatten oder um den vierten auf seiner schwankenden Koje.

Wieder zerrte Bolitho an seinen Fesseln. Also stand ihnen das Schlimmste noch bevor. Von einem englischen Kriegsschiff besiegt, zusammen mit dieser Fregatte auf den Meeresgrund zu fahren, das schien ihm der furchtbarste aller denkbaren Tode.

Das Deck richtete sich etwas auf, ein Arztgehilfe lachte leise, aber ohne Humor. Selbst er mußte wissen, daß das Schiff nur deshalb auf ebenerem Kiel lag, weil der Kommandant wieder mehr Segel hatte setzen lassen. Also hatte sein Versteckspiel nichts genützt. Dem Schiff stand eine Gefecht bevor, in dem die Sanitäter hier unten bald so viel zu tun bekommen würden, daß sie sich um die Gefangenen nicht mehr kümmern konnten.

Neale riß die Augen auf und rief mit überraschend klarer Stimme: »Wache! Holt den Schiffsprofos!« Aber niemand reagierte oder starrte Neale auch nur verwundert an.

Bolitho lehnte sich zurück und rüstete sich innerlich. »Allday!«

»Sir?«

»Mach dich bereit.«

Allday sah sich im schwach erleuchteten Krankenrevier um, konnte aber nirgends eine Waffe oder eine Axt entdecken. Trotzdem sagte er heiser: »Bin jederzeit bereit, Sir. Nur keine Sorge.«

Das Warten zerrte an den Nerven; ein Arztgehilfe rannte im Lichtkreis der Petroleumlampe auf und ab wie ein Tier im Käfig.

»*Chargez toutes les pièces*!«

Das war der Befehl zum Laden der Kanonen; als hätte er nur darauf gewartet, schritt der Arzt aus dem Krankenrevier hinüber zum Tisch unter den pendelnden Lampen.

Bolitho befeuchtete sich die trockenen Lippen und dachte sehnsüchtig an einen kühlen Trunk.

Wieder einmal hatten andere darüber entschieden, was ihm die nächsten Stunden bringen würden.

IX Der Preis der Freiheit

Herrick umklammerte die Querreling der *Benbow* und spähte scharf in den beißenden, vom Sturm waagrecht gepeitschten Regen. Trotz seiner Größe nahm das 74-Kanonen-Schiff vorn und an der Luvreling so viel Wasser über, als sei es schon auf der Fahrt zum Meeresgrund. Selbst Herrick mit seiner in harten Jahren erworbenen Erfahrung hatte mittlerweile jedes Zeitgefühl verloren; kaum daß er sich noch an die Befehle erinnern konnte, mit denen er das Wüten des Sturms überschrien hatte.

Wolfe stolperte über die nassen Decksplanken und fluchte laut, bis er endlich seinen Kommandanten an der Reling erreicht hatte.

»Jetzt muß es bald soweit sein, Sir!« Wolfes rauhe Stimme klang kläglich im Heulen des Sturms und Donnern der See.

Herrick wischte sich übers tropfnasse Gesicht. Seine Haut brannte wie Feuer. Außerdem spürte er allmählich einen Zorn in sich wachsen, der gut zu diesem Unwetter paßte. Von Anfang an, seit sie Plymouth verlassen hatten, war ein Unglück nach dem anderen über seinen kleinen, aber wertvollen Geleitzug hereingebrochen. Zuerst hatte das andere 74er Linienschiff, die *Nicator,* zwei Mann verloren; gleich am ersten Tag waren sie über Bord gegangen, und obwohl Herrick ihren Kommandanten, Kapitän Valentine Keen, mochte und respektierte, hatte er ihn doch verwünscht, als er mühsam versuchte, das Geleit trotz allem zusammenzuhalten: fünf Handelsschiffe, bewacht von zwei 74ern und einer einsamen Fregatte. Herrick fand sich verbittert damit ab, daß er bei Tagesanbruch wahrscheinlich nur zwei davon in Sichtweite haben würde. Der Sturm war aus Osten mit der Plötzlichkeit eines Hurrikans über sie hergefallen, hatte ihre beschränkte Welt in ein Inferno aus Gischt und Spritzwasser verwandelt und die Mannschaften so zermürbt, daß Herrick schließlich nachgeben und Befehl zum Beidrehen erteilen mußte; sie ließen sich treiben und hofften das Beste.

Wieder spürte er, wie sich *Benbow* unter seinen Füßen überlegte; das stark gereffte Großsegel und seine Rah stöhnten unter der Anstrengung, mit der das Schiff sich zu behaupten versuchte, unterstützt dabei von Männern, die jedesmal, wenn sie in die Toppen befohlen wurden, mit dem sicheren Tod rechneten.

Herrick fragte, ob Wolfe es mißbilligte, daß er noch immer keinen Flaggkapitän ernannt hatte. Der fragliche Offizier war durch einen Radbruch seiner Kutsche auf dem Weg nach Plymouth aufgehalten worden, und Herrick hatte beschlossen, nicht auf ihn zu warten. Er war so bald wie möglich ausgelaufen. Aber warum? Drängte es ihn, Gibraltar zu erreichen und die lästigen Handelsschiffe endlich loszuwerden? Oder hatte er seine vorläufige Ernennung zum Kommodore innerlich immer noch nicht akzeptiert, wollte er die Bestätigung aus irgendeinem Grund hinausschieben, den er selbst nicht kannte?

Er rief: »Der Master behauptet, daß wir etwa fünfundzwanzig Meilen vor der französischen Küste stehen.« Er duckte sich vor einem Spritzwasserguß. »Aber weiß der Himmel, woraus der alte Grubb das schließt!«

Wolfe schnappte nach Luft, als eine Wand grünen Wassers durch die Webeleinen brach und sich über die ohnehin schon pitschnassen Wachgänger und Ausguckposten ergoß.

»Keine Sorge, Sir, wir werden die anderen schon wiederfinden, wenn der Wind nachläßt!«

Herrick zog sich an der Reling weiter. Falls der Wind nachließ. Man hatte ihm nur eine Fregatte, die *Ganymede*, mitgegeben, mehr konnte der Admiral nicht erübrigen. Herrick fluchte in sich hinein: Es war immer wieder dieselbe Chose. Das kleine, nur mit 26 Kanonen bestückte Schiff hatte noch dazu ein jämmerliches Debüt gegeben: Der Sturm wütete kaum eine Viertelstunde, und schon hatte sie ihre Großbramstenge verloren. Herrick hatte sie danach angewiesen, sich dichter unter Land zu halten. Dort war sie etwas geschützter und konnte eine Notstenge aufriggen, ehe der Sturm noch größeren Schaden bei ihr anrichtete.

Kurz danach hatte Herrick kein einziges Signal mehr absetzen können; der immer noch wachsende Sturm und der frühe Einbruch der Dunkelheit machten das unmöglich.

Wolfe hangelte sich neben ihn. »Der Master bleibt dabei, daß der Wind bis zum Vormittag rückdrehen wird, Sir!« Mit einem schrägen Blick musterte er seinen dickköpfigen Kommandanten. »*Ganymede* wird sich freikreuzen müssen, wenn er noch weiter dreht.«

Herrick fuhr herum. »Zum Teufel, Mr. Wolfe, das weiß ich!« Er nahm sich zusammen. »Der Konvoi ist zwar zerstreut, aber John Companys* *Duchess of Cornwall* kann sehr wohl selbst auf

* Spitzname für die Ostindische Handelskompanie Englands

sich aufpassen, sie ist wahrscheinlich besser bemannt als unsere *Benbow* und mit Sicherheit ebensogut bestückt.«

Er dachte an Belinda Laidlaw, die auf dem mächtigen Ostindienfahrer segelte und dort relativ sicher war; so sicher jedenfalls, wie man bei einem Sommerorkan in der Biskaya, dicht unter einer feindlichen Küste, sein konnte.

Dulcie hatte ihr eine tüchtige Zofe für die Überfahrt besorgt, also war sie nicht allein. Trotzdem machte Herrick sich Sorgen. Frauen gehörten nicht auf die See, nicht einmal als Passagiere.

»Wenn ich nur wüßte . . .« begann er, unterbrach sich aber, verärgert darüber, daß er seine größte Sorge beinahe laut ausgesprochen hätte: Richard Bolitho, vielleicht noch am Leben, mochte irgendwo in der Dunkelheit dort drüben in einem stinkenden französischen Verlies schmachten. Ober verlassen und sterbenskrank in einer einsamen Fischerhütte liegen.

Wenn er ehrlich war, mußte Herrick sich eingestehen, daß dies der wahre Grund dafür war, weshalb er Plymouth so hastig und ohne Flaggkapitän verlassen hatte. Er wollte die Reise nach Gibraltar und zurück schnellstens hinter sich bringen. Seit der Verlustmeldung von *Styx* waren keine Neuigkeiten mehr durchgekommen, nicht einmal Gerüchte über das Schicksal ihrer Besatzung. Vielleicht waren tatsächlich alle tot.

Eine See donnerte aufs Batteriedeck und brach sich an den festgezurrten Achtzehnpfündern wie an einer Reihe dunkler Felsen.

Vor Herricks geistigem Auge stand Bolithos Gestalt so klar da, als wettere er und nicht Wolfe diesen Sturm mit ihm ab.

Kurzangebunden sagte er: »Ich gehe nach unten, Mr. Wolfe. Aber rufen Sie mich sofort, wenn Sie mich brauchen.«

»Aye, Sir«, sagte Wolfe und sah Herrick kopfschüttelnd nach. Wenn der Verlust eines Freundes einen Mann so zerrütten konnte, dann verzichtete er lieber auf Freunde.

Er sah, daß sich der Wachoffizier unterhalb der Poop übergab und dabei vom abfließenden Spritzwasser wie ein Ertrinkender gebeutelt wurde. Gellend rief er: »Mr. Nash – Sir! Kümmern Sie sich freundlicherweise um Ihre Pflichten! Zum Henker mit Ihnen, Sir! Sie sind so fehl am Platz wie eine Hure im Beichtstuhl!«

Der unglückselige Leutnant verschwand unter der Poop, um den Rudergängern am Doppelrad beizustehen; wahrscheinlich fürchtete er Wolfes Zorn mehr als die Seetollheit.

In der großen Kapitänskajüte drangen das Jaulen des Sturms

und das Donnern der See nur gedämpft durch die dicken Planken. Herrick ließ sich auf einen Stuhl fallen, und sofort sammelte sich auf der schwarz-weiß gewürfelten Bespannung unter ihm eine Wasserpfütze.

Er hörte seinen Steward in der Pantry hantieren und wurde sich seines leeren Magens bewußt. Seit Mittag des vorangegangenen Tages hatte er nichts zu sich genommen. Jetzt war er hungrig und durstig.

Aber nicht sein eigener Steward, sondern der schmächtige Ozzard brachte ihm den Imbiß. Vorsichtig stellte er das Tablett neben Herricks Ellbogen und duckte sich wie ein ängstliches Tierchen, als das Deck wieder in ein Wellental sackte.

Herrick musterte ihn düster. Wie hätte er Ozzard trösten können, wenn er selbst Bolithos Verlust immer noch so schmerzhaft spürte wie eine offene Wunde? Er nahm einen Schluck Brandy und wartete darauf, daß er ihm Taubheit und Salzgeschmack aus der Kehle brannte.

Der Seesoldat vor der Tür störte ihn auf. »Midshipman der Wache, Sir!«

Müde wandte sich Herrick dem eintretenden Kadetten zu. »Was gibt's, Mr. Stirling?«

Der Junge war knapp vierzehn, hatte sich aber nach den ersten schwierigen Wochen auf der *Benbow*, seinem ersten Schiff, prächtig eingelebt. Seine Jugend und Gesundheit isolierten ihn wie Schutzschichten vor dem Drama, das sich rund um ihn abspielte.

»Empfehlung des Ersten Offiziers, Sir, und der Horizont wird schon heller.«

Hastig schweifte sein Blick durch die geräumige Kajüte, die im Vergleich zur Fähnrichsmesse unten im Orlopdeck ein Palast war. Wenn er sich alles gut merkte, konnte er es im nächsten Brief seinen Eltern erzählen oder – gleich nachher – seinen Kameraden während der Freiwache.

Herrick wäre das Kinn vor Erschöpfung um ein Haar auf die Brust gesunken. »Und der Wind?« blaffte er.

Der Junge schluckte krampfhaft. »Stetig aus Ost, Sir. Der Master glaubt, daß er jetzt bald nachlassen wird.«

»So, glaubt er das?« Herrick streckte sich gähnend. »Meistens behält er ja recht.«

Er merkte, daß der Midshipman den glänzenden Prunksäbel an der Wand anstarrte. Das erinnerte ihn an die Zeit, als Neale auf der alten *Phalarope* Midshipman gewesen war, an Adam Pascoe, der sich nach einem eigenen Schiff verzehrte, jetzt aber um seinen geliebten Onkel trauerte – und an die Dutzende, ja Hunderte junger Offiziersanwärter, die er im Lauf der Jahre hatte kommen und gehen sehen. Einige hatten inzwischen Kapitänsrang erreicht, andere den Dienst quittiert, um ihr Glück anderswo zu suchen. Und viele von ihnen waren nicht einmal so alt geworden wie der junge Stirling hier.

Freundlich sagte Herrick: »Nehmen Sie den Säbel ruhig herunter und sehen Sie ihn sich an.«

Der Junge ging in seinem salz- und teerverkrusteten Bootsrock unter den aufmerksamen Blicken Herricks und Ozzards zur Wand hinüber, nahm den Säbel vorsichtig ab und drehte ihn langsam unter dem Licht der Lampe hin und her, um die eingravierten Worte und Verzierungen zu studieren.

Ehrfürchtig sagte er: »Ich wußte gar nicht, Sir – ich meine . . .« Mit glänzenden Augen wandte er sich um. »Er muß ein großartiger Offizier gewesen sein, Sir.«

Herrick fuhr auf. »Gewesen sein?« Bei seinem Ton zuckte der Junge so erschreckt zusammen, daß er gemäßigter fortfuhr: »Ja, Mr. Stirling, das war er. Mehr noch: ein großartiger Mann.«

Sorgsam hängte der Midshipman den Säbel zurück an die Wand. »Tut mir leid, Sir, ich wollte Sie nicht kränken.«

»Das haben Sie auch nicht getan, Mr. Stirling. Ich hoffte auf das Unmögliche und vergaß, daß es keine Wunder mehr gibt.«

»Ich – ich verstehe, Sir.«

Stirling zog sich zur Tür zurück, fest entschlossen, kein Detail in diesem Raum, kein Wort dieses Gesprächs mit dem Kommodore jemals zu vergessen.

Herrick sah ihm nach. Junge, du verstehst noch nicht die Hälfte, dachte er. Aber eines Tages, wenn du Glück hast und überlebst, wirst du mich wirklich begreifen.

Kurz darauf entfiel das Glas seinen erschlaffenden Fingern und zerschellte auf dem Boden Ozzard, der den Schlafenden nicht aus den Augen gelassen hatte, bückte sich nach den Scherben. Doch dann richtete er sich unvermittelt wieder auf und zog eine verächtliche Grimasse. Sollte doch der Steward des Kommodore die Bescherung wegräumen, dachte er. Er warf einen Blick zur Kombüsentür und verbannte Herricks Worte aus seinem Gedächtnis. Was Bolitho betraf, irrte sich der Kommodore. Alle irrten sich.

Ozzard schlich in die Kombüse und setzte sich in eine Ecke, hörte das Schiff um sich herum in allen Verbänden ächzen. Nein, er war Konteradmiral Bolithos Steward, niemandes sonst, und würde hier warten, bis er zurückkehrte. Basta!

Herrick eilte quer übers Achterdeck und spähte, von der Gischt fast geblendet, zu Wolfes hoher Gestalt bei den Finknetzen hinüber.

»Da, Sir!« rief Wolfe ihm entgegen. »Hören Sie?«

Herrick befeuchtete sich die Lippen und ignorierte die Neugier der Umstehenden. Ja, da war es wieder. Nun bestand kein Zweifel mehr.

»Kanonenfeuer«, sagte er heiser.

Wolfe nickte. »Leichte Schiffsartillerie, Sir. Wahrscheinlich *Ganymede* im Gefecht mit einem Fahrzeug ähnlicher Größe.«

Herrick stapfte das schräge Deck nach Luv hinauf und spähte angestrengt über die weißmähnigen Wellenkämme in das erste schwache Grau des Morgens.

»Na, Mr. Grubb?«

Der Master schürzte die Lippen, nickte aber. »Die Peilung stimmt, Sir. Unwahrscheinlich, daß sich ein anderes englisches Kriegsschiff hier aufhält.«

Wütend wie ein Tier in der Falle fixierte Herrick die wogende Wasserwüste. »Ist inzwischen eines unserer Schiffe wieder in Sicht gekommen?«

»Ich habe die Ausguckposten schon vergattert, Sir«, berichtete Wolfe. »Aber noch gibt es nichts zu melden.«

Wieder hörte Herrick das ferne Krachen, das wie Donner mit dem Wind heranrollte. Ja, das waren zwei Schiffe. Trotz des Sturms im Gefecht miteinander, weil sie sich wahrscheinlich rein zufällig begegnet waren.

»Irgendwelche Befehle, Sir?« erkundigte sich Wolfe.

»Bis wir *Nicator* sichten, bleiben wir beigedreht liegen, Mr. Wolfe.« Er wandte den Blick ab. »Andererseits aber . . .«

Wolfe verzog das Gesicht. »Stimmt, Sir, das ist ein großes Aber.«

Herrick kniff die Augen zusammen, als könne er dann die Umrisse der französischen Küste eher erkennen. Es würde eine halbe Ewigkeit dauern, gegen diesen Oststurm anzukreuzen. Aber andererseits konnte *Ganymede* bereits in einer verzweifelten Lage sein und dringend Hilfe benötigen. Wenn sie mit dem ersten Tageslicht die Mastspitzen der *Benbow* über die Kimm steigen sahen, mochte ihnen das frischen Mut geben und ihren Gegner verunsichern.

Kapitän Keen auf *Nicator* würde auch allein zurechtkommen. Sobald er erkannte, daß der Konvoi versprengt worden war, würde er sich mit seinem Linienschiff auf die Suche machen und seine verirrten Schützlinge wieder zusammentreiben.

Aber angenommen, Keen konnte nicht alle aufspüren, und das eine oder andere Handelsschiff mußte sich ohne Begleitschutz nach Gibraltar durchschlagen? Herrick gab sich keinen Illusionen hin. In diesem Fall konnte er die Bestätigung seines Kommodoreranges sofort vergessen, und auch jede künftige Beförderung würde nur noch in Dulcies Träumen existieren.

Sein Blick wanderte von Wolfe zu Grubbs klobiger Gestalt und dann zu dem junge Midshipman namens Stirling, der mit seiner Bewunderung für Bolithos Prunksäbel ahnungslos einen wunden Punkt berührt hatte. Dann glitt sein Blick nach vorn, über die ganze Länge des Schiffes hinweg. Seine *Benbow*. Wenn er sich entschloß, setzte er zweifellos auch sie aufs Spiel.

Wolfe starrte Herrick schweigend an; er ahnte, daß der Kommandant eine für sie alle wichtige Entscheidung traf.

Aber Grubb, der alte Salzwasserbuckel, der seinerzeit unbeirrt ein Lied gepfiffen hatte, als *Lysander* in die Schlacht gesegelt und rundum die Hölle losgebrochen war, der alte Grubb verstand.

Er brummte: »Wenn wir über Stag gehen, Sir, und auf Backbordbug . . .«

Herrick fuhr herum und starrte Grubb an. Hatte er sich erst einmal entschieden, war der Rest einfach.

»Einverstanden.« Und zu seinem hochgewachsenen Ersten Offizier sagte er: »Rufen Sie alle Mann an Deck, Mr. Wolfe. Wir setzen Segel. Lassen Sie aufentern und auch die Bramsegel setzen, bitte.« Er starrte zur Kimm, als der Sturm von querab wieder Kanonendonner herantrug. »Wollen mal nachsehen, was *Ganymede* da aufgespürt hat.«

Als die Pfeifen schrillten und Seeleute wie Soldaten auf Stationen eilten, wandte Herrick sich ab und schritt nach achtern. Am großen Rad blieb er kurz neben Grubb stehen, der seine Rudergänger auf die Kursänderung vorbereitete. Auch der junge Stirling stand da und kritzelte etwas auf eine Schiefertafel, während er darauf wartete, daß ein Schiffsjunge das Stundenglas umstülpte. Der Midshipman hob den Blick, als Herrick herantrat, und lächelte ihn an.

Mit einer Gelassenheit, die nur äußerlich war, musterte Herrick den Jungen. »Was amüsiert Sie so, Mr. Stirling?«

Stirlings Lächeln verblaßte unter Grubbs drohendem Blick, der ihm die Störung verübelte.

Aber dann faßte er sich ein Herz. »Sie sprachen vorhin von Wundern, Sir. Vielleicht gibt es sie doch noch?«

Herrick hob die Schultern. »Das wird sich zeigen. In der Zwischenzeit begeben Sie sich bitte auf die Focksaling und nehmen Sie ein Fernrohr mit. Hoffentlich sind Ihre Augen ebenso scharf wie Ihre Zunge.«

Grubb sah dem Midshipman nach, der mit einem hüpfenden Teleskop auf dem Rücken das Luv-Seitendeck hinunterannte.

»Du meine Güte, Sir, das verschlägt einem doch die Sprache! Diese jungen Flegel heutzutage haben keinen Respekt.«

Herrick wandte sich ihm zu und antwortete tiefernst: »Wir in ihrem Alter waren da ganz anders. Nicht wahr, Mr. Grubb?«

Herrick ging weiter und ließ einen breit grinsenden Grubb am Rad zurück. Als dieser den Blick seines Rudergängers spürte, brüllte er ihn an: »Aufgepaßt, du Faulpelz! Oder ich wecke dich mit der Pike, so wahr mir Gott helfe!«

Kurz danach ging die *Benbow* mit hart angebraßten Rahen durch den Wind, daß die Leestückpforten unterschnitten und das Deck schwindelerregend krängte.

Zufrieden lächelte Herrick in sich hinein, als er die Toppsgasten auf den oberen Rahen auslegen sah, während andere unten an Deck mit aller Kraft in die Schoten und Brassen einfielen, bis das Schiff den Bug zielstrebig dem Land zuwandte.

Sie mußten sich auf ein langsames und mühseliges Vorwärtskommen gefaßt machen, weil sie meilenweite Schläge in beide Richtungen segeln mußten, um jeweils eine Kabellänge Luvraum zu gewinnen.

Aber als Herrick so seine Leute beobachtete, den Stand jedes einzelnen Segels und den Druck im Rigg begutachtete, stieg in ihm langsam Genugtuung auf; er war froh, daß er nicht auf die Stimme der Vernunft gehört hatte.

»Voll und bei, Sir«, meldete der eine Rudergänger so erregt, als hätte Herricks Stimmung ihn angesteckt. »Süd zu Ost liegt an!«

Herrick sah zu Wolfe hinüber, der seine Anweisungen durch die lange Sprechtrompete brüllte. Mit den roten Haarsträhnen, die unter seinem salzfleckigen Hut hervorsahen, erinnerte er eher an einen Wikinger als an einen Marineoffizier.

Vielleicht war es ja schon zu spät, dachte Herrick. Oder nur vergeudete Zeit. Aber falls sie ein französisches Schiff erobern oder auch nur ein paar Franzosen gefangennehmen konnten, hörten sie vielleicht etwas von den Überlebenden der *Styx*. Das geringste Detail, selbst ein Gerücht, und die Sache hatte sich gelohnt.

Wolfe ließ seinen Trichter sinken und rief herüber: »Sobald der Wind es zuläßt, schütteln wir noch ein Reff aus, Sir.«

Herrick nickte. Endlich hatte Wolfe ihn begriffen. »Aye. Und zum Teufel mit den Konsequenzen!«

Wolfe hob den Blick zu den Toppsgasten, die hoch über seinem Kopf arbeiteten, und zu dem scharlachroten Wimpel, der vom Masttopp lang auswehte.

Von Konsequenzen hatte der Kommandant gesprochen. Die letzte und wichtigste davon war dort oben.

Bolitho stemmte die Schultern gegen die Spanten und verzog das Gesicht, als die Fregatte nach einem kurzen Gieren wieder voll ins nächste Wellental sackte. Das fühlte sich ja an, als käme der Bug nie wieder hoch. Als die Wasserwand gegen den Rumpf schlug, spürte Bolitho die Erschütterung so stark im ganzen Körper, als wäre das Schiff auf Grund gelaufen.

Immer wieder mühte er sich damit ab, das Geschehen an Deck nachzuvollziehen und auch die Maßnahmen, die jetzt drüben auf dem feindlichen Schiff für das Gefecht getroffen wurden. Die *Ceres* segelte zwar in Luv und hatte damit einen Vorteil, aber bei so steiler See konnte das auch hinderlich sein. Bolitho hörte gedämpftes Rufen, manchmal auch das Knirschen gequollenen Tauwerks in den Blöcken, und stellte sich vor, wie der französische Kommandant sein ganzes Können aufbot, um sich in eine günstige Position zu manövrieren.

Allday schlurfte zu einem Wasserfaß hinüber und füllte in aller Ruhe einen Becher für Neale. Dabei warf er einen Blick durch den nahen Niedergang nach oben und versuchte, den Sinn des Geschreis zu erraten. Die Gefechtsvorbereitungen verstand er natürlich, und auch die Wetterverhältnisse waren ihm klar.

Er wartete, bis das Deck wieder ruhig lag, und hastete zur Bordwand zurück. Während er sich mit einer Hand an der Koje festhielt und mit der anderen den Becher an Neales Lippen setzte, sagte er leise zu Bolitho: »Immer noch ziemlich rauhe See, Sir. Ich höre Wasser übers Batteriedeck waschen.« Mühsam grinsend fügte er hinzu: »Das wird die Frogs* ganz schön ins Schwitzen bringen.«

Browne zog die Knie fast ans Kinn und prüfte angeekelt seine Fußfesseln. »Wenn wir uns nur frei bewegen könnten!«

Vermehrtes Klappern der Handspaken und dumpfes Poltern über ihren Köpfen verriet ihnen etwas von den Anstrengungen der Mannschaft oben. Der Wind trieb sie immer näher auf die Gefahr zu, sie mußten also kämpfen, ob ihnen das nun paßte oder nicht.

Der Arzt und seine Gehilfen gruppierten sich wartend um ihren Operationstisch. Wie geduldige Geier, dachte Bolitho. Ihr Anblick hatte ihn noch immer demoralisiert.

»Hört mal!«

Sie lehnten sich so weit vor, wie ihre Ketten es zuließen, als eine metallisch klingende Stimme das tosende Duett von Wind und See überschrie.

»*Rassemblez-vous à la batterie de tribord*!«

Browne nickte ruckartig. »Die Steuerbordbatterie soll als erste feuern, Sir.«

Allday biß die Zähne zusammen. »Obacht – jetzt geht's nach oben!«

Trotz seiner Warnung kam die bei der Aufwärtsbewegung des Schiffes abgefeuerte Breitseite überraschend und betäubend. Der Rumpf bäumte sich auf wie ein lebendes Wesen, die Decksplanken erbebten, fast einstimmig krachten die Kanonen; das Geschrei der Kanoniere ging unter im Quietschen der Lafetten und im dringlichen Kommandogebrüll vom Achterschiff.

Und noch einmal ... Die *Ceres* schien sich scharf überzulegen, als ihre Kanonen abermals aufbrüllten. Tief unten im Orlopdeck, wo der infernalische Lärm komprimiert und noch verstärkt wurde, glaubte Bolitho, die Trommelfelle würden ihm platzen. Staub schoß aus den Planken, und den Niedergang herab kam Rauch gedriftet wie Nebel im Moor.

* Frog eaters = Froschfresser, Spitzname für Franzosen

Einige Arzthelfer waren zusammengeschreckt und starrten nervös in den Rauch, andere machten sich mit Instrumenten und Eimern zu schaffen.

Heiser rekapitulierte Browne: »Zwei Breitseiten, Sir, aber keine Reaktion des Gegners.«

Bolitho schüttelte den Kopf zum Zeichen, daß er jetzt nicht sprechen wollte. Er fürchtete, daß ihm sonst etwas entging. Genau wie seine Gefährten konnte er die meisten Geräusche oben identifizieren: das Auswischen der Rohre, das Feststopfen der Ladung, die huschenden Schritte der Munitionsmanner, das unzusammenhängende Geschrei der Stückmeister, die ihr Ziel auffaßten.

Wie aber sah das andere Schiff aus? War es groß, war es klein?

Wieder einmal erschütterte eine Breitseite sie bis ins Mark. Daß sie nach Lee feuern mußten, war ein großes Erschwernis, dachte Bolitho. Bei diesem hohen Seegang mußten die Stückpforten fast unterschneiden, und wenn das gegnerische Schiff von einem kühlen Kopf geführt wurde, konnten die Franzosen kaum mit voller Erhöhung feuern.

Vereinzelte Jubelrufe oben, dann eine Breitseite mit länger auseinandergezogenem Feuer: immer zwei Schüsse und dann eine Pause von einigen Sekunden.

Erbost murmelte Allday: »Entweder trauen sich die Unsrigen nicht näher ran, oder die Franzosen haben sie schon entmastet.«

Bolitho sah den Kreis der Laternen schräg zur Decke hin kippen und so stehenbleiben, wie an unsichtbaren Fäden befestigt. Das Schiff legte sich stark über und schwang nur langsam wieder zurück. Also hatte der Kapitän gehalst, überlegte Bolitho, und lief jetzt einen etwas ruhigeren Kurs, auf dem er den Wind fast von achtern hatte. Offenbar hatte er sein Selbstvertrauen wiedergewonnen und nutzte die ganze Kraft des Sturms, um aus der Landabdeckung zu kommen und den Feind einzuholen. Bolitho mußte seine Enttäuschung verbergen. Denn dies bedeutete, daß das andere Schiff entweder beschädigt oder den Franzosen hoffnungslos unterlegen war, an Bewaffnung ebenso wie an Manövrierfähigkeit.

Da schlug mit Krach und Donner eine Lawine aus Eisen in den Rumpf. Bolitho blieb vor Schmerz die Luft weg, als er hochgerissen wurde, so weit es seine Fesseln und Ketten zuließen. Halb betäubt sah er, daß sich das Orlopdeck mit Rauch und Lärm füllte.

Der Rumpf erbebte in allen Verbänden, als oben Stengen und

Spieren zu Bruch gingen und aufs Deck krachten. Dann ein dumpfer Schlag, als sei eine Kanone umgestürzt. Stimmen überbrüllten das Getöse, verwandelten sich aber in jämmerliche Schmerzensschreie, als eine zweite Breitseite – nur wenige Minuten nach der ersten – in den Rumpf krachte.

Im Rauch nur schlecht auszumachen, rutschten und hangelten sich Gestalten den Niedergang herunter; andere wurden rücksichtslos in den Lichtkreis der Laternen gezerrt. Die Arzthelfer erwachten zu fieberhafter Tätigkeit, als hätte der Blutgeruch sie aus ihre Trance gerissen.

Wieder legte sich das Deck ruckartig über: Die Franzosen erwiderten das Feuer. Noch einmal schlugen Kugeln ein, diesmal tiefer im Rumpf, und bald darauf hörte Bolitho das Quietschen der ersten Lenzpumpe.

Über dem Operationstisch hob und senkte sich ruckartig der Schatten des Chirurgen, das Lampenlicht reflektierte kurz von einer Messerschneide, dann von einem Sägeblatt. Unter seinen Händen wand sich eine nackte Gestalt, wurde aber von den Arzthelfern mit Aufbietung aller Kräfte niedergehalten.

Dann stürzte ein Mann aus dem Kreis um den Tisch und warf den amputierten Arm in einen abseits stehenden Eimer, als sei er ein Stück Abfall.

Wieder wurden schluchzende, schreiende Männer mit Gewalt ins Lazarett gezerrt oder getragen. Bolitho verlor jedes Zeitgefühl, selbst das frühe Morgenlicht verblaßte im Rauch und Dampf der Schlacht.

Die Kanonen schossen jetzt weniger systematisch, die Detonationen wirkten jedoch noch lauter; Bolitho folgerte daraus, daß der Gegner sehr nahe gekommen war und das Krachen zwischen den beiden Bordwänden widerhallte. Das Gefecht hatte eskaliert; bald mußte das Ende kommen.

Gebannt, mit schreckgeweiteten Augen, starrte Browne zu dem wie wahnsinnig arbeitenden Arzt hinüber. Er war kein junger Mann mehr, bewegte sich aber mit unglaublicher Energie. Er schnitt, sägte, nähte und winkte nach dem nächsten Verwundeten mit solcher Hast, daß ihn nicht einmal der Einschlag feindlicher Kanonenkugeln ablenken konnte. Seine Unterarme und die Schürze glänzten grellrot. Es war ein Bild des Grauens.

Gepreßt sagte Browne: »Allmächtiger Vater, gib, daß ich an Deck sterbe, wenn es soweit ist, und nicht in diesem

Schlachthaus!«

Ein Chor warnender Schreie, dann atemberaubende Stille – und schließlich ein scheinbar endloser Donnerschlag: Ein ganzer Mast kam von oben und stürzte aufs Deck. Das Schiff bockte, als wolle es die tote Last abschütteln; Bolitho hörte Äxte auf das Gewirr der Wanten, Stage und Spieren einhauen, dann das schärfere Knattern von Gewehrfeuer und das Kläffen der Drehbassen.

»Nahkampf!« stieß er hervor. »Sie müssen gleich kommen.«

Wieder schrillten Schreie durch das Inferno, weitere Wrackteile polterten oben aufs Hauptdeck, und Bolitho wurde vom Scheuern und Klappern der gebrochenen Takelage an die letzten Augenblicke der *Styx* erinnert.

Wild um sich schlagend, fuhr Neale auf seiner Koje hoch und schrie: »Her zu mir, Leute! Haltet euch tapfer!« Blindlings holte er nach dem herbeieilenden Allday aus, aber der Schlag war so schwach wie der eines Kindes.

Allday knurrte: »Ich bringe Sie jetzt hier raus, Käpt'n. Also seien Sie ein artiger Junge.«

Im Zwielicht beugte er sich über zwei verwundete Seeleute, die von den Arztgehilfen bisher übersehen worden waren, und rollte den einen auf den Rücken. Aus der Kehle des Franzosen ragte ein Holzsplitter, so groß wie ein Seitengewehr, und der Mann starrte in qualvoller, stummer Agonie zu Allday empor. Mit rasselndem Atem sah er zu, als dieser ihm das Entermesser unter dem Gürtel hervorzog und es an sich nahm. Sein Kamerad war schon tot und außerdem unbewaffnet. Allday wandte sich von ihm ab und kehrte zu Bolitho zurück; er begann, mit der Spitze des Entermessers das Holz zu bearbeiten, in dem die Ringbolzen von Bolithos Fesseln saßen.

Begleitet von verwirrten und erschreckten Rufen, kamen weitere Verwundete herunter, aber diesmal wurden sie vorsichtiger behandelt. Bolitho erkannte einen abgewinkelten Arm, einen größer werdenden, dunkel glänzenden Fleck auf der Brust eines Mannes, dem ein schweres Kaliber zwischen die Rippen gefahren war, und er sah auch die Goldepauletten des Kommandanten funkeln.

Hinter ihm kletterten zwei Soldaten die Leiter herunter; Bolitho identifizierte ihre Uniformen: Marineinfanterie.

Sie hielten sich fern von den anderen, standen nur da, in den Fäusten die Musketen mit aufgepflanztem Bajonett, und starrten wortlos zu den Gefangenen hinüber. An ihrem Auftrag konnte kein Zweifel bestehen.

Der Arzt schnitt dem französischen Kapitän das Hemd vom Leibe, trat dann aber zurück und winkte seine Helfer herbei.

»*Il est mort.*«

Die leichter Verwundeten reckten die Hälse und spähten durch den Qualm zum Operationstisch, offenbar ohne zu begreifen. Das Schießen an Deck ließ nach, als sei auch den Männern dort oben der Schreck über den Tod des Kommandanten in die Glieder gefahren.

Und dann kam der dumpfe Aufprall und das mahlende Scheuern, mit dem das fremde Schiff sich knirschend längsseit legte.

Das Deck unter Bolitho krängte stark; wahrscheinlich hatte der andere Kommandant es so eingerichtet, daß der Wind die verkrüppelte *Ceres* gegen ihn drückte. Jetzt verhakten sich Riggs und Spieren in einer letzten, unlösbaren Umarmung.

»Hurra! Hurra!« Wildes, fast nicht mehr menschliches Geschrei oben. »Männer von *Ganymede* – mir nach!«

Als Antwort schlug klirrend Stahl auf Stahl, krachten vereinzelte Musketen- und Pistolenschüsse zum Getrappel vieler Füße.

Für die beiden Marinesoldaten mußte das ein Signal gewesen sein. Der Korporal, Bolitho am nächsten, hob die Muskete, das aufgepflanzte Bajonett funkelte im Licht, als er auf Neales Brust anlegte.

»Zu spät, Kumpel!« Allday sprang aus dem Schatten, das große Entermesser schon zum Schlag erhoben, und hieb es dem Soldaten quer ins Gesicht. Als der Mann fiel und sich in seinem Blut wand, griff Allday den zweiten Soldaten an. Auch dieser hatte angelegt, schien aber vor Schreck über das Schicksal seines Kameraden erstarrt zu sein.

»Hat dich verlassen, dein Mut, wie?« brüllte Allday. Mit dem ersten Schlag spaltete er ihm den Brustriemen; die Schneide drang so tief ein, daß der Soldat vornüber zusammenklappte; seine Schreie verstummten erst, als das Entermesser beim zweitenmal auf seinen exponierten Nacken niederfuhr.

Mit einem Würgen in der Kehle hatte Browne zugesehen. Überall um sie her gellten Schreie, Flüche und Schmerzgeheul. Und immer wieder das stählerne Klirren der Säbel, obwohl die Kämpfenden schon auf so blutbesudelten Planken standen, daß ihnen die Füße wegrutschten.

Allday klammerte sich mit einer Hand an Neales Koje und parierte mit der anderen jeden Versuch, dem Kranken nahe zu kommen. Eine Musketenkugel schlug nur zollbreit neben Bolithos Schulter in die Bordwand, und einmal wirbelte Alldays Schneide schützend wie ein Schild über Bolithos Kopf durch die Luft.

Ein Mann stürzte leblos den Niedergang herab, ein anderer schrie gellend, bevor ein Säbelhieb den Ton so abrupt zum Verstummen brachte, als sei eine Tür zugeschlagen worden.

Plötzlich stand ein britischer Marinesoldat am Fuß der Leiter, die weißen Breeches blutbeschmiert, die Augen unter dem wirren Haar vor Wahnwitz funkelnd. Er hielt die Muskete stoßbereit, das besudelte Bajonett zitterte.

Als er Allday mit seinem blanken Entermesser entdeckte, schrie er wild: »Hierher, Kameraden, hier leben noch ein paar von den Hunden!« Dann holte er aus.

Schulter an Schulter hatte Allday schon manchesmal mit den britischen Marinesoldaten gefochten. Aber noch nie hatte er ihre Angriffswut auf der anderen Seite erlebt.

Der Nahkampf hatte den Soldaten in einen Rausch versetzt, hatte ihn toll gemacht, bis er von blinder Mordlust getrieben wurde. Allday wußte, den konnte er mit erklärenden Worten nicht bremsen. Hinter ihm stolperten noch mehr Briten den Niedergang herunter, und er begriff: Wenn er nicht sofort reagierte, war er in der nächsten Sekunde ein toter Mann.

»Halt, du verdammter Idiot!« Alldays Kasernenhofton bremste den Seesoldaten mitten im Ausfall. »Schneide den Offizieren hier die Fesseln durch, oder ich schlage dir den Schädel ein!«

Offenen Mundes starrte der Soldat ihn an. Und dann begann er zu lachen – lautlos, aber so heftig, daß sein ganzer Körper krampfhaft zuckte. Es schien kein Ende zu nehmen.

Ein englischer Leutnant erschien mit blutigem Säbel und sah sich so mißtrauisch im Orlop um, als wittere er weitere Gefahren. Ungeduldig stieß er den hysterischen Seesoldaten beiseite, starrte erst Neale an und dann die anderen.

»Um Gottes willen – schafft diese Gefangenen hier an Deck! Aber macht schnell, der Kommandant hat schon den Rückzug befohlen.«

Ein Seemann eilte mit einem Spieß herbei und brach damit die Ringbolzen aus dem Holz; dann wurden Bolitho und Browne auf die Füße gezogen.

»Folgt mir!« befahl der Leutnant barsch. »Und zwar ein bißchen plötzlich!«

Bolitho streifte die Handschellen ab und sagte zu zwei Matrosen, die Neale aus seiner Koje hoben: »Das ist Kapitän John Neale von der Fregatte *Styx*.« Als der Leutnant sich gereizt umwandte, fuhr er fort: »Ich fürchte, Ihren Namen habe ich nicht verstanden, Mr. – ?«

Jetzt, da der Wahnsinn des Gefechts langsam von ihnen abfiel, achteten die umstehenden Enterer auf den Wortwechsel, und einige grinsten sogar über die Verlegenheit ihres Anführers.

Der Leutnant funkelte Bolitho an. »Ich Ihren auch nicht, *Sir*!« schnarrte er.

Browne, der seinen verkrampften Muskeln noch nicht traute, machte einen ersten vorsichtigen Schritt auf den Leutnant zu. Wie er es schaffte, wußte er später nicht mehr, aber Allday schwor, er hätte nicht mit der Wimper gezuckt.

»Vor Ihnen steht Konteradmiral Bolitho«, sagte Browne kühl. »Sind Sie jetzt zufrieden, Sir – oder haben Sie vor, heute jeden ranghöheren Offizier anzublaffen, der Ihnen begegnet?«

Errötend stieß der Leutnant seinen Säbel in die Scheide. »Ich – ich bitte um Entschuldigung, Sir«, stammelte er.

Bolitho nickte ihm zu und ging mit steifen Beinen zur Niedergangsleiter. Hoch über seinem Kopf konnte er die Luke erkennen, die aufs Batteriedeck führte. Sie war so ungewohnt hell, daß das Schiff völlig entmastet sein mußte.

Fest umklammerte er den Handlauf, um das Beben seiner Finger unter Kontrolle zu bekommen.

»Sie haben sich gut gehalten«, sagte er zu dem Leutnant. »Aber ich hörte, daß Sie ›Ganymede‹ riefen?«

Der Leutnant wischte sich mit dem Ärmel über den Mund. Er zitterte wie im Fieber – jetzt, da alles vorbei war. Das Entsetzen über das, was er gesehen und getan hatte, würde später kommen. Aber die eingedrillte Disziplin gab ihm Halt. »Aye, Sir«, erwiderte er und riß sich zusammen. »Wir sind von der *Ganymede* und gehören zu einem Geleit unter Kommodore Herrick.«

Sekundenlang konnte Bolitho den Mann nur anstarren. Das war doch Irrsinn! Er mußte genauso verrückt sein wie vorhin der Seesoldat in seinem Blutrausch.

»Vielleicht kennen Sie den Kommodore?« Der Leutnant war unter Bolithos Blick zusammengezuckt.

»Ich kenne ihn gut, ja.«

Langsam einen Fuß über den anderen setzend, stieg Bolitho ans Licht. Er kam an schmutzigen, keuchenden Enterern vorbei, die sich grinsend auf ihre Waffen stützten und ihm zunickten.

Dann erblickte er das englische Schiff, das von Draggen längsseit gehalten wurde. Ein Midshipman rannte drüben nach achtern, um dem Kommandanten zu berichten, wen sie im Orlopdeck der *Ceres* entdeckt hatten.

Kurz darauf eilte der Kommandant ihm entgegen und begrüßte ihn freudestrahlend. »Willkommen, Sir, willkommen! Ich bin stolz, daß mein Schiff Ihnen zu Diensten sein konnte.« Mit einer Geste des Bedauerns wies er auf die Schäden im Rigg und an Deck. »Er war uns an Feuerkraft überlegen, deshalb habe ich ihn zu einer Verfolgungsjagd verlockt. Danach . . .« Er zuckte die Achseln. »Es war reine Erfahrungssache. Die Franzosen haben gute Schiffe, aber glücklicherweise nicht so gute Seeleute wie wir.«

Bolitho sah sich an Deck von *Ganymede* um und holte tief Atem. Es konnte nicht wahr sein. Im nächsten Augenblick würde er in der Zelle erwachen oder in der engen Kutsche . . .

Der Kommandant ließ sich in seinem Bericht nicht stören. »Wir haben zweimal feindliche Segel gesichtet, aber die Schiffe blieben auf Distanz. Trotzdem, fürchte ich, müssen wir unsere Prise hier aufgeben. Der Wind hat gedreht.«

»An Deck! Segel in Lee voraus!«

Der Kommandant fuhr herum. »Zurück an Bord mit den Enterern«, befahl er scharf. »Und dann laßt die Hulk abtreiben. Die wird keinem mehr gefährlich.«

Wieder erklang die Stimme des Ausguckpostens im Masttopp: »Es ist ein Linienschiff, Sir. Die *Benbow*!«

Bolitho schritt quer übers Deck zu Neale hinüber, den man bis zum Eintreffen des Schiffsarztes dort hingelegt hatte.

Neale starrte in den blauen Himmel und flüsterte: »Wir sind frei, Sir. Und zusammen.«

Mühsam hob er den Arm und umklammerte Bolithos Hand mit aller Kraft, die ihm noch verblieben war.

»Mehr wollte ich nicht, Sir. Nur noch das.«

Auf Neales anderer Seite kniete Allday und bemühte sich, die Augen des Sterbenden vor der grellen Morgensonne zu schützen.

»Beruhigen Sie sich, Käpt'n. Jetzt fahren wir nach Hause.«

Aber Bolitho fühlte die Hand in seiner erschlaffen. Er wartete, dann beugte er sich vor und drückte Neale die Augen zu.
»Da ist er schon, Allday. Er ist schon daheim.«

X Ein Wiedersehen

»Ich kann's immer noch nicht glauben, Sir.«
Kopfschüttelnd bedachte Herrick die Auswirkungen seiner Entscheidung. Seit sie in Signalkontakt mit der Fregatte *Ganymede* gekommen waren, war er an Deck auf und ab gewandert, fluchend über die Langsamkeit, mit der sich beide Schiffe annäherten. Endlich konnte Herricks Bootssteurer Tuck die Schaluppe aussetzen lassen, um Bolitho an Bord zu holen.
Gebannt hatte er Bolithos Bericht gelauscht, während dieser in seinen abgerissenen Kleidern auf der Heckbank saß und es sich gefallen ließ, daß Ozzard ihn wie eine Glucke umsorgte.
Nun lief die *Benbow* mit der siegreichen Fregatte im Kielwasser von der französischen Küste ab, und der Wind war nicht länger ihr Feind.
Bolitho erläuterte: »Die *Ganymede* war unterlegen. Da griff ihr Kommandant zu einer alten List, täuschte Flucht vor und verlockte die *Ceres* dazu, ihm zu folgen. Zu diesem Zweck nahm er zunächst sogar Treffer hin, damit der Feind sich in Sicherheit wiegte und unvorsichtig wurde.« Er zuckte mit den Schultern; irgendwie schien ihm dies alles nicht mehr so wichtig. »Dann luvte er an und feuerte zwei Breitseiten ab, ehe die *Ceres* wußte, wie ihr geschah. Es hätte immer noch schiefgehen können, aber die letzte Salve mähte auch den französischen Kommandanten nieder. Den Rest kennen Sie, Thomas.«
Von den neuen Semaphoren hatte er Herrick schon erzählt, aber auch sie schienen ihm jetzt bedeutungslos, verglichen mit Neales Tod.
Herrick sah den Schmerz in Bolithos Augen und sagte leise: »Die französischen Schiffe, die vor unserem Erscheinen gesichtet worden waren, müssen über die optischen Telegraphen zur Unterstützung für *Ceres* herbeibeordert worden sein.« Er rieb sich das Kinn. »Hol sie der Teufel. Aber jetzt wissen wir wenigstens Bescheid.«
Bolitho starrte die leere Stelle an der Schottwand an, wo früher

sein Säbel gehangen hatte. »Und auch sie wissen jetzt, daß wir im Bilde sind. An ihrer Gefährlichkeit hat sich nichts geändert.«

Dabei fielen ihm die beiden Soldaten ein, die unter Alldays Entermesser gestorben waren. Sie mußten ausdrücklichen Befehl gehabt haben, die Gefangenen zu exekutieren, wenn die *Ceres* erobert wurde. Es war wirklich um Sekunden gegangen.

Aber die Ankunft der Franzosen hatte *Ganymede* zum Rückzug gezwungen. *Ceres* konnte weder abgeschleppt noch vernichtet werden, und bald mußte das französische Oberkommando davon unterrichtet sein, daß die Gefangenen entkommen waren und das Geheimnis der sprechenden Türme gelüftet war.

Leutnant Wolfe betrat die Kajüte und wandte taktvoll den Blick ab, als der Schiffsarzt Bolitho die zerrissenen Kleider abstreifte; der lehnte sich derweil bequem zurück und schlürfte seine fünfte Tasse heißen Kaffees.

Wolfe meldete: »Sir, der Konvoi ist gesichtet. Im Südosten. Alle Schiffe vollzählig und intakt.«

Herrick lächelte. »Danke. Ich komme gleich an Deck.«

Sobald die Tür sich hinter Wolfe geschlossen hatte, sagte Bolitho: »Sie haben allerhand riskiert, Thomas. Wenn der Konvoi in Gefahr geraten wäre, hätte es Sie den Kopf kosten können.«

Herrick grinste reuig. »Ich war mir aber so gut wie sicher, daß wir auf etwas stoßen würden, wenn wir *Ganymede* nur halfen, das Gefecht zu gewinnen.« Mit einem warmherzigen Blick zu Bolitho schloß er: »Freilich hätte ich mir nie träumen lassen . . .«

»Ich auch nicht.«

Ozzard trat mit frischen Kleidern und Bolithos zweitem Galarock ein, dicht gefolgt von Allday.

Müde sagte Bolitho: »Hol mir lieber den alten Uniformrock, Ozzard. Mir ist nicht nach Feiern zumute.«

Allday starrte Herrick ungläubig an. »Sie haben es ihm noch nicht erzählt, Sir?«

»Was erzählt?« Bolitho sehnte sich danach, endlich allein zu sein, um nachdenken zu können, sich über seine nächsten Schritte klarzuwerden.

Herrick griff sich an den Kopf. »O Gott, ich Tölpel! Vor lauter Aufregung habe ich das ganz vergessen.«

Endlich begann er zu erzählen, und Bolitho hörte zu, ohne ihn auch nur einmal zu unterbrechen, als fürchte er, Herricks wundersame Neuigkeiten könnten sich in Nichts auflösen, sobald er eine

Frage stellte.

Erst als Herrick schließlich schwieg, vergewisserte er sich: »Und sie ist wirklich auf der *Duchess of Cornwall,* Thomas? Sie segelt mit uns, in unserem Konvoi?«

»Aye, Sir«, stammelte Herrick. »Sie müssen wissen, ich machte mir solche Sorgen . . .«

Bolitho stand auf und ergriff Herricks beide Hände. »Gott segne Sie dafür, mein Freund. Heute morgen fürchtete ich, am Ende zu sein, aber jetzt . . .« Immer noch ungläubig, wiegte er den Kopf. »Sie haben mich mit dieser Nachricht wieder aufgerichtet.«

Bolitho wandte sich zu den Heckfenstern, als könne er die anderen Schiffe erspähen. Also hatte sich Belinda nach Gibraltar eingeschifft. Gefahr und Unbequemlichkeit hatten sie nicht abschrecken können, ebensowenig hatte sie sich von der Nachricht seines wahrscheinlichen Todes entmutigen lassen. Und jetzt segelte sie hier mit ihnen durch die Biskaya.

Herrick schritt zur Tür, zwischen Erleichterung und Sorge schwankend. »Ich lasse Sie jetzt in Ruhe. Es dauert noch eine Weile, ehe wir der *Duchess* signalisieren können.« Er zögerte. »Und was Kapitän Neale betrifft . . .«

»Wir bestatten ihn im Morgengrauen. Seine Familie und seine Freunde daheim werden ihn so in Erinnerung behalten, wie er war. Aber ich glaube, es wäre sein Wunsch gewesen, hier unter seinen Männern bestattet zu werden.«

Lautlos schloß sich die Tür, und Bolitho konnte sich endlich entspannt zurücklehnen und sich von der Sonne wärmen lassen.

Er dachte an Neale, der von Anfang an gewußt hatte, daß er würde sterben müssen. Nur sein eiserner Wille hatte ihn noch so lange am Leben gehalten, bis er in Freiheit und Frieden die Augen schließen konnte.

John Neale war tot. Aber Bolitho schwor sich, daß sein Tod nicht ungerächt bleiben sollte.

Fast ohne ihr schwarz-gelbes Spiegelbild mit einem Wellenkräuseln zu verzerren, glitt *Benbow* langsam an verankerten Schiffen vorbei auf die Reede von Gibraltar. Die riesige natürliche Felsenfestung überragte sie alle und ließ sie klein wie Spielzeug erscheinen.

Morgendunst verhüllte teilweise den Felsen und die Küstenlandschaft rundum und versprach einen sehr heißen Tag.

Bolitho stand auf dem Achterdeck etwas abseits von den anderen Offizieren, um Herrick in Ruhe sein Ankermanöver fahren zu lassen. *Benbow* hatte nur noch Bramsegel und Klüver stehen und setzte sich jetzt leicht vom Konvoi ab, dessen größtes Schiff bereits Signalkontakt mit dem Land aufnahm.

Die Reise nach Gibraltar hatte neun Tage gedauert und war nach Grubbs Worten glatt und schnell verlaufen. Aber für Bolitho war es die längste Etappe seines Lebens gewesen; nicht einmal der tägliche Anblick von Belinda auf der hohen Poop des Indienfahrers konnte seine Ungeduld und sein Verlangen zügeln.

Vom ersten Tag an, gleich nachdem Herrick das Signal für die *Duchess of Cornwall* absetzen ließ, hatten sie sich beide ohne besondere Absprache zur gleichen Zeit an Deck eingefunden. Es war, als spüre sie seine Anwesenheit, als müsse sie ihn leibhaftig sehen, sei es auch über eine ganze Strecke Wasser hinweg, um sich zu vergewissern, daß es nicht nur ein Traum war, sondern eine Laune des Schicksals, was sie wieder vereint hatte.

Bolitho blickte durchs Teleskop zu ihr hinüber, ohne sich der umstehenden Offiziere oder anderen Wachgänger auch nur bewußt zu sein. Und stets winkte sie ihm zu, das lange Haar von einem Strohhut gebändigt, den eine breite Schleife festhielt.

Jetzt, da die Wartezeit fast vorbei war, spürte Bolitho eine seltsame Nervosität. Aber Herricks Befehl riß ihn aus seinen Gedanken. »Klar zum Ankern!«

Mit langen Schritten eilte Wolfe aus dem Schatten des Besanmastes. »Bemannt die Brassen! An die Bramsegelschoten!«

Bolitho beschattete seine Augen und sah zu einem verankerten Kriegsschiff hinüber. Der Signalfähnrich hatte es bereits als die *Dorsetshire* identifiziert: das mit achtzig Kanonen bestückte Flaggschiff von Vizeadmiral Sir John Studdart. Die Admiralsflagge hing leblos von ihrem Fockmast herab, und Bolitho fragte sich, was der Wachoffizier drüben wohl davon halten mochte, daß an *Benbows* Besan statt Herricks Kommodorewimpel seine eigene Admiralsflagge wehte.

»Gei auf Bramsegel!« kam das nächste Kommando.

»Alles klar, Sir«, meldete Grubb.

Dann: »Leeruder*!«

* Damals noch indirekte Ruderkommandos, auf die Pinne bezogen; also: Ruder nach Lee, Schiff dreht nach Luv.

Müde, aber würdevoll drehte die *Benbow* langsam in den Wind und verlor auch das restliche bißchen Fahrt, als die letzten noch stehenden Segel schlaff und leer zu killen begannen, bis sie endlich von den Toppsgasten an den Rahen aufgetucht wurden.

»Laß fallen Anker!«

Gischt spritzte am Bug auf, als der große Anker ins klare Wasser klatschte; Seeleute trabten zum Ladebaum, um die Barkasse so schnell wie möglich auszuschwingen.

Denn alle wußten: Schon seit ihrer ersten Annäherung, seit sie mit fünfzehn dröhnenden Salutschüssen die Admiralsflagge gegrüßt hatten, waren überall Ferngläser auf die *Benbow* gerichtet, durch die jedes ihrer Manöver kritisch beobachtet wurde.

»Bootsbesatzung – antreten!« Das war Allday, dessen Gesicht keinerlei Spuren der Gefangenschaft mehr trug.

Herrick trat zu Bolitho an die Webeleinen und berührte grüßend seinen Hut. »Setzen Sie sofort zum Flaggschiff über, Sir?«

»Aye, Thomas, bringen wir es hinter uns. Sonst findet noch jemand bei Sir John Gehör, der uns nicht wohlgesonnen ist.« Bolithos Blick glitt zu dem großen Indienfahrer hinüber. »Und ich habe noch viel zu tun.«

Herrick entging der Blick nicht, wie ihm auch Bolithos tägliche Versuche nicht entgangen waren, auf dem anderen Schiff die schlanke Gestalt mit dem schattenspendenden Strohhut zu erspähen.

»Barkasse ist längsseit, Sir.« Wolfe trat herzu und musterte die beiden Freunde neugierig.

An der Schanzkleidpforte warteten schon Major Clintons Seesoldaten, während die Bootsmannsmaaten ihre silbernen Trillerpfeifen an die Lippen setzten.

Bolitho drückte den Säbel fest an die Seite, und wieder störte ihn seine Fremdheit. Der Verlust seiner altvertrauten, ererbten Waffe ging ihm immer noch schmerzlich nahe. Aber er biß die Zähne zusammen und schritt zur Pforte, ohne zu hinken, ohne sich seine Trauer anmerken zu lassen.

Die Seesoldaten präsentierten ihre Seitenwaffen, die Pfeifen schrillten, und Bolitho kletterte schnell an der Bordwand hinab zur Barkasse, wo Allday ihn in elegantem dunkelblauem Rock und hellen Nankingbreeches erwartete.

Browne saß schon im Heck des Bootes und musterte Bolitho mit ausdruckslosem Gesicht.

Wie sie mich alle anstarren, dachte Bolitho. Wie eine Art Übermensch.

»Absetzen vorn! Rudert an – zugleich!« Allday legte die Pinne; die Sonne reflektierte so grell vom Wasser, daß er die Augen zu schmalen Schlitzen zusammenkneifen mußte.

Leise fragte Bolitho: »Na, Allday, wie schmeckt es, wieder frei zu sein?«

Der bullige Bootsführer wandte den Blick nicht von einem nahen Wachboot, als er antwortete: »Ich habe die Marine schon oft zum Teufel gewünscht, Sir, und ich wäre eine Memme, wenn ich das nicht zugeben würde.« Im Wachboot drüben wurden die Ruder zum Gruß senkrecht gestellt, der Leutnant zog im Stehen seinen Hut, als die Admiralsbarkasse vorbeizischte. »Trotzdem – jetzt ist sie mein Zuhause, und mir ist, als wäre ich heimgekehrt.«

Browne nickte. »Mir geht's genauso, Sir.«

Bolitho setzte sich auf der Ducht zurecht und drückte den Hut fester in die Stirn.

»Aber um ein Haar wären wir nie mehr heimgekehrt, Oliver.«

»Riemen ein! Klar bei Bootshaken!«

Allday konzentrierte sich ganz auf das Anlegemanöver und ignorierte die neugierigen Gesichter oben an der Reling der *Dorsetshire,* die blendenden Sonnenreflexe auf den Bajonetten, die roten und blauen Uniformröcke.

Schließlich stieg Bolitho zur Schanzkleidpforte hinauf, und wieder begann das Trillern und Stampfen des Begrüßungszeremoniells.

Der Vizeadmiral wartete unter der Poop, bis sein Flaggkapitän die Formalitäten abgewickelt hatte, dann schlenderte er heran, um Bolitho nun seinerseits zu begrüßen.

Beide hatten als Kapitäne gegen die amerikanische Revolution gekämpft, aber danach war Bolitho Studdart mehrere Jahre nicht begegnet und sah nun überrascht, wie stark gealtert er war. Er wirkte füllig und beleibt, und sein rundes, fröhliches Gesicht verriet, daß er gern üppig lebte.

Nach einem herzlichen Händedruck rief Studdart aus: »Hol mich der Teufel, Bolitho, aber Ihr Anblick tut mir in der Seele wohl! Denn als letztes hörte ich von Ihnen, daß die Franzosen angeblich Ihren Kopf auf einer Lanze spazierentrugen.« Er lachte laut auf. »Kommen Sie mit nach achtern, Sie müssen mir alles erzählen. Ich bin gern genausogut informiert wie die Gazetten.« Mit einer vagen Geste zum Land setzte er hinzu: »Zweifellos haben die Spanier in Algeciras Ihre Ankunft beobachtet und werden die Neuigkeit schleunigst an Napoleon weiterleiten.«

In der großen Achterkajüte war es angenehm kühl; der Vizeadmiral entließ seine Diener, schickte Browne mit einem Auftrag davon und lehnte sich dann bequem zurück, um Bolithos Version der Ereignisse zu hören. Er unterbrach ihn kein einziges Mal, auch dann nicht, als Bolitho ihm seine Theorie über die optischen Telegraphen darlegte. Bolitho bewunderte Studdarts mühelose Selbstbeherrschung und begann zu begreifen, weshalb er so schnell befördert worden war: Der Mann hatte gelernt, sich seine Besorgnis nicht anmerken zu lassen.

Erst als Bolitho auf Neales Tod zu sprechen kam, ergriff der Vizeadmiral das Wort.

»Daß wir *Styx* verloren haben, gehört zu dem Zoll, den der Krieg von uns fordert. Aber der Tod ihres Kommandanten ist deshalb nicht weniger erschütternd.« Er füllte ihre Weingläser nach. »Trotzdem sollten Sie sich nicht die Schuld an Neales Tod geben. Ihre Flagge weht auf der *Benbow* und meine hier. Man hat uns eine ehrenvolle Führungsaufgabe gegeben, und Sie sind überdies von Admiral Beauchamp mit diesem Sondereinsatz in der Biskaya betraut worden. Sie haben Ihr Bestes getan, niemand kann Ihnen einen Vorwurf machen. Allein schon die Tatsache, daß Sie dieses gut funktionierende Telegraphensystem entdeckt haben, von dem keiner unserer sogenannten Agenten im Lande uns auch nur ein Wort gesagt hat, bringt uns zusätzliche Vorteile. Ihr Leben ist für England und die Kriegsmarine wichtig. Da Ihnen eine ehrenvolle Flucht gelang, haben Sie das Vertrauen, das Admiral Beauchamp in Sie setzte, voll gerechtfertigt.« Sir John lehnte sich zurück und sah Bolitho fröhlich an. »Habe ich recht?«

Bolitho beharrte: »Trotzdem ist mein Auftrag noch nicht erfüllt: die Vernichtung der feindlichen Invasionsflotte, ehe sie in den Kanal verlegt werden kann. Daß wir jetzt über die Semaphorenstaffel entlang der französischen Westküste besser informiert sind, ändert nichts daran. Nach wie vor können die Franzosen ihre Schiffe schnell und gezielt dorthin beordern, wo sie am dringendsten gebraucht werden, während unsere vor aller Augen die Küste absuchen. Die neuen Landungsschiffe sind jetzt eher noch sicherer, seit unsere Kommandanten wissen, wie effektiv sie durch die Semaphoren geschützt werden.«

Studdart lächelte schief. »Ich muß schon sagen, Sie haben sich überhaupt nicht verändert. Statt Befehle zu geben und das Risiko anderen zu überlassen, treiben Sie sich wie ein junger Leutnant in Feindesland herum und setzen Leib und Leben aufs Spiel.« Er schüttelte den Kopf, plötzlich ernst geworden. »Aber so geht das nicht. Sie haben Ihre schriftlichen Befehle, und die können nur von Ihren Lordschaften selbst geändert werden, sobald London von Ihrer Rettung erfahren hat. Vielleicht bringt uns ja schon das nächste Schiff aus England entsprechende Neuigkeiten? Jedenfalls ist es gerechtfertigt, wenn Sie alle weiteren Aktionen jetzt erst einmal aufschieben. Die Entdeckungen, die Sie in Gefangenschaft gemacht haben, durchkreuzen Beauchamps Strategie. Lassen Sie's also gut sein, Bolitho. Sie haben sich einen ausgezeichneten Ruf erworben, um den Sie jeder, Nelson eingeschlossen, nur beneiden kann. Machen Sie sich höherenorts keine Feinde. Ob im Frieden oder im Krieg, Ihre Zukunft ist gesichert. Aber wenn Sie bei der Admiralität oder im Parlament unangenehm auffallen, sind Sie erledigt.«

Mißgestimmt rieb Bolitho die Armstützen seines Sessels. Er kam sich vor wie in der Falle, obwohl er wußte, daß Studdart ihm einen richtigen Rat erteilt hatte. Wer würde sich in einem Jahr noch um die Vorgänge in der Biskaya scheren? Vielleicht war die Invasion sowieso nur ein Gerücht, und Frankreich wünschte sich genauso sehnlich den Frieden wie die anderen auch und dachte nicht an Überraschungsmanöver.

Studdart ließ ihn nicht aus den Augen. »Denken Sie zumindest gut nach über meine Worte, Bolitho.« Er hob die Hand zu den Heckfenstern. »Sie können eine Weile hierbleiben und neue Befehle abwarten. Vielleicht beordert man Sie weiter ins Mittelmeer, als Unterstützung für Saumarez; alles wäre besser als die verdammte Biskaya.«

»Ja, Sir, ich werde das bedenken.« Sorgsam stellte Bolitho sein Weinglas auf den Tisch. »Und in der Zwischenzeit muß ich meine Depeschen nach England abfassen.«

Der Vizeadmiral zog seine Taschenuhr heraus. »Gütiger Gott, in einer Stunde erwartet mich der General an Land.« Er erhob sich in aller Ruhe. »Lassen Sie es beim Nachdenken nicht bewenden. Sie sind Stabsoffizier und sollten sich nicht mit Dingen befassen, die Ihren Untergebenen anvertraut werden können. Sie befehlen, die anderen gehorchen – so gehört sich das, wie Sie wissen.«

Bolitho erhob sich lächelnd. »Gewiß, Sir.«

Der Vizeadmiral wartete, bis sein Besucher die Tür erreicht hatte, dann fügte er noch hinzu: »Und übermitteln Sie der Dame bitte meine wärmsten Empfehlungen. Vielleicht hätte sie ja Lust, mit mir zu speisen, ehe sie uns wieder verläßt, he?«

Nachdem die Tür hinter Bolitho zugefallen war, schritt Studdart zu den Heckfenstern und starrte auf die Schiffe seines Geschwaders hinaus, die in der Runde vor Anker lagen.

Er wußte, Bolitho würde seine Ermahnungen in den Wind schlagen. Hoffentlich blieb ihm auch diesmal sein Glück treu. Denn bei einem neuerlichen Mißerfolg erwarteten ihn entweder Tod oder Schande.

Und obwohl er das alles ganz klar vor sich sah, merkte Studdart zu seiner Überraschung, daß er Bolitho beneidete.

An Bord des Ostindienfahrers *Duchess of Cornwall* herrschte systematisches Chaos, so daß die Begrüßungszeremonie für den Besucher, Konteradmiral oder nicht, eher nachlässig vonstatten ging.

Einen grollenden Allday in der Barkasse zurücklassend und dicht gefolgt von Browne, ging Bolitho mit seinem Führer, einem offenbar überforderten Leutnant, nach achtern.

Die *Duchess* war ein feines Schiff, das mußte der Neid ihr lassen. Wen wunderte es, wenn Matrosen die gute Heuer und die Bequemlichkeit der Indienfahrt dem Hundeleben auf einem Kriegsschiff vorzogen?

Längsseits lagen Leichter, zu denen schwingende Flaschenzüge hinabführten, über die mit der Akkuratesse langer Übung Fracht an Bord gehievt wurde; die Kisten und Netzballen verschwanden anschließend durch die Ladeluken unter Deck: Vorräte für die nächste Etappe.

Besonders befremdlich waren für Bolitho die vielen vergnügt schwatzenden Passagiere, die sich überall drängten, entweder frisch an Bord gekommen oder in Erwartung des Fährboots, das sie zur Garnison an Land bringen sollte. Die meisten waren Angehörige der Offiziere und Beamten jener unsichtbaren Armee, die Gibraltar besetzt hielt, ohne daß man in der Heimat sonderlich Notiz von ihr nahm. Dazu sicherlich die doppelte Anzahl an Händlern und Küpern, Segelmachern und Takelmeistern, Agenten und Glücksrittern, dachte Bolitho.

»Dort steht der Kapitän, Sir«, sagte der Leutnant.

Aber Bolitho hörte ihn kaum. Denn drüben an der Reling stand sie und hielt mit einer Hand den Hut so, daß ihr die Sonne nicht in die Augen stach. Das Hutband leuchtete hellblau wie ihr Kleid, und als sie über eine Bemerkung des Kapitäns auflachte, glaubte Bolitho, sein Herz müsse vor Freude einen Schlag aussetzen.

Sie schien seinen Blick zu spüren und wandte sich um. Ihre braunen Augen ließen seine nicht mehr los, während er auf sie zuschritt.

Der Kapitän des Indienfahrers war untersetzt und wirkte zuverlässig. Bolitho erinnerte er ein bißchen an seinen Freund Herrick.

»Willkommen an Bord, Sir«, begrüßte er Bolitho. »Ich habe Mrs. Laidlaw gerade versichert, daß ich gern jeden Penny opfern würde, den mir diese Indienfahrt einbringt, wenn ich sie dafür an Bord behalten dürfte.«

Der Kapitän lachte herzhaft, und sie stimmte mit ein, aber in ihren Augen konnte Bolitho lesen, wie unwichtig ihr das alles war und daß nur er für sie zählte.

Er küßte ihr die Hand. Als er ihre Haut berührte und ihren frischen Duft roch, wäre es um seine Beherrschung fast geschehen gewesen. Vielleicht hätte er sich vor allen Leuten zum Narren gemacht, wenn . . .

Leise sagte sie: »Um dieses Wiedersehen habe ich mit aller Kraft gebetet, mein Liebster.« Ihre Lippen zitterten, doch mit einem Anflug von Trotz warf sie das Haar in den Nacken. »Trotzdem habe ich keinen Augenblick daran gezweifelt, daß du zurückkommen wirst.«

Mit einer gemurmelten Entschuldigung, die sie beide gar nicht wahrnahmen, zog sich der Kapitän des Indienfahrers zurück und wandte sich seinen anderen Passagieren zu.

Belindas Blick fiel auf Browne. »Ich freue mich, Sie in Sicherheit zu wissen, Leutnant«, sagte sie lächelnd. »Und in Freiheit.«

Dann nahm sie Bolithos Arm und führte ihn beiseite, alle anderen aus ihrem Zwiegespräch ausschließend.

»Thomas Herrick hat mir eine Nachricht an Bord gesandt, Richard«, erzählte sie. »Von ihm weiß ich, jedenfalls ungefähr, was du erdulden mußtest. Und daß du deinen Freund Neale verloren hast. Du mußt deinen Kummer vor mir nicht verbergen, Liebster. Wirklich nicht.«

»Ich wollte ihn unbedingt durchbringen«, sagte Bolitho. »Aber vielleicht war dieser Wunsch nur deshalb so stark, weil ich mich verantwortlich fühlte für das, was Neale zugestoßen war. Ich dachte, ich hätte dazugelernt; aber vielleicht geht mir immer noch alles zu sehr unter die Haut. Jetzt werde ich mich wohl nicht mehr ändern, genausowenig wie ich bedenkenlos Menschenleben opfern kann, bloß weil mein Auftrag dies verlangt.« Er wandte sich ihr zu und blickte so aufmerksam in ihr Gesicht, als wolle er es sich für immer einprägen. »An meiner Liebe zu dir ändert sich auch nichts. Die wird immer gleichbleiben. Allerdings hatte ich befürchtet . . .«

Sie hob die Hand und legte sie auf seine Lippen. »Nicht doch. Ich fuhr mit nach Gibraltar, weil ich wenigstens den Versuch machen wollte, dir zu helfen. Es muß Schicksal gewesen sein, daß wir uns unterwegs begegneten.« Wieder schüttelte sie ihr Haar in den Nacken. »Jetzt bin ich glücklich. Und ich werde auch dich wieder froh machen.«

Bolitho strich über ihr Haar und erinnerte sich daran, wie es in der umgestürzten Kutsche ihr Gesicht verborgen hatte. Auch damals hatte das Schicksal sie zusammengeführt. Also gab es eine höhere Macht und damit auch eine Hoffnung für sie alle.

Ein Steuermann drückte sich hinter ihnen herum und griff immer wieder nervös an seinen Hut. Er mied Bolithos Blick, woraus dieser schloß, daß der Mann von der Kriegsmarine desertiert war, um bei der Ostindischen Handelskompanie bequem unterzuschlüpfen.

»Mit Verlaub, Madam, aber das Boot wartet. Ihre Zofe und Ihr Gepäck sind schon an Bord.«

»Ja, danke.« Noch einmal drückte sie Bolithos Arm, bis ihm ihre Nägel durch den Stoff in die Haut drangen, und flüsterte: »Sei mir nicht böse, mein Liebster, aber wenn ich jetzt nicht gehe, breche ich in Tränen aus. Die Freude ist fast zuviel für mich.« Lächelnd strich sie sich eine Haarsträhne aus den Augen. »Und ich muß mich noch vom Kapitän verabschieden, er war äußerst aufmerksam zu mir. Dein Erscheinen auf der *Benbow* hat ihn wohl ziemlich eingeschüchtert, fürchte ich.«

Bolitho lächelte. »Ich hätte nie gedacht, daß ich einen Gemüseschiffer wie ihn noch einmal beneiden würde. Aber seit er dich unter seinen Passagieren hatte . . .«

Faszeniert beobachtete Browne, wie sich die scharfen Linien um Bolithos Augen und Mund milderten. Das mußte Belinda zu verdanken sein, auch wenn sie erst wenige Minuten beisammen waren. Eines Tages würde auch er eine Frau wie Belinda Laidlaw finden, sagte er sich. Dann brauchte er nicht mehr nur von ihr zu träumen.

Dabei kam ihm ein Einfall. Als Bolitho schließlich zur Schanzkleidpforte ging, blickte er auf das größte Boot der *Benbow* hinab, in dem Belindas Zofe neben einem Berg Gepäck saß und Allday strahlend zu ihm aufschaute.

Verlegen erläuterte Browne: »Na ja, Sir, ich dachte – die Lady des Admirals sollte auch in der Barkasse des Admirals an Land gehen.«

Bolitho sah seinen Adjutanten lange an und legte ihm schließlich dankbar die Hand auf den Arm. »Das war ein guter Einfall, Oliver. Ich werde es Ihnen nicht vergessen.«

Browne errötete. »Da kommt sie schon, Sir.«

Belinda trat zu ihnen an die Pforte und starrte eine ganze Weile auf die grüngestrichene Admiralsbarkasse hinunter. Dann sah sie mit verschleiertem Blick zu Bolitho auf. »Wartet dieses Boot auf mich, Richard?«

Er nickte. »Wenn ich könnte, würde ich dir die ganze Welt zu Füßen legen.«

Mit viel Umsicht half man ihr ins Boot, während die Matrosen mit den geteerten Hüten und karierten Hemden um das Rundholz ihrer senkrecht gestellten Riemen schielten, als sei ein Wesen aus einer anderen Welt zu ihnen herabgestiegen.

Allday reichte Belinda die Hand und führte sie zu einem Kissen auf der Heckducht. Sie ergriff seine mit beiden Händen und sagte leise: »Es macht mich froh, Sie gesund wiederzusehen, John Allday.«

Allday mußte schlucken und wandte den Blick ab. Sie war zu ihnen gekommen; sie erinnerte sich sogar noch an seinen vollen Namen. Da fiel ihm die Zofe ein, und er zwinkerte ihr zu.

»Absetzen vorn!«

Allday dachte an die gut geschulte Mannschaft des stattlichen Indienfahrers, die ihm oben an der Reling zusah, und dann an seine eigene Bootscrew, die aus Englands Kerkern und Gossen stammte und vom Seekrieg gestählt worden war. Er kam zu dem Schluß, daß er keinen einzigen seiner Männer gegen einen dieser Handelsmatrosen eingetauscht hätte.

»Rudert an!«

»Was hast du jetzt vor, Belinda?« fragte Bolitho und sprach bewußt den geliebten Namen laut aus, den er so oft im Geiste beschworen hatte.

»Mich nach England einzuschiffen.« Sie wandte sich um, als das Boot an der *Benbow* vorbeischoß, und musterte das Linienschiff bewundernd. »Ich wollte, ich könnte auf ihr zurücksegeln!«

Bolitho mußte lächeln. »Auf einem Kriegsschiff? Der arme Thomas, er könnte kein Auge schließen, wenn er dich an Bord und in seiner Obhut wüßte.«

Sie senkte die Lider. »Ich möchte gern mit dir allein sein. Ich schäme mich, daß ich es ausspreche, aber ich kann gegen dieses Gefühl nicht an.«

Bolitho sah, daß die Augen des Schlagmanns auf einen festen Punkt hinter Belindas Rücken gerichtet waren; hätte er ihre Worte gehört, wäre aus dem Gleichtakt der Riemen ein Chaos geworden.

»Mir geht es genauso«, sagte er, »Sowie ich dich sicher an Land untergebracht habe, werde ich mich um deine Rückfahrt nach England kümmern.« Es verlangte ihn so sehr danach, sie zu berühren, sie in die Arme zu schließen.

»Und wann wirst *du* nach Hause zurückkehren?«

Die Angst in ihrer Stimme war Bolitho nicht entgangen. »Bald«, sagte er und versuchte, nicht an die Depeschen zu denken, die er mit dem nächsten Postschiff absenden mußte; die *Indomitable* und *Odin* herbeirufen würden, um die Streitmacht seines kleinen Geschwaders zu vervollständigen. Aber insgeheim mußte Belinda ahnen, daß ihnen eine längere Trennung bevorstand. Tröstend sagte er deshalb: »Wenn wir uns wiedersehen, bleiben wir zusammen.«

Am Kai wurden sie von zwei Zivilisten, einem Mann und einer Frau, erwartet. Der Mann war ein rotwangiger, jovialer Riese, der sie herzlich empfing. »Bei uns ist sie gut aufgehoben, Admiral«, versicherte er. »Besuchen Sie uns, sooft Sie können. Aber wie man hört, werden Sie bald wieder die Anker lichten.« Er grinste, ohne im geringsten zu merken, was seine Worte bei Belinda anrichteten. »Schließlich wollen Sie ja dem Franzosen eins auf die freche Nase geben, stimmt's, Sir?«

Bolitho zog den Hut und murmelte etwas Zustimmendes.

Wieder einmal hielten sie einander bei den Händen und sahen

sich in die Augen, ohne ihre Gefühle verbergen zu können.

»Ich besuche dich, Belinda, komme, was wolle.«

Abschiednehmend küßte er ihre Hand und sah, daß sie eine Bewegung machte, als wolle sie sein Gesicht streicheln. Da ließ er ihre Finger los und trat zurück.

Weiter draußen an der Pier ging Browne schon ungeduldig auf und ab, während die Barkasse unten wartete. Grüßend tippte der Flaggleutnant an seinen Hut.

»Ein Postschiff hat gerade Anker geworfen, Sir«, meldete er. »Es hat ein Flaggensignal gehißt, wonach Depeschen für den Admiral an Bord sind.«

Bolitho sah an Browne vorbei auf die Reede hinaus, wo der große Indienfahrer und ein zweites Schiff des Konvois bereits die Anker kurzstag holten und die Segel ausschüttelten. Weiter draußen lag beigedreht eine Fregatte, deren obere Rahen schon im Dunst verschwammen: der Geleitschutz, der sie vor jeder Gefahr, die ihnen auf offener See drohen mochte, abschirmen sollte.

Das Leben ging weiter, und so mußte es ja auch sein. Das hatte Studdart gemeint, als er ihn vor den Konsequenzen eines möglichen Mißerfolgs gewarnt hatte.

Das Postschiff brachte wahrscheinlich neue Befehle für Herrick, denn in England konnte noch niemand von der Vernichtung der *Ceres* und von Bolithos Befreiung gehört haben.

Und was dann? Sollte er auf Studdarts Rat hören und weitere Anweisungen aus London abwarten? Wieder dachte er an *Styx*, an ihre blutenden und benommenen Schiffbrüchigen auf dem französischen Strand, wo ihn die junge Frau so haßerfüllt angestarrt hatte.

Es gab nun einmal keine einfache Lösung, hatte es nie gegeben.

Unten wartete die Barkasse auf ihn. ›Für die Lady des Admirals.‹ Wenn er jetzt untätig blieb, verriet er sich selbst. Schlimmer noch: Auch sie mochte ihn eines Tages verachten, wenn sie seine Entscheidung ohne die Emotionalität ihrer ersten Wiedersehensfreude analysierte.

Allday spürte die Stimmung seines Admirals auch ohne Worte: Also dann, John, machen wir weiter. Er glaubte zu wissen, was Bolitho beschäftigte, und auch, daß er später vielleicht darüber sprechen würde. Mitleidlos grinste er seine Bootscrew an. Auf ein neues, Jungs, dachte er. Sie würden der Fahne folgen und ihre Pflicht tun wie immer, denn dies war das Los der Blaujacken.

XI Kostbare Stunden

»Machen Sie davon sechs Ausfertigungen und bringen Sie mir alle zum Unterzeichnen.« Bolitho sah Yovell über die Schulter und staunte wieder einmal – wie schon oft –, daß ein so großer Mann eine so winzige, gestochene Handschrift hatte.

Herrick saß auf der Bank unter den Heckfenstern und sah zu, wie sich der Rauch aus seiner langstieligen Pfeife kräuselte. Es war früher Nachmittag, und seit dem Augenblick, da der Anker gefallen war, hatten sie pausenlos gearbeitet.

Herrick überlegte. »Wenn man in der Admiralität Ihre Depeschen liest, weiß man dort ohne jeden Zweifel, daß wieder voll mit Ihnen zu rechnen ist, Sir.« Er lachte glucksend. »Ihre geplante Aktion gegen die Franzosen wird in Whitehall ein paar Köpfe rauchen lassen, möchte ich wetten.«

Bolitho ging unruhig in der Kajüte auf und ab und fragte sich, ob er an alles gedacht hatte. Inzwischen mußte Kapitän Inch mit seiner wieder instandgesetzten *Odin* von der Nore hinunter nach Plymouth gesegelt sein, um sich dort Verikers *Indomitable* anzuschließen; und Keens Schiff lag hier vor Gibraltar auf Reede, kaum eine Kabellänge von der *Benbow* entfernt. Sie waren schon anfangs nicht zahlreich gewesen, und nun waren sie noch weniger.

Das am Vormittag eingelaufene Postschiff hatte neben Depeschen für Sir John Studdart auch neue Befehle für Herrick an Bord gehabt, genau wie Bolitho vorausgesehen hatte. Herrick sollte mit *Benbow,* in Begleitung von *Nicator* und der Fregatte *Ganymede,* nach Plymouth zurücksegeln und den Oberbefehl über das Geschwader übernehmen, bis neue Befehle ergingen.

Wie den vielbeschäftigten Kurier-Briggs blieb auch den schnellen Postschiffen kaum Zeit im Hafen. Der Neuankömmling, die *Thrush,* mußte am nächsten Morgen wieder auslaufen, und Bolithos Depeschen hatten dann an Bord zu sein.

Ihren Lordschaften stand eine ziemliche Überraschung bevor, wenn sie erfuhren, daß er nicht nur am Leben war, sondern von seinem eigenen Flaggschiff gerettet wurde.

Der Sekretär packte seine Papiere zusammen und verließ schweren Schritts die Kajüte. Bolitho mußte ihn nicht erst zur Eile drängen, er wußte, daß Yovell alles rechtzeitig zur Unterschrift fertig haben würde.

Dabei fiel Bolitho wieder der eine unangenehme Punkt in Herricks neuen Anweisungen ein: Er sollte auf dem Weg Kontakt mit dem Blockadegeschwader vor Belle Ile aufnehmen und Kapitän Emes verständigen, daß er vor ein Kriegsgericht gestellt werden würde, sobald seine *Phalarope* erst abgelöst war.

Bolitho hielt diese Maßnahme für falsch und unfair – auch dann, wenn man bedachte, daß London noch nichts von der Befreiung des in Gefangenschaft geratenen Konteradmirals wußte.

Herrick andererseits blieb unbeirrt dabei, Emes' Verhalten zu verurteilen.

»Aber natürlich war es falsch von ihm, Sir. Immerhin überließ er *Styx* in einer kritischen Situation ihrem Schicksal und mißachtete Ihren Befehl, den Feind ins Gefecht zu verwickeln. Wenn ich dabeigewesen wäre, hätte ich Emes an *Benbows* Großrah aufgehängt und der Admiralität die Kosten eines Gerichtsverfahrens erspart!«

Unter dem Heck zog langsam ein Boot voll singender Seeleute vorbei, die nach kurzem Landaufenthalt gut gelaunt auf ihr Schiff zurückkehrten. Bolitho sah ihnen nach. Sie pullten bestimmt zur *Thrush,* denn er hatte sich bereits vergewissert, daß binnen Wochenfrist kein anderes Schiff nach England auslief.

Also mußte Belinda sich auf der *Thrush* einschiffen, obwohl sie bei ihren alten Freunden aus Indien gut untergebracht war. Aber Gibraltar war nicht der richtige Aufenthaltsort für sie. Bolithos Geschwader würde so schnell wie möglich wieder in See stechen, und wenn das Schicksal sich gegen ihn wandte, nachdem es ihm bisher so günstig gesonnen gewesen war, dann gehörte Belinda nach Falmouth, wo man sie mit liebevoller Fürsorge über den Verlust hinwegtrösten würde.

Er gab seinem Steward Ozzard ein Zeichen, mehr Wein aus dem Kühler zu bringen, und sagte zu Herrick: »Also, Thomas, es gibt noch eine Sache, die ich besprechen möchte.«

Herrick klopfte seine Pfeife aus und machte sich in aller Ruhe daran, sie neu zu stopfen.

Ohne aufzublicken, sagte er: »Das haben Sie bereits getan, Sir, und meine Antwort ist die gleiche: Wegen der Teilung des Geschwaders wurde ich zum Kommodore ernannt, eine Beförderung, die noch der Bestätigung bedarf. An Ihrem Oberbefehl über das gesamte Geschwader, so wie es auch in Ihrer Order festgelegt ist, ändert das nichts.« Jetzt blickte er auf, aber seine blauen Augen lagen im Schatten. »Oder verlangen Sie von mir, daß ich wie Emes Fersengeld gebe, wenn ich am meisten gebraucht werde?«

Bolitho nahm von Ozzard zwei Weingläser entgegen und ging damit zu seinem Freund.

»Das ist Unsinn, Thomas, und Sie wissen es. Nicht das Risiko einer Schlacht macht mir Sorgen, sondern die Gefährdung Ihrer weiteren Karriere. Ich kann Sie mit einem anderen Verband zur Bewachung von Lorient abstellen. Dann bleibt Ihr Kommodorewimpel, wo er hingehört, nämlich im Masttopp von *Benbow*. Herrgott, Mann, das haben Sie verdient – und mehr! Wenn Sie sich ans Reglement gehalten und *Ganymede* mit dem Franzosen allein gelassen hätten, dann wäre ich jetzt noch in Gefangenschaft. Glauben Sie, dafür bin ich Ihnen nicht dankbar? Aber wenn meine Befreiung mit dem Ausbleiben Ihrer Bestätigung als Kommodore erkauft werden soll, dann scheint mir das ein schlechter Tausch.«

Herrick blieb fest. »Ich habe in Plymouth nicht auf das Eintreffen meines neuen Flaggkapitäns gewartet, sondern bin vorher ausgelaufen, weil ich mein Kommando über ein Linienschiff wie die *Benbow* nur als Zwischenlösung betrachtete. Ich bin Kapitän und werde es bleiben, bis man mir eines Tages den Stuhl vor die Tür setzt.« Grinsend fügte er hinzu: »Und was eine gewisse Lady betrifft, so wäre letzteres ihr wahrscheinlich am liebsten.«

Bolitho ließ sich schwer auf die Bank sinken und musterte Herrick ernst. »Und wenn ich es Ihnen dienstlich befehle, Thomas?«

Herrick hielt einen Fidibus an seine Pfeife und paffte gemächlich.

»Na ja, Sir, dann würde sich alles finden. Aber bedenken Sie, wenn Sie mich aus dem Geschwader ausgliedern, bevor Sie es zu einem Angriff führen – der aller Voraussicht nach sowieso vorher abgeblasen wird –, dann könnten Ihre Lordschaften diese Maßnahme als Mangel an Selbstvertrauen interpretieren.« Trotzig hielt er Bolithos Blick stand. »Da meine Beförderung also in jedem Falle auf dem Spiel steht, bleibe ich schon lieber hier bei Ihnen.«

Bolitho mußte lächeln. »Himmel, Thomas, Sie sind fast so stur wie Allday.«

»Freut mich.« Herrick griff nach seinem Weinglas. »Soviel ich weiß, ist Allday der einzige, der Sie zur Vernunft bringen kann.« Er grinste. »Mit allem Respekt gesagt, Sir.«

Bolitho erhob sich und trat vor das Gestell mit den Säbeln. »Manchmal frage ich mich, Thomas, was aus meiner alten Waffe geworden ist.« Er straffte sich. »Mir ist nichts geblieben. Sie haben mir sogar die Taschenuhr abgenommen.«

Herrick nickte. »Also ein ganz neuer Beginn. Das hat auch sein Gutes.«

»Vielleicht.«

»Wie dem auch sei«, fuhr Herrick fort, »lassen Sie uns so bald wie möglich auslaufen, diese elende Warterei schadet nur.« Doch als Bolitho schwieg, nickte er. »Verstehe, Sir. Dieses eine Mal eilt es Ihnen nicht mit dem Abschiednehmen. Was ich Ihnen bestimmt nicht verübeln kann.«

Bolitho nahm den glänzenden Prunksäbel von der Wand und wog ihn nachdenklich in den Händen, während ihm selbstquälerische Gedanken durch den Kopf gingen.

Herrick wollte ihn ablenken. »Eine Menge anständiger Leute haben Ihnen mit dieser Ehrengabe zeigen wollen, daß sie auf Ihrer Seite stehen. Genau wie ich. Also fürchten Sie nichts. Wir halten zu Ihnen, ganz gleich, was kommt.« Damit erhob er sich etwas zu abrupt und mußte sich an der Bank abstützen. Er grinste. »Ziemlicher Seegang heute, Sir.«

Bolitho beobachtete ihn; wie immer rührte ihn Herricks Ernsthaftigkeit.

»Die See ist ruhig wie ein Dorfteich, Thomas. Nein, es liegt am Wein.«

Herrick besann sich auf seine Würde und schritt zur Tür. »Und warum auch nicht, Sir? Ich habe Grund zum Feiern.«

Bolitho sah ihm nach und murmelte: »Gott segne dich dafür, Thomas.«

Browne mußte schon draußen gewartet haben; er trat jetzt ein, und Bolitho bat ihn: »Machen Sie dem Kapitän der *Thrush* einen Besuch, Oliver, und arrangieren Sie die Rückreise für –«, er wandte sich ihm zu –, »für die Lady des Admirals. Vergewissern Sie sich, daß sie gut aufgehoben sein wird. Sie sind darin geschickter als jeder andere.«

Brownes Gesicht blieb ausdruckslos, als er sagte: »Die *Thrush* läuft schon morgen aus, Sir. In aller Frühe.«

»Das weiß ich.«

So weit war Belinda gereist, getrieben von der kaum zu rechtfertigenden Überzeugung, daß er noch am Leben sei. Und jetzt schickte er sie mit dem nächsten Schiff fort. Aber er spürte, daß er recht daran tat, daß sie ihn verstehen würde.

In einem plötzlichen Impuls sagte er: »Ich gehe an Land. Meine Bootscrew soll sich bereithalten.« Er sprach so schnell, als wolle er jedem Gegenargument zuvorkommen. »Wenn Sie mich brauchen, ich bin . . .« Er zögerte.

Browne reichte ihm seinen Hut und den Standardsäbel, mit dem Herrick ihn ausgestattet hatte.

»Ich verstehe, Sir. Überlassen Sie ruhig alles mir.«

Bolitho schlug ihm auf die Schulter. »Wie bin ich nur früher ohne Sie ausgekommen?«

Browne folgte seinem Admiral an Deck, und während die Pfeifen schrillten und die Bootscrew zusammentrat, erwiderte er: »Das beruht auf Gegenseitigkeit, Sir.«

Als die Barkasse dann zügig aus dem Schatten der *Benbow* pullte, blickte Bolitho zum Gewirr ihrer Rahen, Stagen und Wanten empor und zur würdevollen Galionsfigur, einem Porträt von Admiral Sir John Benbow. Der war seinen Verletzungen erlegen, nachdem er von einigen seiner Kommandanten verraten worden war.

Bolitho dachte an Herrick und Keen, an Inch und an Neale, der seine Loyalität mit dem Leben bezahlt hatte.

Wenn Admiral Benbow solches Glück wie er gehabt hätte, wäre die Geschichte anders ausgegangen.

Allday blickte auf Bolithos gerade Schultern hinab und auf den schwarzen Zopf über dem goldbetreßten Kragen. Wenn es um eine Frau ging, sinnierte er, waren alle gleich, Admiral wie Matrose.

Das Zimmer war klein, aber gemütlich, und nur die dicken Außenwände verrieten, daß es in der Festung von Gibraltar lag. An der Wand hingen Porträts und anderer Zierat und erinnerten daran, daß hier sonst Agenten der Handelskompanie übernachteten, wenn sie der Garnison von Gibraltar einen Besuch abstatteten.

Leise sagte Bolitho: »Ich dachte schon, sie würden uns nie allein lassen.«

Er hatte die Barclays erst vor kurzem kennengelernt, sah das Ehepaar aber schon als Einheit, nicht als zwei verschiedene Menschen.

Belinda griff lächelnd nach seiner Hand. »Es sind nette Leute, Richard. Aber für sie ...«

Er legte ihr den Arm um die Taille, und sie traten zum Fenster. Die Sonne war schon über den Felsen hinweggewandert, unter ihren schräg einfallenden Strahlen wirkten die in regelmäßigen Abständen auf dem dunkelblauen Wasser der Reede ankernden Kriegsschiffe wie Spielzeug. Nur hier und da zog ein schnell gerudertes Boot sein pfeilförmiges weißes Kielwasser über die Bucht und zeugte für den unermüdlichen Dienstbetrieb in der Flotte.

Belinda legte den Kopf an seine Schulter und murmelte: »Von hier oben sieht die *Thrush* so winzig aus.« Sie ließ den Blick zur *Benbow* schweifen, die an der Spitze der verankerten Schiffe lag. »Wenn ich bedenke, daß du diese vielen Männer und Schiffe befehligst, kommt es mir vor, als hätte ich zwei Menschen in einem Mann vor mir.«

Bolitho trat hinter sie und fühlte ihr Haar auf seinen Lippen. Endlich waren sie allein. Auf diesem überfüllten, künstlich geschaffenen Außenposten hatten sie ein Plätzchen gefunden, wo sie für sich sein konnten. Es kam ihm vor, als blicke er auf den Rest der Welt, ja auf sein anderes Ich aus großer Höhe hinab.

Belinda hatte recht. Dort unten war er Oberbefehlshaber, ein Mann, der mit einem einzigen Flaggensignal über Leben und Tod vieler Menschen entscheiden konnte. Aber hier oben war er nur er selbst.

Sie lehnte sich enger an ihn. »Wenn du Gibraltar verläßt, dann gehe ich auch. Ich bin froh, daß jetzt alles arrangiert ist. Sogar meine neue Zofe Polly freut sich auf die Reise, weil sie hofft, Allday wiederzusehen. Er hat ihr den Kopf verdreht.«

»Ich möchte so vieles mit dir besprechen, Belinda. Wir sehen uns nur so kurz, und bald ...«

»Bald sind wir wieder getrennt, ich weiß. Aber ich will einfach nicht daran denken. Wenigstens nicht in den nächsten Stunden.« Bolitho spürte, daß sie sich versteifte. »Wird es denn sehr gefährlich werden? Und bitte, schone mich nicht. Du weißt, jetzt kannst du mir die Wahrheit sagen.«

Bolitho blickte an ihrem Kopf vorbei zu den Schiffen hinaus, die träge an ihren Ankertrossen schwojten.

»Wir werden kämpfen müssen.« Für ihn war es eine neue Erfahrung, mit einem Menschen über seine Gefühle sprechen zu können. »Man wartet und wartet, versetzt sich an die Stelle des

Feindes, und wenn es dann schließlich zum Gefecht kommt, ist plötzlich alles anders. Die Leute zu Hause glauben, daß Seeleute für König und Vaterland kämpfen und um ihre Lieben daheim zu schützen. Das stimmt natürlich auch. Aber wenn die Kanonen brüllen und das feindliche Schiff wie ein Zerrbild des Teufels vor dir aus dem Rauch auftaucht, plötzlich so nahe, daß du es fast berühren kannst, dann denkst du nur an den Mann neben dir. Ein Kamerad schreit nach dem anderen, denn was Seeleute verbindet, das ist stärker als abstrakte Symbole und Begriffe einer Welt jenseits ihres Schiffes.«

Er spürte, daß sie aufschluchzte, und erschrak. »Vergib mir, das hätte ich nicht sagen dürfen.«

Sie schüttelte den Kopf. »Nein, ich bin stolz darauf, wenn ich es mit dir teilen darf. Dann fühle ich mich eins mit dir.«

Er ließ seine Hände höher gleiten und spürte, wie sie zusammenfuhr, als er ihre Brüste berührte.

»Belinda, du mußt mir zeigen, wie man liebt. Ich lebe jetzt schon so lange auf See, in dieser Männerwelt, daß ich mich davor fürchte, etwas falsch zu machen. Ich könnte dich verstören.«

Sie antwortete zunächst nicht, aber als er sie an sich zog, konnte er ihren Herzschlag spüren. Dann flüsterte sie so leise, daß er sich zu ihr hinabbeugen mußte: »Ich habe es dir ja schon gesagt: Ich sollte mich eigentlich dafür schämen, daß ich mich so nach dir sehne.« In seinen Armen drehte sie sich um und sah zu ihm auf. »Aber ich schäme mich nicht.«

Bolitho küßte ihren Hals, wußte, er mußte sich beherrschen, konnte es aber nicht. Belinda streichelte sein Haar und stöhnte leise auf, als sein Mund ihre Brüste streifte.

»Ich brauche dich, Richard«, flüsterte sie. »Wir wissen beide nicht, was morgen sein kann.« Als er protestierend den Kopf hob, sagte sie mit festerer Stimme: »Glaubst du, ich begnüge mich mit der Erinnerung an die Umarmungen meines toten Mannes, wenn ich doch nur dich will? Wir haben beide schon geliebt und sind geliebt worden, aber das gehört jetzt der Vergangenheit an.«

Er nickte. »Es zählt nicht mehr.«

Sie griff nach seiner Hand. »Uns ist so wenig Zeit vergönnt, mein Liebster«, sagte sie mit abgewandtem Blick. Doch dann warf sie mit der trotzigen Bewegung, die Bolitho lieben gelernt hatte, das Haar in den Nacken und zog ihn mit sich fort wie ein mutwilliges Kind, zum verhängten Alkoven in der anderen Ecke des Zimmers.

Bolitho schob die Bettvorhänge zurück und sah ihr zu, wie sie mit ungeduldigen Händen ihr Kleid abstreifte. Dann holte sie tief Luft und wandte sich ihm zu, die nackten Schultern vom offenen Haar verhüllt.

Bolitho strich über ihren Hals und schob die Haarsträhnen auf ihren Rücken. Dann hob er sie auf und legte sie so langsam und vorsichtig auf das Bett, als wolle er jeden Moment auskosten.

Gleich darauf lag er neben ihr, spürte ihre Haut und suchte ihren Blick, als gelte es, gemeinsam etwas Neues zu entdecken.

Dann schob er sich über sie und sah, daß ihre Augen ihm folgten, während zu beiden Seiten ihre Hände sich zu Fäusten ballten, als könne sie die Qual des Wartens nur mit Mühe ertragen.

Auf dem Boden vor dem Bett lagen in einem bunten Haufen ihr blaues Kleid, ihre hellere Unterwäsche und Bolithos dunkler Rock mit den glänzenden Goldepauletten, überflüssig und vergessen wie die Schiffe unten vor dem Fenster.

Sie verloren jedes Zeitgefühl und empfanden nur die Gegenwart des anderen, kosteten voll Zärtlichkeit und Ungestüm, voll Leidenschaft und Behutsamkeit ihre Liebe aus.

Der Abend senkte sich über die Reede, aber sie merkten nichts davon, ebenso wie es ihnen völlig entgangen wäre, hätte der Felsen von Gibraltar sich plötzlich in zwei Teile gespalten.

Erst im schwachen grauen Schimmer des nahenden Morgens erhob sich Bolitho vorsichtig und ging zum Fenster.

Unten tanzten einige spärliche Lichter auf und ab und signalisierten seinen langsam erwachenden Sinnen, daß das Leben außerhalb ihres Zimmers weitergegangen war. Die Schläfer in den Hängematten waren geweckt worden, die Decks wurden gescheuert, und die gähnenden Wachgänger warteten ungeduldig darauf, daß die Sanduhren umgedreht wurden und ihre Ablösung erschien. Helles Glasen begrüßte den neuen Tag.

Er hörte Belinda sich hinter ihm bewegen und wandte sich wieder dem Bett zu, auf dem sie selbstvergessen lag, einen Arm quer über die Kissen ihm entgegengestreckt.

Er ließ sich neben ihr nieder und spürte seine guten Vorsätze verfliegen, als sein Verlangen nach ihr zurückkehrte. Er strich über ihre nackte Haut und fühlte, daß ihre Sehnsucht nach ihm ebenso groß war.

In der Ferne blies eine helle, schmetternde Trompete die Reveille. Bolitho sagte weich: »Ich muß gehen, Belinda. Deine Freunde werden bald kommen, um dir beim Packen zu helfen.«

Sie nickte. »Die Barclays.«

Tapfer versuchte sie zu lächeln, aber als er sie streicheln wollte, faßte sie nach seiner Hand und drückte sie an ihre Brust.

»Ich bin nicht so stark, wie ich dachte«, sagte sie mit abgewandtem Gesicht. »Je früher du aufbrichst, desto eher sehen wir uns wieder. Daran will ich denken.«

Bolitho konnte den Blick nicht von ihr wenden. »Du bist ein Glück für mich. Falls wir ...«

Sie richtete sich auf. »Nicht ›falls‹, mein Liebster, sondern ›wenn‹. Wenn wir uns wiedersehen ...«

Er lächelte und machte sich vorsichtig von ihr frei. »Ja, wenn ... Das klingt besser.«

Dann kleidete er sich schnell an und wandte sich ihr erst wieder zu, nachdem er seine Säbelscheide eingeklinkt hatte. Sie warf die Arme um ihn und zog ihn zu sich herab, preßte sich nackt an seinen rauhen Uniformrock und küßte ihn mit verzweifelter Inbrunst. Er spürte Salzgeschmack auf seinen Lippen, ob von ihren oder von seinen Tränen, konnte er nicht sagen.

Als er sich schließlich erhob, kam sie nicht mit zur Tür, sondern blieb mit bis zum Kinn angezogenen Beinen auf dem Bett sitzen und starrte ihm mit brennenden Augen nach.

Heiser sagte sie: »Jetzt bist du wieder der Admiral und gehörst den Schiffen da unten. Aber heute nacht hast du mir gehört, Richard.«

Die Hand auf der Klinke, blieb er stehen. »Ich werde immer dir gehören.«

Im nächsten Augenblick stand er draußen auf dem Gang und kam sich vor wie aus einem Traum erwacht.

Im Hof unten hackten zwei Diener Feuerholz, und eine Garnisonskatze schlich geduckt über die Pflastersteine, als wolle sie sich vor dem nahenden Morgen verstecken.

Ohne nach links oder rechts zu blicken, schritt Bolitho bergab, bis er die Pier erreicht hatte.

Erst dann wandte er sich um und blickte zurück, aber der Schatten des Gibraltarfelsens hatte das kleine Haus oben schon verschluckt.

Ein Wachboot fuhr langsam an der Pier vorbei, der Leutnant

döste im Heck, während seine Crew das Boot mit monotonem Schlag auf seiner Ronde weitertrieb. Als Bolithos Epauletten im ersten Sonnenlicht glitzerten, fuhr der Leutnant hellwach in die Höhe.

Während er dann sein Boot zum Flaggschiff des Geschwaders dirigierte, stellte er die wildesten Spekulationen über seinen ranghohen Fahrgast an. Der Admiral war zu einem Geheimtreffen mit dem Militärgouverneur an Land gewesen ... Oder er hatte weisungsgemäß mit dem Feind Friedensverhandlungen geführt, über die noch nichts bekannt werden durfte ...

Bolitho blieb das Interesse des Leutnants ebenso verborgen wie der Rest seiner Umgebung; in Gedanken war er noch völlig bei dieser Nacht, die ihm nur Minuten gewährt zu haben schien. Und er hatte sich für einen Mann von Ehre gehalten! Eigentlich hätte er beschämt und reuig sein müssen, aber auf diese Gefühle wartete er vergebens. Statt dessen fühlte er sich nur so glücklich und erleichtert, als sei eine große Last von ihm genommen.

»Boot ahoi?«

Der Anruf ließ Bolitho auffahren, überrascht sah er den turmhohen Umriß seines Flaggschiffs vor sich aufragen. Oben auf dem Katzensteg stand ein Marinesoldat mit aufgepflanztem Bajonett Wache, um unrechtmäßige Besucher ebenso abzuschrecken wie eventuelle Deserteure.

»Zur *Benbow*! Der Admiral!« rief der Bootsmann zurück.

Bolitho straffte die Schultern und grinste verlegen. Jetzt würden alle Bescheid wissen: Ihr Oberbefehlshaber kehrte nach einer an Land verbrachten Nacht wieder an Bord zurück.

Aber so leicht konnte er sie nicht abtun. Belinda ...

»Sir?« Der Leutnant nahm aufmerksam Haltung an.

Bolitho schüttelte den Kopf. »Nichts weiter.« Hatte er ihren Namen laut ausgesprochen?

Sir John Studdart hatte schon recht gehabt, als er ihn gerügt hatte; er benahm sich wirklich wie ein junger Leutnant.

Aber warum auch nicht? Schließlich fühlte er sich so.

Herrick trat aus dem Schatten der Hütte und nickte dem Master und seinen Rudergängern am großen Rad zu, bevor er weiter aufs Hüttendeck hinaufstieg. Gewohnheitsmäßig und fast unbewußt schweifte sein Blick prüfend über das Schiff, vergewisserte sich, daß alles so war, wie es sein sollte an diesem Morgen, der einen heißen Tag versprach.

Auf den Webeleinen und den Fußpferden der Rahen schwärmten eifrige Toppsgasten aus, von den heiseren Rufen der Unteroffiziere zu noch größerer Eile angetrieben.

Herrick blieb an der Querreling stehen und blickte über das Deck hinweg nach vorn. Die Admiralsbarkasse ruhte wieder festgelascht auf ihren Rungen, die anderen Boote ebenso. Über dem ganzen Schiff hing eine Atmosphäre der Erwartung und Aufregung, die von der Bordroutine und einer eisernen Disziplin nur ungenügend verdeckt wurde.

Wolfe kam mit großen schweren Schritten quer übers Hüttendeck auf Herrick zu und griff grüßend an seinen Hut. »Klar zum Segelsetzen, Sir«, meldete er. Er blickte sich nach ihrem Begleitschiff um. »Und ich glaube, diesmal sind wir schneller als die *Nicator.*«

»Das will ich doch verdammt noch mal gehofft haben«, grunzte Herrick.

Unter ihnen auf dem Batteriedeck hasteten Seeleute auf ihre Stationen, Befehle gellten und Fäuste hoben sich, entsprechend den von der Wachrolle abgelesenen Namen.

Benbow machte klar zum Auslaufen. Bei anderen Gelegenheiten sah man selten fast die gesamte Besatzung auf den oberen Decks: Matrosen und Seesoldaten, Schiffsjungen und Freiwächter, die höchsten Dienstgrade neben den niedrigsten. Das Schiff stach wieder in See, mit welchem Ziel und zu welchem Zweck, das war nicht ihr Problem.

Wie jeder erfahrene Erste Offizier ging Wolfe im Geiste die Liste seiner Arbeiten durch, die er an diesem Tag erledigen mußte. Ob auf See oder im Hafen, das Schiff verlangte seine ganze Aufmerksamkeit, und außerdem mußte er den Kommandanten auf dem laufenden halten.

»Zwei Mann sind heute vormittag fällig zur Bestrafung, Sir. Der Matrose Page erhält zwei Dutzend Hiebe für Trunksucht und Rauferei.« Wolfe blickte von seiner Liste hoch und sah Herrick an. »Und ein Dutzend für Belcher, wegen Aufsässigkeit.« Zufrieden faltete er seine Liste zusammen. »Alle Mann sind an Bord, keine Deserteure.«

»Sehr gut. Dann bemannen Sie das Ankerspill. Bringen Sie das Schiff in Fahrt.«

Herrick ließ sich von einem Midshipman sein Teleskop reichen und richtete es auf die mit achtzig Kanonen bestückte *Dorsetshire.* Sir John Studdart dort drüben hatte keine Einwände mehr geltend gemacht, wahrscheinlich wollte er sich aus der ganzen Sache weise heraushalten. Jeder, der Bolitho öffentlich unterstützte oder sein Vorgehen gegen die feindliche Invasionsflotte förderte, mochte bei einem Mißlingen mit ihm den Wölfen vorgeworfen werden. Herrick lächelte grimmig. Als ob irgendwer Bolitho jetzt noch aufhalten könnte! Er blickte nach oben und sah die Flagge im Besantopp in der frischen Morgenbrise steif auswehen. Die Sache war entschieden. An Dulcie und ihre Reaktion, wenn sie hörte, daß er seinen Kommodorewimpel wieder abgeben mußte, wollte er lieber nicht denken.

Wolfe sprach ihn an. »Ich war heute morgen früh auf, Sir, und sah den Admiral an Bord kommen.«

Herricks blaue Augen musterten ihn nachsichtig. »Na und?«

Wolfe zuckte die Achseln. »Nichts weiter, Sir.« Dann schluckte er. »Das Ankerspill ist bemannt, aber der Fiedler kratzt wieder zum Steinerweichen. Ich sehe vorn besser nach dem Rechten.«

Herrick unterdrückte ein Lächeln. Natürlich war ihm Bolithos Rückkehr am frühen Morgen nicht entgangen. Und mit ihm wußte wahrscheinlich das ganze Schiff den Grund dafür oder ahnte ihn wenigstens. Aber so war es eben an Bord: Man teilte die schönen Erlebnisse miteinander ebenso wie die schlimmen.

Mit lautem Klicken drehte sich das Ankerspill, die Männer stemmten sich in die Handspaken, bis sie schwitzten und keuchten, während der Fiedler ihnen mit einem alten Shanty den Rhythmus vorgab.

Die lose aufgegeite, große Breitfock begann sich an ihrer Rah zu rühren, und auch auf den anderen Rahen legten die flinkfüßigen Toppsgasten um die Wette aus und machten die anderen Segel auf Wolfes durch die Sprechtrompete gerufene Kommandos zum Setzen klar.

Über das glitzernde Wasser hinweg sah Herrick, daß auf der *Nicator* die gleiche Betriebsamkeit herrschte. Er freute sich, daß das Geschwader bald wieder in alter Geschlossenheit segeln würde. Zum letzten Mal? Es fiel ihm schwer, sich nach den vielen Kriegsjahren einen Frieden vorzustellen.

Er wandte sich um, weil er Schritte kommen hörte, und gewahrte Bolitho mit Browne wie einen Schatten hinter sich. Sie begrüßten einander formell, und Herrick meldete: »Keine neuen

Anweisungen vom Flaggschiff, Sir. Der Anker ist kurzstag, und das Wetter scheint gut zu werden. *Ganymede* ist Ihrem Befehl entsprechend um acht Glasen ausgelaufen und geleitet das Postschiff *Thrush* auf See hinaus.« Er beobachtete Bolitho.

Aber dieser nickte nur. »Danke. Ich sah sie auslaufen. *Ganymede* wird lange vor uns zum Rest des Geschwaders stoßen.«

Herrick meinte: »Ich würde ja gern Adam Pascoes Gesicht sehen, wenn er erfährt, daß Sie überlebt haben. Ich weiß noch, wie *ich* auf diese Nachricht reagierte.«

Bolitho wandte sich nach dem anderen Vierundsiebziger um. Aber im Geist sah er die kleine *Thrush* wieder die Reede verlassen und nur Minuten nach dem Verstauen ihres Ankers die braunen Segel setzen. Wahrscheinlich hatte Belinda drüben ebenso nach der *Benbow* ausgespäht.

Der Signalfähnrich meldete: »*Nicators* Anker ist kurzstag, Sir!«

»Danke, Mr. Stirling. Bestätigen.«

Browne interessierte sich plötzlich intensiv für einen Matrosen, der neben ihm eine Leine teerte. Denn Herrick hatte höflich gefragt: »Ist alles zu Ihrer Zufriedenheit verlaufen, Sir?«

Bolitho musterte ihn ausdruckslos. »Das ist es, Kapitän Herrick.«

Plötzlich grinsten sie einander an wie Verschwörer, und Herrick fügte hinzu: »Ich wünsche Ihnen beiden viel Glück, Sir. Mein Gott, als ...«

»Klar, Sir!«

Wolfes rauhe Stimme ließ Herrick an die Reling eilen.

»Vorsegel los!« Dann deutete er nach oben. »Und Bramsegel los!«

Mit knallenden Segeln, ein Bild der Unordnung, wurde *Benbow* kurz vom Wind herumgedrückt; der füllige Rumpf tauchte in Lee tiefer ins Wasser, als sie unter dem Segeldruck krängte.

Aber dann: »Hol dicht die Brassen!« kam das Kommando. »Hievt, Leute, hievt!«

Jetzt wurde die Drehung kontrollierter, immer schneller schwangen der Uferstreifen und die dunstverhüllten Hügel vor dem Bug herum, bis der Master mit Ruder und Kompaß System in die Bewegung brachte.

Drüben legte sich *Nicator* in der auffrischenden Brise über und setzte mehr Segel. Ihre rote Nationalflagge und der Masttoppwimpel wehten fast dwars aus, als sie ihre Station neben dem

Flaggschiff einnahm.

»Die Spanier haben unsere Ankunft beobachtet«, resümierte Bolitho. »Jetzt können sie auch unseren Aufbruch weitermelden.« Er warf einen Blick zum Land hinüber, sah aber nur das stille kleine Zimmer vor sich und Belindas weiße Arme.

Er schritt nach Luv hinüber und lauschte dem Kommandogebrüll, dem Quietschen der Taljen und Blöcke, als Wind- und Schwerkraft auf die vielen Meilen laufenden Guts einzuwirken begannen.

Vorn am Bug war der Anker wieder sicher an seinen Kranbalken gekettet worden; Dodge, der Artillerieoffizier, bellte Anweisungen, während er mit seinen Männern die Laschings an jeder Kanone überprüfte.

Ein Bootsmannsmaat ließ am Niedergang eine Gräting aufriggen, auf der nachher der Delinquent für die Prügelstrafe festgebunden werden sollte. Dabei bewies er die gleiche Gemütsruhe wie der Gehilfe des Segelmachers, der weiter vorn einen Haufen Tuch durchsah. Alles war Routine und Drill; sie hielten das Schiff genauso fest zusammen wie Kupfer und Teer.

Allday verschwand mit seinem neuen Entermesser durch eine Luke unter Deck; wahrscheinlich wollte er es schärfen. Wem mochte jetzt wohl Alldays altes Entermesser gehören? überlegte Bolitho. Er hatte es mit solcher Wut in den Sand gestoßen, als sie gefangengenommen wurden. Allday schien Bolithos Blick zu spüren und wandte sich nach dem Achterdeck um. Mit einem kleinen Lächeln für Bolitho und Herrick tippte er grüßend an die Stirn.

Einige Midshipmen umstanden einen der Achtzehnpfünder auf dem oberen Batteriedeck und ließen sich von einem jüngeren Leutnant erklären, wie die Mannschaft bei Ausfall eines Kameraden die Positionen zu wechseln hatte, damit beim Laden und Abfeuern keine Verzögerung eintrat. Der Leutnant sprach mit besonders autoritärem Ton, denn er war sich der über ihm aufragenden Gestalt seines Admirals wohl bewußt. Bolitho mußte lächeln: Der Junge war kaum ein Jahr älter als die Kadetten, die er unterwies.

Aus dem Kombüsenschornstein stieg Rauch auf; dort unten machte der Koch wohl das Beste aus der knappen Frischnahrung, die er bei ihrem kurzen Gibraltaraufenthalt hatte ergattern können.

Während Bolitho so das Gewimmel an Deck beobachtete, das ihn an einen Marktplatz erinnerte, fiel ihm wieder der Rat des Vizeadmirals ein, sich seinem Rang entsprechend fernzuhalten und nicht in die Angelegenheiten niedriger Dienstgrade einzugreifen.

Der Bootsmannsmaat rannte an Bord herum und übertönte mit seiner schrillen Pfeife die Geräusche von Wind und Wellen.

»Alle Mann! Alle Mann an Deck als Zeugen der Bestrafung!«

Herrick stand an der Reling, die Kriegsartikel unter den Arm geklemmt und das Kinn tief in sein Halstuch gedrückt, während Matrosen und Seesoldaten in Scharen nach achtern strömten. Bolitho kehrte zur Hütte zurück. Ich kann mich aber nicht fernhalten, dachte er. Es läßt sich nun mal nicht ändern, daß ich mich selbst betroffen fühle.

Browne folgte ihm durch den halbdunklen Gang, an dem steifen Wachsoldaten vorbei in die Kajüte und schloß die Tür.

»Kann ich etwas für Sie tun, Sir?«

Bolitho reichte Ozzard seinen Uniformrock und lockerte Hemdkragen und Halstuch.

»Ja, Oliver. Schließen Sie das Oberlicht.«

Sicher war Strafe notwendig, aber das Klatschen, mit dem die neunschwänzige Katze auf den nackten Rücken eines Mannes niedersauste, war ihm deshalb nicht weniger verhaßt. Er ließ sich auf die Heckbank sinken und starrte zur *Nicator* hinüber, deren hoher Umriß nach der Wende dem Flaggschiff gehorsam auf dem neuen Schlag folgte.

»Ihr Sekretär wartet mit Papieren, die offenbar Ihre Unterschrift erfordern, Sir«, meldete Browne. »Soll ich ihn wegschikken?«

Bolitho seufzte. »Nein, lassen Sie Yovell vor. Ich kann die Abwechslung brauchen.«

Über ihnen hob und senkte sich die Peitsche im hellen Sonnenlicht über dem Rücken des ersten Delinquenten. Die Mannschaft sah mit leeren Blicken zu, und nur die näheren Freunde des Bestraften wandten die Augen ab, vielleicht aus Scham.

Nach dem Strafvollzug wurde die Gräting wieder abgebunden, die Leute wurden zum Mittagessen gerufen, das sie mit einem großen Krug Bier hinunterspülten.

Die beiden Delinquenten wurden ins Schiffslazarett hinuntergeschafft, wo man die Striemen auf ihren Rücken versorgte und ihr Selbstbewußtsein mit einer großen Portion Rum aus dem Giftschrank des Arztes wiederherstellte.

Bolitho saß an seinem Schreibtisch, endlich allein in der Kajüte, und hatte einen Bogen Briefpapier vor sich liegen. Der Brief würde sie vielleicht nie erreichen, aber das Schreiben half ihm, ihre Nähe zu spüren, während immer mehr Wasser sie trennte.

Er tauchte die Feder ein und begann zu schreiben:

›Meine geliebte Belinda, es ist erst wenige Stunden her, daß ich Dich verlassen mußte . . .‹

Oben an Deck wurde das Licht schwächer, als die Sonne kupferrot hinter die Kimm sank. Herrick besprach die Reffs für die Nacht und die Notsignale, denn das Land war schon außer Sicht geraten; hier draußen mochte jedes fremde Segel einem Feind gehören.

Schließlich war die *Benbow* ein Kriegsschiff und konnte auf die zarteren Gefühle ihrer Insassen keine Rücksicht nehmen.

XII Befehl vom Flaggschiff

Den Hut fest unter einen Arm geklemmt, betrat der Ehrenwerte Leutnant Oliver Browne die große Achterkajüte und blieb wartend stehen, bis Bolitho von seinen Papieren aufblickte.

»Ja?«

Brownes weltläufige Züge blieben unbewegt, als er meldete: »Segel in Nordwest gesichtet, Sir.« Aus Erfahrung wußte er, daß Bolitho den Ruf aus dem Ausguck längst gehört hatte.

»Danke.«

Bolitho rieb sich die müden Augen. Sie hatten über eine Woche gebraucht, um den Treffpunkt mit dem Rest des Geschwaders zu erreichen. Zwei schnellen Segeltagen mit frischem achterlichem Wind waren schlechtere Tage gefolgt, in denen immer wieder Segel und Rahen neu getrimmt werden mußten, weil der Wind umsprang; unzählige Male mußten die müden Toppsgasten aufentern, um in einer plötzlichen Sturmbö die Segel zu kürzen, und kaum waren sie unten an Deck, hieß es wieder aufentern zum Ausreffen, weil der Wind nachgelassen hatte.

Ihr Kurs hatte sie erst nach Westen auf den Atlantik hinaus geführt und dann nach Norden, an der Küste Portugals entlang. Ab und zu hatten sie ein fremdes Schiff gesichtet, aber wegen der Schwerfälligkeit der beiden großen Linienschiffe und wegen der großen Entfernung war nähere Rekognoszierung unterblieben.

Jetzt warf Bolitho seinen Stechzirkel aus Messing auf die Seekarte und erhob sich. »Was für ein Schiff könnte das sein?«

Und welche Neuigkeiten würden ihn bei seinem kleinen Geschwader erwarten? *Ganymede* sollte inzwischen mit jedem der patrouillierenden Schiffe Kontakt aufgenommen und angekündigt haben, daß die Flagge des Konteradmirals bald wieder über dem Geschwader wehen würde.

»Angeblich eine Fregatte, Sir«, antwortete Browne.

Ihre Blicke trafen sich. Das ließ auf *Phalarope* schließen, es sei denn, sie hatten ein französisches Schiff vor sich, das unbemerkt durch die Blockade geschlüpft war.

»Darf ich mich erkundigen, welches Ihre Pläne sind, Sir?« forschte Browne.

»Zuerst werde ich mit Emes sprechen.«

Im Geist hörte er noch Herricks Worte: ›Überlassen Sie ihn mir, Sir. Ich erledige ihn ein für allemal.‹ Herrick war zwar loyal, aber voreingenommen. Und wie mochte Adam die Sache beurteilen? Schon zweimal hätte er beinahe einen frühen Tod gefunden, weil er den guten Namen seines Onkels verteidigte. Aber nein, Emes dünkte Bolitho nicht der Mann, der Adams Karriere opfern würde, um seinen eigenen Hals aus der Schlinge zu ziehen. Vor einem Kriegsgericht allerdings waren schon die unvermutetsten Wendungen eingetreten.

Draußen hörte er Herricks Schritte näher kommen; Ozzard beeilte sich, ihm die Lamellentür zu öffnen, und Bolitho bat Browne, sie allein zu lassen.

Herrick stürzte in die Kajüte und nahm kaum wahr, daß der Flaggleutnant an ihm vorbei hinauseilte.

»Nehmen Sie Platz, Thomas«, wies Bolitho ihn an. »Und beruhigen Sie sich.«

Noch geblendet vom gleißenden Sonnenlicht, sah Herrick sich nervös in der Kajüte um.

»Ich mich beruhigen, Sir? Das ist viel verlangt.« Er verzog das Gesicht. »Es ist doch tatsächlich *Phalarope.*« Fragend hob er die Augenbrauen. »Das überrascht Sie nicht, Sir?«

»Nein. Während unserer Abwesenheit hatte Kapitän Emes hier das Kommando. Er ist ein erfahrener Kommandant. Wäre da nicht sein früheres Mißgeschick, hätte sein Verhalten bei der Ile d'Yeu kaum Kritik ausgelöst. Nicht einmal von Ihnen, Thomas.«

Herrick rutschte auf seinem Stuhl herum. »Das bezweifle ich.«

Bolitho trat zu den Heckfenstern und beobachtete die Möwen,

die über dem Kielwasser kreisten; der Koch hatte wahrscheinlich Abfälle über Bord geworden.

»Ich brauche jeden erfahrenen Offizier, Thomas. Wenn einer davon versagt, dann trifft seinen Kommandanten die Schuld. Und wenn ein Kommandant sich als zu schwach erweist, dann liegt die Verantwortung dafür beim Admiral.« Er lächelte säuerlich. »In Emes' Fall also bei mir.« Er hob die Hand. »Nein, lassen Sie mich ausreden, Thomas. Viele Offiziere meines Geschwaders sind noch unerfahren. Wenn sie bisher auf zornigen Widerspruch stießen, dann kam er von keinem höheren als dem Master oder dem Ersten Offizier. Habe ich recht?«

»Kann schon sein, Sir.«

Bolitho lächelte. »Das ist nicht gerade eine begeisterte Zustimmung, Thomas, aber für den Anfang reicht's. Wenn wir, wie es meine Absicht ist, diese französischen Schiffe angreifen und vernichten wollen, werde ich von meinen Kommandanten das Äußerste verlangen müssen. Inzwischen steht fest, daß wir auf Verstärkung nicht hoffen können, auch Sir John Studdart hatte keine Anweisung, eines seiner eigenen Schiffe zu unserer Unterstützung abzustellen.« Bolitho bemühte sich gar nicht erst, die Verbitterung in seinem Ton zu verbergen. »Nicht mal ein armseliges Mörserboot!«

Oben an Deck erklang Wolfes durch den Schalltrichter verstärkte Stimme, gefolgt vom Klappern der Blöcke und Knirschen der Fallen, als die Männer seinen Befehlen nachkamen.

Herrick erhob sich. »Wir gehen auf den anderen Bug, Sir.«

»Lassen Sie sich nicht aufhalten, Thomas. Wenn Sie so weit sind, drehen Sie bitte bei und rufen Sie Kapitän Emes an Bord. Er wird schon damit rechnen.«

»Trotzdem glaube ich . . .« Herrick verschluckte den Rest und grinste bedauernd. »Aye, aye, Sir.«

Kurz darauf erschien Browne wieder in der Kajüte und meldete: »Wir signalisieren *Phalarope,* daß der Kommandant an Bord des Flaggschiffs erwartet wird.« Seine Stimme klang verwundert. »Ich hätte gedacht, daß Sie auch Ihren Neffen kommen lassen, Sir?«

»Ich möchte ihn sehr gern sehen.« Bolitho blickte zu den Decksbalken auf, als oben nackte Füße über die Planken hasteten. »Und ich komme mir schäbig vor, weil ich mich seiner bediene.«

»Inwiefern bedienen Sie sich Pascoes, Sir?«

»Emes ist Kommandant der *Phalarope* und kann entscheiden, ob er als freundliche Geste mir gegenüber seinen Ersten Offizier mitbringt oder nicht. Tut er es nicht, beherrscht er das Feld allein und hat keinen Widerspruch zu befürchten, zumal er der erste Kommandant ist, den ich hier anhöre. Andererseits – wenn er meinen Neffen mitbringt, riskiert er, daß Adam gegen ihn spricht.«

Brownes Gesicht hellte sich auf. »Das ist ein kluger Schachzug, Sir.«

»Man lernt dazu, Oliver. Auch wenn's schwerfällt.«

Das Deck krängte stark und die Rahen ächzten, als die *Benbow* schwerfällig beidrehte. Achteraus sah Bolitho die *Nicator* Segel kürzen und etwas zurückfallen, um besser über ihre Begleitschiffe wachen zu können.

Browne meldete sich ab. »Ich gehe an Deck, Sir.«

»Ja. Halten Sie mich auf dem laufenden.«

Mit der Hand schon auf der Klinke, sagte Browne zögernd: »Und wenn Kapitän Emes Sie enttäuscht, Sir...«

»Dann expediere ich ihn mit dem nächsten Schiff vors Kriegsgericht. Wie ich schon zu Kapitän Herrick sagte, brauche ich dringend jeden guten Offizier, aber ich schicke *Phalarope* lieber unter dem Kommando eines Kadetten gegen den Feind, als noch mehr Menschenleben zu opfern, weil ich den guten Onkel spielen will!«

Browne nickte zufrieden und trollte sich.

Als er blinzelnd ins Sonnenlicht trat, fiel Herrick über ihn her: »Und womit vertreiben *Sie* sich die Zeit, Mr. Browne?«

»Ich war beim Admiral, Sir. Er hat mir seine Einschätzung der Lage dargelegt, Punkt für Punkt, wie ein Maler ein Bild komponiert.«

»Hm.« Herrick wandte sich der alten Fregatte zu, die jetzt mit backstehenden Segeln in den Wind drehte, um ein Boot auszusetzen. »Hoffen wir, daß niemand den Rahmen zerbricht, ehe das Bild fertig ist«, fügte er trocken hinzu, und als er Brownes überraschtes Gesicht gewahrte: »O ja, Mr. Browne mit e, auch andere Leute haben Grips im Kopf, müssen Sie wissen.«

Browne verkniff sich ein Grinsen und ging nach Lee hinüber, als Major Clinton, dessen Gesicht fast so rot war wie sein Uniformrock, auf Herrick zumarschiert kam und fragte: »Ehrenwache, Sir?«

»Ja. Lassen Sie sie an der Pforte antreten, immerhin ist er Kapitän.« Er wandte sich ab und murmelte wie zu sich selbst: »Jedenfalls noch.«

Der Midshipman der Wache rief: »Boot hat abgelegt, Sir!«

Browne hastete in die Poop und fand Bolitho an den Kajütfenstern stehen, als hätte er sich die ganze Zeit nicht bewegt.

»Die Gig der *Phalarope* legt gleich an, Sir.« Er sah, daß Bolithos auf dem Rücken verschränkte Hände sich verkrampften. Leise setzte er hinzu: »Kapitän Emes wird von Ihrem Neffen begleitet, Sir.«

Er hatte irgendeine Reaktion erwartet, aber Bolitho antwortete scheinbar zusammenhanglos: »Für mich waren Stabsoffiziere früher so etwas wie halbe Götter. Sie schufen Sachlagen und trafen Entscheidungen, während wir als Wesen niedrigerer Ordnung lediglich zu gehorchen hatten. Aber jetzt weiß ich es besser. Vielleicht hatte Vizeadmiral Studdart doch recht.«

»Sir?«

»Ach, nichts. Ozzard soll meinen Rock bringen. Wenn ich mich schon mit mir selbst im Widerstreit befinde, wird es Emes bestimmt noch sehr viel schlimmer ergangen sein. Also wollen wir es hinter uns bringen, ja?«

Das Schrillen der Pfeifen, das Stampfen der Ehrenwache an der Schanzkleidpforte drang in die Kajüte.

Als Ozzard ihm in den schweren Galarock half, fiel Bolitho plötzlich wieder das erste Schiff ein, das er befehligt hatte: wie klein, eng und intim war dort alles an Bord! Aber schon damals war er der Meinung gewesen – und daran hatte sich nichts geändert –, daß es die kostbarste Gabe war, die einem Menschen jemals zuteil werden konnte, wenn er ein Schiff anvertraut bekam.

Aber jetzt wurden die Schiffe von anderen befehligt, und er mußte sie alle führen und über ihr Geschick bestimmen. Was auch geschehen mochte, er wollte niemals vergessen, was sein erstes Schiff für ihn bedeutet hatte.

Browne meldete: »Kapitän Emes von der *Phalarope,* Sir.«

Bolitho trat hinter seinen Schreibtisch. »Ich brauche Sie nicht mehr, Oliver.«

Hätte Bolitho Kapitän Emes an Land oder in anderer Umgebung wiedergesehen, er hätte ihn wahrscheinlich nicht erkannt. Emes hielt sich immer noch sehr gerade, als er jetzt vor dem Tisch stand, den Hut unter den Arm geklemmt, eine Hand fest – zu fest

– um den Säbelgriff gekrampft. Aber trotz der langen Wochen vor Belle Ile, bei schönstem Wetter, war Emes leichenblaß. In dem vom Wasser reflektierten Sonnenlicht leuchtete seine Haut wächsern. Er zählte erst 29 Jahre, sah aber um zehn Jahre älter aus.

»Nehmen Sie Platz, Kapitän Emes«, begann Bolitho. »Dies ist ein informelles Gespräch, ich muß Sie aber darüber informieren, daß Sie im günstigsten Falle eine Untersuchung zu erwarten haben, im schlimmsten Falle . . .« Er hob die Schultern. »Jedenfalls würde ich dann eher als Zeuge auszusagen haben denn als Ihr Vorgesetzter oder als Beisitzer.«

Emes ließ sich vorsichtig auf die Stuhlkante nieder. »Jawohl, Sir. Ich verstehe.«

»Das möchte ich bezweifeln. Aber bevor ich etwas unternehme, muß ich Ihre eigene Version der Ereignisse am Morgen des 21. Juli erfahren, als *Styx* unterging.«

Emes gab seine Erklärung langsam und überlegt ab, als hätte er für diesen Augenblick schon oft geprobt. »Ich fand mich mit meinem Schiff in der günstigen Lage, einerseits die von See herankommenden französischen Einheiten sehen zu können, andererseits auch die Streitmacht, die Sie mit *Styx* unter Beschuß nehmen wollten. Da der Feind den Windvorteil hatte, kam ich zu dem Ergebnis, daß uns nicht genug Zeit blieb, zunächst die französischen Landungsboote zu vernichten und uns anschließend rechtzeitig freizukreuzen. Wie befohlen, hielt ich mein Schiff deshalb in Luv, um notfalls . . .«

Bolitho beobachtete Emes ohne jede Regung. Es würde nicht schwer sein, ihn als Feigling abzustempeln, aber ebenso leicht überkam ihn Mitleid für den Mann.

Er unterbrach Emes mit einer Zwischenfrage: »Als *Styx* mit dem Wrack kollidierte, wie verhielten Sie sich?«

Emes sah sich um wie ein Tier in der Falle. »*Styx* hatte keine Überlebenschance. Ich sah sie in voller Fahrt auflaufen, ihre Masten kamen von oben, sie reagierte nicht mehr aufs Ruder. Sie war vom ersten Augenblick an, wie klar ersichtlich, ein Totalverlust. Ich – ich wollte zuerst alle Boote aussetzen und retten, was es noch zu retten gab. Es fällt schwer zuzusehen, wie Menschen sterben.«

»Aber genau das haben Sie getan.« Bolitho war selber überrascht, wie neutral seine Stimme klang; weder Hoffnung noch Mitleid lag darin.

Emes' Blick zuckte zu ihm hinüber, bevor er wieder gehetzt durch die Kajüte wanderte.

Gepreßt sagte er: »Ich war der ranghöchste Kommandant auf dem Schauplatz, Sir. Da ich nur *Rapid* mit lediglich vierzehn Kanonen zur Unterstützung hatte, sah ich für ein Rettungsmanöver keine vernünftige Chance. Die feindlichen Schiffe, die unter vollen Segeln mit achterlichem Wind heranstürmten – ein Linienschiff und zwei Fregatten –, hätten *Phalarope* mit Sicherheit überwältigt. Was hätte ein so altes Schiff wie sie erreichen können? Es wäre ein sinnloses, blutiges Opfer gewesen. Und *Rapid* wäre ebenfalls dem Feind in die Hände gefallen.«

Bolitho sah an Emes' gequälten Zügen, daß er seine Entscheidung von damals mit all ihren Emotionen noch einmal durchlebte.

»Als ranghöchster Offizier hatte ich auch Verpflichtungen gegenüber Kapitän Duncan von *Sparrowhawk*. Er war über das Geschehen nicht im Bilde. Auf sich allein gestellt, wäre er als nächster Beute der Franzosen geworden. Das ganze Teilgeschwader wäre vernichtet worden, und der Hintereingang zur französischen Küste hätte eine Zeitlang weit offengestanden.« Er blickte auf seinen Hut hinab, den er so fest gegen seine Knie preßte, als könne er Kraft daraus ziehen. »Deshalb beschloß ich, mich aus dem Gefecht zu lösen, und befahl *Rapid* das gleiche. Danach habe ich den Patrouillendienst und die Blockade der französischen Häfen wie befohlen fortgesetzt. Nachdem *Ganymede* zu uns gestoßen war, konnte ich die Lücke schließen, die der Verlust von Kapitän Neales Schiff hinterlassen hatte.« Mit gramvollen Augen blickte er auf. »Sein Tod hat mich sehr betroffen gemacht.«

Damit ließ er wieder den Kopf sinken und schloß: »Das ist alles, was ich dazu zu sagen habe, Sir.«

Bolitho lehnte sich in seinem Stuhl zurück und musterte Emes nachdenklich. Der Mann hatte weder um Milde gebeten noch um Entschuldigung für sein Verhalten.

»Und nun, Kapitän Emes: Bedauern Sie diese Entscheidung?«

Emes zuckte die Achseln, eine Bewegung, die den ganzen schmächtigen Mann zu schütteln schien. »Um die Wahrheit zu sagen, Sir, das weiß ich nicht. Ich war mir bewußt, daß ich meinen vorgesetzten Stabsoffizier seinem Schicksal auslieferte, indem ich *Styx* und ihre Überlebenden sich selbst überließ. Eingedenk meiner problematischen Personalakte hätte ich vielleicht alle Vernunft über Bord werfen und kämpfend untergehen sollen. Seither bin ich Offizieren begegnet, die aus ihrer Mißbilligung meines Verhaltens kein Hehl machen. Auch als ich an Bord der *Benbow* kam, schlug mir Feindschaft entgegen, und es wird genug Kameraden geben, die mich vor Ihnen verdammen. Also ein Kriegsgericht?« Mit einem Anflug von Trotz hob er den Blick. »Ich nehme an, das war unvermeidbar.«

»Aber Sie sind der Ansicht, daß Ihre Lordschaften schlecht beraten wären, wenn Sie vor Gericht gestellt würden?«

Emes kämpfte mit seinem Gewissen, als sei es ein Wesen außerhalb seiner selbst. »Nichts wäre leichter, als an Ihre Gnade zu appelieren, Sir. Schließlich hätten Sie schon in den ersten Minuten des Gefechts von einer verirrten Kugel getroffen werden können, dann wäre ich ohnehin der ranghöchste Offizier vor Ort gewesen. In diesem Falle hätte ich Neale befohlen, das Treffen abzubrechen und sich zurückzuziehen. Und wenn er mir nicht gehorcht hätte, würde nun ihm und nicht mir ein Gerichtsverfahren drohen.«

Bolitho stand auf und trat zu den Heckfenstern. Dort draußen, nur zwei Kabellängen entfernt, lag *Phalarope* beigedreht, und ihre vergoldeten Schnitzereien an der Heckgalerie glänzten in der Sonne. Was mochte sie von ihrem neuesten Kommandanten halten? Er sah Emes' Spiegelbild im Glas, seine straffe, aber irgendwie leblose Körperhaltung. Ein Mann, der die Umstände gegen sich wußte, aber dennoch nicht klein beigab.

Bolitho sagte: »Ich kannte John Neale gut. Er war Kadett auf meinem Schiff. Das gleiche gilt für Kapitän Keen von der *Nicator*, während Kapitän Inch, der sich uns mit seiner *Odin* in Kürze anschließen wird, früher einer meiner Leutnants war. Und es gibt noch viele Männer wie sie, die ich seit Jahren kenne, deren Entwicklung ich verfolgte und zusah, wie sie den Anforderungen der Kriegsmarine entsprachen oder ihnen zum Opfer fielen.«

Emes murmelte heiser: »Dann sind Sie vom Glück begünstigt, Sir, und um diese Freunde und ihre Haltung zu beneiden.«

Bolitho wandte sich um und studierte Emes eingehend. »Und natürlich ist da auch mein Neffe und Erbe. Ehemals Midshipman und jetzt Ihr Erster Offizier.«

Emes nickte. »Ich bin mir völlig klar darüber, daß er mir zürnt, Sir.«

Bolitho setzte sich wieder an seinen Schreibtisch und blickte auf den Stoß Papiere hinunter, die ihn nach dem Gespräch mit Emes in Anspruch nehmen würden. Nichts leichter, als Emes zu suspendieren, auch wenn kein geeigneter Ersatz für ihn aus England eintraf. Ein dienstälterer Leutnant, zum Beispiel einer wie Wolfe, konnte das Kommando bis auf weiteres übernehmen.

Und doch . . . Diese beiden Worte hingen fest wie Widerhaken.

»Für mich sind sie alle eine Stütze«, fuhr er fort, »während sie für Sie Hürden auf dem Weg nach oben bedeuten. Ihre Loyalität mir gegenüber bringt sie dazu, Sie zu verachten. Sogar mein Freund Kommodore Herrick, ein integrer und mutiger Mann, hat aus seinem Zorn von Anfang an kein Hehl gemacht. Immerhin hat er seine Beförderung, möglicherweise sogar sein Schiff auf den vagen Verdacht hin riskiert, daß er etwas über mein Schicksal erfahren könnte. Sie müssen also begreifen, daß Ihre anscheinend logische Verhaltensweise von anderen, die an diesem schrecklichen Morgen nicht einmal anwesend waren, sehr viel kritischer beurteilt wird.«

Nach einer Pause sagte Emes dumpf: »Dann gibt es keine Hoffnung mehr für mich, Sir.«

Wie still das Schiff schien, dachte Bolitho. Als ob alles den Atem anhielte. Er kannte solche Augenblicke aus Erfahrung, beispielsweise von der furchtbaren Meuterei im Spithead und der Nore. Ein einzelner Kanonenschuß oder die Kriegsgerichtsflagge waren dann Zeichen dafür, daß es um manchen tüchtigen Offizier genauso geschehen war, als hätte man ihn an der Großrah gehenkt oder durch die Flotte gepeitscht.

»Hoffnung gibt es immer, Kapitän Emes.« Bolitho erhob sich, und Emes sprang auf wie zur Urteilsverkündung. Er fuhr fort: »Ich jedenfalls halte Ihre Entscheidung für richtig, und immerhin war ich am Schauplatz des Geschehens.«

»Sir?« Emes schien zu schwanken und legte den Kopf schräg, als hätte ihn sein Gehör plötzlich in Stich gelassen.

»Inzwischen weiß ich, daß die drei französischen Schiffe gezielt herbeigerufen waren. Damals ahnte das jedoch keiner von uns. An Ihrer Stelle hätte ich mich genauso verhalten müssen wie Sie. In diesem Sinne werde ich meinen Bericht an Ihre Lordschaften abfassen.«

Emes konnte sekundenlang nicht den Blick von ihm wenden. »Ich danke Ihnen, Sir. Es fällt mir schwer, die richtigen Worte zu finden. Ich wollte mich wie ein Ehrenmann verhalten, aber dem stand alles entgegen, was ich wußte. Meine Dankbarkeit ist größer, als ich sagen kann. Sie ahnen nicht, was mir Ihr Wort bedeutet. Was die anderen von mir denken oder sagen, kann ich ertragen, sie sind mir nicht wichtig. Aber Sie ...« Er hob verlegen die Schultern. »Ich kann nur hoffen, ich hätte mich ebenso menschlich verhalten, wenn unsere Rollen vertauscht gewesen wären.«

»Also gut. Geben Sie mir einen ausführlichen Bericht über die Beobachtungen auf Ihren Patrouillen während meiner – äh – Abwesenheit, und wenn Sie *Rapid* sichten, signalisieren Sie ihr, daß sie so schnell wie möglich mit mir Fühlung aufnehmen soll.«

Emes befeuchtete sich die Lippen. »Jawohl, Sir.« Er wandte sich zum Gehen, zögerte aber noch.

»Na los, Kapitän Emes, heraus damit! Wir werden bald viel zu beschäftigt sein für Gegenargumente.«

»Nur noch eines, Sir. Sie sagten eben: ›Ich hätte mich genauso verhalten müssen.‹«

Bolitho runzelte die Stirn. »Sagte ich das?«

»Jawohl, Sir. Und ich danke Ihnen für dieses Wort. Aber da ich nun weiß, wie gut das Verhältnis zwischen Ihnen und Ihren Männern ist, fiel mir auf, daß ›müssen‹ das Schlüsselwort war. Sie sagten nicht: ›Ich hätte mich genauso verhalten.‹ Da ich vorher noch nicht das Glück hatte, unter Ihnen zu dienen, hat mir dieser feine Unterschied die Augen geöffnet.«

»Aber jetzt dienen Sie unter mir, Kapitän Emes«, antwortete Bolitho, »also lassen Sie es dabei bewenden.«

Als Emes ging, trat Browne lautlos und mit neugierig funkelnden Augen in die Kajüte.

Bedrückt sagte Bolitho: »Emes sollte hier Admiral sein, Oliver, nicht ich.« Dann schüttelte er sich und sah der Wahrheit ins Gesicht. Emes hatte recht gehabt. Vielleicht hatte er sich mit dem Wort ›müssen‹ unbeabsichtigt verraten. Denn insgeheim wußte er, daß er an Emes' Stelle ohne Rücksicht auf Vernunft der sinkenden *Styx* zu Hilfe geeilt wäre. Aber daß Emes sich richtig verhalten hatte, war ebenso wahr.

Browne räusperte sich diskret. »Ich merke schon, Sir, daß Sie einiges zu erklären haben werden.«

Er hielt die Tür für Bolitho auf, und in diesem Augenblick kam Pascoe im Sturmschritt durch den Vorraum geeilt.

Einige Augenblicke standen Onkel und Neffe sich nur wortlos gegenüber, dann brach es aus Pascoe hervor: »Ich kann dir gar nicht sagen, Onkel, mit welchen Gefühlen ich die gute Nachricht aufgenommen habe. Ich dachte ... Als wir nichts hörten ... Wir alle dachten ...«

Bolitho legte dem jungen Leutnant den Arm um die Schultern und führte ihn zu den Heckfenstern. Vor ihnen lag die leere See, da *Phalarope* schon abgefallen war und die Kimm freigegeben hatte.

Auch die Rangabzeichen eines Leutnants konnten nicht verhindern, daß Bolitho in Adam den jungen Midshipman wiedererkannte, der einst auf seiner alten *Hyperion* den Dienst bei der Kriegsmarine angetreten hatte. Sein schwarzes Haar, das er neumodisch kurz geschnitten trug, war noch immer so störrisch wie damals, und sein Körper fühlte sich so mager an, als brauche er sechs Monate der guten Küche von Falmouth, um wieder etwas Fleisch anzusetzen.

»Adam, du mußt wissen, daß ich von deiner Versetzung auf die *Phalarope* nicht gerade beglückt war«, begann Bolitho. »Obwohl ich zugebe, daß die Chance, mit einundzwanzig Jahren Erster Offizier zu werden, auch einen Heiligen in Versuchung führen könnte. Und ein Heiliger bist du wahrhaftig nicht. Kapitän Emes hat mir von Fortschritten deinerseits nichts berichtet, aber ich hege keinen Zweifel, daß ...« Er brach ab, weil Pascoe herumfuhr und ihn ungläubig anstarrte.

»Aber, Onkel! Hast du ihn etwa *nicht* abgesetzt?«

Bolitho hob die Hand. »Du bist mein Neffe, und wenn man mir die Pistole auf die Brust setzt, gebe ich zu, daß ich dich gerne mag ...«

Aber so leicht kam er diesmal nicht davon. Pascoe ballte die Fäuste, seine dunklen Augen blitzten, als er ausrief: »Er hat dich dem sicheren Tod ausgeliefert! Zuerst konnte ich es gar nicht glauben! Ich habe ihn angefleht, ich wäre vor ihm fast auf die Knie gefallen!« Heftig schüttelte er den Kopf. »Nein, Emes taugt nichts, weder für deine *Phalarope* noch für ein anderes Schiff!«

»Wie hat die Crew der *Phalarope* reagiert, als Kapitän Emes ihr befahl, auf den anderen Bug zu gehen und vom Feind weg zu laufen?«

Die Frage brachte Pascoe aus dem Konzept. »Sie gehorchten natürlich.« Er hob den Blick. »Einerlei! Sie kannten dich eben nicht so, wie ich dich kenne, Onkel.«

Bolitho packte den Jungen an der Schulter und schüttelte ihn sanft, aber eindringlich.

»Was du da sagst, macht dich mir noch lieber, Adam, aber du begreifst doch, daß es meinen Standpunkt rechtfertigt? Ganz genauso habe ich es gerade deinem Kommandanten erklärt.«

»Aber . . .«

Bolitho ließ Pascoe los und lächelte bedauernd. »Und jetzt spreche ich nicht als Onkel zum Neffen, sondern als Konteradmiral, der dieses Geschwader befehligt, zu einem meiner Offiziere, der noch dazu ziemlich vorlaut ist. Emes hat sich nach bestem Wissen verhalten. Er ließ sich von seiner Beurteilung der Lage auch nicht durch die Überlegung abbringen, daß die Leute ihn verdammen würden. Wir können den Charakter des Mannes an der Spitze nicht immer kennen und mögen, genausowenig wie ich noch den Vorzug genieße, das Gesicht jedes Seemanns oder Soldaten unter meinem Kommando zu kennen.«

»Das leuchtet mir ein.«

Bolitho nickte. »Gut. Ich habe genug Probleme, auch ohne daß du einen Privatkrieg mit deinem Kommandanten führst.«

Pascoe lächelte. »Das kommt schon in Ordnung, Onkel, ich verspreche es dir.«

Aber Bolitho war noch nicht zufrieden. »Ich meine es ernst, Adam. Emes ist dein Vorgesetzter, und du bist es ihm schuldig, dich mit ganzer Kraft und nach bestem Wissen für das Wohl des Schiffes einzusetzen. Solltest du fallen, darf zwischen der Besatzung und dem Kommandanten keine Kluft entstehen. Ein Erster Offizier hat die Brücke zu schlagen zwischen dem Achterschiff und dem Mannschaftslogis, und diese Brücke muß so fest sein, daß sie ihn überdauert. Sollte Emes fallen, muß die Besatzung dich als ihren Anführer akzeptieren und respektieren und nicht irgendwelche kleinlichen Streitereien aus der Zeit davor im Gedächtnis haben. Was ich sage, stimmt, Adam.«

»Sicherlich, Onkel. Trotzdem . . .«

»Herrgott, du wirst noch genauso stur wie Herrick. Und jetzt fort mit dir, zurück auf dein Schiff, und der Himmel sei dir gnädig, wenn ich drüben bei euch irgendwelche Laxheiten entdecke. Denn ich weiß nur zu gut, an wen ich mich dafür zu halten hätte!«

Diesmal grinste Pascoe übers ganze Gesicht.

»Danke, Onkel.«

Gemeinsam gingen sie aufs Achterdeck hinaus, wo Herrick in unbehaglichem Schweigen neben Kapitän Emes wartete.

»Der Wind frischt auf, Sir«, berichtete Herrick. »Darf ich vorschlagen, daß die Gig von *Phalarope* längsseits gerufen wird?« Er warf Emes einen schrägen Seitenblick zu. »Sollte mich nicht wundern, wenn ihr Kommandant so bald wie möglich auf sein Schiff zurückkehren möchte.«

Pascoes Blick glitt einmal zwischen den beiden hin und her, dann trat er forsch auf seinen Kommandanten zu.

»Vielen Dank, daß ich Sie begleiten durfte, Sir.«

Emes musterte ihn argwöhnisch. »Das war doch eine Selbstverständlichkeit, Mr. Pascoe.«

Bolitho wollte die enge Vertrautheit mit seinem Neffen noch einen Augenblick länger genießen.

»In Gibraltar habe ich Belinda Laidlaw getroffen«, berichtete er und spürte, wie ihm unter Pascoes überraschtem Blick das Blut ins Gesicht schoß. »Sie ist jetzt auf der Heimreise nach England.«

Pascoe lächelte. »Verstehe, Onkel – äh, Sir. Das wußte ich nicht. Es war sicher ein sehr erfreuliches Wiedersehen.« Sein Blick wanderte vergnügt von Bolitho zu Herrick.

Die Offiziere tippten zum Abschied grüßend an ihre Hüte, dann stieg Emes hinter Pascoe in die wartende Gig hinunter.

Wütend flüsterte Herrick ihnen nach: »Unverschämter junger Lümmel!«

Mit ernstem Gesicht wandte sich Bolitho ihm zu. »Weshalb, Thomas? Ist mir etwas entgangen?«

»Tja, äh, Sir, ich wollte sagen ...« Herrick verstummte verwirrt.

Über ihnen beugte sich Wolfes mächtige Gestalt vor. »Gestatten Sie, daß wir das Schiff wieder in Fahrt bringen, Sir?«

Bolitho nickte knapp. »Gestattet. Ich fürchte, dem Kommodore hat es die Sprache verschlagen.«

Damit schritt er nach Luv hinüber, während die Deckswache wieder einmal an die Brassen und Schoten eilte.

Bewölkung war aufgezogen, es herrschte ein kurzer, steiler Seegang. Möglicherweise braute sich Schlechtwetter zusammen.

Bolitho sah der Gig nach, die gerade ihr Anlegemanöver am Mutterschiff fuhr, und ließ Pascoes Worte in sich nachklingen: ›Ein sehr erfreuliches Wiedersehen.‹ Erriet er den wahren Sachverhalt, oder hatte er ihn nur necken wollen?

Eines stand jedenfalls fest: Pascoe freute sich für sie beide, und das machte die Dinge sehr viel leichter.

Die freudige Erregung, mit der Bolitho seine kleine Streitmacht wieder vereint hatte, wich allmählich nervtötender Langeweile, als die Tage sich zu Wochen dehnten, ohne daß etwas geschah. Durch Bolithos Anwesenheit wurde der Blockadedienst nicht kurzweiliger. Die öde Monotonie, mit der sie vor der feindlichen Küste auf und ab segelten, und das bei jedem Wetter, brachte es unausweichlich mit sich, daß Schlamperei und Aufsässigkeit einrissen; dies wiederum hatte häufigere Disziplinarmaßnahmen zur Folge.

Zweifellos beobachtete der französische Admiral von einem sicheren Aussichtspunkt an der Küste das Auftauchen und Verschwinden ihrer Segel an der Kimm, während er sich reichlich Zeit nahm, seine wachsende Invasionsflotte für ihren letzten und entscheidenden Durchbruch zum Ärmelkanal vorzubereiten.

Ganymede war näher an die Küste befohlen worden, um nach verankerten Schiffen Ausschau zu halten, wurde aber von zwei feindlichen Fregatten sehr schnell verjagt, die auf dem Höhepunkt eines Gewitters über sie herfielen. Das engmaschige Nachrichtennetz der Semaphoren funktionierte also nach wie vor einwandfrei.

Aber bevor er sich auf die offene See zurückgezogen hatte, war dem Kommandanten der *Ganymede* der ungewöhnlich starke Fischereiverkehr aufgefallen.

Gegen Ende der dritten Woche sichteten die Ausguckposten die Linienschiffe *Indomitable* und *Odin,* die von Norden her zu ihrem Geschwader stießen. Bolitho atmete auf. Denn er hatte einen nachdrücklichen Rückruf erwartet oder einen Befehl Ihrer Lordschaften, Herrick den Oberbefehl abzutreten und sich selbst auf den Heimweg zu machen. Es hätte bedeutet, daß Beauchamps Pläne aufgegeben wurden und *Styx* umsonst geopfert worden war.

Als die beiden Linienschiffe gravitätisch in Lee von *Benbow* ihre Stationen bezogen, säumten alle Männer der Freiwache die Reling und starrten neugierig hinüber, ob sie bekannte Gesichter entdeckten oder Neuigkeiten aus der Heimat erfuhren. Jede Kleinigkeit, die das traurige Einerlei des Blockadedienstes vertrieb, war hochwillkommen.

Bolitho stand mit Herrick an Deck, beobachtete den Austausch von Signalen und freute sich am vertrauten Anblick dieser stolzen Schiffe. *Odin* hatte er nicht mehr gesehen, seit sie vor Kopenhagen so grausam zusammengeschossen worden war; aber ohne Mühe konnte er sich das lange Pferdegesicht von Francis Inch, ihrem Kommandanten, vorstellen und wie er bei ihrem Wiedersehen vor Freude springen würde. Aber das mußte noch warten. Erst mußten Nachrichten ausgetauscht, Depeschen gelesen und beantwortet werden. Und außerdem hatte er gar keinen Anlaß, seine Kommandanten zusammenzurufen, dachte Bolitho, plötzlich ernüchtert.

Er nahm seinen gewohnten ungestörten Spaziergang auf dem Achterdeck wieder auf. Hin und her, hin und her marschierte er, und seine Füße stiegen dabei wie von selbst über Decksbeschläge und aufgeschossene Leinen hinweg.

Die Neuankömmlinge kürzten die Segel, und ein Beiboot mit einem dicken Postsack im Heck strebte auf die *Benbow* zu.

Als er sich genug Bewegung verschafft hatte, kehrte Bolitho in seine Kajüte zurück; ihm war seltsam melancholisch zumute, was vielleicht an der ersten Andeutung von Septemberfrost in der Luft lag oder auch an dem Mangel an Neuigkeiten. Bei rauhem Wetter war die Biskaya ein höllisches Seegebiet. Dann brauchte es mehr als tägliches Exerzieren, um die Besatzung alert und kampfbereit zu halten.

Also mußte bald etwas geschehen. Sonst hinderte der nahende Winter die Franzosen daran, ihre neue Invasionsflotte nach Norden zu verlegen. Aus demselben Grund mußten die Engländer dann ihre Blockadeschiffe von der gefährlichen Küste abziehen. Viel Zeit blieb nicht mehr.

Browne öffnete einen Briefumschlag nach dem anderen und stapelte die dienstlichen Schreiben auf der einen Seite, Bolithos private Post auf der anderen.

Schließlich faßte er zusammen: »Keine neuen Befehle, Sir.«

Das klang so heiter, daß Bolitho eine Zurechtweisung schon auf der Zunge lag. Aber er unterdrückte seinen Ärger. Es war nicht Brownes Schuld. Vielleicht hatte sein Geschwader von Anfang an nur Flagge zeigen sollen, weiter nichts.

Sein Blick blieb an einem Brief hängen, der auf dem Privatstapel ganz oben lag.

»Danke, Oliver.«

Er setzte sich und las ihren Brief ganz langsam, um nur ja nichts zu übersehen. Halb fürchtete er ein Wort des Bedauerns von ihr über das, was in Gibraltar zwischen ihnen geschehen war.

Aber ihre Worte streichelten ihn wie eine warme Sommerbrise. In Minutenfrist fühlte er sich seltsam erleichtert und entspannt, und sogar der alte Schmerz in seiner Schenkelwunde ließ nach.

Sie wartete auf ihn.

Entschlossen stand Bolitho auf. »Signal an *Phalarope,* Oliver, mit der Maßgabe, es an *Rapid* weiterzuleiten.« Belindas Brief in der Hand, schritt er ungeduldig in der Kajüte auf und ab.

Browne starrte ihn stumm an; dieser plötzliche Stimmungswechsel faszinierte ihn.

»Wachen Sie auf, Oliver!« schnappte Bolitho. »Sie wollten neue Befehle – gut, hier sind sie: *Rapid* wird angewiesen, die Umstände zu erkunden, unter denen ein Fischkutter gekapert werden könnte, und sofort Rückmeldung zu erstatten, wenn es soweit ist.«

Geistesabwesend hatte er sich mit dem Brief an die Lippen getippt und hob ihn jetzt an die Nase. Das war ihr Parfüm. Sie mußte ihn absichtlich parfümiert haben.

Browne, der hastig alles niedergeschrieben hatte, fragte: »Darf ich mich nach Ihren Absichten erkundigen, Sir?«

Bolitho grinste ihn an. »Tja, wenn sie nicht zu uns herauskommen wollen, müssen wir eben zu ihnen hinein!«

Browne erhob sich. »Ich lasse das Signal für *Phalarope* absetzen, Sir.«

Es würde ein großes Risiko bedeuten, einen dieser vielen Fischkutter abzufangen, die *Ganymede* beobachtet hatte. Aber wenigstens ließ sich das mit einer Handvoll Leute bewerkstelligen. Wenn sie entschlossen vorgingen und gut geführt wurden, mochten sie ihm den Schlüssel zu Konteradmiral Rémonds Hintertür verschaffen.

Browne war bald wieder zurück, auf seinem Rock glänzten Wassertropfen.

»Der Wind frischt weiter auf, Sir«, sagte er.

»Gut.« Bolitho rieb sich die Hände. Im Geist sah er, wie sein Signal von Schiff zu Schiff weitergegeben wurde, ebenso schnell und zuverlässig wie über die Semaphorentürme des Feindes. Der junge Kommandant der *Rapid,* Jeremy Lapish, war gerade erst vom Leutnant zum Kapitän befördert worden. Er galt als kühn und tüchtig. Bolitho dachte auch an seinen Neffen, von dessen Schiff das Signal weitergegeben wurde; Adam mochte sich schon als Anführer des Überfalls sehen, mochte vom Hauen und Stechen des Nahkampfs träumen.

Browne setzte sich und blickte auf die mit dem rosa Band der Admiralität zusammengehaltenen Depeschen nieder.

»Noch vor kurzem«, sagte er ernst, »waren wir Gefangene, und ich muß oft daran denken, daß wir Neale unseren Zusammenhalt verdanken. Sein Zustand machte uns solche Sorgen, daß wir gar nicht dazu kamen, um unsere eigene Sicherheit zu fürchten. Ich denke noch oft an ihn.«

Bolitho nickte. »Ich auch. Hoffentlich können wir bald etwas tun, auf das er stolz wäre.«

Der Wind wurde stärker und sprang um, die Farbe der See wechselte von Blau zu Grau, und die ferne Küste verschwand in der Abenddämmerung; das Geschwader bezog Station für die Nacht.

Tief unten im Orlopdeck der *Benbow* saßen Allday und Tuck, der Bootsführer des Kommandanten, zwischen den ächzenden Planken gemütlich beisammen und teilten sich eine Flasche Rum. Sein starkes Aroma und das schwankende Licht der pendelnden Laternen vernebelten ihre Köpfe, trotzdem fühlten sich beide zufrieden.

»Glaubst du, daß dein Admiral kämpfen wird?« fragte Tuck scheinbar zusammenhanglos.

»Natürlich wird er das, Frank.«

Tuck verzog das Gesicht. »Wenn ich 'ne Frau hätte wie er, würd' ich um die Franzosen lieber einen großen Bogen machen.« Bewundernd sah er Allday an. »Und du wohnst bei ihnen im Haus, wenn du an Land bist?«

Alldays Kopf pendelte mit den Schiffsbewegungen hin und her. Er sah wieder die grauen Steinmauern vor sich, die grünen Hekken von Falmouth. Und das Mädchen aus dem George Inn, das ihm ein- oder zweimal zu Gefallen gewesen war. Aber dann wurde ihr Bild von Polly verdrängt, Mrs. Laidlaws neuer Zofe; die war nun mal ein besonders niedlicher Käfer, daran gab's keinen Zweifel.

Er antwortete: »Das stimmt, Frank. Ich gehöre zur Familie.«

Aber Tuck war schon eingeschlafen.

Allday lehnte sich an einen großen Spant und fragte sich, warum er sich so verändert hatte. Früher hatte er immer ein Eigenleben geführt, getrennt von dem, das Bolitho ihm in Falmouth anbot.

Dann dachte er an das bevorstehende Gefecht. Tuck hatte ja keine Ahnung, wenn er glaubte, Bolitho würde vor den Franzosen kneifen. Jetzt schon gar nicht, nachdem sie von ihnen so viel zu erdulden gehabt hatten.

Nein, sie würden kämpfen; aber Allday war beunruhigt, daß er sich deshalb solche Sorgen machte.

Tuck stöhnte im Schlaf und murmelte: »Wassis los?«

»Halt's Maul, du Idiot.« Allday kam taumelnd auf die Füße. »Komm, ich helf dir, deine Hängematte aufriggen.«

In etwa acht Meilen Entfernung war ebenfalls unter einer pendelnden Laterne von Kampf die Rede: Kapitän Lapish, Kommandant der *Rapid,* erklärte seinem Ersten Offizier, der ebenso jung war wie er selbst, was er vorhatte.

Die Brigg rollte stark im rauhen Seegang, der vom Ebbstrom noch aufgebaut wurde, aber weder Lapish noch sein Leutnant bemerkten es. Lapish sagte gerade: »Ihnen ist jetzt klar, Peter, was das Signal vom Flaggschiff bedeutet, und Sie wissen auch, wonach Sie Ausschau zu halten haben. Ich setze das Boot so dicht unter Land ab, wie ich kann, und warte dann, mich gut von der Küste freihaltend, auf Ihre Rückkehr – mit Fischkutter oder ohne.« Er grinste den Leutnant an. »Haben Sie Angst?«

»So wird man schneller befördert, Sir.«

Wieder beugten sich beide über die Seekarte und stellten ihre Berechnungen an.

Der Leutnant hatte seinen Admiral noch nie gesprochen, hatte ihn nur einige Male aus der Ferne gesehen. Aber was machte das aus? Schon morgen mochte ein neuer Admiral den Oberbefehl haben. Der Leutnant warf seinen Säbel auf die Bank, wo bereits seine beiden Pistolen lagen. Und schon morgen konnte er selbst tot sein.

Wichtig waren nur die nächsten paar Stunden.

»Alles klar, Peter?«

»Aye, Sir.«

Sie lauschten nach draußen, wo die Gischt aufs Deck krachte. Scheußliche Nacht für einen Bootsausflug, aber genau richtig für das, was sie vorhatten.

Aber wie dem auch sei: Sie hatten ihren Befehl vom Flaggschiff.

XIII Keine Kämpfernatur

Mit eingezogenem Kopf polterte Leutnant Wolfe unter den niedrigen Decksbalken in die Kajüte, wartete ab, bis Bolitho und Herrick ihre Kursberechnungen auf der Karte fertig hatten, und meldete dann: »Signal von *Rapid,* weitergeleitet über *Phalarope,* Sir: ›Haben französisches Fischerboot gekapert, kein Alarm ausgelöst.‹«

Bolitho warf Herrick einen Blick zu. »Das war flotte Arbeit. Die Brigg führt ihren Namen offenbar zu Recht.« Und an Wolfe gewandt: »Signalisieren Sie *Rapid,* sie sollen die Prise zum Flaggschiff schicken. Je weniger neugierige Augen sie zu Gesicht bekommen, desto besser. Und sagen Sie Kapitän Lapish von mir: gute Arbeit.«

Nachdenklich rieb Herrick sich das Kinn. »Und es ist ohne Alarm abgegangen, wie? Lapish muß von dem schlechten Wetter gestern nacht profitiert haben. Hatte Glück, der junge Teufel.«

»So wird's gewesen sein«, sagte Bolitho bewußt neutral und beugte sich wieder über die Seekarte. Weshalb auch hätte er Herrick wissen lassen sollen, daß er fast die ganze Nacht wachgelegen hatte aus Sorge um *Rapid*? Schon *ein* sinnlos geopfertes Menschenleben wäre zuviel gewesen, das war ihm klar, seit *Styx* gesunken und Neale mit so vielen anderen gestorben war. Aber weshalb hätte er Herrick mit seinen Skrupeln beunruhigen sollen?

Statt dessen fuhr er mit dem Finger das große Dreieck auf der Seekarte nach. Ein Schenkel verlief in südöstlicher Richtung von der Belle Ile zur Ile d'Yeu; der zweite erstreckte sich vierzig Meilen weit nach Westen, und der letzte führte mit nördlicher Richtung wieder zur Belle Ile zurück: der Patrouillenkurs seiner drei Fregatten lag dem Land am nächsten, während die Linienschiffe sich weiter seewärts hielten, um eventuell durchgebrochene Franzosenschiffe abzufangen. Als Kundschafter und Kurier zwischen den englischen Einheiten fungierte die kleine *Rapid.* Lapish mußte sein erfolgreiches Stoßtruppunternehmen sehr genossen haben, denn damit bewiesen seine Männer, daß sie den Kameraden auf den schwerfälligeren Schiffen um Längen voraus waren.

Bolitho überlegte laut: »Die Franzosen müssen bald den ersten Zug machen. Also sollten wir unbedingt erfahren, was in den Küstengewässern vorgeht.« Er blickte auf, weil Browne die Kajüte betrat. »Der erbeutete Fischkutter wird zu uns geschickt. Ich möchte, daß Sie an Bord gehen und ihn genau untersuchen.«

»Darf ich einen Vorschlag machen, Sir?« fragte Browne.

»Natürlich.«

Browne trat an den Tisch. »Wie wir hörten, wurden schon seit Wochen Fischereifahrzeuge zusammengezogen. Das ist durchaus üblich, damit die Fischer unter dem Schutz französischer Wachboote ihrem Handwerk nachgehen können. Wenn Lapish ganz sicher ist, daß niemand die Kaperung des Fischkutters beobachtete, dann könnte das Boot doch mit einer ausgesuchten Crew wieder zur Küste zurücksegeln und ausspähen, was dort geschieht?«

Herrick stieß einen ungeduldigen Seufzer aus. »Aber klar, Mann! Genau das war doch von Anfang an geplant. Ich dachte, Sie hätten einen neuen Einfall?«

Browne lächelte nur milde. »Mit allem Respekt, Sir: Mein Vorschlag lautet, den Kutter mit unseren Leuten direkt zwischen die französische Fischereiflotte segeln zu lassen.«

Herrick schüttelte den Kopf. »Das wäre der reinste Wahnsinn. Noch innerhalb der ersten Stunde würden sie auffallen und geschnappt.«

»Nicht, wenn jemand an Bord fließend französisch spräche.«

Verzweifelt wandte sich Herrick an Bolitho. »Und wie viele solcher Sprachgenies haben wir an Bord?«

Browne räusperte sich. »Zunächst einmal mich, Sir. Und ich habe entdeckt, daß die beiden Fähnriche Stirling und Gaisford ein passables Französisch sprechen.«

»Also, mich trifft der Schlag!« Herrick konnte Browne nur anstarren.

»Gibt es denn eine Alternative?« fragte Bolitho bedächtig.

Browne zuckte die Achseln. »Keine, Sir.«

Wieder studierte Bolitho die Seekarte dieses Küstenstrichs, obwohl er inzwischen jede Untiefe, jede Bucht und die Entfernungen auswendig kannte.

Die Sache konnte klappen, weil sie so unvermutet kam. Wenn sie schiefging, wurden Browne und seine Männer gefangengenommen. Hatten sie sich verkleidet, bedeutete das den sicheren Tod für sie. Er dachte wieder an die kleinen Grabhügel unterhalb der Gefängnismauern, an die Kugeleinschläge in der Wand.

Browne war sein Zögern nicht entgangen, er sagte: »Ich würde es jedenfalls gern versuchen, Sir. Es kann uns weiterhelfen. Im Sinne von Kapitän Neale.«

Der Wachsoldat vor der Tür unterbrach sie mit dem lauten Ruf: »Midshipman der Wache, Sir!«

Midshipman Haines trat wie auf Zehenspitzen vor seine Vorgesetzten und meldete fast flüsternd: »Empfehlung des Ersten Offiziers, Sir, und die französische Prise kommt in Nordost in Sicht.«

Herrick funkelte ihn an. »Und das war alles, Mr. Haines?«

»N-nein, Sir. Mr. Wolfe läßt Ihnen noch sagen, daß der Kutter drei französische Soldaten an Bord hat.«

Der ahnungslose Junge hatte die wichtigste Information für den Schluß aufgehoben.

»Danke, Mr. Haines«, sagte Bolitho. »Kompliment an den Ersten Offizier, und er möchte mich informieren, wenn der Kutter näher kommt.«

Mit einem mal war alles sonnenklar. Bolitho erinnerte sich an die französischen Soldaten an Bord der anderen Fischkutter, damals an jenem schrecklichen Morgen, als *Styx* gesunken war. Vielleicht stellte die Garnison regelmäßig Soldaten für diese Aufgabe ab, schließlich war es nicht außergewöhnlich, daß sich Fischer und Schmuggler beider Seiten weiter draußen auf See trafen, um Nachrichten oder Schmuggelware auszutauschen. Es konnte nicht im Sinne von Konteradmiral Rémond sein, die Invasionsflotte durch unbedachtes Gerede verraten zu lassen.

Also drei französische Soldaten. Schon stellte Bolitho sich Browne in einer ihrer Uniformen vor, und als er seinem Adjutanten einen Blick zuwarf, sah er den gleichen Gedanken auf dessen Gesicht.

»Also gut. Durchsuchen Sie den Kutter und erstatten Sie mir Bericht. Danach ...« Sein Blick senkte sich auf die Karte. »Danach werde ich entscheiden.«

»Sie sind sich der Gefahr bewußt?« fragte Herrick.

Browne nickte. »Jawohl, Sir.«

»Trotzdem wollen Sie es tun?«

»Jawohl, Sir.«

Herrick hob verzweifelt die Hände. »Wie ich schon sagte: totaler Wahnsinn.«

Bolitho blickte von einem zum anderen. Sie waren beide so grundverschieden, aber beide ungeheuer wichtig für ihn. Er erhob sich. »Ich gehe an Deck, Thomas. Muß nachdenken.«

Herrick begriff sofort. »Ich sorge dafür, daß Sie nicht gestört werden, Sir.«

Als Bolitho auf dem Achterdeck auf und ab ging, versuchte er, sich an Rémonds Stelle zu versetzen. Er hatte ihn damals nur kurz gesprochen, aber trotzdem half ihm das beträchtlich. Der Feind hatte jetzt ein Gesicht, einen Charakter.

Bis der kleine Fischkutter an der Leeseite von *Benbow* längsseits ging, war die Abenddämmerung hereingebrochen; Browne stieg sofort hinunter, um ihn zu durchsuchen.

Während sich neugierige Seeleute in den Webeleinen und an der Reling drängten, stand Bolitho hoch oben über ihnen, war aber nicht weniger gespannt. Der Kutter war ein schäbiges Arbeitsboot mit geflickten Segeln und schmutzigem Deck und nicht viel länger als die Barkasse der *Benbow*. Er wirkte alles andere als heroisch und hätte jedem Bootsmann der Kriegsmarine nur ein verächtliches Schnauben entlockt.

Auf dem vergammelten Fahrzeug wirkte Browne mit seiner adretten, blau-weißen Uniform als starker Kontrast.

Das Beiboot kehrte mit einem blutjungen Leutnant zurück, in dem Bolitho den Anführer des Prisenkommandos vermutete. Als er am Fallreep die überhängende Bordwand der *Benbow* erkletterte und vor der Ehrenwache grüßend an seinen Hut tippte, schätzte Bolitho ihn auf höchstens neunzehn Jahre.

Wolfe wollte ihn in die Achterkajüte führen, aber Bolitho rief vom Hüttendeck: »Hierher!«

Der Leutnant mochte jung und vom Pomp des Flaggschiffs eingeschüchtert sein, aber seine Bewegungen waren selbstsicher und schwungvoll, als er nach oben lief: der Gestus des Siegers.

Grüßend meldete er: »Leutnant Peter Searle, Sir, von der Brigg *Rapid*.«

»Sie haben den Fischkutter gekapert, Mr. Searle?«

Der Leutnant wandte sich um und blickte auf das schäbige Arbeitsboot hinab. Zum erstenmal schien er es mit unbeteiligten Augen zu sehen.

Er berichtete: »Der Kutter ankerte etwas abseits von den anderen, Sir. Ich ließ zwei gute Schwimmer außenbords gehen und die Ankerleine durchschneiden, damit der Kutter mit dem Wind auf mein Boot zutrieb. In dieser Nacht hatten wir Sturm, und mein Boot nahm eine Menge Wasser über.« Er grinste in der Erinnerung, und damit verschwand die Anspannung aus seinem Gesicht. »Ich wußte, wir mußten diesen verdammten Fischkutter erobern – oder uns schwimmend auf die Suche nach *Rapid* machen.«

»Gab es einen Kampf?«

»Der Kutter hatte vier Soldaten an Bord, was ich vorher nicht wußte, Sir. Sie erschossen den armen Miller und schlugen Thompson bewußtlos, ehe wir die Oberhand gewannen. Das Ganze war schnell vorbei.«

»Ich bin stolz auf Sie.« Seltsam, er dachte an den toten Miller wie an einen alten Bekannten. »Und niemand hat Alarm geschlagen?«

»Nein, Sir, da bin ich mir ganz sicher.« Searle fügte noch hinzu: »Ich ließ die Leichen in der Dunkelheit über Bord gleiten, auch Miller. Vorher ließ ich sie mit Ballast beschweren, was so zur Hand war, damit sie schnell untergingen. Sie werden bestimmt nirgendwo angetrieben, um ihr Schicksal zu verraten.«

»Ich danke Ihnen, Mr. Searle.«

Aber der Leutnant sprach zögernd weiter. »Wie ich hörte, planen Sie, den Kutter gegen den Feind einzusetzen, Sir. Wenn dem so ist, möchte ich mich dafür freiwillig melden.«

»Wer hat Ihnen das erzählt?«

Unter Bolithos scharfem Blick errötete der junge Mann. »Ich – das habe ich vergessen, Sir.«

Bolitho mußte lächeln. »Macht nichts, ich kann es mir denken. Ich ernenne Sie mit Freuden zum Anführer der Kutterbesatzung. Offensichtlich sind Sie ein einfallsreicher junger Mann. Mit Ihnen und dem schon unheimlichen Talent meines Flaggleutnants, immer recht zu behalten, sollte die Aktion ein voller Erfolg werden.«

Beide wandten sich um, weil Herrick an Deck erschien. Bolitho informierte ihn: »Es geht heute abend los. Sagen Sie Major Clinton, daß ich vier seiner besten Scharfschützen mit der Prisenmannschaft losschicken will. Und einen guten Steuermannsmaat werden sie auch brauchen. Sorgen Sie dafür, daß uns Mr. Grubb den besten Mann gibt, den er hat, und nicht den, der sich am ehesten entbehren läßt.«

Herrick zog ein Gesicht, als wolle er protestieren, überlegte es sich aber anders.

Bolitho wandte sich wieder an den Leutnant. »Ich werde Ihnen noch Ihre Befehle geben, möchte Sie aber schon jetzt darauf aufmerksam machen, daß Ihre Sache hoffnungslos ist, wenn Sie in Gefangenschaft geraten.«

»Das weiß ich, Sir.« Er grinste vergnügt. »Auch alle meine

Leute sind Freiwillige.«

Wieder blickte Bolitho zum Fischkutter hinab. Jetzt wurde ihm manches klar. Er hatte sich Vorwürfe gemacht, weil er Menschenleben aufs Spiel setzte, aber dieser junge Teufel war ihm ehrlich dankbar dafür. Dankbar für die Chance, sich auszuzeichnen – eine der seltenen guten Gelegenheiten, auf die der junge Offizier sehnsüchtig wartete. War er in seiner Jugend nicht genauso gewesen? Er ordnete an: »Bringen Sie die Gefangenen an Bord und schicken Sie noch mehr unserer Leute hinüber, die Mr. Browne bei der Durchsuchung helfen können.« Mit einem Blick zum Himmel, der sich schon verdunkelte, und zu den Mastspitzen, die das letzte Tageslicht einfingen, fügte er noch hinzu: »Herrgott, Thomas, das Warten auf einen Eröffnungszug des Feindes hängt mir zum Halse heraus. Es wird Zeit, daß wir sie aus ihrem Bau scheuchen!«

Dann fiel ihm Allday auf, der auf dem Backbord-Seitendeck stand. Seltsam gespannt und wie erstarrt blickte er auf das Fischerboot hinab. Wenigstens blieb Allday die Teilnahme an diesem tollkühnen, riskanten Unternehmen erspart, dachte Bolitho.

Er wartete an Deck, bis die kleine Schar ihrer Gefangenen herbeigeschafft war, an der Spitze die drei französischen Soldaten. Hinter ihnen kam einer von Clintons Seesoldaten und trug mit angewidertem Gesicht eine blutige französische Uniform über dem Arm. Ihr vorheriger Besitzer hatte keine Verwendung mehr für sie.

Erst als es schon ganz dunkel war und die Schiffe für die Nacht Segel refften, kehrte Browne auf die *Benbow* zurück.

»Dieses Boot stinkt wie eine Kloake, Sir! Und die Mannschaft auch!«

»Haben Sie etwas gefunden?«

Browne nickte. »Der Kutter stammt aus Brest, nicht hier aus der Gegend. Wir hatten Glück. Ich habe den Skipper überzeugen können, daß wir ihn später laufenlassen, wenn er uns die Wahrheit sagt. Und daß er im anderen Fall von der Rah baumeln wird. Er hat mir glaubhaft versichert, daß hier ein ganzes französisches Geschwader stationiert ist – mit dem einzigen Auftrag, die Invasionsflotte zu schützen. Und es klang mir so, als sei Konteradmiral Rémond der Oberbefehlshaber.« Browne sah, daß Bolitho die Augen zusammenkniff. »Ich wußte ja, daß wir ihm noch einmal begegnen, Sir.«

»Ja. Wollen Sie immer noch an dieser Aktion teilnehmen, Oliver? Wir sind jetzt unter uns, also sprechen Sie offen. Sie kennen mich inzwischen gut genug, um zu wissen, daß ich es Ihnen nicht verübeln würde, wenn Sie es sich anders überlegten.«

»Ich möchte aber mitfahren, Sir, jetzt noch mehr als vorher. Vielleicht wegen Rémond und wegen *Styx* und auch, weil ich Ihnen dann endlich eine wirkliche Hilfe sein kann, statt Ihnen dauernd nur Depeschen zu reichen und Signale zu notieren.«

Bolitho berührte kurz seinen Arm. »Ich weiß es zu schätzen, Oliver. Danke. Aber jetzt müssen Sie sich fertigmachen.«

Als Browne davoneilte, trat Herrick zu Bolitho. »Er ist keine Kämpfernatur, Sir«, sagte er.

Überrascht und gerührt, daß Herrick sich um Browne zu sorgen schien, den er bisher immer nur kritisiert hatte, blickte Bolitho seinen Freund an. »Vielleicht nicht, Thomas. Aber er besitzt Mut, den er auch einmal beweisen muß.«

Herrick blickte stirnrunzelnd Wolfe entgegen, der mit einer Namenliste auf ihn zukam. »Verdammt, gibt es immer noch Unklarheiten?«

Lächelnd wandte Bolitho sich zum Gehen. Fast zu beiläufig sagte er noch: »Ich habe ein Signal an *Phalarope* abzusetzen. Das schreibe ich jetzt aus, damit es im ersten Tageslicht übermittelt werden kann.«

Dickfellig wie immer blickte Wolfe auf und erkundigte sich bei Herrick: »Gibt's Ärger, Sir?«

»Bin mir nicht sicher.« Herrick konnte seine Unruhe nicht verbergen. »Tausendmal lieber als dieses Katz-und-Maus-Spiel wäre mir das Krachen der Breitseiten in einem ehrlichen Gefecht.«

Wolfe mußte grinsen. »Sir, zu den Leuten, die zur Beförderung anstehen ...«

Die geflickten Segel steif wie Bretter, arbeitete sich der Fischkutter durch den rauhen Seegang; das Lee-Schandeck schnitt ständig unter.

Leutnant Searle, wie die meisten seiner Männer in Ölzeug und hohen Stiefeln, wie die Fischer sie trugen, befahl scharf: »Bleibt hoch am Wind, verdammt!«

Neben Searle balancierte Browne und kämpfte um sein Gleichgewicht, während das Boot unter ihm stampfte und bockte. In seinem französischen Soldatenrock mit dem weißen Brustriemen war er vollauf damit beschäftigt, seine Würde zu wahren.

Der Morgen dämmerte schon herauf, aber der Himmel blieb bewölkt, und hier unten wirkte die See sehr viel gefährlicher und wilder, als vom hohen Achterdeck der *Benbow* aus gesehen.

Sie hatten die Nacht durchgearbeitet, um das Boot für ihre Zwecke herzurichten; die ganze Fischereiausrüstung war über Bord gegangen. Aber gegen den Fischgestank ließ sich nichts unternehmen. Brownes einziger Trost war, daß er sich oben in frischer Luft aufhalten konnte, während die meisten seiner Männer sich in der stinkenden Fischlast zusammendrängen mußten.

Der Steuermann – Mr. Grubb hatte ihnen seinen Stellvertreter mitgegeben – an der Pinne warnte: »Feindliche Küste direkt voraus, Sir.«

Browne schluckte unwillkürlich. »Danke, Mr. Hoblin.«

Er mußte dem Mann blind vertrauen, denn sehen konnte er nichts; aber Grubb hatte ihm vor dem Ablegen versichert: »Mr. Hoblin hat die richtige Nase, Sir!«

Eiskalte Gischt flog übers Dollbord und klatschte auf Searles Kopf und Schultern nieder, der die Zähne zusammenbiß und hervorpreßte: »Ich bezweifle, daß die Franzosen so früh schon ein Wachboot patrouillieren lassen; die sind bestimmt nicht scharf auf ein kaltes Bad.«

Midshipman Stirling, der mit seiner roten Wollmütze eher wie ein Pirat aussah, fragte: »Wie dicht gehen wir ran, Sir?«

Browne konnte aus der Frage des Jungen keine Furcht heraushören. Sie klang eher ungeduldig, als könne er es nicht abwarten, daß endlich etwas geschah.

»So dicht wir es wagen.«

Searle meinte: »Wenigstens ist der Wind stetig: Nordost. Wenn wir unbemerkt unter die anderen Fischkutter gelangen, ist das Ärgste überstanden. Die Franzosen werden uns nicht anpreien, wenn sie erst Sie gesehen haben.« Er grinste. »Soldaten sind allen Fischern der Welt verhaßt, ebenso wie Zöllner, die Marine und sogar ein biederer Gendarm.«

Ein Seemann, der lang ausgestreckt im Bug lag und Ausschau hielt, rief heiser: »Zwei Boote an Steuerbord voraus!«

Hoblin ergänzte: »Fischkutter, ebenfalls unterwegs nach Hause.«

Die Besatzung eilte an Schoten und Fallen, aber Browne bremste sie: »Langsam, Männer! Ihr seid Fischer, nicht Matrosen der

Kriegsmarine. Also laßt euch Zeit!«

Grinsend stießen sie einander an, als sei alles nur ein Possenspiel.

Searle befahl: »Legt sie auf den anderen Bug! Aber haltet euch in Luv von den beiden.« Er wandte sich um, während die Segel laut zu killen begannen und sich auf dem neuen Schlag dann wieder mit Wind füllten. »Belle Ile muß nördlich von uns liegen.«

Der Steuermann nickte und schielte auf den Kompaß. »Höchstens zwei Meilen entfernt, Sir.« Niemand focht sein Urteil an, und das freute ihn. Schließlich war er bei weitem der Älteste an Bord.

»Verdammt, jetzt fängt's auch noch an zu regnen.«

Browne nickte unbehaglich und versuchte, die rauhe französische Uniform am Hals enger zusammenzuziehen. Fast noch schlimmer als der Fischgestank war der Geruch nach altem Schweiß, den ihr Vorbesitzer hinterlassen hatte.

Große, schwere Regentropfen fielen erst vereinzelt, dann zischend wie ein Hagelschauer und peitschten die Wasseroberfläche, das Boot und seine geplagten Insassen.

Browne stöhnte. »Ich werde nie wieder über Fisch lästern! Die Männer, die ihn fangen, verdienen jeden Penny, den sie dafür kriegen!«

Langsam und widerwillig kroch das erste Tageslicht durch die schwere Wolkendecke und die Regenschleier. Rundum nahmen immer mehr Boote Gestalt an. Sowie sie in Sicht kamen, verteilten sie sich, um in gebührendem Abstand voneinander die Netze auswerfen zu können.

Searle befahl: »Wir steuern weiter genau Ost.« An Browne gewandt, fügte er hinzu: »Damit behalten wir die Luvposition und kommen gleichzeitig näher ans Festland heran.« Durch den Regen starrte er Browne an. »Bald müssen wir ungefähr dort sein, wo *Ganymede* auf Sie stieß.«

»Ja.«

Browne wischte sich den Regen aus den Augen. Er konnte immer noch nicht darüber sprechen, außer mit Bolitho. Ihm fühlte er sich durch dieses schreckliche gemeinsame Erlebnis verbunden.

Dann spähte er zum Großmast mit seinem uralten, verschlissenen Rigg hinauf.

»Wie wär's mit einer Kletterpartie, Mr. Stirling?«

Der Midshipman zog seinen Gürtel enger. »Aye, Sir. Was soll

ich machen?«

»Gute Idee«, sagte Searle und klopfte Browne auf die Schulter. »Entern Sie auf, nehmen Sie Segelhandschuh und Nadel mit, als hätten Sie oben etwas zu reparieren. Obwohl ich bezweifle, daß die Fischer Teleskope an Bord haben.«

Stirling glitt behende am Mast in die Höhe und war oben bald scheinbar in seine Arbeit vertieft.

Corporal Coote, einer der vier Soldaten, die den Gestank und die Unbequemlichkeit der Fischlast aushalten mußten, reckte hoffnungsvoll den Hals, spähte übers Süll und blickte die beiden Leutnants fragend an.

»Na, Corporal?« erkundigte sich Browne.

»Wir haben in einer alten Kiste hier unten ein paar Weinflaschen gefunden, Sir.« Sein Gesicht war ein Bild reiner Unschuld. »Wenn wir im Einsatz sind, lassen uns die Offiziere sonst immer einen Schluck trinken.«

Browne nickte. »Ich nehme an, das geht schon in Ordnung.«

Aber der Steuermann an der Pinne fuhr mit lauter Stimme dazwischen: »Du bist dir wohl für keine Lüge zu schade, Coote! Ich weiß genau, was eure Offiziere erlauben und was nicht.«

Zerknirscht verschwand der Corporal außer Sicht, und Hoblin murmelte: »Vermaledeite Kommißköppe! Halten zu Gnaden, meine Herren, aber die würden einem Krüppel noch das Holzbein klauen, um Feuer damit zu machen!«

Browne warf Searle einen Blick zu und grinste. »Dabei hätte ich selber einen Schluck gebrauchen können.«

Searle wandte sich wortlos ab. Browne war zwar ranghöher als er, hatte aber offenbar nicht die harte Schule der unteren Decks durchlaufen – oder der Kasernen. Er lockerte den Säbel an seiner Seite. Das wäre ein schönes Ende ihrer Unternehmung gewesen, wenn sie mit einer Mannschaft, die zur Hälfte aus Betrunkenen bestand, auf den Feind gestoßen wären!

Er befahl: »Noch einen Strich höher an den Wind! Und haltet scharf Ausschau, alle!«

Soweit Browne sehen konnte, bestand die Fischereiflotte aus zirka dreißig Fahrzeugen. Geschickt hielt ihr Steuermann sie abseits von den anderen, während die Seeleute sich auf dem unordentlichen Deck mit Netzen und Taljen beschäftigten, als seien sic ihr Lebtag lang auf Fischfang gegangen.

»Ich sehe keine Soldaten, jedenfalls nicht an Deck.« Searle

schlug frierend die Hände gegeneinander. »Wenn ich's doch nur wagen könnte, ein Fernglas zu benutzen!«

Hoch über Deck hing Midshipman Stirling schwingend auf seinem luftigen Sitz, starrte zu den anderen Fischerbooten hinüber und ließ die Beine im Regen baumeln. Wie die meisten jugendlichen Seekadetten war er schwindelfrei. Er sah zu, wie der Regen sich vor dem Bug teilte und das Nachbarboot einhüllte, das etwa eine Kabellänge entfernt an Steuerbord segelte. Dabei täuschte er weiter Ausbesserungsarbeiten vor, obwohl er die Segelnadel gleich in den ersten Minuten auf seinem unsicheren Sitz verloren hatte.

Unter ihm sackte das Boot wieder in ein Wellental ab, und Stirling hörte einen Taljenblock quietschen, als er auf seinem Bootsmannstuhl wie ein Kartoffelsack gegen den Mast geschleudert wurde.

Und da sah er sie: Sie leuchteten selbst noch im grauen Morgenlicht, ihr Rigg und die gekreuzten Rahen glänzten vor Nässe.

»Backbord voraus, Sir!« rief er nach unten. »Fünf, nein, sechs Linienschiffe vor Anker!« Vor Aufregung hätte er fast gestottert.

An Deck wechselten Hoblin und die beiden Leutnants fragende Blicke. Der Steuermann sagte: »Vor zwei Tagen waren die aber noch nicht hier, Sir. Müssen heimlich von Lorient gekommen sein. Sonst wären sie gesichtet worden.«

Browne rief zu Stirling hinauf: »Noch mehr?«

»Kann ich nicht sagen, Sir. Drüben geht wieder eine Regenbö nieder. Aber ich bin fast sicher, daß dort noch kleinere Schiffe vor Anker liegen.«

Browne sah Searle an. »Das ist Rémonds Feuerwehr, möchte ich wetten. Seine schnelle Einsatztruppe.« Er packte seinen neuen Freund am Arm. »Seltsam. Wir wollten ja unbedingt rekognoszieren, aber jetzt, da wir sie entdeckt haben, ist der Schock groß.«

»Was nun?«

Browne starrte über die Gischt nach vorn. Stirling mußte gute Augen haben, dachte er. Denn er selbst konnte nichts anderes sehen als die endlos auf sie einstürmenden weißen Wellenkämme.

»Wir müssen zurück zum Geschwader. Konteradmiral Bolitho muß erfahren, daß die Franzosen von Lorient ausgebrochen sind.«

»Vorsicht, Sir!«

Ein Seemann deutete mit teerschwarzem Daumen auf einen Fischkutter dichtbei, der ihnen bisher nicht aufgefallen war. Jetzt aber befand er sich auf konvergierendem Kurs, und zwischen den Regenschleiern erkannte Browne an Bord zwei Uniformierte, schlimmer noch: ein Drehgeschütz im Bug.

Searle befahl heiser: »Weitersagen: nicht beachten!«

Browne bemerkte einen sofortigen Stimmungswechsel an Bord. Sogar Stirling oben hatte einen Arm um den Mast geschlungen, als wolle er in Deckung gehen.

»Zwei Strich abfallen!«

Hoblin murmelte: »Sinnlos. Der Hund hat uns gesehen.«

»Verdammt.« Searle blickte Browne an. »Was soll ich tun?«

Hoblin sagte: »Sie können uns den Weg abschneiden. Wir haben keine Chance.«

Browne starrte zum fremden Boot hinüber. Zwei weitere Uniformierte waren an Deck erschienen. Er erinnerte sich, daß auch in dem von ihnen erbeuteten Kutter vier Soldaten gewesen waren.

»Keine Chance zur Flucht«, sagte er. »Aber wir können kämpfen.«

Searle nickte. »Wenn wir sie entern und ausschalten, ehe sie diese Drehbasse zum Einsatz bringen, kommen wir vielleicht davon.« Er schüttelte sich. »Jedenfalls lasse ich mich nicht als Spion hängen!«

Hoblin verzog das Gesicht, als ein Strahl wäßrigen Sonnenlichts auf ihre Segel fiel, als wolle der Himmel ihr Boot an den Feind verraten.

»Wenn wir Sonne brauchen, regnet es! Und jetzt ist es genau umgekehrt, verdammt!«

Searle befeuchtete sich die Lippen. »Sie sind bald in Hörweite.« Ohne aufzublicken, rief er gedämpft: »Mr. Stirling – wenn ich den Angriffsbefehl gebe, kommen Sie blitzschnell runter. Korporal Coote – klar bei Musketen!«

In der Fischlast war Getrampel zu hören und dann Klappern, als die Seesoldaten ihre Waffen klarierten. Aufs Schießen verstanden sie sich, auch wenn es schlecht für sie aussah.

Browne rief hinunter: »Wenn wir das hinter uns haben, kriegen Sie so viel Wein, wie Sie wollen, Korporal!«

Seltsamerweise rief das wirklich Gelächter hervor.

»Sie stoppen auf, Sir.«

Browne sah, daß auf dem anderen Boot Segel weggenommen

wurden und ein Soldat nach vorn zum Geschütz ging. Aber das alles spielte sich ganz ohne Hast ab, und ein zweiter Soldat rauchte in aller Gemütsruhe seine Pfeife weiter, während er zusah, wie die Fischer die grobe Leinwand einrollten.

»Man ruft uns längsseits!« Hoblins Stimme klang, als spräche er durch die Zähne. »Alles klar, Sir?«

Searle blickte schnell zu Browne hinüber und rief dann: »Achtung, Jungs!«

Der Schatten des anderen Kutters glitt über die brechenden Seen näher und näher, und dann, als nur noch ein Dreieck Wasser zwischen den beiden Fahrzeugen lag, entstand drüben plötzlich Unruhe.

»Jetzt! Leeruder!«

Ruckartig schwang ihr Bug herum, und noch während die Seeleute an die Fallen rannten, um die Segel zu streichen, kollidierten die beiden Boote, rutschten ab und stießen wieder zusammen. Midshipman Stirling stürzte beim Niederentern fast zwischen die Rümpfe, denn Hoblin riß die Pinne schon wieder herum und bohrte den Steven ins Schanzkleid des Gegners.

Korporal Coote brüllte: »Fertigmachen! Ziel auffassen!« Die vier Musketenläufe ragten wie Lanzen über das Süll der Fischlast. »Feuer!«

Drüben beim Gegner fielen bei der ersten Salve vier Mann, darunter zwei Soldaten. Die Drehbasse schoß mit ohrenbetäubendem Krachen, aber der Mann, der die Abzugsleine gehalten hatte, war tödlich getroffen worden, weshalb die Kartätschenladung harmlos weitab ins Wasser schlug.

Schon hielten Wurfanker die Boote beisammen, und mit irrsinnigem Gebrüll, ihre Äxte und Entermesser schwingend, sprangen die englischen Seeleute auf das feindliche Deck, das bald mit roten Blutspritzern übersät war.

So laut er konnte schrie Searle: »Laßt sie abtreiben! Zurück an Bord, aber schnell, ihr Hunde!«

Denn er hatte Hoblins verzweifeltes Winken bemerkt. Jetzt sahen auch die anderen, die sich endlich von den toten Soldaten und verschreckten Fischern abwandten, die hohe Pryramide steifer Segel aus dem Dunst auf sich zukommen wie eine überdimensionale Raubfischflosse.

»Kappt die Leinen! Setzt Segel – schnell!«

Searle zerrte einen Seemann kopfüber an Bord, als die beiden

Kutter auseinanderdrifteten.

Vor Brownes Augen wurde aus dem Kampffieber wilde Panik, als sie sich verzweifelt bemühten, ihren Kutter wieder in Fahrt zu bringen. Ohne das Zusammentreffen mit dem anderen, auch mit Soldaten bemannten Boot hätten sie unentdeckt entkommen können.

Er wandte sich um und starrte achteraus, als ihr Kutter Fahrt aufnahm und wieder durch die Hacksee stampfte, diesmal in Richtung aufs offne Meer. Das Ganze hatte nur wenige Minuten gedauert. Und würde jetzt genauso schnell vorbei sein.

Ihr Verfolger fuhr eine präzise Halse, seine Rahen schwangen fast gleichzeitig herum, als er Kurs auf seine Beute nahm.

Hoblin sagte: »Eine französische Korvette. Hab hier in der Gegend eine Menge davon gesehen.« Er sprach so unbeteiligt und nur mit professionellem Interesse, als hätte er die Hoffnungslosigkeit ihrer Lage längst akzeptiert.

Die anderen Fischkutter waren in wildem Durcheinander davongesegelt, wie eine Stampede vor einem tollwütigen Hund.

Browne knöpfte den fremden Uniformrock auf und warf ihn über Bord. Das machte zwar keinen Unterschied mehr, aber danach fühlte er sich wohler. Er hörte Stirling ein Selbstgespräch führen, konnte aber nicht sagen, ob er betete oder sich Mut zusprach.

»Wieviel Zeit bleibt uns?«

Searle blickte ihn ruhig an. »Etwa dreißig Minuten. Ihr Kommandant wird versuchen, hinter uns vorbeizukommen. Er hat ein paar Untiefen an Backbord und wird sich so viel freien Seeraum wie möglich verschaffen wollen, ehe er zum Todesstoß ansetzt.« Auch er sprach ohne Wut oder Verbitterung.

Das französische Kriegsschiff war klein und wendig, vom Fischkutter aus gesehen wirkte es jedoch mächtig wie eine Fregatte. Die Korvette trug so viel Segelfläche, daß Browne den Eindruck gewann, ihr eigenes Boot stehe still. Während die Distanz zwischen ihnen schrumpfte, dachte er an Bolitho und die Information, die ihn nun nie erreichen würde.

Er blinzelte und begriff erst hinterher, daß ihnen vom Vorschiff des Franzosen eine Feuerzunge entgegengebleckt hatte. Dann kam der Knall und das kurze Pfeifen, als die Kugel an Steuerbord achteraus kurz aufsetzte und als Abpraller wie ein wild gewordener Derwisch davonzischte.

»Er nimmt Maß, Sir.«

Scharf befahl Searle: »Zwei Strich nach Steuerbord!«

Aber der Fischkutter reagierte viel zu langsam. Als die nächste Kugel abgefeuert wurde, schlug sie so nahe ein, daß eine Gischtfontäne die Männer eindeckte.

Korporal Coote lag der Länge nach an Deck und zielte mit seiner Muskete auf die Korvette. Schließlich sagte er angewidert: »Ich schaff's nicht. Aber wenn ich noch warte, kann ich vielleicht ein paar von ihnen mitnehmen.«

Midshipman Stirling rammte sich die geballte Faust zwischen die Zähne, als die dritte Kugel ihr Großsegel durchschlug und eine Kabellänge voraus mit hoher Fontäne in die See fuhr.

Searle meinte: »Sie wollen uns entmasten, damit sie uns lebend kriegen.« Er zog seinen Säbel. »Aber ohne mich.«

Das Katz-und-Maus-Spiel konnte nicht ewig dauern. Als die Küste und die Fischereiflotte achteraus immer weiter zurückblieben, mußte der Kommandant der Korvette begreifen, daß auf diese Weise zuviel Zeit verstrich.

Er änderte seinen Kurs um mehrere Strich nach Backbord, um drei seiner vorderen Kanonen zum Tragen zu bringen. Ehe er wieder auf den alten Kurs zurückging, feuerte jede Kanone einen sorgfältig gezielten Schuß ab; einer davon durchschlug die Gillung des Fischkutters wie ein gigantischer Rammbock.

Als Hoblin wieder auf die Füße taumelte, keuchte er: »Ruder reagiert noch, Sir!«

Aber Browne hörte Wasser gurgelnd und zischend in die Fischlast schießen. Es war der reine Wahnsinn, trotzig und jämmerlich zugleich.

Searle nickte ruckartig: »Also dann – Kurs halten!«

Wieder eine Detonation. Die Bugkanone der Korvette feuerte mit verheerender Wirkung. Ein Seesoldat, der dem Matrosen mit der Fock hatte helfen wollen, drehte sich wie ein Kreisel um die eigene Achse, als die Kugel ihm ein Bein abriß, dann zwei weitere Seeleute niedermähte und sie in eine blutige, formlose Masse verwandelte. Holzsplitter sausten wie tödliche Geschosse durch die Luft, und der Rumpf sackte so tief ins Wasser, daß es ein Wunder war, wenn sie überhaupt noch Fahrt machten.

Voll Schmerz und Abscheu starrte Browne auf den sterbenden Seesoldaten hinunter. Wie er würden sie alle viehisch niedergemetzelt werden. Was hatte das für einen Sinn? Was ließ sich damit beweisen?

Wieder stieg eine Gischtfontäne dicht am Schandeck in die Höhe. Midshipman Stirling wirbelte herum, eine Hand um den anderen Oberarm gekrampft, aus dem ein Splitter wie ein riesiger Federkiel ragte.

»Ist nichts weiter, Sir«, keuchte er; dann sah er das Blut zwischen seinen Fingern hervorrinnen und fiel in Ohnmacht.

Browne blickte Searle an. »Wir können sie nicht so sinnlos sterben lassen!«

Korporal Coote taumelte heran und deutete durch den Wasserdampf des letzten Schusses. »Vielleicht müssen wir das gar nicht, Sir.«

Browne fuhr herum und starrte ungläubig hinüber. Er konnte es nicht fassen, aber die Korvette drehte – noch in ihren eigenen Pulverqualm gehüllt – ab.

»Die *Phalarope* kommt!«

Sonst sagte niemand ein Wort, auch der sterbende Seesoldat starrte nur still himmelwärts, während er auf das Ende seiner Schmerzen wartete.

Matt schimmerte die vergoldete Galionsfigur der alten Fregatte im schwachen Sonnenlicht, als sie heranrauschte, der sinkenden Hulk des Kutters entgegen; in ihrer Takelage hatten die Toppsgasten ausgelegt und hockten auf den Rahen wie schwarze Vögel, bis sie Segel kürzten.

Hoblin stöhnte auf: »Mein Gott, sie riskiert alles! Wenn die Franzosen jetzt auslaufen . . .«

»Das soll uns im Moment nicht kümmern.« Browne bückte sich und zog den Midshipman auf die Füße. »Alles klarmachen zum Verlassen des Bootes! Und helft dabei den Verwundeten!« Er konnte es immer noch nicht glauben.

Eine Stimme rief übers Wasser: »Wir kommen längsseits!«

Die Rahen der Fregatte schwangen herum, unter dem Druck des Windes in den Segeln legte sich der Rumpf über, bis die ersten killten und backstanden, als sie durch den Wind drehte.

Viel Zeit blieb ihnen nicht.

Korporal Coote hob eine Muskete auf und blickte auf seinen gefallenen Kameraden nieder. »Die brauchst du nicht mehr, Junge.« Mit leerem Blick wandte er sich von dem Toten ab. »Macht euch fertig, Leute!«

Turmhoch ragte *Phalarope* über ihnen auf. Über dem Schanzkleid, an den Rüsten und in den offenen Stückpforten tauchten Gesichter auf. Überall, wo man einen Mann übernehmen konnte, streckten sich ihnen Arme entgegen.

Die nächsten Augenblicke waren der Höhepunkt des ganzen Alptraums: Stimmen schrien entsetzt auf, Holz splitterte und Spieren brachen, als die Fregatte unbeirrt gegen das mit Schlagseite im Wasser liegende Boot stieß.

Browne spürte, daß Searle ihn auf eine Gruppe wartender Seeleute zuschob, und merkte zu seinem eigenen Erstaunen, daß er gleichzeitig schluchzte und lachte. »Ich bin als letzter von Bord gegangen«, schrie er. »Besser einmal Kommandant als nie!«

Dann wurde er grob über eine harte Kante gezerrt und der Länge nach an Deck ausgestreckt. Ein Schatten fiel auf sein Gesicht, und er sah Pascoe sich über ihn beugen.

Browne stieß mühsam hervor: »Wieso seid ihr hier?«

Pascoe lächelte melancholisch. »Weil mein Onkel das so eingerichtet hat, Oliver.«

Brownes Kopf sank zurück auf die Decksplanken, er schloß die Augen. »Wahnsinn!«

»Haben Sie nicht gewußt«, Pascoe winkte einige Seeleute heran, »daß er bei uns erblich ist?«

XIV Auf den Sieg!

Mit verschränkten Armen sah Bolitho zu, wie sein Flaggleutnant ein zweites Glas Brandy hinunterstürzte.

Grinsend sagte Herrick: »Das hatte er nötig, Sir.«

Browne stellte das Glas zurück und sah Ozzard wie einen Tänzer herbeischwänzeln, um es wieder aufzufüllen. Dann musterte er seine Hände, erstaunt, daß sie nicht zitterten, und sagte: »Es gab Momente, Sir, da glaubte ich, meine Fähigkeiten falsch eingeschätzt zu haben.«

»Sie haben sich gut gehalten.«

Bolitho erinnerte sich an seine Empfindungen, als ihm das Signal von *Phalarope* gemeldet worden war: Fischkutter gesunken, alle Insassen bis auf drei geborgen.

Jetzt trat er zum Tisch und legte die gespreizten Hände um das entscheidende Dreieck auf der Seekarte. Also hatte Rémonds Geschwader den Hafen verlassen. Schließlich mußte er damit rechnen, daß es früher oder später entdeckt wurde. Offenbar wollten die Franzosen ihre Invasionsflotte vor dem Einsetzen der ersten Herbststürme nach Norden verlegen, an Englands Gegenküste am Kanal. Ihre Anwesenheit mußte die Position Frankreichs bei den laufenden Verhandlungen enorm stärken, besonders wenn man die stets kursierenden Invasionsgerüchte berücksichtigte.

Mit müder Stimme sagte Browne: »Mr. Searle von *Rapid* hat das meiste getan, Sir. Ohne ihn . . .«

»Ich sorge dafür, daß seine Rolle in meinem Bericht gebührend erwähnt wird.« Bolitho mußte lächeln. »Aber die eigentliche Überraschung waren Sie.« Er grinste zu Herrick hinüber. »Besonders für gewisse Leute.«

Herrick zuckte die Achseln. »Also, Sir, jetzt wissen wir, daß der Feind ausgelaufen ist. Wie reagieren wir? Mit Angriff oder mit Blockade?«

Bolitho marschierte in der Kajüte auf und ab. Das Schiff lag jetzt am Abend ruhiger, er sah den goldenen Sonnenuntergang als Spiegelbild auf den salzverkrusteten Heckfenstern. Alles schien ihn zur Eile zu drängen.

»Morgen vormittag rufe ich die Kommandanten zur Lagebesprechung zusammen, Thomas. Ich darf nicht länger warten.«

Stirnrunzelnd hörte er Stimmen im Vorraum und sah, wie Yovell den Kopf durch die Tür steckte. Es war doch unmöglich, auf einem Flaggschiff ungestört zu bleiben!

Sein Sekretär entschuldigte sich für die Störung. »Aber der Offizier der Wache läßt melden, daß eine Kurierbrigg gesichtet wurde. *Indomitable* hat schon Signalkontakt.«

Bolitho blickte wieder auf die Seekarte nieder. Mit *Benbow* konnte die Brigg erst bei Tageslicht am nächsten Morgen in Kontakt kommen. Immer stärker wuchs in ihm das Gefühl, daß ihm Entscheidungen aufgedrängt wurden.

»Danke, Yovell.« Und an Herrick gewandt: »Ich glaube, daß das französische Geschwader sich an seinem Ankerplatz in Bereitschaft hält. Sobald die Landungsboote erst von Lorient und den anderen Häfen an der Küste auslaufen, wird man Rémond über unsere Absichten informieren, und zwar durch die optischen Telegraphen. Er kann sich bedeckt halten und seine Stärke erst dann zeigen, wenn er weiß, was ich beabsichtige.«

Verbittert meinte Herrick: »Der Verteidiger ist immer im Vorteil.«

Nachdenklich sah Bolitho ihn an. Herrick würde ihm notfalls bis in den Tod folgen, aber ganz offensichtlich war er gegen einen Angriff. Zugegeben, der französische Admiral hatte den unschätzbaren Vorteil, auf dem entscheidenden Küstenabschnitt über ein gut funktionierendes Nachrichtensystem zu verfügen. Sobald sich das britische Geschwader zum Angriff entschloß, konnte Rémond aus Lorient, aus Brest oder sonstwoher Unterstützung anfordern, während er selbst sich auf *Benbow* und ihre Begleitschiffe stürzte.

Und genauso sicher war Bolitho, daß die unerwartete Kurierbrigg neue Befehle an Bord hatte. Die den Angriff vielleicht verhindern würden, ehe er begonnen hatte. Und das alles nur zu dem Zweck, die Demütigung einer eventuellen Niederlage zu umgehen, während irgendwo Geheimverhandlungen liefen.

Laut sagte er, ohne daß es ihm selbst bewußt wurde: »Schließlich hat niemand sie gezwungen, diesen Krieg zu führen. Aber jetzt sollte ihnen jemand Räson beibringen!«

Auch Herrick hatte offenbar über die Kurierbrigg nachgedacht. »Wenn der Angriff abgeblasen wird, wenn wir sogar zurückgerufen werden, Sir, dann ersparen wir uns eine Menge.« Dickköpfig fuhr er fort: »Gerechtigkeit und Ehre sind keine Fremdwörter für mich, Sir. Aber mir ist auch klar, daß Ihre Lordschaften nur zweckdienlich denken.«

An Herrick vorbei sah Bolitho zu den Heckfenstern hin und bemerkte, daß der glühende Reflex des Sonnenuntergangs erloschen war.

»Das Kommandantentreffen findet wie geplant statt. Dann –«, er ließ Herrick nicht aus den Augen –, »dann setze ich meine Flagge auf *Odin.*« Von Herricks Auffahren, seinem ungläubigen Gesicht ließ er sich nicht stören. »Langsam, Thomas. Denken Sie erst nach, ehe Sie protestieren. *Odin* ist das leichteste Linienschiff im Geschwader, sie hat nur 64 Kanonen. Denken Sie daran, daß Nelson bei Kopenhagen von der *St. George* auf die *Elephant* überwechselte, weil sie kleiner war und geringeren Tiefgang hatte. Für Aktionen in Küstennähe ist letzteres entscheidend. Beim bevorstehenden Angriff werde ich Nelsons Beispiel folgen.«

Herrick erhob sich, während Browne erschöpft sitzenblieb; sein Blick war von Müdigkeit und zuviel Brandy getrübt, als er die anderen beiden musterte.

Herrick konnte nicht länger an sich halten. »Das hat gar nichts damit zu tun. Bei allem Respekt, Sir – aber ich kenne Sie schon sehr lange und durchschaue Ihren Plan: Sie wollen, daß mein Kommodorewimpel auf der *Benbow* weht, wenn wir ins Gefecht ziehen, so daß im Fall einer Niederlage nicht mich die Verantwortung trifft, sondern Sie! Genauso haben Sie *Phalarope* befohlen, in Küstennähe zu bleiben, damit dem Fischkutter nichts passierte.«

»Ja, Thomas, und es erwies sich auch als notwendig.«

Herrick gab nicht nach. »Aber das war nicht der wahre Grund, Sir! Sie taten es, um Emes noch mal eine Chance zu geben.«

Bolitho blieb gelassen. »Auf jeden Fall ist *Odin* das geeignetere Schiff, und damit Schluß! Jetzt setzen Sie sich wieder und trinken Sie aus, Mann. Außerdem muß ich das Geschwader aufteilen. Nur so können wir auch den Feind dazu bringen, sich zu zersplittern.« Er zögerte, weil er wußte, was er Herrick damit antat, aber es ging nicht anders.

Undeutlich murmelte Browne: »Das Gefängnis . . .«

Beide sahen ihn an, und Bolitho fragte: »Was ist damit?«

Browne erhob sich halb, sank aber wieder zurück. »Erinnern Sie sich, Sir? An unseren Spaziergang vor den Mauern. Die Franzosen hatten auf der Kirche einen Semaphor installiert.«

»Wollen Sie hinfahren und für unseren Sieg beten?« fragte Herrick wütend.

Browne schien ihn nicht gehört zu haben. »Wir kamen zu dem Schluß, daß er die letzte Station in der Telegraphenkette südlich der Loire war.« Er wollte mit der Faust auf den Tisch schlagen, zielte aber daneben. »Wenn er zerstört wird, ist das entscheidende Glied der Kette zerbrochen.«

Ruhig sagte Bolitho: »Das weiß ich. Ursprünglich hatte ich das auch vor. Aber es ist überholt.« Voll Zuneigung musterte er seinen Adjutanten. »Warum legen Sie sich nicht hin, Oliver? Sie müssen total erschöpft sein.«

Browne schüttelte den Kopf. »Das meine ich nicht, Sir«, sagte er heftig. »Admiral Rémond ist entscheidend auf Informationen angewiesen. Und er weiß ganz genau, daß wir einen Nachtangriff nicht wagen werden. Ein Linienschiff käme nachts in diesen Gewässern keine Meile weit, ohne auf Grund zu laufen.«

»Ich ahne, was Sie mir vorschlagen wollen«, antwortete Bolitho. »Aber das können Sie sich gleich aus dem Kopf schlagen.«

Browne taumelte hoch und zog die Seekarte über den Tisch zu sich heran. »Aber bedenken Sie doch, Sir! Die Kette wäre zerbrochen! Zwanzig Meilen weit oder mehr käme kein einziges Signal mehr durch. Das würde Ihnen die Zeit verschaffen, die Sie unbedingt brauchen.« Seine Beine knickten ein, er sank wieder auf seinen Stuhl zurück.

»Da komme ich nicht mit«, beschwerte sich Herrick.

»Es gibt dort einen kleinen Strand.« Bolitho sprach leise, weil die ganze Szene vor seinem inneren Auge wiedererstand: der kleine Festungskommandant und seine Soldaten, der Weg im Windschatten der Steilküste bergab, der einzig mögliche Landeplatz für das Boot der *Ceres,* das sie holen kam. »Von diesem Strand zum Kirchturm mit dem optischen Telegraphen ist es nicht weit. Aber erst muß man bis dahin kommen. Es wäre Irrsinn.«

»Ich könnte den Strand finden«, schlug Browne vor. »Den vergesse ich mein Lebtag nicht.«

»Aber auch wenn Sie das könnten ...« Herrick blickte auf die Karte und dann in Bolithos Gesicht.

»Mache ich mir schon wieder zu viele Sorgen, Thomas?« Bolithos Ton war resignierend. »Neale hätte den Strand wiedererkannt, ich ebenfalls. Aber Oliver ist mein Adjutant, und ich habe sein Leben schon genug in Gefahr gebracht, auch ohne diesen irrsinnigen Plan.«

Grob antwortete Herrick: »John Neale ist tot, Sir, und diesmal können Sie nun wirklich nicht selbst gehen. Das Kapern des Fischkutters war Ihre Idee, und sie hat gute Früchte getragen, obwohl ich wette, daß Sie hinterher jede Menge Skrupel bekamen.« Er wartete auf den richtigen Moment wie ein erfahrener Stückmeister mit der Lunte. »Bei dieser Aktion heute nacht starben ein Marinesoldat und zwei gute Seeleute. Ich kannte sie, Sir, aber können Sie dasselbe behaupten?«

Bolitho verneinte. »Wollen Sie damit sagen, daß es mir deshalb nicht so nahegeht?«

»Ich will damit sagen«, erwiderte Herrick nachdrücklich, »daß es Ihnen nicht so nahegehen *darf,* Sir. Der Tod dieser drei Männer trug mit dazu bei, daß wir jetzt einen geringen Vorteil haben. Wir wissen mehr über den Feind. Bei der Kommandantenbesprechung morgen werden alle derselben Meinung sein. Mit einer begrenzten Zahl von Menschenleben das Leben aller zu retten, ist das Los jedes Kommandanten.« Etwas milder setzte er hinzu: »Lassen Sie nur Freiwillige vortreten, dann melden sich bestimmt mehr Offiziere, als Sie brauchen können. Aber keiner davon kennt die kleine Bucht oder den Weg zum Semaphorenturm. Es ist ein großes Risiko, aber nur Mr. Browne hier kennt sich dort aus.« Traurig sah er zu dem erschöpften Flaggleutnant hinüber. »Wenn uns dieses Risiko einen weiteren Vorteil einbringt und die Chance, unsere Verluste geringer zu halten, dann müssen wir es eingehen.«

Browne nickte schwach. »Genau das meinte ich vorhin, Sir.«

»Ich weiß, Oliver. Aber haben Sie schon bedacht, wie groß Ihre Erfolgschancen sind im Vergleich zur Gefahr?«

»Er ist eingeschlafen, Sir.« Herricks Blick verweilte lange auf Browne. »Wie dem auch sei, es bleibt die einzig mögliche Entscheidung. Unsere einzige Chance.«

Bolitho musterte den schlafenden Leutnant, der die Beine weit von sich gestreckt hatte. Herrick hatte natürlich recht.

Der Kommodore griff grimmig lächelnd nach seinem Hut. »Ich hatte einen ausgezeichneten Lehrmeister, Sir.« Und mit einem letzten Blick zu Browne schloß er: »Vielleicht hat er ja das Glück abermals auf seiner Seite.«

Als die Tür hinter Herrick ins Schloß fiel, sagte Bolitho leise: »Diesmal braucht er aber mehr als Glück, mein Freund.«

Als ein Kommandant nach dem anderen auf der *Benbow* eintraf, wurde die Stimmung in der großen Achterkajüte immer heiterer und ungezwungener. Die Kommandanten, ob nun älter oder jünger, fühlten sich unter ihresgleichen und mußten nicht länger den Wall von Autorität um sich errichten, hinter dem sie sonst ihre persönlichen Befürchtungen oder Hoffnungen verbargen.

Jeder einzelne war an der Schanzkleidpforte von der Ehrenwache gebührend in Empfang genommen worden, jeder einzelne hatte kurz innegehalten und nach achtern zur Flagge hin gegrüßt, während die Pfeifen schrillten und die Musketen aufstampften – zu Ehren der goldenen Kapitänsepauletten und der Männer, die sie trugen.

In der Kajüte hatten Allday und Tuck mit Ozzards Hilfe Stühle arrangiert, Weingläser gefüllt und es den Gästen so behaglich wie möglich gemacht. Für Allday waren einige davon alte Bekannte: Francis Inch von der *Odin,* mit seinem langen Pferdegesicht und spontanen Enthusiasmus; der blonde und elegante Valentine Keen von der *Nicator,* der schon als Midshipman und junger Leutnant unter Bolitho gedient hatte. Er begrüßte Allday vor den

Augen der anderen besonders herzlich, was manche verstanden und anderen ein Rätsel blieb. Aber Keen vergaß nicht, daß er vor langer Zeit schwer verletzt unter Deck geschafft worden war, als ihn ein Holzsplitter im Gefecht wie eine Lanze durchbohrt hatte. Der Schiffsarzt war zu betrunken gewesen, deshalb hatte Allday die Initiative ergriffen, hatte Keen von den Arzthelfern niederhalten lassen und ihm mit eigener Hand den Splitter aus dem Leib geschnitten. So hatte er Keen das Leben gerettet.

Dann war da Duncan von der *Sparrowhawk*; das Gesicht noch geröteter als sonst, schrie er etwas in Kapitän Verikers taubes Ohr. Schließlich noch der Neuling im Geschwader, George Lockhart von der Fregatte *Ganymede.* Manche waren in ihren eigenen Booten gekommen, andere, deren Schiffe zu weit abstanden, hatte die allgegenwärtige *Rapid* an Bord geholt, die jetzt beigedreht in der Nähe wartete, bis die Herren zu ihren Schiffen zurückzukehren wünschten.

Ob sie nun die beiden Goldepauletten eines Linienschiffkommandanten trugen oder die einzelne Epaulette eines jungen Kapitänleutnants wie Lapish, für ihre jeweiligen Besatzungen kamen sie gleich nach Gott und konnten an Bord ihrer Schiffe und in Abwesenheit eines ranghöheren Offiziers schalten und walten, wie sie es für richtig hielten.

Wie ein Fels stand Herrick unter ihnen, wußte über manche alles und über alle genug.

Abseits von den anderen wartete Kapitän Emes, Kommandant der *Phalarope.* Mit steinernem, ausdruckslosem Gesicht hielt er das volle Weinglas in der einen Hand und trommelte mit den Fingern der anderen einen lautlosen Rhythmus auf seine Säbelscheide.

Bis alle versammelt waren, wurde es fast Mittag, und mittlerweile hatte die Kurierbrigg ihre Depeschen aufs Flaggschiff gesandt und war weitergesegelt, auf der Suche nach dem nächsten britischen Geschwader weiter im Süden.

Von den Anwesenden wußte nur Herrick, was der schwere Postsack enthalten hatte, und der behielt es für sich. Er wußte ja nun, was Bolitho plante. Weiter darüber zu diskutieren, war sinnlos.

Die Tür ging auf, und Bolitho trat ein, gefolgt von seinem Flaggleutnant. Von den meisten war der Adjutant bisher als notwendiges Anhängsel des Admirals betrachtet worden; aber seine jüngsten Eskapaden – Flucht aus der Kriegsgefangenschaft, gewagter Vorstoß durch die feindlichen Linien – ließen ihn in ganz anderem Licht erscheinen.

Bolitho begrüßte jeden seiner Kommandanten mit einem Händedruck. Dann sah er Emes abseits stehen und schritt hinüber. »Das war eine gut geführte Aktion, Kapitän Emes. Aber wie es scheint, haben Sie meinen Flaggleutnant nur gerettet, damit ich ihn jetzt wieder verliere.«

Gelächter flackerte auf und milderte die gegen Emes gerichtete Spannung.

Nur Herricks Gesicht blieb grimmig.

Dann nahmen alle wieder Platz, und Bolitho skizzierte so knapp es ging die französische Taktik, die Bedeutung des neu eingetroffenen Geschwaders von Admiral Rémond und die Notwendigkeit eines baldigen Angriffs, ehe die Invasionsflotte in besser geschützte französische Gewässer eskortiert werden konnte.

Außerdem warnte er noch einmal nachdrücklich vor diesem heimtückischen Küstenstrich und seinen unberechenbaren Winden. Aber die schlechten äußeren Bedingungen behinderten beide Seiten, wie die Verluste von *Styx* und *Ceres* bewiesen hatten. Es stand unentschieden, genauso wie der ganze Krieg.

Die Kommandanten waren erfahrene Offiziere und hegten keinerlei Illusionen über einen Angriff bei Tageslicht; die Atmosphäre war eher erwartungsvoll als skeptisch, als ob alle – genau wie ihr Admiral – die Sache endlich anpacken und hinter sich bringen wollten.

Wie Mitspieler in einem Drama kamen und gingen noch andere Beteiligte: Ben Grubb, der Master, gab grummelnd und unbeeindruckt wie immer eine Übersicht über Tiden und Strömungen, vermutete Wracks und anderes, während Yovell alles gewissenhaft notierte und für jeden Anwesenden eine Kopie anfertigte.

Wolfe, der Erste Offizier, hatte in Friedenszeiten für die Handelsmarine diese Gewässer befahren und einiges an Ortskenntnis beizusteuern.

Bolitho sagte schließlich: »Wenn wir den Angriff erst begonnen haben, gibt es keine zweite Chance für uns.« Er blickte reihum in die nachdenklichen Gesichter. »Die Staffel der optischen Telegraphen bedeutet ein ebenso schwerwiegendes Hindernis wie ein ganzes französisches Geschwader. Um diese Kette auch nur für kurze Zeit zu zerbrechen, bedarf es besonderen Mutes und äußerster Entschlossenheit. Zum Glück haben wir einen solchen Mann in unseren Reihen. Er wird ein Stoßtruppunternehmen gegen einen Telegraphen führen, der dem Gefängnis benachbart ist, das uns vor kurzem gemeinsam beherbergte.«

Sofort stieg die Spannung in der Kajüte, und alle Blicke wandten sich Browne zu.

Bolitho fuhr fort: »Dieser Stoßtrupp bricht morgen im Schutz der Nacht auf, begünstigt von Tide und Neumond.« Er sah zu Lapishs aufmerksamem Gesicht hinüber. »Mr. Browne hat darum gebeten, daß Ihr Erster Offizier Mr. Searle wieder mit von der Partie ist. Darüber hinaus schlage ich vor, daß höchstens sechs sorgfältig ausgewählte Männer teilnehmen, unter denen mindstens zwei mit besonderer Erfahrung im Luntenlegen und Sprengen sein sollten.«

Lapish nickte. »Solche Männer habe ich, Sir. Einer war Bergmann und kennt sich mit Sprengladungen aus.«

»Gut. Das überlasse ich Ihnen, Kapitänleutnant Lapish. Sie werden also morgen nacht zur Küste segeln, den Stoßtrupp absetzen und sich zurückziehen. Danach stößt *Rapid* wieder zum Geschwader und berichtet durch vorher abgesprochene Nachtsignale.« Er hatte den Verlauf so genau im Kopf, daß es ihm vorkam, als zitiere er eines anderen Anweisungen. »Kommodore Herrick bezieht bei Belle Ile Station, begleitet von *Nicator* und *Indomitable,* und *Sparrowhawk* wird ihnen für das küstennahe Rekognoszieren beigegeben.« Dann sah er Inch direkt an. »Sofort nach dieser Besprechung werde ich auf *Odin* überwechseln. Unterstützt von *Phalaropes* Karronaden, werden wir den ersten Angriff auf die noch verankerten Landungsboote fahren.«

Inch strahlte und hüpfte vor Freude, als hätte man ihm gerade die Erhebung in den Adelsstand versprochen. »Das wird ein Fest, Sir!«

»Vielleicht.« Bolitho sah sich in der Kajüte um. »*Ganymede* wird mein Kundschafter, und *Rapid* übernimmt die Verbindung zwischen den beiden Geschwaderteilen.« Er wartete, bis das Gemurmel verstummte, und schloß: »Das Geschwader beginnt den Angriff übermorgen bei Tagesanbruch. Das wäre alles, meine Herren, bis auf den Wunsch, daß Gott mit uns sein möge.«

Die Kommandanten sprangen auf und scharten sich um Browne, dem sie schulterklopfend zu seiner Verwegenheit gratulierten, obwohl wahrscheinlich jeder wußte, daß sie sich von einem Mann verabschiedeten, der so gut wie tot war. Falls Browne sich dessen bewußt war, so ließ er sich nichts anmerken. Er schien in den letzten Wochen gereift zu sein und wirkte älter als die meisten Kommandanten in der Runde.

Herrick flüsterte eindringlich: »Und von den neuen Befehlen haben Sie ihnen kein Wort gesagt, Sir!«

»Vom Rückruf? Von der Aufgabe aller Angriffspläne?« Bolitho sah traurig zu Browne hinüber. »Sie würden trotzdem meinen Standpunkt unterstützen und mir folgen. Wären sie aber informiert vom Sinneswandel Ihrer Lordschaften, müßten sie später bei jeder Untersuchung oder vor einem Kriegsgericht als meine Komplizen gelten. Aber Yovell schreibt das alles nieder, und jeder, der will, kann es später schwarz auf weiß lesen.«

»Dieser Zusatz in Ihrer Order, Sir«, beharrte Herrick, »wonach Sie nach eigenem Gutdünken . . .«

Bolitho nickte. »Ich weiß. Wie die Sache auch ausgeht, die Verantwortung bleibt bei mir.« Überraschend lächelte er. »Das war schon immer so, oder?«

Einer nach dem anderen verabschiedeten sich die Kommandanten, denn jeder hatte es eilig, auf sein eigenes Schiff zurückzukehren und seine Besatzung auf den Angriff vorzubereiten.

Bolitho wartete an der Schanzkleidpforte, bis auch Browne erschien, der bereits jetzt auf die Brigg umsteigen sollte.

Browne begann: »Ich mache mir Gedanken darüber, Sir, daß Sie jetzt keinen geeigneten Adjutanten haben. Vielleicht könnte Komodore Herrick einen Ersatz für mich bestimmen?«

Bolitho schüttelte den Kopf. »Ich nehme den Midshipman, der bei Ihrem Vorstoß verwundet wurde. Wie Sie sagten, ist er gut bewandert im Signalwesen und spricht ein annehmbares Französisch.« Nein, er konnte es unmöglich bei diesem beiläufigen Abschied belassen.

»Also Stirling.« Browne lächelte. »Jung, aber sehr bemüht. Zu Ihrem Adjutanten allerdings kaum geeignet, Sir.«

Bolitho sah zu, wie die Barkasse über Bord geschwungen und abgefiert wurde, in der er später auf Inchs Schiff übersetzen wollte.

»Ich bin sicher, Oliver, daß es sich dabei nur um eine kurzfristige Vertretung handelt. Nicht wahr?« Ihre Blicke trafen sich, dann ergriff Bolitho Brownes Hand. »Ich bin über die Sache gar nicht glücklich, Oliver. Geben Sie gut auf sich acht. Ich habe mich inzwischen zu sehr an Ihre Art gewöhnt.«

Browne erwiderte den Händedruck ohne zu lächeln. »Sorgen Sie sich nicht, Sir. Ich verschaffe Ihnen die Frist, die Sie brauchen.« Damit trat er zurück und griff grüßend an seinen Hut. Der Augenblick des Verstehens war vorbei.

Herrick sah dem davonrudernden Beiboot der Brigg nach und sagte: »Tapferer Kerl.« Dann machte er auf dem Absatz kehrt und wandte sich wieder den Bordangelegenheiten zu. Allday kam nach achtern und wartete, bis Bolitho ihn bemerkte.

»Ozzard hat Ihre Sachen schon zur *Odin* geschickt, Sir. Er ist gleich mitgefahren. Sagte, daß er nicht ein zweitesmal auf *Benbow* zurückgelassen werden wollte. Mit Verlaub, Sir: ich auch nicht.«

Bolitho lächelte. »Wir haben ja schon Übung auf dieser Strecke, Allday.«

An den Flaggleinen standen Midshipmen bereit, seine Admiralsflagge niederzuholen, sowie er das Schiff verließ, und Herricks Kommodorewimpel zu hissen. Damit war Herrick wenigstens vor jeder Kritik gefeit, wenn das Schlimmste eintrat.

Er wandte sich um und spähte nach *Rapids* Beiboot aus, aber es war schon im Dunst verschwunden.

Der Ehrenwerte Leutnant Oliver Browne hatte keine Sekunde gezögert. Wenn jene, die sich daheim in Sicherheit wiegen konnten, Zeugen seines Opfermuts geworden wären, hätte ihnen das vielleicht zu denken gegeben.

Herrick trat zu Bolitho und meldete: »Ihr *Aushilfs*-Adjutant ist zur Stelle, Sir.«

Alle blickten auf Midshipman Stirling hinab, der – das Signalverzeichnis unterm Arm und seinen Seesack in der Hand – seinerseits zu Bolitho emporstarrte. Dieser sah, daß Stirling einen Arm in der Schlinge trug, und befahl: »Helfen Sie ihm, Allday.«

Der Bootsführer unterdrückte ein Grinsen. »Aye, aye, Sir. Hier entlang, junger Herr. Ich werde schon dafür sorgen, daß Ihnen auf *Odin* keiner frech kommt.«

»Also dann, Thomas . . .«

Herrick rieb sich das Kinn. »Ja, es wird wohl Zeit, Sir.«

»Denken Sie daran, Thomas, wenn wir siegen, können die Leute daheim neuen Mut schöpfen. Im Lauf der Kriegsjahre hatten sie eine Menge zu erdulden. Krieg geht nicht nur auf Kosten der Soldaten, das müssen wir uns immer vor Augen halten.«

Herrick rang sich ein Lächeln ab. »Nur keine Sorge, Sir, ich werde mit dem Geschwader zur Stelle sein, komme, was da wolle.« Noch einmal überwand er sich: »Außerdem muß ich ja an Ihrer Hochzeit teilnehmen, nicht wahr?«

»Alles andere wäre unverzeihlich, Thomas.«

Herrick richtete sich gerade auf. »Machen Sie weiter, Major Clinton!«

Clintons Säbel glänzte im wäßrigen Sonnenlicht. »Seesoldaten – präsentiert das Gewehr!«

Zum Klang der Trommeln und dem alten Lied von den *Hearts of Oak,* den Herzen aus Eiche, das die Pfeifen anstimmten, kletterte Bolitho das Fallreep hinunter und warf seinem Freund oben einen letzten Blick zu.

»Absetzen vorn! Riemen bei!« Allday überragte wie ein dräuender Schatten den im Heck sitzenden Konteradmiral und seinen winzigen Adjutanten. »Rudert an!«

Die grüne Barkasse kam schnell von *Benbow* frei; als sie aus ihrem Windschutz pullte, ließ wilder Jubel Bolitho auffahren. Er wandte sich um und sah, daß die Besatzung das Schanzkleid säumte und in die Webeleinen ausgeschwärmt war, um ihrem Admiral einen lautstarken Abschied zu bereiten.

»Ein feines Schiff, Sir«, sagte Allday leise.

Bolitho nickte nur, denn der unerwartete Zuneigungsbeweis hatte ihm die Sprache verschlagen.

Benbow, die in einigen der schlimmsten Kämpfe seines Lebens sein Flaggschiff gewesen war, sandte ihm ihre guten Wünsche nach. Er war froh, daß ihm kalte Gischt ins Gesicht sprühte und ihn ernüchterte. Midshipman Stirling neben ihm spähte schon fasziniert nach *Odin* aus, wo die ganze Zeremonie von neuem abrollen würde.

Auch Allday starrte zu dem leichten Zweidecker hinüber, dessen Galion ein grimmiger Wikingerkopf mit geflügeltem Helm zierte.

»Sieht aus wie ein verdammter Waschzuber«, murmelte er verächtlich.

»Und was halten Sie davon, äh – Mr. Stirling?«

Der Junge brauchte ein paar Sekunden – er hatte im Geiste gerade einen brieflichen Bericht an seine Eltern formuliert –, ehe er ernsthaft antwortete: »Es ist der schönste Tag meines Lebens, Sir.«

Das sagte er mit solchem Nachdruck, daß Bolitho für einen Augenblick seine Sorgen vergaß.

»Dann müssen wir dafür sorgen, daß er's bleibt, wie?«

Die Barkasse machte an *Odins* Großrüsten fest, und Bolitho sah Inch oben schon übers Schanzkleid spähen, als wolle er keine Sekunde des glorreichen Schauspiels versäumen.

In seiner Aufregung wollte Stirling als erster die Barkasse verlassen, aber Alldays Pranke packte ihn an der Schulter.

»Langsam, *Sir*! Dies ist eine Admiralsbarkasse und kein Ausflugsboot für Seekadetten!«

Bolitho nickte ihnen zu und erkletterte dann behende das Fallreep.

»Willkommen an Bord, Sir!« Inch mußte schreien, um den Lärm der Pfeifen und Kommandos zu übertönen.

Beim Aufblicken sah Bolitho seine Flagge vom Besanmasttopp auswehen. Da war sie also, und da würde sie auch bleiben, bis alles vorbei war. So oder so.

»Bringen Sie das Schiff in Fahrt, Kapitän Inch.«

Aber Inch starrte immer noch verblüfft Midshipman Stirling an.

Seelenruhig befahl Bolitho: »Oh, Mr. Stirling, signalisieren Sie bitte: ›Admiral an *Rapid:* Nur wenige sind auserwählt.‹«

Eifrig kritzelte Stirling in sein Buch und rannte dann los, um die Signalgasten zusammenzurufen.

Bolitho beschattete die Augen mit der Hand und spähte zu der kleinen Brigg hinüber, die schon aus dem Geschwader ausscherte. Stirling würde das Signal nicht verstehen, ebensowenig wie der Signalfähnrich auf *Rapid.*

Aber Browne würde wissen, was ihm Bolitho damit sagen wollte. Und nur das zählte.

»*Rapid* hat bestätigt, Sir.«

Als Bolitho sein neues Quartier betrat, hängte Allday den Prunksäbel gerade sorgsam an die Wandhaken. Halb entschuldigend sagte er: »Dann fühlen Sie sich gleich heimischer, Sir.«

Bolitho setzte sich und merkte, daß Ozzard sich in der Kajüte so gewandt zu schaffen machte, als hätte er seit Jahren auf *Odin* gedient.

Stirling trat ein und wartete, verlegen von einem Fuß auf den anderen wechselnd, bis Bolitho ihn bemerkte.

»Tja, Mr. Stirling, und was sollte ich Ihrer Meinung nach als nächstes tun?«

Der Junge blickte sich wachsam und mißtrauisch um, dann sagte er: »Ich glaube, Sie sollten die Offiziere zum Dinner einladen, Sir.«

Allday grinste breit von Ohr zu Ohr. »Bereits ein echter Flaggleutnant, der junge Herr! Das steht fest.«

Bolitho mußte lächeln. Indem er Browne zur Hand ging, hatte Stirling offenbar schon einiges gelernt.

»Eine ausgezeichnete Idee. Dann rufen Sie bitte den Ersten Offizier.«

Als die Tür zufiel, nahm Allday den Faden wieder auf. »Für später besorge ich Ihnen einen anständigen Säbel.«

Damit meinte er wohl das bevorstehende Gefecht mit den Franzosen.

Aber vorerst mußte der Konteradmiral den Offizieren der *Odin* ein anderes Gesicht zeigen: zuversichtlich und siegessicher, ein gutgelaunter Gastgeber. Denn er brauchte ihr Vertrauen und mußte sie am übernächsten Tag hinter sich wissen, bedingungslos.

Inch betrat die Kajüte und sah sich prüfend um, ob auch alles zur Zufriedenheit seines überraschenden Gastes ausgefallen war.

Dann berichtete er: »*Phalarope* segelt wie befohlen in Luv von uns, Sir.« Er reichte seinem eigenen Steward den Hut. »Wenn Sie mir die Bemerkung erlauben, Sir, ich wünschte mir, Ihr Neffe wäre hier statt auf jenem Schiff.«

»Sie haben sich wirklich nicht verändert, Inch.« Bolitho lehnte sich auf der Heckbank zurück und hörte zu, wie das Wasser gurgelnd am Ruder abfloß. »Aber in diesem Fall irren Sie sich.«

Inchs perplexe Miene entging ihm völlig. Wenn es zum Kampf kam, schien es ihm nur richtig, daß der Sohn seines Bruders an Bord dieser alten Fregatte focht, die für sie beide so viel bedeutete. Als wolle das Schicksal die erbitterte Feindschaft zwischen den Brüdern damit tilgen.

Allday zog sich zurück; er fragte sich, wie er wohl mit Inchs Bootsführer auskommen würde. Als er im Vorraum auf Stirling stieß, bemerkte er: »Ein bißchen viel auf einmal, wie?«

Der Junge fuhr herum, als hätte er eine scharfe Erwiderung auf der Zunge, aber dann lächelte er: »Für mich ist es ein großer Schritt vorwärts, Mr. Allday.«

Grinsend ließ Allday sich auf dem Lauf eines Neunpfünders nieder. »Nicht ›Mister‹, bitte, sondern einfach ›Allday‹. Das ist passender.«

Der Junge wurde zutraulicher; neugierig fragte er: »Aber Sie verkehren mit dem Admiral wie ein Gleichgestellter.«

Allday sah auf seine Hände nieder. »Eher wie ein Freund. So einen hat er nötiger.« Er beugte sich vor. »Wenn Sie auf ihn zugehen und ihn ganz offen anreden, wird er es Ihnen mit Gleichem lohnen.« Er sprach mit solchem Nachdruck, daß Stirling beeindruckt schwieg. »Schließlich ist er nur ein Mensch, verstehen Sie? Und nicht Gott der Allmächtige! Momentan braucht er alle Freunde, die er kriegen kann, nicht irgendwelche steifleinenen Offiziere. Merken Sie sich das, *Sir*!« Er boxte den Midshipman leicht gegen den unverletzten Arm. »Aber wenn Sie ihm etwas von unserem Gespräch verraten oder ihm vorlaut kommen, dann nehme ich Sie auseinander, *Sir*!«

Stirling grinste. »Hab's kapiert, Allday. Und danke!«

Allday sah ihm seufzend nach, als er wieder in die Achterkajüte ging. Ein netter Junge, dachte er. Aber wenn er erst zum Leutnant befördert wurde, änderte sich das bestimmt. Er sah sich im halbdunklen Zwischendeck um, wo die Kanonen in Ruhestellung hinter jeder geschlossenen Stückpforte zu lauern schienen, wartend wie alle ihre Artgenossen im Geschwader. Stirling war erst vierzehn, überlegte Allday. Was, zum Teufel, hatte er auf einem Kriegsschiff zu suchen, das demnächst ins Gefecht segeln mußte? Und überhaupt: Was sollten sie alle hier?

Allday schüttelte sich. Seine Stimmung wurde immer schlechter statt besser. Stirling dagegen war bester Laune, trotz seiner Verletzung – oder vielleicht gerade deswegen. Aber der hatte auch keine Ahnung, wie es war, wenn um die Kanonen hier pulvergeschwärzte, brüllende Männer tobten wie Teufel ums Höllenfeuer, wenn der Befehl lautete: laden, feuern, laden – kurz, um jeden Preis, auch den des eigenen Lebens, das Feuer aufrechterhalten!

Wieder fiel ihm der vom Blutrausch gepackte Seesoldat ein, der ihn im Orlopdeck der *Ceres* um ein Haar mit seinem Bajonett durchbohrt hätte.

Vielleicht stand ja wirklich ein Friedensschluß bevor, und dieses Gefecht war für sie alle das letzte.

Ein Sergeant der Seesoldaten stapfte aus dem Schatten und spähte zu Allday hinüber. »Wie wär's mit einem Schluck?«

»Warum nicht?«

Durch die muffigen Schiffsgerüche und den feineren Duft nach

Jamaika-Rum kletterten sie ins nächste Deck hinunter.

Vielleicht war es auf *Odin* doch nicht so übel, dachte Allday.

Die Sergeanten und Korporäle hausten in einem abgeschotteten Teil des unteren Batteriedecks. Sie begrüßten Allday gut gelaunt, und bald saß er an ihrem Messetisch, einen Becher Rum vor sich.

Ein Sergeant ergriff das Wort: »Also, Kamerad, du bist doch der Bootsführer des Konteradmirals und solltest wissen, was morgen geplant ist.«

Allday lehnte sich gegen die Wand und machte eine weitausholende Geste. »Tja, ich und der Admiral, wir fangen normalerweise damit an . . .«

Bis zum Abend hatten *Odin* und *Phalarope,* die sich in Luv gut freihielt, den Rest des Geschwaders außer Sicht verloren.

In der großen Achterkajüte war der Tisch auf seine volle Länge ausgezogen und mit den besten Gläsern und Silberbestecken beladen. Unter den lebhaft diskutierenden Offizieren saß Kapitän Inch und strahlte vor Stolz.

Bolitho saß am Kopf der Tafel und ließ sich von Gesprächen und Spaßworten umbranden; fast pausenlos wurden die Gläser gefüllt und zu markigen Trinksprüchen wieder geleert. Unauffällig musterte er die Offiziere des Schiffes. Die meisten waren blutjung, und wie Allday dachte auch er an die schreckliche Verwandlung, die dem von Fröhlichkeit erfüllten Raum bevorstand, wenn das Schiff gefechtsklar gemacht wurde. Er erinnerte sich an die einzelnen Namen und ordnete sie den Gesichtern in der Runde zu: Söhne, Verlobte, aber kaum ein Ehemann. Das übliche Offizierskorps eines Linienschiffes.

Bald mußten sie kämpfen und vor allem siegen.

Ein junger Leutnant rief gerade: »Ja, diesmal heirate ich wirklich, sowie ich erst zu Hause bin.« Ironisches Gelächter erscholl, und er hob beschwichtigend die Hand. »Nein, diesmal ist es mir ernst damit!« Dann wandte er sich um und sah Bolitho an; vom Wein oder dem bevorstehenden Kampf beflügelt fragte er: »Mit Verlaub, Sir, sind Sie verheiratet?«

Bolitho lächelte. »So wie Sie, Mr. Travers, werde ich Hochzeit halten, wenn unser Anker erst wieder im Plymouth-Sund gefallen ist.«

»Danke, Sir.« Plötzlich nervös geworden, setzte der Leutnant hinzu: »Ich dachte einen Augenblick . . .«

»Ich weiß, was Sie dachten.« Plötzlich war er froh, daß ihm der Name des jungen Offiziers noch rechtzeitig eingefallen war. »So eine bevorstehende Heirat gibt dem Leben einen neuen Wert, nicht wahr?«

Travers senkte den Blick. »Ich fürchte nicht um mein Leben, Sir.«

»Auch das weiß ich. Aber denken Sie daran, daß Sie nun aus doppelt gutem Grunde kämpfen, dann können Sie gar nicht verlieren.«

Als jüngster Gast saß Midshipman George Stirling aus Winchester ganz unten am Tisch, lauschte fasziniert und genoß den Abend über alle Maßen. Im Geiste schrieb er einen langen Bericht darüber an seine Mutter: ›Liebste Mama – heute abend halten wir auf die französische Küste zu. Ich speise mit Konteradmiral Richard Bolitho . . .‹

Insgeheim mußte er lächeln; wahrscheinlich glaubte sie ihm kein Wort.

Dann merkte er, daß Bolitho ihn über den Tisch hinweg ansah.

»Sind Sie bereit, Mr. Stirling?« fragte der Konteradmiral.

Der Junge schluckte krampfhaft und hob sein Weinglas, das plötzlich schwer wie Blei schien. Aller Augen wandten sich ihm zu, und er konnte es gerade noch verhindern, daß er sich auf die Lippen biß. Aber dann fielen ihm Alldays Worte über Bolitho ein: ›Er ist auch nur ein Mensch.‹

Hell und klar erklang seine Stimme: »Meine Herren, trinken wir auf unseren Sieg! Tod den Franzosen!«

Der Rest ging unter in Beifall und Hochrufen, und es klang, als juble das ganze Schiff.

XV Zum Schweigen gebracht

»Der Kommandant kommt an Deck, Sir.«

Pascoe ließ das Teleskop sinken und nickte dem Steuermann zu. »Danke.«

Er hatte das Geschütz- und Segelexerzieren drüben auf *Odin* beobachtet; die Stückpfortenluken hoben und senkten sich so exakt wie von einer Riesenfaust an Marionettenfäden gezogen, und die Segel füllten sich oder verschwanden mit gleicher Präzision.

Da hörte er Emes' Schritte auf den Decksplanken und wandte sich ihm zu. Nie wußte er, welche Stimmung sich hinter Emes' ausdrucksloser Miene verbarg, was er in der Abgeschlossenheit seiner Kajüte wirklich dachte oder plante.

Grüßend griff Pascoe zum Hut. »Kurs Südost zu Süd, Sir. Wind hat etwas geschralt, kommt jetzt aus Nord zu Ost«, meldete er.

Emes trat an die Querreling und umklammerte den Handlauf, während er über sein Schiff hinweg nach vorn starrte und das Treiben an Bord beobachtete. Dann schweifte sein Blick zu *Odin* hinüber, die an Steuerbord mit etwa vier Kabellängen Abstand zielstrebig durch die Seen pflügte.

»Hm. Schlechte Sicht.« Emes schob die Unterlippe vor, das einzige Zeichen für seine Besorgnis, das er sich jemals gestattete. »Es wird früh dunkel werden.« Er zog seine Taschenuhr und ließ den Deckel aufspringen. »Ihr Onkel scheint Kapitän Inch ein Sonderexerzieren verordnet zu haben.« Er lächelte, aber fast unmerklich. »Eben ein echtes Flaggschiff.«

Dann ging er nach achtern und warf einen Blick auf den Kompaß und die Schiefertafel darüber.

Pascoe entging es nicht, daß Steuermann und Rudergänger sich in Emes' Gegenwart versteiften, als rechnten sie mit einem Anpfiff von ihm.

Das konnte er nicht begreifen. Sie fürchteten sich buchstäblich vor dem Kommandanten, obwohl Emes bisher wenig oder gar nichts getan hatte, was diese Furcht gerechtfertigt hätte. In Fragen der Disziplin war er eisern, aber nicht so ungerecht wie manche Kommandanten, die drakonische Prügelstrafen verhängten. Auch hatte er nicht viel Geduld mit seinen Untergebenen, schmähte sie aber nie in Gegenwart anderer. Woran lag es also? fragte sich Pascoe. Emes war ein eiskalter, verschlossener Charakter, der von seinem Standpunkt kein Jota abgewichen war, auch nicht vor seinem Admiral und dem drohenden Schatten des Kriegsgerichts.

Jetzt schritt der Kommandant quer über das Deck und starrte auf die See und die Nebelschwaden hinaus. Es nieselte, und von Stagen, Wanten und Segeln fielen Tropfen.

»Hat Mr. Kincade heute alle Karronaden inspiziert, Mr. Pascoe?«

Kincade war Artillerieoffizier der *Phalarope,* ein wortkarger, verbitterter Mann, der seinen gedrungenen Kanonen mehr Zuneigung entgegenzubringen schien als den Menschen.

»Aye, Sir. Sie werden ein kräftiges Wort mitzureden haben.«
»Tatsächlich?« Emes musterte ihn kalt. »Sie können es wohl kaum erwarten, wie?«
Pascoe errötete. »Alles besser als diese Untätigkeit, Sir.«
Zögernd rief der Midshipman der Wache: »*Rapid* kommt luvwärts in Sicht, Sir.«
»Ich gehe unter Deck«, blaffte Emes. »Rufen Sie mich, ehe Sie Segel wegnehmen lassen, und achten Sie auf korrekten Abstand zum Flaggschiff.« Ohne auch nur einen Blick auf die verschwommene Silhouette von *Rapid* zu werfen, schritt er zum Niedergang.
Pascoe entspannte sich. War auch das nur Schauspielerei, fragte er sich, daß Emes nicht einmal einen Blick für die der Küste zustrebende *Rapid* übrig hatte? Oder daß er es stur abgelehnt hatte, an den Karronaden exerzieren zu lassen, obwohl er sah, daß auf dem Flaggschiff den ganzen Tag lang geübt wurde?
Der Master, ein hagerer, melancholischer Mann, der sich von Emes absichtlich ferngehalten hatte, kam jetzt aufs Achterdeck gestiegen und warf einen Blick auf den Steck-Kompaß.
»Was halten Sie vom Wetter, Mr. Bellis?« erkundigte sich Pascoe.
Bellis verzog das Gesicht. »Wird sich verschlechtern, Sir. Das spüre ich in den Knochen.« Dann legte er den Kopf schräg. »Hören Sie sich bloß die Musik an.«
Pascoes auf dem Rücken verschränkte Hände verkrampften sich. Er hatte das Geräusch der Pumpen schon gehört, sie arbeiteten jetzt während jeder Wache. Vielleicht stimmte es ja, was über das alte Schiff gesagt wurde. Jedenfalls war die Biskaya Gift für ihre schlecht kalfaterten Plankenstöße.
Für den Master war das Wasser auf seine Mühle. »Sie hat eben zu lange im Hafen gelegen, Sir, es ist ein Kreuz mit ihr. Und im Hafen hätte sie bleiben sollen. Ich halte jede Wette, daß sie am Kiel so morsch ist wie 'ne überreife Birne – ganz egal, was die Werft behauptet hat.«
Pascoe wandte sich ab. »Ich weiß Ihr Vertrauen zu schätzen, Mr. Bellis.«
Der Master grinste. »Jederzeit zu Ihren Diensten, Sir.«
Durchs Fernrohr sah Pascoe der kleinen Brigg nach, die im grauen Seenebel fast schon verschwunden war. Er hatte die Kopie ihrer Einsatzbefehle gelesen und konnte sich gut vorstellen, wie Browne sich auf das Bevorstehende vorbereitete. Pascoe schau-

derte es. In dieser Nacht . . .

Sein größter Wunsch war, an Brownes Seite zu sein. Aber dann rief er sich ärgerlich zur Ordnung. Wurde auch er jetzt der alten Fregatte untreu wie Bellis und manche der dienstälteren Leute an Bord?

Phalarope war einst ein stolzes Schiff gewesen. Genau hier, auf ihrem Achterdeck, hatte schon sein Onkel gestanden. Trotzdem – ihm lief ein kalter Schauer über den Rücken, er wußte nicht, warum.

Doch, er wußte es. Hier mußte Bolitho auch die Annäherung der anderen Fregatte beobachtet haben: der *Andiron,* die unter britischer Flagge fuhr, in Wirklichkeit aber ein den Briten weggenommener Freibeuter der Amerikaner war.

Unter dem Befehl meines Vaters, dachte Pascoe.

Er blickte übers Batteriedeck nach vorn. Herrick, Allday und der arme Neale waren hier auf und ab gegangen, auch Bolithos alter Steward Ferguson, der beim Kampf auf dem Vorschiff einen Arm verloren hatte.

Und jetzt stand er selber da. Als hätte er den Platz von seinem Onkel geerbt. Pascoe lächelte verlegen, aber ihm war etwas leichter zumute.

Leutnant Browne umklammerte jetzt schon so lange das Dollbord des kleinen Beiboots, daß sich seine Hand wie abgestorben anfühlte. Seit sie vom schützenden Rumpf der Brigg abgelegt hatten, war er von Zweifeln und Augenblicken nackter Angst gequält worden.

Die dick umwickelten Riemen hoben und senkten sich weiter gleichmäßig, ein Steuermannsmaat duckte sich neben dem Bootsführer mit dem beleuchteten Kompaß, den eine Persenning abdeckte.

Leutnant Searle ergriff das Wort. »Wenn meine Berechnungen stimmen, sollten wir jetzt nahe dran sein. Aber nach dem, was ich sehe, könnten wir genausogut auf China zuhalten.«

Immer wieder spähte Browne mit salzgeröteten Augen von links nach rechts. Einmal spürte er, wie das Boot in einer unvermuteten Querströmung versetzt wurde und gierte, und hörte den Maat neue Anweisungen für den Bootsführer murmeln.

Lange konnte es nicht mehr dauern. An Steuerbord ragte plötzlich aus der schwarzen Nacht eine noch schwärzere Felsnadel auf und blieb achteraus zurück; nur das veränderte Brandungsgeräusch hatte sie angekündigt.

Am Himmel zeigte sich kein Lichtschimmer.

Neben ihm erstarrte Searle plötzlich, und Browne fürchtete einen entsetzlichen Moment lang, er hätte ein französisches Wachboot entdeckt.

Aber Searle rief gedämpft: »Seht mal da! An Backbord voraus!« Aufgeregt packte er Brownes Arm. »Erstklassige Arbeit, Oliver!«

Browne wollte schlucken, aber sein Mund war wie ausgetrocknet. Er spähte scharf in die Finsternis, bis er glaubte, die Augen müßten ihm aus den Höhlen fallen.

Aber es stimmte. Vor ihnen lag der halbmondförmige Strand, erkenntlich an der langen hellen Brandungskurve.

Ruhig bleiben, sagte er sich. Es konnte immer noch ein Irrtum sein. Der Felsen, an den er sich so gut zu erinnern glaubte, mochte aus diesem Blickwinkel ganz anders aussehen.

»Langsam jetzt! Riemen an!«

Die Restfahrt schob das Boot weiter, bis es mit einem Poltern und Knirschen auf den Strand auflief, das in ihren Ohren unerträglich laut klang. Browne fiel fast um, als einige Seeleute ins seichte Wasser sprangen, um das Boot höher auf den Sand zu ziehen. Searle paßte auf, daß die kleine Gruppe von sechs Männern wohlbehalten den Strand erreichte. »Haltet das Pulver trocken«, mahnte er heiser. »Nicholl, du läufst als Kundschafter voraus, aber bißchen plötzlich.«

Noch ein paar hastig geflüsterte Abschiedsworte, dann stieß das Boot wieder ab und strebte so schnell es konnte der offenen See zu.

Browne stand stockstill und lauschte dem Wind, dem Gurgeln der kleinen Wellen auf dem festen Sand. Mit gezogenem Säbel kam Searle zurück.

»Alles klar, Oliver?« Im Dunkeln leuchteten seine Zähne hell. »Sie wissen den Weg.«

Dann sah Browne den Felsen über sich aufragen: wie ein Kamelhöcker. Genauso hatte er ausgesehen, als er hier mit Bolitho stand.

Searle hatte die Männer des Stoßtrupps selbst ausgewählt, zwei fähige Kanoniere und vier der schlimmsten Galgenvögel, die Browne je vor Augen gekommen waren. Nach Searles Worten waren sie aus mehr als einem Kerker entsprungen, und Browne glaubte ihm das unbesehen.

Neben einem Riedgrashügel pausierten sie, bis Browne leise sagte: »Hier vorn beginnt der Fußweg.«

Seine Ruhe überraschte ihn selber. Er hatte gefürchtet, daß ihn Mut und Entschlossenheit verlassen würden, wenn das Schiff und die vertrauten Gesichter erst hinter ihm zurückblieben.

Aber er hätte sich nicht sorgen müssen.

Searle flüsterte: »Moubray, du kletterst dort hinauf und bleibst als Nachhut bei Nicholl Garner.«

Die restlichen Seeleute und die beiden Kanoniere stapften den Pfad hinauf und schnauften wie Grubenpferde unter der Last ihrer Pulversäcke und Waffen.

Es ging steiler bergan, als Browne in Erinnerung hatte. Oben ließen sie sich erst einmal ins nasse Gras fallen, um wieder zu Atem zu kommen und sich zu orientieren.

»Seht ihr diesen hellen Fleck dort?« fragte Browne leise. »Das ist die Festungsmauer. Falls keine neuen Gefangenen eingeliefert wurden, sollte die Wachmannschaft ziemlich nachlässig sein. Unser Ziel liegt rechts davon. Hundert Schritte und dann um einen runden Hügel.«

Der Kanonier namens Jones hob warnend die Hand. »Was ist das?« Er lauschte.

Alle erstarrten, bis Browne flüsterte: »Das sind Pferde. Eine Nachtpatrouille der Kürassiere, von denen ich Ihnen erzählt habe. Sie bleiben auf der Straße.«

Zum Glück verschmolzen die dumpfen, langsamen Hufschläge bald mit den anderen Geräuschen der Nacht.

Searle erhob sich. »Weiter!« Mit seinem Säbel gab er die Richtung an. »Und daß mir keiner stolpert! Wessen Waffe unabsichtlich losgeht, dem schlage ich persönlich den Kopf ab!«

Browne merkte, daß er noch lächeln konnte. Searle war erst zwanzig, aber er hatte die bullige Selbstsicherheit eines alten Kämpen.

Sie brauchten länger als erwartet, und Browne fürchtete allmählich, daß sie zu weit nach rechts abgekommen waren.

Zu seiner großen Erleichterung hörte er jedoch Nicholl, der ihnen vorausging, bald angestrengt flüstern: »Da ist sie, Sir! Recht voraus!«

Sie warfen sich alle zu Boden, während Browne und Searle die

schwach erkennbaren Umrisse der Kirche studierten.
»Das Portal ist auf der anderen Seite, nach der Straße zu.«
Browne zwang sich, bewußt an die nächsten Minuten zu denken. Vielleicht waren sie alles, was ihm noch vom Leben blieb. Was erwartete er denn? Die Sache war notwendig, aber für ihn und die anderen bedeutete sie den fast sicheren Tod. Er lächelte in sich hinein. Wenigstens bekam sein Vater vielleicht doch noch eine bessere Meinung von ihm.
Er sah die anderen an. »Fertig?«
Alle nickten, manche bleckten die Zähne wie Hunde an der Leine.
Eng an die Kirchenmauern gedrückt, schlichen sie um das Gebäude herum zur anderen Seite. Alles blieb so still, als seien sie die einzigen Menschen auf der Welt. Nur die Seebrise strich flüsternd durchs Gras, und ab und zu quietschte einer ihrer Schuhe.
Ein Mann schrie erstickt auf, als ein Vogel dicht vor seinen Füßen aufflatterte und krächzend in der Dunkelheit verschwand.
»Verdammter Mist!« fluchte Searle.
»Ruhe!« Browne preßte sich an die Mauer und erwartete, einen fragenden Anruf oder einen Schuß zu hören.
Als nichts geschah, drückte er sich entschlossen von der Wand ab und spähte an dem viereckigen normannischen Kirchturm empor, dessen Silhouette sich schwach vom Himmel abhob. Aus einem schmalen Fensterschlitz weiter oben fiel ein Lichtschimmer. Mit Mühe zwang er seine rasenden Gedanken zur Ruhe und versuchte, sich zu erinnern, was er über diese optischen Telegraphen erfahren hatte. In England wurden sie in der Regel von vier bis fünf Männern betrieben: einem Offizier, einem Unteroffizier und zwei bis drei Seeleuten. Da dieser hier in der Nachbarschaft der Festung stand, war es wahrscheinlich, daß zumindest einige Männer der Turmbesatzung die Nacht dort verbrachten. In diesem Fall . . .
Browne schlich zu Searle und flüsterte: »Probieren wir die Tür.«
Der Kanonier namens Jones packte den schweren Eisenring, der als Klinke diente, und drehte ihn vorsichtig. Er quietschte, aber die Tür gab nicht nach.
»Verschlossen, Sir.«
Searle winkte einen zweiten Mann heran. »Moubray, mach den Wurfanker klar!«

Browne hielt den Atem an, als der Wurfanker nach oben flog, von der Mauer abprallte und wieder zwischen ihnen aufschlug.

Doch beim zweiten Versuch fanden seine Flunken Halt, und Browne sah einen Mann an der Leine nach oben verschwinden – so schnell, als hätte die alte Kirche ihn bei lebendigem Leibe verschluckt.

Gepreßt sagte Searle: »Tüchtiger Mann. Saß als Sträfling in Lime House, bis die Werber ihn zu fassen kriegten.«

Wieder quietschte der Türring, und diesmal schwang die Tür auf. Im Spalt stand der Seemann und grinste breit.

»Kommt rein, hier drin ist's wärmer!«

»Nicht so laut, verdammt noch mal!« Searle spähte ins dunkle Turminnere.

»Keine Sorge, Sir. Hier ist niemand mehr.« Der Seemann schob die Blende einer Laterne hoch und hielt sie so, daß ihr Schein auf eine steinerne Wendeltreppe fiel. Auf den Stufen lag ein uniformierter Körper so verrenkt, wie er hingestürzt war; weit offene, starre Augen reflektierten das Licht.

Browne mußte schlucken. Dem Mann war die Kehle durchschnitten worden, sein Blut hatte die Wände bespritzt.

Ruhig berichtete der Seemann: »Er saß allein hier. War nicht schwerer, als einem blinden Kind die Geldbörse zu klauen.«

Searle steckte seinen Säbel in die Scheide. »Das kannst du ja beurteilen, Cooper.« Er wandte sich der Treppe zu. »Harding und Jones, macht eure Sprengladungen klar.« Dann blickte er zu Browne zurück und grinste mit schmalen Lippen. »Und wir gehen uns die Maschine ansehen, ja?«

Bolitho fuhr aus dem Schlaf hoch und packte die Armlehnen von Inchs komfortabler Chaiselongue, wo er seit Beginn der Nacht unruhig geschlummert hatte und immer wieder aufgewacht war.

Sofort fiel ihm auf, daß die Schiffsbewegungen heftiger waren und das Wasser am Rumpf lauter ablief, weil sich *Odin* stärker überlegte.

Bis auf den Schein einer einzelnen, halb abgeblendeten Laterne lag die Achterkajüte im Dunkeln, so daß die See vor den salzverkrusteten Fenstern drohend nahe und gierig wirkte.

Die Tür ging auf und gab Alldays Silhouette frei.

»Was ist los?« Also konnte auch Allday nicht schlafen.

»Der Wind hat gedreht, Sir.«

»Und aufgefrischt?«

»Ja. Er kommt jetzt aus Nordost.« Das klang bedrückt.

Bolitho dachte über die neue Lage nach. Mit einem Wechsel der Windrichtung hatte er gerechnet, aber daß der Wind bis Nordost herumgehen würde, war undenkbar gewesen. Für ihre heimliche Annäherung blieben ihnen nur noch einige wenige Stunden, und bei dieser Windrichtung konnten sie praktisch nur kriechen. Das bedeutete möglicherweise einen Angriff bei vollem Tageslicht; dann aber wurde jedes feindliche Schiff im Umkreis vieler Meilen rechtzeitig alarmiert und konnte zum Gegenangriff übergehen.

»Meine Kleider!« Bolitho erhob sich und spürte das Deck unter seinen Füßen bocken, als spotte die See seiner Pläne.

»Ozzard kommt gleich«, sagte Allday. »Ich habe ihm schon Bescheid gesagt, als ich hörte, wie Sie sich herumwarfen. Diese Chaiselongue ist kein Platz zum Schlafen.«

Bolitho wartete, bis Allday die Blenden der Laterne etwas angehoben hatte. Das ganze Schiff war verdunkelt, selbst das Kombüsenfeuer gelöscht. Es hätte das Maß voll gemacht, wenn ausgerechnet aus dem Admiralsquartier der verräterische Lichtschein gekommen wäre.

Dann roch er Kaffeeduft und sah Ozzards schmächtige Gestalt auf sich zukommen.

Der Steward murmelte: »Habe mir erlaubt, noch Kaffee zu kochen, ehe das Feuer gelöscht wurde, Sir. Die Kanne habe ich in eine Decke gewickelt und warm gehalten.«

Dankbar schlürfte Bolitho den Kaffee, aber im Geiste arbeitete er schon verschiedene Alternativen aus. Umkehren konnte er nicht, selbst wenn er gewollt hätte. Browne mußte inzwischen beim Turm angekommen sein oder tot inmitten seiner Freiwilligen liegen.

Egal, was passierte, er würde den Angriff nicht abblasen, das wußte er, obwohl ihm seine vieldeutig abgefaßten Befehle bis zur letzten Minute Spielraum ließen.

Bolitho schlüpfte in seinen Rock und ging zur Tür. Das Warten konnte er keinen Augenblick länger ertragen.

An Deck überfiel ihn der Lärm; Segel knallten, Blöcke quietschten. Gestalten kamen und gingen im Finstern, und um das große Doppelrad standen der Master und seine Rudergänger wie Überlebende eines Schiffbruchs, die sich auf einem winzigen

Eiland zusammendrängten.

Inchs schlacksige Gestalt eilte herbei, um den Admiral zu begrüßen.

»Guten Morgen, Sir.« Inch war kein Schauspieler und konnte seine Überraschung nicht verhehlen. »Stimmt etwas nicht?«

Bolitho nahm seinen Arm und führte ihn abseits an die Reling. »Der Wind«, sagte er.

Inch starrte ihn an. »Der Master glaubt, er wird noch weiter drehen, Sir.«

»Aha. Glaubt er das?« Der alte Grubb hätte es *gewußt,* dachte Bolitho, so sicher, als hätte er Gott auf seiner Seite.

Gischt wehte durch die straffen Wanten, und jenseits davon, querab, aber immer noch in Position, konnte er schwach den Umriß von *Phalarope* erahnen; ein Geisterschiff, in der Tat.

Bolitho biß sich auf die Lippen. »Gehen wir in den Kartenraum«, sagte er knapp. Inch und der Master folgten ihm in den abgeblendeten Raum unter der Hütte und starrten angestrengt auf die Seekarte nieder. Bolitho spürte, wie Inch gespannt auf seine Entscheidung wartete, vor allem aber spürte er das unaufhaltsame Verrinnen der Zeit. Wie Sand im Stundenglas: nichts konnte sie aufhalten oder bremsen.

Er begann: »Wir können nicht länger warten. Rufen Sie alle Mann an Deck und machen Sie klar zum Gefecht.« Er wartete, bis Inch den Befehl an einen Bootsmann draußen vor der Tür weitergegeben hatte. »Sie schätzen, daß wir etwa zehn Meilen südwestlich der Landzunge stehen?«

Der Master nickte wortlos, und Bolitho sah flüchtig in ein besorgtes, aber sachkundiges Gesicht. Plötzlich fiel es ihm wieder ein: Dieser Mann hier war als Erster Steuermann eingesprungen, als der alte Master vor Kopenhagen gefallen war. Damals war er ein unbeschriebenes Blatt gewesen. Und jetzt?

Inch beugte sich vor und beobachtete, wie Bolitho den Stechzirkel über die Seekarte wandern ließ.

»Das französische Geschwader ankert vor der Landspitze hier, nördlich der Loire-Mündung.« Bolitho sprach seine Gedanken laut aus. »Wenn wir beim ursprünglichen Plan blieben, würden wir Stunden brauchen, um gegen den Wind dorthin aufzukreuzen. Aber wir müssen noch vor Tagesanbruch an dem französischen Geschwader vorbei sein und in die Bucht hineinsegeln, wo die Landungsflotte verankert liegt.« Er blickte den Master an.

»Also?«

»Na los, Mr. M'Ewan«, sagte Inch ermunternd.

Der Master befeuchtete sich die Lippen, dann sagte er entschlossen: »Wir könnten luven, Sir, bis wir dicht unter Land sind, dann wenden und nordwestlichen Kurs segeln, hoch am Wind, bis in die Bucht hinein. Vorausgesetzt, der Wind dreht nicht noch weiter. Denn wenn das passiert, rennen wir uns fest, Sir, und dann gnade uns Gott.«

Inch wollte schon protestieren, klappte den Mund aber wieder zu, als er Bolitho nicken sah.

»Das ist richtig. So verkürzen wir die Anfahrt um eine Stunde, und wenn wir Glück haben, mogeln wir uns mit einer Meile Abstand an den französischen Kriegsschiffen vorbei.« Bolitho sah Inch an. »Sie wollten etwas sagen?«

»Der Wind ist nicht nur für uns ungünstig, Sir.« Inch zuckte hilflos die Schultern. »Er hält auch den Rest des Geschwaders auf.«

»Das weiß ich.«

Von oben erklang gedämpftes Fußgetrappel, das Scharren und Knirschen und Poltern, mit dem Zwischenwände gelegt und andere Hindernisse beseitigt oder ins Orlopdeck hinuntergelassen wurden. Ein Kriegsschiff im Gefecht brauchte Decks, die vom Bug bis zum Heck freigeräumt waren; wo Männer gewohnt, gegessen, gehofft, geschlafen und geübt hatten, gehörte der Platz jetzt den Kanonen. Die Zeit der Prüfung war für alle gekommen.

»Schiff ist klar zum Gefecht, Sir!« rief der Erste Offizier.

Inch warf einen Blick auf seine Taschenuhr und strahlte. »Neun Minuten, Mr. Graham. Das ist eine gute Zeit.«

Plötzliche Trauer überfiel Bolitho, und er mußte sich abwenden. Genauso hatte auch Neale sich benommen.

Aber dann sagte er zu Inch: »Wenn wir uns verspäten, könnten wir in Grund und Boden geschossen werden. Ob Kommodore Herrick nun rechtzeitig zu unserer Unterstützung eintrifft oder nicht, wir müssen auf jeden Fall zwischen diese Landungsboote gelangen.« Er sah Inch fest an. »Nur das zählt, sonst nichts.«

Überraschenderweise schien Inch das zu freuen. »Ich weiß, Sir«, strahlte er. »Und *Odin* ist dafür genau das richtige Schiff.«

Bolitho mußte lächeln; dieser zuverlässige, vertrauenswürdige Mann würde niemals einen seiner Befehle in Frage stellen.

Die Tür ging auf, und Midshipman Stirling quetschte sich in

den Kartenraum. Selbst im schwachen Laternenlicht fiel auf, daß er müde aussah und seine Augen rotgeädert waren.

»Bitte um Entschuldigung für meine Verspätung, Sir«, stotterte er.

»Ich habe verlernt, so tief zu schlafen«, meinte Bolitho, an Inch gewandt.

Inch wandte sich zum Gehen. »Ich lasse das Nachtsignal an *Phalarope* absetzen, Sir. Hoffentlich ist sie bei Tagesanbruch auch wirklich noch da!«

Bolitho beugte sich über die Seekarte und studierte die sauber geschriebenen Kursangaben und -linien. Gewiß, sein Plan barg ein großes Risiko. Aber schließlich war das immer so gewesen. Selbst jetzt noch konnte sich alles gegen sie verschwören, ehe sie überhaupt in Landnähe kamen. Ein einsamer Fischer mochte es mit dem Wetter und dem Zorn einer französischen Patrouille aufnehmen, um seinen Lebensunterhalt zu verdienen, und zufällig das abgeblendete Lichtsignal sehen, das jetzt an *Phalarope* gegeben wurde.

»Verdammt noch mal!« explodierte Bolitho. »Der Zweifel bringt mehr Seeleute um als der Feind!«

Stirling warf hastig einen Blick in die Runde. Inch und der Master hatten den Kartenraum verlassen, der Admiral sprach mit *ihm.*

Unsicher fragte er: »Könnten die Franzosen uns noch daran hindern, in die Bucht einzulaufen, Sir?«

Erstaunt sah Bolitho ihn an; ihm war nicht klar gewesen, daß er laut gesprochen hatte.

»Sie können es jedenfalls versuchen, Mr. Stirling.« In einem plötzlichen Einfall gab er dem Jungen einen Klaps auf die Schulter. »Kommen Sie, begleiten Sie mich. Ich muß ein Gefühl für dieses Schiff bekommen.«

Stirling erglühte vor Stolz. Nicht einmal die Tatsache, daß Bolitho unwissentlich seinen verletzten Arm gepackt hatte, konnte die Bedeutung des Augenblicks für ihn schmälern.

Allday, in dessen Gürtel jetzt ein neues Entermesser steckte, sah sie vorbeigehen und mußte trotz seiner trüben Gedanken grinsen.

Der Knabe und sein Held. Aber warum auch nicht? Es war ein Tag, an dem sie alle ihre Helden dringend brauchen würden.

»Der Wind steht durch, Sir!«

Bolitho trat zu Inch an die Querreling und spähte über das schwach erkennbare Deck nach vorn. Jenseits des Vorschiffs, das sich gerade zu drehen begann, weil die Rahen so dicht angebraßt wurden, daß sie fast mittschiffs standen, sah er nicht das geringste. Dabei war er eigens an Deck geblieben, damit seine Augen sich besser an die Dunkelheit gewöhnten, damit er sofort den ersten Schimmer des nahenden Tages bemerkte, die Trennlinie zwischen See und Himmel. Und das Land.

Das Schiff stampfte schwerfällig in der ablandigen Strömung; die Seesoldaten zurrten ihre Hängematten in den Netzen an der Reling noch einmal fester: ihre einzige Deckung und die Auflage für ihre Musketen, wenn sie später nach einem Ziel suchen würden.

Auf den Seitendecks, unter denen jede Kanone geladen und schußbereit wartete, ging ab und zu eine Gestalt hin und her. Andere enterten auf, um die Kettenschlingen um die Rahen und die schützenden Netze ein letztes Mal zu trimmen, um noch einen Sack mit Schrotkugeln für die Drehbassen im Krähennest hochzuhieven oder um eine letzte durchgescheuerte Leine zu spleißen.

Bolitho hörte und sah das alles. Und was er nicht sehen konnte, vermochte er sich leicht auszumalen. Wie all die Male zuvor spürte er Spannung, die ihm wie mit stählernem Griff das Herz zusammenpreßte, und die Furcht, doch noch irgend etwas übersehen zu haben.

Das Schiff hielt sich hervorragend. Inch hatte sich als ausgezeichneter Kommandant erwiesen, und Bolitho mochte es selbst nicht glauben, daß er ihm vor langer Zeit nicht mehr als das Leutnantspatent zugetraut hatte.

Bolitho konnte es nicht verhindern, daß seine Gedanken abschweiften. Zu dem jungen Travers unten auf dem Batteriedeck, der nach ihrer Rückkehr Hochzeit halten wollte; jetzt wartete er wie alle seine Männer darauf, daß sich die Stückpforten in ihrem rot angestrichenen Höllenloch öffneten und die Kanonen zu brüllen begannen. Und Inch, der mit wehenden Rockschößen auf dem Achterdeck hin und her marschierte, während er – den Hut mit kesser Schlagseite fest aufs Haupt gedrückt – mit seinem Ersten Offizier und dem Master plauderte. Inch hatte daheim in Weymouth eine Frau, Hanna, und zwei Kinder; was sollte aus ihnen werden, wenn er heute fiel? Warum bloß erfüllte es ihn mit

Stolz und Freude, in ein Gefecht zu ziehen, das für sie alle das Ende bringen konnte?

Und dann Belinda. Unruhig ging Bolitho an den Finknetzen auf und ab, wobei er Stirling völlig vergaß, der sich wie ein Schatten dicht an seiner Seite hielt. Nein, an Belinda durfte er jetzt nicht denken.

Er hörte einen Mann leise sagen: »Da ist die alte *Phalarope,* Jim. Jeder Appelkahn wäre mir lieber als sie!« Dann schien er Bolithos Nähe zu spüren und verstummte.

Bolitho starrte zu dem Schemen hinüber, der sich querab stampfend durch die Seen schob. Wie *Odin* fuhr auch sie ihre Rahen hart angebraßt, so daß die Segel eine hellere Pyramide bildeten, während der dunkle Rumpf noch mit dem Wasser verschmolz.

Zwei Schiffe und rund achthundert Offiziere, Matrosen und Soldaten, von einem einzigen Mann – ihm – in ein Gefecht auf Leben und Tod befohlen.

Bolitho blickte auf den Midshipman hinab. »Würden Sie lieber auf einer Fregatte fahren?«

Stirling dachte mit geschürzten Lippen darüber nach. »Lieber als anderswo, Sir.«

»Dann sollten Sie mal mit meinem Neffen sprechen, er ...« Bolitho brach ab, weil Stirlings Augen plötzlich aufleuchteten.

Erst jetzt folgte, scheinbar eine halbe Ewigkeit später, der dumpfe Donner einer fernen Detonation. Ein Lichtschein zuckte am Himmel auf, dann wurde alles wieder von den Geräuschen der See und des Windes verschluckt.

»Herrgott, was war das?« Inch stürmte heran, als sei Bolitho ihm eine Antwort schuldig.

Der sagte leise: »Die Sprengladung ist hochgegangen, Kapitän Inch.«

»Aber ...« Inch starrte ihm in der Dunkelheit ins Gesicht. »Aber das war doch viel zu früh?«

Bolitho wandte sich ab. Ob nun zu früh oder zu spät, Browne mußte jedenfalls gute Gründe für die Zündung gehabt haben.

Bolitho merkte, daß Allday an ihn herantrat, und hob den Arm, damit er den Säbel an seinen Gürtel schnallen konnte.

»Der beste, den ich auftreiben konnte, Sir«, erläuterte Allday. »Nur um eine Kleinigkeit schwerer, als Sie es gewohnt sind.« Er deutete über Bord in die Dunkelheit. »War das Mr. Browne?«

»Ja. Er wußte vorher, daß er's schaffen würde. Leider Gottes gab es keinen anderen Weg.«

Allday seufzte. »Ihm war bekannt, worauf er sich einließ, Sir.«

Midshipman Stirling machte sich bemerkbar. »Es wird schon heller, Sir.«

Bolitho lächelte. »Das stimmt.« Dann wandte er dem Jungen den Rücken zu und sagte leise zu Allday: »Etwas muß ich dir unbedingt noch sagen . . .« Der Bootsführer zuckte zurück, als ahne er Bolithos Worte im voraus. »Falls – ich sage ausdrücklich ›falls‹ – ich heute fallen sollte . . .«

»Schauen Sie, Sir.« Mit gespreizten Händen unterstrich Allday jedes Wort. »Alles, was ich gesagt oder getan habe, seit wir auf dieses Schiff gekommen sind, hat nichts mehr zu bedeuten. Wir werden es so gesund überstehen wie immer, glauben Sie mir, Sir.«

»Aber für den Fall«, beharrte Bolitho, »daß es anders kommt, mußt du mir versprechen, daß du nie mehr zur See fahren wirst. Man wird dich in Falmouth nicht entbehren können. Kümmere dich dort um alles.« Er ignorierte Alldays verzweifelten Protest. »Gib mir bitte dein Wort darauf.«

Allday nickte trübe.

Bolitho zog seinen neuen Säbel aus der Scheide und führte einen Probehieb durch die Luft. In der Nähe stehende Matrosen und Seesoldaten, die es beobachtet hatten, stießen einander an, und einer brach in Hochrufe aus. »Wir werden es den Schweinehunden schon zeigen, Sir!«

Bolitho ließ den Arm sinken. »Jetzt bin ich bereit, Allday«, sagte er.

Kapitän Inch legte die hohlen Hände um den Mund und rief: »Gehen Sie auf Steuerbordbug, Mr. Graham!«

»Achterdeckswache – an die Besanbrassen!«

Als *Odin* über Stag ging und sich dann wieder hoch am Wind der See entgegenwarf, stand Bolitho mitten im Gewühl und fühlte sich doch seltsam distanziert von allen.

Fröhlich meldete Inch: »Noch immer nichts zu sehen von den Franzosen, Sir!«

Bolitho blickte zu den angebraßten Rahen und den eisenharten Segeln hinauf, hinter denen der Himmel schon heller wurde.

»Die werden schon noch kommen.« Sein Blick fiel auf die Admiralsflagge, die – im grauen Licht noch farblos – steif vom Besanmasttopp auswehte. »Machen Sie eine zweite Flagge klar zum

Heißen, Mr. Stirling«, befahl er und stellte fest, daß er tatsächlich zu Inch hinüberlächeln konnte. »Rémond soll wissen, gegen wen er kämpft. Deshalb setzen Sie die Reserveflagge, wenn die erste weggeschossen werden sollte.«

Allday studierte Bolithos Gesicht und wunderte sich nicht zum erstenmal über sein Geschick, die Leute um ihn herum mit einem Blick, einem Wort in Begeisterung zu versetzen. Trotzdem überfiel ihn plötzlich bange Sorge, und er fragte sich, ob Bolitho für diese trotzige Geste nicht einen zu hohen Preis würde zahlen müssen.

Fahles Gold ließ die Hügelkämme der fernen Küste aufleuchten, und kurz danach rief Inch triumphierend: »Wir sind an dem französischen Geschwader vorbei, Sir!«

Bolitho warf Allday einen Blick zu und lächelte. Von ihm wenigstens fühlte er sich verstanden.

Dann sagte er: »Also gut, Kapitän Inch. Lassen Sie die Kanonen ausfahren, wenn Sie soweit sind.«

XVI Ein zerstobener Traum

Leutnant Searle stand auf der langen Leiter und spähte zu dem komplizierten Arrangement aus Flaschenzügen und Blöcken auf, das vom Dach herabhing. Offenbar gehörte es zu der Metallstruktur oben auf dem Turm, dem Semaphor.

Er rief nach unten: »Kein Wunder, Oliver, daß sie für diese Arbeit Seeleute brauchen. Keine Landratte könnte diese Wulings jemals entwirren.« Er tätschelte die feuchten Mauersteine und verzog das Gesicht. »Wir brauchen eine mordsgroße Sprengladung, wenn wir den ganzen Turm umlegen wollen.«

Browne starrte zu ihm hoch. »Den ganzen Turm?«

Searle winkte schon den einen seiner beiden Sprengmeister heran. »Hier hinauf, Jones! Aber ein bißchen schnell, Mann!« Zu Browne gewandt fuhr er fort: »Diese Kirche hat Mauern, so dick wie eine Festung. Was glauben Sie, wie lange die Franzosen brauchen würden, um neue Signalarme zu installieren?«

Searle sprang auf die Plattform und rief zu seinem Sprengmeister hinunter: »Pack die Ladung fest unter die Treppe an der Außenwand. Das sollte reichen.« Als der andere schwieg, fuhr er ihn an: »Oder nicht?«

Jones rieb sich das Kinn und warf einen schrägen Blick auf die Falltür über ihm.

»Ich schätze schon, Sir.«

Damit kletterte er wieder hinunter und besprach sich mit seinem Kameraden am Fuß der Leiter.

»Alberner Narr!« Searle stieß die Falltür auf. »Macht sich in die Hosen, bloß weil's eine Kirche ist! Man könnte meinen, wir hätten's plötzlich mit lauter Heiligen zu tun.«

Sowie Searle durch die Falltür nach oben verschwunden war, folgte ihm Browne ins Freie, wo ihn sofort ein eisiger Wind empfing.

Aber Searle kochte immer noch. »Die Kirche hat mehr Sünden begangen als alle Seeleute zusammen, wette ich.«

»Für einen so jungen Mann sind Sie sehr zynisch.«

Browne trat zu einer Schießscharte und starrte auf die See hinaus. Noch konnte er sie in der Dunkelheit nicht sehen, aber er roch ihren scharfen Salzgeruch; die Mauerkrone war dick besät mit Möwendung.

Hinter sich hörte er Searle leise auflachen. »Mein Vater ist Pastor – ich weiß Bescheid.«

Von unten drang das dumpfe Poltern herauf, mit dem ein Körper über Stufen geschleift wurde, und Browne erinnerte sich daran, daß der französische Seemann nicht einmal eine Waffe getragen hatte, als er von Cooper niedergemacht worden war. Dann fielen ihm die neugierigen Blicke der Franzosen ein, die die Straße gesäumt hatten, auf der sie als Gefangene abtransportiert worden waren. Warum hätten sie auch mit dem Schlimmsten rechnen sollen? Genausowenig würde ein Engländer im Norden oder Westen des Landes erwarten, plötzlich vor einem Franzosen zu stehen.

»Sir!«

»Nicht so laut!« Searle warf sich hin und spähte durch die Falltür hinunter. »Was ist los?«

»Da kommt jemand!«

Browne lief schnell zu einer anderen Schießscharte, die über dem Eingang zum Turm liegen mußte, und spähte hinunter. Ein Pfad aus helleren Steinen führte auf die Tür zu, und noch während er hinsah, glitt eine Gestalt heran; gleich danach erklang ein metallisches Klopfen.

»Hölle und Teufel!« Searle hastete die Leiter hinunter. »Der kam schneller als gedacht!«

Browne folgte ihm zum oberen Ende der Steintreppe und hörte Searle unten schon kommandieren: »Scharr mit den Füßen, Moubray! Und du machst die Tür auf, wenn ich dir ein Zeichen gebe!«

Browne hielt sich an der Leiter fest und wagte kaum zu atmen. Nach der Dunkelheit auf dem Dach wirkte die Szene vor der Tür grell und dramatisch. Searles Breeches hoben sich sehr weiß von den alten Steinen der Mauer ab; neben ihm scharrte Moubray mit den Füßen, als schlurfe er auf die Tür zu. Dann drehte sich der Schlüssel knirschend im Schloß, und der Türflügel schwang langsam nach innen auf. Mit einem ungeduldigen Ausruf trat der Neuankömmling hastig ins windgeschützte Innere.

Dann ging alles blitzschnell, und doch kam es Browne so vor, als dehnten sich die Sekunden zu einer Ewigkeit. Der Fremde – ein französischer Matrose – stand erstarrt mit offenem Mund da und stierte den Halbkreis geduckter Figuren an, der ihn umgab. Searle hatte seinen Säbel gezogen, Jones hielt die Muskete, zum Zuschlagen bereit, hoch über seinen Kopf.

Plötzlich ein wirres Durcheinander: Mit einem Aufschrei fuhr der Franzose zur Tür herum, während Jones den Kolben seiner Muskete auf ihn niedersausen ließ. Aber keiner hatte an die Blutlache gedacht, die sich am Fuß der Treppe, wo der erste Matrose abgeschlachtet worden war, gesammelt hatte. Jones schrie entsetzt auf, als die Füße unter ihm wegrutschten; in weitem Bogen flog die Muskete aus seinen Fäusten, ein Schuß löste sich und knallte in dem engen Raum betäubend laut. Die Kugel traf Jones ins Gesicht und fuhr danach splitternd in die Steinmauer.

Searle brüllte: »Aufhalten den Mann, ihr Narren!«

Wie der Blitz stürzte Cooper die Außentreppe hinab, und gleich danach hörten sie draußen einen entsetzlichen Schrei, der aber sofort erstickt wurde.

Schweratmend kehrte Cooper in den Turm zurück, das blutige Entermesser noch in der Faust. »Es kommen mehr von den Kerls, Sir«, keuchte er.

Jones wälzte sich auf dem Boden, sein Blut mischte sich mit dem des französischen Matrosen.

Scharf befahl Browne: »Kümmert euch um ihn!« Und zu Searle gewandt, setzte er gepreßt hinzu: »Wir müssen hier schleunigst verschwinden!«

Searle hatte seine äußerliche Ruhe wiedergefunden. »Harding, mach weiter mit den Lunten«, befahl er.

Der Sprengmeister warf einen schiefen Blick auf seinen Kameraden. »Und das alles in einer Kirche«, murrte er heiser. »Es ist nicht recht, Sir.«

Searles rechte Hand hielt plötzlich eine Pistole. »Gib acht, wie du mit mir redest, du abergläubisches altes Weib«, sagte er kalt. »Ich sorge dafür, daß du einen gestreiften Rücken kriegst, wenn wir wieder an Bord sind, verlaß dich drauf!«

Von draußen hämmerten Fäuste und Fußtritte gegen die Tür, und Browne warnte: »Weg mit euch, Jungs.« Er hatte kaum ausgesprochen, da knallte ein Schuß, eine Kugel schlug in die dicken Türbohlen, und ein Chor von aufgeregten Stimmen brandete gegen die Außenmauern, als seien die Toten aus den Gräbern gekrochen und schrien nach Rache.

Cooper sagte: »Auf der anderen Seite ist noch eine Tür, Sir. Aber sehr eng. Wahrscheinlich nur 'ne Ladeluke für Holz und Kohle.«

»Das sehe ich mir an. Komm mit und zeig sie mir, Cooper.« Searle sah warnend zu Browne hinüber. »Behalten Sie die Leute im Auge, Oliver. Wenn sie glauben, daß es ihnen an den Kragen geht, werden sie davonrennen.«

Damit verschwand er zwischen zwei abgewetzten Säulen nach hinten, und Browne hörte nur noch seine Stiefel auf die Steine knallen wie bei der Parade.

Vor der Kirche war jetzt alles still; Browne konnte Harding unregelmäßig atmen hören, während dieser seine Lunten zurechtschnitt, und ab und zu scharrte ein Fuß auf der Leiter über ihm, wo die Seeleute ihre Sprengladungen feststopften.

Flüsternd fragte Harding: »Was die da draußen jetzt wohl machen, Sir?« Er blickte dabei aber nicht hoch, sondern arbeitete weiter, und seine vernarbten, schwieligen Pranken bewegten sich so vorsichtig wie Chirurgenhände.

Browne schätzte, daß von den französischen Seeleuten oder Wachsoldaten einige davongeeilt waren, um die Kürassiere zu alarmieren. Die konnten nicht lange brauchen, bis sie eintrafen. Wieder dachte er an die schwarzen Federbüsche und die langen Säbel, an die Drohung, die von den Kürassieren ausging, selbst damals, als er sie nur von fern gesehen hatte.

Aber laut antwortete er: »Sie warten ab, was wir vorhaben. Schließlich können sie ja nicht wissen, wer wir sind oder woher wir kommen.«

Jones stöhnte wie ein Tier, und Browne kniete sich neben ihn. Die Musketenkugel hatte ein Auge weggerissen und einen daumengroßen Knochensplitter aus der Stirn. Der Seemann namens Nicholl drückte einen Fetzen auf die schreckliche Wunde, aber selbst in dem schwachen Licht konnte Browne erkennen, daß der Sprengmeister im Sterben lag.

»Es ist aus mit mir«, flüsterte Jones. »Wie konnte mir das nur passieren?«

»Ruhen Sie sich aus, Jones. Bald geht's Ihnen besser.«

Cooper kehrte zurück und starrte wütend auf den Verwundeten hinab. »Hättest du nicht die Muskete fallen gelassen, du dummer Hund, wäre das nicht passiert.«

Auch Searle trat aus dem Dunkel heran, Knie und Brust mit Schmutz beschmiert.

»Es gibt wirklich noch eine andere Tür. Winzig klein und seit Monaten nicht mehr benützt. Wahrscheinlich seit die Marine die Kirche besetzt hat.« Er sah zu Harding hinüber. »Wie lange?«

»Ich habe sie auf eine halbe Stunde geschnitten, Sir.«

Searle sah Browne an und seufzte. »Haben Sie das gehört? Es ist hoffnungslos.« Scharf fuhr er Harding an: »Kürzen auf zehn Minuten, nicht mehr!«

Browne untersuchte seine Pistolen, um Zeit zum Nachdenken zu gewinnen. Searle hatte recht, wenn er die Lunten so kurz machen ließ. Sie waren hier, um den Semaphor zu zerstören, um die Signalkette zu unterbrechen, und wahrscheinlich hatten die meisten von ihnen nicht einmal damit gerechnet, bis hierher durchzukommen. Aber er bezweifelte, daß er selbst diesen Befehl mit so kühlem Nachdruck in der Stimme hätte geben können.

»Also, gehen wir.« Als sich zwei Männer bückten, um den stöhnenden Jones aufzuheben, fügte er noch hinzu: »Der kommt nicht weit.«

»Ein guter Kanonier«, meinte Searle. »Aber kaum ist er an Land . . .« Er vollendete den Satz nicht.

Mit dem unglücklichen Jones zwischen sich, ertasteten sie ihren Weg zur Hintertür. Als sie knarrend aufgedrückt wurde, rechnete Browne mit einem Kugelhagel, und als der schmächtige Cooper sich als erster ins Freie warf, erwartete er mit zusammengebissenen Zähnen, daß eine Säbelschneide auf seinen Nacken niederfahren würde.

Aber nichts geschah. Searle murmelte: »Die Franzosen sind an Land auch nicht besser als Jones, scheint mir.«

»Moment mal.« Browne sah in den Turm zurück, wo Harding neben seinen Leuten wartete. »Ich mache das. Danach schlagen wir uns zum Strand durch. Man kann ja nie wissen.«

Als Searle sich durch die enge Tür nach draußen gequetscht hatte, fühlte Browne sich plötzlich sehr allein und unbehaglich. Mit hallenden Schritten ging er zu Harding zurück. »Fertig?« fragte er.

»Aye, Sir.« Der Kanonier schob eine Scheibe der Laterne hoch und hielt ein langsam brennendes Zündholz an die Flamme, das er in seiner Jackentasche mitgebracht hatte. »Man kann sich nie darauf verlassen, Sir. Nicht, wenn sie so kurz sind.« Er starrte in die Finsternis und fügte bitter hinzu: »Aber manche Leute wissen ja alles besser.«

Gebannt sah Browne zu, wie der Kanonier das Zündholz so lange im Kreis schwang, bis der Kopf zu glimmen begann.

Dann sagte er: »Jetzt!«

Laut zischten die Lunten, und die Zündfunken schienen Browne mit wahnwitziger Geschwindigkeit nach oben zu prasseln.

Harding packte ihn am Ärmel. »Los jetzt, Sir! Nichts wie weg hier!«

Ohne sich um den Krach oder ihre Würde zu scheren, rannten sie polternd durch das Turmzimmer nach hinten. Fäuste zerrten sie an die kühle Nachtluft hinaus, und Browne fand sogar noch Zeit, zu den fahlen Sternen aufzublicken.

»Wir haben Hufschlag gehört!« keuchte Searle.

Browne richtete sich auf. »Mir nach!« rief er, denn für Vorsicht war es nun zu spät. Geduckt rannten sie davon und zerrten Jones mit sich, der schlaff wie ein Toter zwischen ihnen hing.

Vor sich erkannte Browne die Gefängnismauer. Scharf bog er ab und hörte die anderen hinter sich stolpern und fluchen. Sie machten eine Menge Lärm, aber das war nur gut, dachte er, denn so wurde der Hufschlag übertönt, der jetzt unaufhörlich näher kam.

Keuchend stieß er hervor: »Sie reiten zuerst zur Kirche!«

»Hoffentlich fliegen sie mit in die Luft!« schnaufte Searle.

Browne rutschte fast auf nassem Gras aus, als er den Kamm der Steilküste erreichte. Der Strand unten würde leer sein, aber wenigstens waren sie am Meer.

Der Hufschlag klapperte lauter, und Browne schloß daraus, daß die Kürassiere die Straße erreicht hatten.

»Warten Sie, Sir!« rief einer seiner Männer. »Der arme Jones stirbt!«

Keuchend und rasselnd wie alte Männer blieben sie stehen, aber Browne drängte: »Wir müssen weiter, das ist unsere einzige Chance!«

Der Kanonier namens Harding schüttelte den Kopf. »Zu spät, Sir. Die kriegen uns ja doch. Ich bleibe bei meinem Kumpel.«

Wütend funkelte Browne ihn an. »Sie hacken dich in Stücke, Mann, weißt du das nicht?«

Aber Harding blieb dabei. »Ich bin Soldat, Sir, und trage eine Uniform. Ich habe nur Befehle ausgeführt.«

Browne versuchte, wieder klaren Kopf zu bekommen, sich daran zu erinnern, wieviel Zeit seit dem Anbrennen der Lunten vergangen war.

Er wandte sich ab. »Kommt weiter, ihr anderen!«

Sie erreichten das Ende des Pfades und hörten das vertraute Rauschen der Brandung.

Als sie durch den Strandhafer auf den Sand hinaus stürzten, glaubte Browne hinter sich einen Schrei zu hören, aber er wurde sofort vom Donnern vieler Hufe übertönt: Die Kürassiere hatten Harding und seinen sterbenden Kameraden gefunden.

Sekunden später folgte die Explosion, betäubend, vernichtend – wie Hardings Rache an seinen Mördern. Die ganze Steilküste schien zu erbeben, kleine Steine prasselten wie Musketenkugeln auf sie herab.

»Lauf voraus, Cooper«, befahl Searle und griff haltsuchend nach Browne. »Wenn sie uns kriegen, gibt es kein Pardon für uns. Hoffentlich war's die Sache wert.«

Der Lichtschein über ihnen erlosch so schnell, wie er aufgezuckt war, und Browne roch Pulvergestank, den der Wind herantrug.

Cooper kam schon wieder zurück. »Ich habe ein Boot gefunden, Sir«, meldete er. »Nur 'ne Jolle, aber besser als nichts.«

Searle grinste im Dunkeln. »Ich würde sogar schwimmen. Alles, nur nicht hier verrecken.«

Cooper und Nicholl verschwanden in Richtung des Bootes, und Browne mahnte: »Ich glaube, da oben treiben sich noch Kürassiere herum.«

Zwanzig Meter im Umkreis des Turms mußte die Explosion tödlich gewesen sein, überlegte er. Aber sowie es dämmerte, würden Hunderte von Soldaten ausschwärmen und weit und breit jede Höhle, jedes Loch absuchen. Ob irgendein Schiff ihres Geschwaders nahe genug gewesen war, um die Explosion zu bemerken?

Searle riß ihn aus seinen Gedanken. »Jetzt kriege ich wieder Luft, Oliver. Gehen Sie voran.«

An dem höckerförmigen Felsen vorbei hasteten sie zum Strand hinunter, wo jemand ein kleines Boot zwischen die Steine gezogen hatte. Es mochte einem Schmuggler oder Fischer gehören, aber darüber dachte Browne nicht lange nach. Zwar war es unwahrscheinlich, daß sie sich darin in Sicherheit bringen konnten, aber schon der Versuch war beser, als sich hier abschlachten zu lassen.

»Halte-là!«

Der Ruf aus dem Dunkeln überraschte sie wie ein Schuß.

Browne riß Searle neben sich zu Boden und deutete in die Richtung. »Dort, links oben!«

Wieder der Anruf: *»Qui va là?«* Und diesmal folgte ihm ein metallisches Klicken.

Searle stieß einen Seufzer der Verzweiflung aus. »Zur Hölle mit ihnen allen!«

Füße trampelten und schlitterten über die Felsen, dann hörte Browne einen seiner Seeleute brüllen: »Das ist für dich, du Hund!«

Ein Mündungsblitz zuckte auf und beleuchtete grell Nicholls Gestalt mit erhobenem Entermesser, die aber, von der aus nächster Entfernung abgefeuerten Kugel getroffen, zusammenbrach und die Waffe klirrend fallen ließ.

Doch in dem kurzen Lichtschein hatte Browne drei oder vier französische Soldaten ausmachen können.

»Fertig?« Seine eigene Stimme klang ihm fremd. »Die oder wir!«

Searle nickte krampfhaft; die beiden Offiziere sprangen gleichzeitig auf und rannten mit gezückten Pistolen die letzten Meter zum Strand hinunter.

Noch mehr Rufe, in die sich schrille Schmerzensschreie mischten, als die Pistolen aufbellten und zwei Franzosen in den nassen

Sand warfen, wo sie mit zuckenden Beinen liegenblieben.

Coopers drahtige Gestalt sprang vor, und wieder verriet ein erstickter Aufschrei, daß sein Entermesser ein neues Opfer gefunden hatte.

Der letzte Überlebende warf seine Muskete von sich und verschwand kreischend in der Dunkelheit.

Browne versuchte, seine Pistolen nachzuladen, doch seine Hände zitterten so stark, daß er es aufgeben mußte.

»Schiebt das Boot ins Wasser, Leute.«

Er sah, daß Cooper sich über einen Gefallenen beugte und seine Kleider durchwühlte; zweifellos wollte er ihn bestehlen. Er riß ihn an der Schulter zurück und stieß ihn zum Boot. »Hilf den anderen! Es wird gleich hell.«

Dann ließ er sich neben dem Toten auf ein Knie nieder und betrachtete ihn genauer. Es war der kleine Festungskommandant, der sie seinerzeit auf eben diesem Strand verabschiedet hatte. Also hatten sie sich doch noch einmal getroffen.

Searle rief herüber: »Was ist los?«

»Nichts.« Browne erhob sich mit weichen Knien.

Searle hatte keinerlei Probleme beim Nachladen seiner Pistolen. »Sie sind wirklich eine Offenbarung für mich, Oliver«, sagte er.

Glaubt er das im Ernst? fragte sich Browne. Er folgte Searle zu dem kleinen Boot hinunter, blieb aber noch einmal stehen, um sich nach der hingestreckten Gestalt umzusehen, an der schon die ersten Wellen der auflaufenden Flut leckten. Einen Augenblick kam er sich so schmutzig und betrogen vor, als ließe er einen toten Freund und nicht einen Feind zurück.

Aber dann sprang er ins Boot und rief: »Pullt tüchtig, Jungs! Da draußen wartet ein ganzer Ozean auf uns!«

»Nordwest zu Nord liegt an, Sir. Voll und bei!«

Bolitho blickte zu dem protestierend schlagenden Großbramsegel auf. Unter diesen Bedingungen wäre ein schwerfälligeres Schiff wie die *Benbow* längst in Schwierigkeiten geraten.

Inch meinte: »Ich habe meine besten Ausguckleute nach oben geschickt, Sir.«

Bolitho beobachtete, wie das weiße Wasser am Leerumpf ablief, als sich die Fregatte mit ihren 64 Geschützen in einer Bö stärker überlegte. Schon konnte er das helle Muster der brechenden

Wellenkämme erkennen, während vor kurzem noch völlige Finsternis geherrscht hatte. Auch einzelne Gesichter hoben sich bereits ab, und die Uniformröcke der Seesoldaten, die eben noch schwarz gewirkt hatten, waren allmählich wieder als rot erkennbar.

»Neun Faden!« Der Wind wehte den Ruf des Lotgasten nach achtern.

Bolitho warf M'Ewan, dem Master, einen kurzen Blick zu. Er schien die Ruhe selbst zu sein, obwohl neun Faden Wasser unter *Odins* Kiel nicht gerade viel waren.

Dann sah er zum erstenmal die Umrisse von Land an Steuerbord, gezackte, dunklere Schatten, die die Einfahrt zur Bucht markierten.

»Der Wind ist stetig, Sir.« Inch machte sich wohl so dicht unter Land Sorgen um die Sicherheit seines Schiffes.

Bolitho sah Stirling und den Signalfähnrich der *Odin* mit ihren Helfern warten, umgeben vom ganzen Sortiment ihrer Signalflaggen, damit sie für jeden Befehl gerüstet waren.

Ohne den Kopf zu wenden, wußte er auch, daß Allday nur wenige Schritte entfernt stand; die Arme über der Brust verschränkt, starrte er finster über den Bug hinaus, der sich immer weiter dem oberen Ende der Bucht entgegenarbeitete.

»Sieben Faden!«

Inch wurde es unbehaglich. »Mr. Graham!« rief er. »Fallen Sie zwei Strich ab! Neuer Kurs Nordwest zu Nord.«

Graham hob seinen Schalltrichter. Lautlosigkeit war nicht mehr entscheidend, denn entweder befanden sich die Landungsfahrzeuge in der Bucht oder nicht.

»Bemannt die Brassen, Mr. Finucane!«

Inch trat zum Kompaß und beobachtete die Scheibe, als das Schiff aufs Ruder ansprach und dann stetig den neuen Kurs hielt. Es war nur eine kleine Abweichung, aber sie brachte den Kiel aus dem Gefahrenbereich hinaus. Auch die Segel über ihren Köpfen reagierten auf die Änderung, schlugen kurz und füllten sich dann wieder, bis sie eisenhart gewölbt standen.

»Zehn Faden!«

Der Midshipman der Wache kaschierte sein erleichtertes Aufatmen mit einem Husten hinter vorgehaltener Hand, und ein paar Scharfschützen der Marineinfanterie warfen sich belustigte Blicke zu.

»An Deck! Ankerlichter in Luv voraus!«

Bolitho folgte Inch und seinem Ersten Offizier an die Steuerbordreling.

Bis zur Morgendämmerung konnte es nur noch Minuten dauern. Hätten sie ihren alten Plan beibehalten, wären sie jetzt noch meilenweit von der Bucht entfernt gewesen und hätten bei Tagesanbruch jedes französische Kriegsschiff oder Wachboot alarmiert.

Bolitho versuchte, den Gedanken an Browne und die Vorgänge bei der alten Kirche zu verdrängen; er konzentrierte sich ganz auf die schwindenden Schatten und die blinkenden Lichter, die den Ankerplatz der Invasionsflotte bezeichnen mußten.

In der Ferne dröhnte ein Kanonenschuß und widerhallte rollend in der engen Bucht: ein Alarmsignal, das aber zu spät kam. Es war schon in dem Augenblick zu spät gewesen, als sie sich an Rémonds schlafendem Geschwader vorbeigeschlichen hatten.

Da der Wind fast genau dwars einkam und das Schiff dabei stark nach Backbord überlegte, bekamen die Rohre der Steuerbordbatterie für die ersten Breitseiten den höchstmöglichen Winkel – besser konnte man es sich gar nicht wünschen.

Schon trieben die Stückmeister ihre Leute mit Fausthieben und Tritten an, bis sie fieberhaft mit Taljen und Handspaken arbeiteten.

Inch befahl: »Feuern in der Aufwärtsbewegung, Mr. Graham, aber erst, wenn ich's sage!«

»Großsegel wegnehmen!«

Als das mächtige Segel zu seiner Rah emporstieg und dort beschlagen wurde, mußte Bolitho an eine Bühne denken, vor der sich der Vorhang hob. Nun war auch die Sonne aufgegangen und tastete vom Land her mit ihren ersten Strahlen nach ihnen, während Morgennebel und Holzrauch wie tiefhängende Wolken dicht über das Wasser drifteten.

Vor ihnen lagen die verankerten Schiffe der Invasionsflotte.

Einen Augenblick glaubte Bolitho, das schwache Frühlicht spiele ihm einen Streich; er wollte seinen Augen nicht trauen. Während er etwa hundert Landungsfahrzeuge erwartet hatte, lagen vor ihm nun mindestens dreimal soviel, jeweils zu zweit oder zu dritt so verankert, daß sie den Knick der Bucht ausfüllten wie eine schwimmende Stadt.

In ihrer Nähe ankerte ein mittelgroßes Kriegsschiff; im Fernrohr erkannte Bolitho, daß es sich um ein verkürztes Linienschiff handelte. Er spähte so angestrengt hinüber, daß das Blut in seinen Augäpfeln zu pochen begann.

Aus der Ferne schienen die dicht an dicht gepackten Fahrzeuge friedlich dazuliegen, aber Bolitho konnte sich die Panik vorstellen, die von der zielstrebig heransegelnden *Odin* ausgelöst wurde. Das Unmögliche war eingetreten: Ein feindliches Schiff befand sich mitten unter ihnen!

»*Phalarope* ist in Position, Sir«, meldete Inch.

Bolitho schwenkte das Glas, bis er die Fregatte einfing, die ihre Karronaden schon ausgefahren hatte: eine lange schwarze Reihe häßlicher, kurzer, dicker Rohre. Er glaubte, Pascoe auf dem Achterdeck zu erkennen, war sich aber nicht sicher.

»Signal an *Phalarope:* ›Achteraus vom Flaggschiff auf Position gehen!‹«

Ohne sich von den bunten Flaggen ablenken zu lassen, die hastig zur Signalrah aufstiegen, konzentrierte er sich wieder ganz auf den Feind.

Von fern scholl ein klagender Trompetenstoß herüber, und kurz danach rannte das Wachschiff die Kanonen aus, machte aber keinen Versuch, den Anker zu lichten und Segel zu setzen.

Inch vergaß sich vor Erregung und packte Bolithos Arm; er deutete zum Land.

»Da sehen Sie, Sir! Der Turm!«

Bolitho stellte sein Teleskop auf den Turm ein, der wie ein einzelner Wachtposten auf dem Hügelkamm aufragte. Über seiner Mauerkrone fuchtelten wild die Metallarme des Semaphors – ein weithin sichtbarer Hilferuf.

Doch wenn es Browne gelungen war, den anschließenden Telegraphen auf dem Kirchturm zu zerstören, dann würde niemand diese Signale empfangen und an Rémonds Geschwader weiterleiten können. Wenn der Alarm andererseits in die Gegenrichtung weitergegeben wurde, die ganze Strecke entlang bis Lorient, dann war es zu spät, die Invasionsflotte noch zu retten.

Odins Klüverbaum glitt am einen Ende der verankerten Reihen vorbei, die etwa eine halbe Meile voraus eine undurchdringliche Barriere bildeten.

Pulverdampf stieg vom Wachschiff auf, und dann verriet rollender Kanonendonner, daß die Franzosen nun hellwach geworden waren.

Einzelne Kugeln warfen querab von *Odin* hohe Gischtfontänen auf, bewirkten aber nichts weiter als Hohn- und Spottgeschrei in den Batteriedecks.

Graham wandte kein Auge von Inch, der seinen Säbel jetzt langsam über den Kopf hob.

»Bei der Aufwärtsbewegung! Zielt genau, Leute!«

Eine Bö griff in die oberen Segel von *Odin* und drückte das Schiff noch stärker nach Lee, so daß sein Kupferbeschlag sichtbar wurde. Darauf hatte Inch nur gewartet. Sein Säbel zischte nieder.

Ein Midshipman, der sich in die offene Luke zum unteren Batteriedeck geklemmt hatte, schrie: »Feuer!«

Aber seine schrille Stimme ging unter im betäubenden Aufbrüllen der Achtzehnpfünder des Hauptdecks.

Bolitho beobachtete die Einschläge, die zwischen und hinter den verankerten Landungsbooten lagen. Die Gischtsäulen sanken noch zusammen, da sandten auch die Zweiunddreißigpfünder des unteren Batteriedecks ihr tödliches Eisen donnernd hinüber. Zerrissene Planken und ganze Deckstücke wirbelten durch die Luft, und als sich der Pulverrauch hob, wurde erkennbar, daß einige der kleineren Fahrzeuge schon schwere Schlagseite hatten. Rettungsboote pullten verzweifelt von ihnen weg. Aber auf einigen der näher an Land verankerten Boote hatten die Mannschaften schon die Trossen gekappt und versuchten freizukommen.

»Ausrennen!«

Wieder knarrten und quietschten die Lafetten das ansteigende Deck hinauf und schoben die Rohre durch die Stückpforten ins Freie.

»Klar zum Einzelfeuer!«

Wieder fuhr Inchs Säbel nach unten. »Feuer!«

Diesmal lagen Pausen zwischen den einzelnen Abschüssen, denn jeder Stückmeister faßte erst genau sein Ziel auf, ehe er an der Abzugsleine riß.

Auf dem französischen Wachschiff entfalteten sich die Bramsegel, aber es hatte zwei abtreibende Landungsboote gerammt. Trotzdem feuerte es zurück und traf *Odin* zweimal dicht oberhalb der Wasserlinie.

Rauch hüllte das Wachschiff ein, der nicht von seinen Kanonen stammte, und Bolitho erkannte, daß eines der driftenden Landungsfahrzeuge Feuer gefangen hatte. Der Brand mochte sogar von einem glühenden Ladepfropfen ausgelöst worden sein, der aus einer Kanone des Wachschiffs gefallen war. Bolitho sah rennende Gestalten, die aus der Ferne winzig und hilflos wirkten, mit hastig gefüllten Eimern gegen die Flammen vorgehen. Aber die ineinander verhakten Riggs und der starke, ablandige Wind erwiesen sich als zu große Hindernisse: Die Flammen sprangen auf den Rumpf über und erfaßten schließlich die Stagsegel.

Nur noch eine Kabellänge trennte *Odin* vom vordersten Landungsboot, als der Lotgast in ihren Ketten gellend aussang: »Wassertiefe *sechs* Faden!«

Inch blickte nervös zu Bolitho hinüber. »Nahe genug, Sir?«

Dieser nickte. »Drehen Sie ab.«

»Klar zur Wende!«

Alle freien Deckshände sprangen an die Brassen und Schoten, obwohl sich mancher Mann noch die vom Pulverrauch tränenden Augen rieb.

»Alles klar!«

»Hartruder!«

Die Radspeichen glitzerten im Sonnenlicht, als das Ruder hart gelegt wurde, und dann rief M'Ewan: »Ruder am Anschlag, Sir!« Mit hart Leeruder begann sich *Odins* Bug langsam nach Luv zu drehen.

Vor Bolithos Blicken zog das Panorama der abtreibenden oder zerschossenen Fahrzeuge vorbei, bis es ihm vorkam, als müsse der Klüverbaum sie im nächsten Augenblick aufspießen. Oben knallten und schlugen die Segel im Wendemanöver, während schließlich auch der letzte Mann, die Decksoffiziere nicht ausgenommen, mit ganzer Kraft in die Brassen einfiel, um die Rahen herumzuholen und das Schiff auf den neuen Kurs zu bringen.

Inch überschrie das Getöse: »Achtung – Backbordbatterie! Mr. Graham, bei der Aufwärtsbewegung!«

»Feuer frei!«

M'Ewan wartete, bis auch das letzte Segel unter Kontrolle gebracht war und sich wieder eisenhart mit Wind füllte.

Dann meldete er: »Neuer Kurs Südost zu Ost liegt an, Sir!«

»Feuer!«

Zum erstenmal in diesem Gefecht brüllten nun auch die Backbordkanonen und fuhren im Rückstoß binnenbords, während der Pulverrauch durch die Stückpforten zog. Die Breitseite schlug mit furchtbarer Wirkung mitten in der Landungsflotte ein.

Achteraus sah Bolitho *Phalaropes* Rumpf länger werden, als sie mit schlagenden Segeln durch den Wind ging, um dem Beispiel des Flaggschiffs zu folgen. Sie war noch näher an den Feind herangekommen, und Bolitho konnte sich lebhaft vorstellen, welches Inferno ihre Karronaden anrichten mußten.

Das Wachschiff war jetzt völlig außer Kontrolle geraten und brannte vom Bug bis zum Großmast, an dem die Flammen emporleckten und die Segel in Sekundenschnelle zu Asche verwandelten. Während Bolitho noch hinübersah, erzitterte plötzlich der Rumpf, und eine Maststenge fiel wie eine Lanze in den Rauch hinunter. Das Schiff mußte auf Grund gelaufen sein. Schon trieben mehrere Gestalten im Wasser davon, andere schwammen verzweifelt auf eine Felsgruppe zu.

»Feuer einstellen!«

Stille breitete sich auf *Odin* aus; selbst die Männer, die nach der letzten Breitseite noch die Kanonenrohre auswischten, richteten sich auf, um *Phalarope* bei ihrer langsamen und eleganten Annäherung zu beobachten.

Gepreßt sagte Allday: »Seht sie euch an, wie dicht sie rangeht! Die Franzosen könnten einem beinahe leid tun.«

Emes ging auf Nummer Sicher und riskierte weder einen Fehlschuß noch sein Schiff. Eine nach der anderen, vom Bug bis zum Heck fortlaufend, feuerten seine Karronaden, nicht mit dem hallenden Krachen der langen Kanonen, sondern mit flachem, hartem Knall – wie mächtige Hämmer, die auf den Amboß schlugen.

Die Karronaden selbst konnte Bolitho nicht sehen, wohl aber die Einschläge, die wie ein Orkan zwischen die restlichen Landungsboote fuhren. Ein Orkan aus großen hohlen Eisenkugeln, die beim Aufprall barsten und einen tödlichen Kartätschenhagel verspritzten.

Wenn eine einzige dieser Kugeln im geschlossenen Raum unter Deck explodierte, verwandelte sie ihre Umgebung in ein Schlachthaus. Ihre Wirkung auf die leichten, dünnwandigen Landungsboote mußte verheerend sein.

Emes ließ sich Zeit und nahm bis auf die Bramsegel alles Tuch weg, damit seine Stückmannschaften in Ruhe ihre Karronaden nachladen konnten. Dann ließ er sie eine letzte Salve abfeuern.

Als das Echo verhallt war und der Rauch sich hob, schwammen nur noch ein knappes Dutzend Boote im Wasser, und auch sie hatten Beschädigungen und Verletzte aufzuweisen.

Bolitho schob sein Fernrohr zusammen und reichte es einem

Midshipman. Übers ganze Gesicht grinsend, schlug Inch seinem Ersten Offizier auf die Schulter.

Der ahnungslose Inch. Bolitho blickte auf, als ein gellender Ruf von oben kam: »An Deck!« und dann: »Segel in Lee voraus!«

Ein Dutzend Teleskope hoben sich fast gleichzeitig, und so etwas wie ein Aufseufzen lief über das ganze Oberdeck.

Allday neben Bolitho flüsterte: »Er kommt zu spät, Sir!« Aber in seiner Stimme lag kein Triumph.

Sorgsam ließ Bolitho sein Glas über die glitzernden Wellenkämme wandern. Es waren drei Linienschiffe, die auf diese Entfernung dicht zusammengedrängt wirkten; ihre Wimpel und Flaggen setzten bunte Farbtupfer auf den grauen Himmel. Ein viertes Schiff, wahrscheinlich eine Fregatte, rundete gerade erst die Landzunge.

Die Seesoldaten begriffen, daß die ganze Arbeit noch vor ihnen lag, und traten mit scharrenden Stiefeln näher an die Finknetze heran.

Allday hatte das von Anfang an gewußt, ebenso wie Inch. Aber den hatte die Rolle seines Schiffes im Gefecht so begeistert, daß er diese Erkenntnis verdrängt hatte.

Midshipman Stirling beschattete die Augen, um besser nach der Gruppe heller Segelpyramiden ausspähen zu können. Er spürte Bolithos Blick im Rücken und drehte sich um; in seinen Augen lag nicht mehr Siegesgewißheit, sondern kindliche Verwirrung.

»Kommen Sie näher, Mr. Stirling.« Bolitho deutete auf die fernen Schiffe. »Das ist Rémonds Geschwader. Wir haben es heute morgen ziemlich unsanft aufgescheucht.«

»Stellen wir uns zum Gefecht, Sir?« fragte Stirling.

Bolitho blickte ernst auf ihn hinunter. »Sie sind Marineoffizier, Mr. Stirling, ebenso wie Mr. Inch oder ich selbst. Was sollte ich Ihrer Ansicht nach tun?«

Stirling versuchte sich vorzustellen, wie sich all dies im Brief an seine Mutter ausnehmen würde. Aber kein Bild entstand vor seinem geistigen Auge, und plötzlich fürchtete er sich sehr.

»Kämpfen, Sir!« sagte er.

»Dann gehen Sie zu Ihren Signalgasten und halten Sie sich bereit, Mr. Stirling.« Und zu Allday gewandt sagte Bolitho: »Wenn er trotz seiner Angst so sprechen kann, dann sollte das uns allen neuen Mut geben.«

Allday warf ihm einen seltsamen Blick zu. »Wenn Sie meinen, Sir?«

»An Deck! Zwei weitere Schiffe runden die Landspitze!«

Bolitho verschränkte die Hände auf dem Rücken. Also fünf gegen eins. Inchs Verzweiflung war berechtigt.

Es hatte keinen Sinn, umsonst zu kämpfen und zu sterben, Menschenleben grausam zu opfern. Sie hatten schon erreicht, was vorher fast unmöglich geschienen hatte. Neale, Browne und die vielen anderen waren nicht sinnlos gestorben.

Andererseits – fast ebenso grausam wie der Tod würde Inch den Befehl empfinden, die Flagge zu streichen und zu kapitulieren.

»An Deck!«

Bolitho starrte angestrengt zu dem Ausguckposten auf der Besansaling hinauf. Der Anblick des heransegelnden Feindes mußte ihn so gefesselt haben, daß er vergessen hatte, seinen eigenen Sektor zu beobachten.

»Mein Glas!«

Bolitho riß das Teleskop dem Midshipman fast aus der Hand, ignorierte die verblüfften Blicke der Umstehenden, rannte zu den Wanten und enterte in den Webeleinen so weit auf, bis er hoch über Deck stand.

»Drei Linienschiffe in Lee achteraus!«

Bolitho, der keinen Blick von den Neuankömmlingen wandte, spürte einen Kloß im Hals. Irgendwie hatte es Herrick trotz der widrigen Windverhältnisse geschafft. Bolitho wischte sich die überanstrengten Augen trocken und richtete das Glas wieder aus.

Benbow hatte die Führung übernommen. Mit ihrem vollen Rumpf und der kühnen Galionsfigur war sie unverkennbar. Hoch oben wand sich Herricks Kommodorewimpel gequält hin und her, als das Führungsschiff und mit ihm der Rest des Geschwaders abermals über Stag gingen – wohl zum hundertsten Male –, um mühsam nach Luv aufzukreuzen und zu ihrem Admiral aufzuschließen.

Bolitho enterte aufs Achterdeck nieder und merkte, daß die anderen ihm wie Fremde entgegensahen.

Leise fragte Inch: »Ihre Befehle, Sir?«

Bolitho blickte kurz zu Stirling und seinem Sortiment bunter Signalflaggen hinüber.

»Signal an alle, Mr. Stirling: ›In Schlachtlinie ansegeln!‹«

Allday sah den Signalflaggen nach, die knatternd zur Rah aufstiegen. »Ich wette, *das* haben die Musjös nicht erwartet!«

Bolitho mußte lächeln. Der Zahl nach waren sie zwar noch immer unterlegen, aber er hatte schon unter schlechteren Voraussetzungen gekämpft. Genau wie Herrick. Zu Stirling gewandt, sagte er: »Sie sehen, ich befolge Ihren Rat!«

Allday mußte den Kopf schütteln. Er verstand nicht, wie Bolitho das fertigbrachte. Denn in einer Stunde, vielleicht schon eher, würden sie alle um ihr Leben kämpfen müssen.

Den Blick auf den Wimpel im Masttopp gerichtet, ließ Bolitho ein Bild des bevorstehenden Gefechts vor seinem geistigen Auge entstehen. Wenn der Wind durchstand, konnte Schiff gegen Schiff kämpfen, aber das bot Rémond einen Vorteil. Besser war es, den einzelnen Kommandanten freie Hand zu lassen, wenn die Schlachtlinie des Feindes erst einmal durchbrochen war.

Sein Blick schweifte übers Deck nach vorn, streifte die nackten Rücken der Kanoniere und die Bootsmannsgehilfen, die alles für das Aussetzen der Beiboote vorbereiteten. An Deck bedeuteten Boote nur erhöhte Splittergefahr im Falle eines Treffers, und diesmal hatten sie es nicht mit hilflosen, überraschten Landungsfahrzeugen zu tun.

Bolitho sah, daß einige Neulinge seiner Mannschaft flüsternd beisammenstanden; die Freude an ihrem ersten Sieg war ihnen wohl seit der Ankunft des starken französischen Geschwaders verdorben. »Kapitän Inch!« rief er. »Die Pfeifer sollen uns zum Gefecht aufspielen. Das gibt bessere Laune!«

Inch, der seinem Blick gefolgt war, nickte eifrig. »Dieser Krieg dauert schon so lange, Sir, daß ich es manchmal vergesse, aber es gibt tatsächlich noch Matrosen, die kein einziges wirkliches Seegefecht erlebt haben.«

Und so segelte *Odin* mit ihren 64 Kanonen und der Admiralsflagge im Besantopp dem Feind entgegen, während die Pfeifer und Trommler munter aufspielten und dabei auf ihrem teppichgroßen Stückchen Deck unaufhörlich auf und ab marschierten.

Die Mannschaft, die bisher gespannt den feindlichen Schiffen entgegengestarrt hatte, wandte sich um, sah ihnen zu und begann, mit den Füßen den Takt zu schlagen.

Im Kielwasser, das *Odin* und *Phalarope* durch die Bucht zogen, blieben schwelende Trümmer und Treibgut zurück: Bruchstücke eines zerstobenen Traums von der Invasion Englands.

XVII Stahl auf Stahl

Bolitho arbeitete im Kartenraum von *Odin,* als Inch eintrat und meldete, daß die Brigg *Rapid* langsam von Südwest her aufkreuze.

Bolitho warf den Stechzirkel auf die Seekarte zurück und schritt auf das sonnenbeschienene Deck hinaus. Trotz seiner Unterlegenheit wollte Kommandant Lapish also sein kleines Schiff dem Geschwader zuführen, in der Hoffnung, seine Kampfkraft zu verstärken.

»Signal an *Rapid,* und zwar so schnell wie möglich«, befahl Bolitho. »Sie soll zu *Ganymede* stoßen und gemeinsam mit ihr die feindliche Nachhut stören.« Das mochte die französische Fregatte – bisher war nur eine einzige in Sicht – daran hindern, die schweren britischen Schiffe auszumanövrieren, bis Duncans *Sparrowhawk* aus dem nördlichen Sektor zu ihnen gestoßen war.

Inch sah den Signalflaggen nach, die blitzschnell zur Rah aufstiegen. »Warten wir, bis Kommodore Herrick sich uns angeschlossen hat, Sir?« fragte er.

Bolitho schüttelte den Kopf. Das französische Geschwader hatte sich zu einer nicht ganz exakten, aber eindrucksvollen Schlachtlinie formiert, und das zweite Schiff in der Reihe fuhr die Flagge eines Konteradmirals. Das mußte Rémond sein.

»Lieber nicht. Ja, wenn wir mehr Zeit hätten . . . Aber jede Minute, die verstreicht, erlaubt es dem Feind, tiefer in die Bucht vorzudringen und sich die Luvposition zu verschaffen, während unser Geschwader mühsam gegen den Wind anknüppeln muß.«

Wieder hob er sein Glas und studierte das Führerschiff: ein Zweidecker, der seine Kanonen schon ausgerannt hatte, obwohl ihn noch drei Meilen von den Briten trennten. Ein mächtiges Kriegsschiff, wahrscheinlich mit achtzig Kanonen bestückt und der viel kleineren *Odin* auf den ersten Blick weit überlegen.

Aber jetzt mußten sich die Monate und Jahre der Blockade mit ihrem harten Patrouillendienst bei jedem Wetter zu ihren Gunsten auswirken. Denn die Franzosen verbrachten mehr Zeit im Hafen als auf See, ließen es sich gutgehen, statt zu exerzieren. Dies mochte auch der Grund dafür sein, daß Rémond nicht sein Flaggschiff an die Spitze der Schlachtlinie plaziert hatte; aus zweiter Position konnte er sein Geschwader besser im Auge behalten.

Plötzlich sagte Bolitho: »Beachten Sie, daß sich das französische Flaggschiff etwas in Luv vom ersten Schiff der Reihe hält.«

Inch nickte, aber sein Gesicht verriet, daß er nichts begriff. »Sir?«

»Wenn wir angreifen, ohne auf unsere anderen Schiffe zu warten, will der französische Admiral offenbar die Schlachtlinie teilen und uns von beiden Seiten in die Zange nehmen.«

Inch fuhr sich mit der Zunge über die Lippen. »Während die drei letzten Schiffe sich zunächst zurückhalten und auf den Kommodore warten.«

Stirling rief: »*Rapid* hat bestätigt, Sir.«

Allday stieg auf die Hüttendecksleiter und spähte achteraus. *Benbow* schien noch sehr weit weg zu sein. Taktisch richtig kreuzte Herrick mit langen Schlägen in die Bucht, damit er zuletzt wenden, abfallen und mit günstigem achterlichem Wind angreifen konnte. Aber das alles brauchte furchtbar viel Zeit.

Ein dumpfer Knall hallte herüber, und mit gut einer Meile Abstand schlug die Kugel ins Wasser. Der Kommandant des ersten Franzosen hatte eine Bugkanone abfeuern lassen, wahrscheinlich nur, um die Spannung des Wartens zu brechen.

Es mußte ihn nervös machen, den Admiral so im Nacken zu haben, überlegte Allday; jeder Zug, den er wagte, wurde mit kritischen Augen beobachtet.

Dann wandte Allday sich ab und ließ den Blick über das mit Menschen vollgepackte Deck der *Odin* schweifen. Von denen da unten würde kaum einer auf den Beinen bleiben, wenn die Falle der Franzosen hinter ihnen zuklappte und sie von jeder Hilfe abschnitt. Oder war genau das Bolithos Absicht? Sich zu opfern, den Feind dabei aber so zu schwächen, daß Herrick nur einen ihm gleichwertigen Rest vorfinden würde, sobald er erst heran war?

»Allmächtiger Gott!« entfuhr es ihm.

Ein Sergeant der Seesoldaten, der mit seinen Scharfschützen in der Nähe wartete, wandte sich grinsend nach Allday um.

»Nervös, Kamerad?« fragte er.

Allday zog eine Grimasse. »Nicht die Spur. Ich finde nur kein ruhiges Plätzchen für meinen Mittagsschlaf.«

Aber dann fuhr er doch zusammen, als er Inch zum Master sagen hörte: »Mr. M'Ewan, sobald wir auf eine halbe Kabellänge heran sind, will der Konteradmiral anluven. Danach wenden wir und greifen das zweite Schiff in der französischen

Schlachtlinie an.«

Der Master nickte so krampfhaft, als würde sein Kopf von Marionettenfäden gezogen.

»Was soll das nun wieder bedeuten?« zischte der Sergeant.

Aber Allday antwortete ihm nicht. Er verschränkte die Arme und bemühte sich, das Gehörte zu verdauen. *Odin* würde also anluven und dann praktisch vor dem Bugspriet des Gegners in den Wind drehen. Dann hoffte sie zu wenden und zwischen den beiden ersten Linienschiffen durchzustoßen. Wenn alles gutging. Es war ein riskantes Manöver, bei dem *Odin* binnen weniger Minuten zu einem hilflosen Trümmerhaufen zusammengeschossen werden konnte. Aber alles war besser, als gleichzeitig von beiden Seiten unter Nahbeschuß zu geraten.

Schließlich bequemte er sich doch zu einer Antwort. »Es bedeutet, mein scharfsinniger Freund, daß du mit deinen Leuten bald eine Menge zu tun kriegst.«

Bolitho ließ die ansegelnde Schlachtlinie nicht aus den Augen, lauerte auf jedes Anzeichen, auf ein blitzschnelles Flaggensignal, mit dem Rémond seinen plötzlich erwachten Verdacht verraten könnte. Sicherlich mußte er doch auf eine Überraschung gefaßt sein? Weshalb sonst würde sich ein leichtes Linienschiff mit nur 64 Kanonen fünf mächtigen Kriegsschiffen stellen?

Er erinnerte sich an Rémonds dunkles, ledernes Gesicht, seine intelligenten Augen.

Dann befahl er: »Kapitän Inch, lassen Sie die untere Batterie mit Doppelkugeln laden. Und die Achtzehnpfünder des Oberdecks bitte mit Kettenkugeln.« Er hielt Inchs Blick fest. »Wenn wir anluven, muß das erste Schiff entmastet sein.«

Dann blickte er zum Großmaststander auf. Der Wind blieb stetig in Richtung und Stärke. Gut. Fast hätte er sich umgedreht und achteraus gespäht, bremste sich aber gerade noch rechtzeitig. Die Offiziere und Mannschaften seiner Umgebung hätten dies als Unsicherheit mißverstanden, als blicke ihr Oberbefehlshaber sich hilfesuchend um. Am besten strich er Herrick ganz aus seinen Gedanken. Der tat bestimmt sein Bestes.

Graham, der Erste Offizier, baute sich grüßend vor Inch auf. »Dürfen die Trommler und Pfeifer wegtreten, Sir?«

Bolitho warf einen schnellen Blick auf die rot uniformierten Musikanten. Er hatte sich so konzentriert, daß kein Ton ihrer Instrumente an sein Ohr gedrungen war.

Dankbar hastete der Musikzug unter Deck, von einem Chor höhnischer Stimmen begleitet.

Wieder eine Detonation auf dem Führungsschiff, und dann warf die Kugel etwa drei Kabellängen querab eine Gischtfontäne auf. Der französische Kommandant mußte wirklich nervös sein. Vielleicht beobachtete er ihn gerade jetzt mit seinem Teleskop. Bolitho trat von den Besanbetings weg, damit das Sonnenlicht von seinen hellen Goldepauletten besser reflektierte. Sollte er seinen Feind doch sehen, dachte er grimmig.

Dann wandte er sich ab, um einer Schar kreischender Möwen nachzuschauen, die unterhalb der Heckgalerie vorbeistrichen. Die jedenfalls waren den täglichen Kampf ums Überleben gewohnt, dachte er.

»Der französische Admiral trimmt seine Bramsegel, Sir«, meldete Inch.

Bolitho sah, daß der Bug des Flaggschiffs sich langsam am Heck des Führungsschiffs vorbeischob. Also hatte er Rémonds Absicht richtig erraten. Nun hing alles von den Männern in seiner Nähe ab.

»Kapitän Inch, was jetzt kommt, muß sehr präzise ausgeführt werden.« Lächelnd berührte er seinen Arm. »Aber ich brauche Ihnen ja nicht zu sagen, wie Sie Ihr Schiff zu führen haben, wie?«

Inch strahlte vor Freude. »Vielen Dank, Sir!« Dann wandte er sich wieder seinen Leuten zu. »Mr. Graham, bemannen Sie die Brassen.« Dann schoß sein Zeigefinger vor, als wolle er einen Leutnant unten auf dem Batteriedeck aufspießen. »Mr. Synge! Sind beide Batterien wie befohlen geladen?«

Der Leutnant spähte zum Achterdeck hinauf und antwortete nervös: »Aye, Sir! Ich – ich habe nur die Vollzugsmeldung vergessen, Sir.«

Inch funkelte den unglückseligen Leutnant böse an. »Freut mich zu hören, Mr. Synge. Ich dachte schon, Sie halten mich für einen Hellseher.«

Die Männer an den nächsten Kanonen kicherten, verstummten aber sofort, als der Leutnant mit rotem Gesicht zu ihnen herumfuhr.

Bolitho sah den Franzosen entgegen – fast ohne jede Emotion, wie er zu seiner Überraschung feststellte. Denn nun hatte er sich festgelegt. Wie die Sache auch ausgehen mochte, jetzt konnte er keinen Rückzieher mehr machen, selbst wenn er das gewollt hätte.

»Klar zur Wende!«

Die Männer an den Brassen und Schoten duckten sich und ließen die Muskeln spielen, als machten sie sich bereit zu einem Ringkampf.

»Ruder nach Lee!«

»Fiert weg – holt dicht!«

Bei dieser rauhen Behandlung schien das Schiff einen Augenblick zu bocken, aber dann – nach einer kleinen Ewigkeit – drehte es gehorsam den Bug zum Wind.

Grahams Befehle schienen von überall her zu kommen. »Hol über den Baum! Fier auf die Bram-Bulins!«

An jeder Kanone stand ein Stückmeister und spähte durch seine Stückpforte auf den viereckigen Ausschnitt der leeren See hinaus, unberührt vom Donnern der Segel, dem Knarren der Blöcke und dem Stampfen vieler Füße über seinem Kopf.

Bolitho konzentrierte sich auf das französische Führungsschiff und sah mit kalter Genugtuung, daß es seinen Kurs eisern beibehielt, obwohl der Kommandant sich doch eigentlich hätte fragen müssen, was der Engländer mit seinem Manöver bezweckte.

Folgsam luvte *Odin* weiter an, auch wenn sie mit ihren schlagenden Segeln und schwingenden Rahen für jede Landratte ein chaotisches Bild bieten mußte. Aber sie fuhr sich nicht fest, ihre Restfahrt schob sie zuverlässig durch den Wind auf den anderen Bug, und als die Rahen wieder angebraßt wurden und die Segel steifkamen, begann sie langsam, aber unaufhaltsam den ansegelnden Feindschiffen ihre Steuerbordseite zu präsentieren.

Graham brüllte durch sein Sprachrohr: »Einzelfeuer!«

Inchs Säbel zischte durch die Luft nach unten, und eine nach der anderen krachten die Kanonen der *Odin* auf beiden Decks; aus der unteren Batterie spuckten sie die gewaltigen Doppelkugeln, aus der oberen fuhren kreischend die Kettenkugeln.

Bolitho hielt den Atem an, als die Kugeln der vordersten Kanonen ihr Ziel fanden. Ein Beben lief durch das französische Schiff, als sei es – wie zuvor das Wachschiff – auf Grund gelaufen. Aber die Beschießung hörte nicht auf, die Leutnants schritten weiter von Kanone zu Kanone, während eine Abzugsleine nach der anderen gespannt wurde. Das gleiche Bild mußte sich auf dem unteren Batteriedeck bieten, wo es im geschlossenen Raum und mit den wild hantierenden, halbnackten Männern eher noch infernalischer zuging. Sie feuerten, sprangen zurück, wischten aus, luden nach, stopften und feuerten abermals.

Die Spur der Kettenkugeln ließ sich leicht verfolgen: Bolitho sah das ganze Vorgeschirr des Feindes mit Segeln und laufendem Gut in Fetzen gehen und die gebrochene Fockmaststenge über die Seite in die See fallen, wo sie hinter einem hohen Gischtvorhang verschwand. Ihr totes Gewicht wirkte sich sofort wie ein übergroßer Treibanker aus, und Bolitho beobachtete, wie der Bug des feindlichen Schiffes unkontrolliert herumschwang und in den Wind drehte.

»Ziel auffassen, Jungs! Feuer!«

Die Doppelkugeln krachten in das schwer havarierte Schiff, rissen Kanonen um und fuhren Tod und Verderben speiend durch die Decks. Oben brachen immer mehr Leinen und Spieren und boten immer mehr Segelfläche den Kugeln dar, die das Tuch durchlöcherten, bis es in Streifen davonflog.

Inch rief: »Achtung auf der Back – Feuer frei!«

Die Steuerbord-Karronade spuckte Feuer und Rauch, hatte aber etwas zu hoch gezielt, so daß die große Kartätschenkugel auf dem Seitendeck des Feindes platzte. Ihr Einschlag richtete keinen großen Schaden an, aber die Wirkung ihres Schrothagels war entsetzlich. Dort hatten etwa zwanzig Männer fieberhaft gearbeitet, um Wanten und Stagen der jetzt nutzlosen Fockmaststenge zu kappen. Sie wurden von der Kartätschenladung zerfetzt, und ihr Blut färbte die Bordwand vom Schanzkleid bis zur Wasserlinie rot.

Aus der Ferne sah es so aus, als sei das Schiff selbst tödlich getroffen und verblute jetzt.

»Klar zur Kursänderung nach Steuerbord!«

»Braßt an die Blindenrah!«

Einige wenige Kugeln des Feindes schlugen in die Bordwand, bewirkten aber nur, daß *Odins* Seesoldaten noch wütender zurückschossen.

Bolitho fühlte den Wind auf der anderen Wange und hörte die Segel knatternd protestieren, als *Odin* jetzt mit dem Heck durch den Wind ging. *Odin* war zwar keine wendige Fregatte, aber unter Inchs Führung manövrierte sie fast genausogut.

Eine starke Fallbö riß den Rauchvorhang weg, so daß Bolitho das französische Flaggschiff erkannte; es stand so dicht am Steuerbord-Kranbalken der *Odin,* als hätte es sich dort verfangen. In Wirklichkeit betrug die Distanz zwar noch eine gute Kabellänge, aber immerhin konnte Bolitho Trikolore und Admiralsflagge knattern sehen und die fieberhafte Aktivität auf ihrem Achterdeck beobachten, als der Kommandant sich verzweifelt bemühte, einer Kollision mit dem zerschossenen Führungsschiff zu entgehen.

Bolitho hob sein Glas und wartete ab, bis seine Batterien abermals eine Breitseite auf den hilflosen Franzosen abgefeuert hatten. Er spürte, wie die Decksplanken unter seinen Füßen sich bei den Rückstößen aufbäumten, sah die wilden, fast irrwitzigen Augen der Männer an den Achtzehnpfündern, die sich in die Taljen warfen, um ihre Kanonen zum nächsten Schuß wieder auszurennen.

Als er durchs Glas blickte, stand die hohe Heckgalerie des Franzosen wie zum Greifen nahe vor seinem Auge und darauf der mit vergoldeten Lettern geschriebene Schiffsname: *La Sultane.*

Er hob das Teleskop leicht an und bekam einige ihrer Offiziere ins Blickfeld; einer fuchtelte zu den Rahen hinauf, der andere wischte sich das Gesicht wie nach einem tropischen Regenguß.

Und einen Augenblick lang sah er, ehe die Kanonen erneut aufbrüllten, den Zweispitz des französischen Admirals und dann – als der Mann abrupt zur Hütte schritt – sein Gesicht. Das war Konteradmiral Rémond, ohne Zweifel. Bolitho hätte ihn überall wiedererkannt.

Allday sah Bolithos Miene und begriff.

Viele Stabsoffiziere hätten damals das Angebot des Franzosen akzeptiert, bedeutete es doch, in einem bequemen Haus, mit Dienern und allem erdenklichen Luxus in Ruhe auf einen Austausch zu warten. Rémond aber hatte nicht verstanden, warum Bolitho all dies ausgeschlagen hatte: geopfert für die Chance, es den Franzosen heimzuzahlen.

Das war natürlich der blanke Aberwitz, dachte Allday melancholisch, aber seltsamerweise ließ seine Furcht vor dem Kommenden etwas nach.

Ohne Alldays prüfenden Blick zu bemerken, wandte Bolitho sich jetzt dem havarierten Franzosen zu. Das Schiff war nach dem pausenlosen Beschuß so gut wie kampfunfähig, aus seinen Speigatten rann es rot über die durchlöcherte Bordwand: ein Zeichen dafür, daß die Besatzung ihr übergroßes Selbstvertrauen mit dem Tode büßen mußte.

Aber Rémonds Flaggschiff hatte noch genug Zeit, sich freizuhalten und sich aus allen Rohren feuernd in den Schutz der Loiremündung und ihrer Küstenbatterie zurückzuziehen. Vielleicht schloß Rémond aus *Odins* keckem Verhalten, daß die Engländer in Kürze mit Verstärkung rechneten.

Bolitho spähte nach *Phalarope* aus. Auch Herrick würde jetzt wohl an damals denken, als sie gezwungen werden mußte, ihren Platz in der Schlachtlinie einzunehmen und sich den Breitseiten eines überlegenen Gegners zu stellen. Das war in der Schlacht bei den Saintes gewesen: von den damals erlittenen Schäden hatte sich *Phalarope* nie mehr erholt.

»Sie formieren sich neu, Sir«, meldete Inch.

Bolitho sah die Signalflaggen zur Besanrah der *Sultane* aufsteigen und nickte. Noch immer stand es vier zu eins. Kein Grund zum Jubeln.

»Wir sind auf konvergierenden Kursen«, stellte Inch fest, »können aber immer noch in Luv bleiben, Sir.«

Aus schmalen Augen studierte Bolitho die im dunstigen Sonnenlicht schimmernde Bordwand des französischen Flaggschiffs. Achtzig Kanonen, das waren mehr, als sogar die *Benbow* aufzuweisen hatte. Die Rohre waren alle ausgerannt, aber noch nutzlos auf die Küste gerichtet, und auf ihren Rahen legten dicht gedrängt die Toppsgasten aus, um die Segel für die Annäherung an den Feind zu klarieren.

Halblaut fragte Bolitho: »Wo steht unser Geschwader, Mr. Stirling?«

Der Junge sprang zu den Webeleinen, enterte kurz auf und kam dann eilends zurück. »Schon auf unserer Höhe, Sir, und bald werden sie uns überholt haben.« Seine ursprüngliche Angst schien verflogen zu sein, seine Augen funkelten vor fieberhafter Erregung.

»Bleiben Sie in meiner Nähe.« Bolitho warf Allday einen vielsagenden Blick zu, denn die Furcht hatte den Midshipman im falschen Augenblick verlassen; sie konnte seine beste Waffe sein.

»Fallen Sie einen Strich ab, Kapitän Inch.«

»Neuer Kurs Südost!«

Er hörte den zischenden Laut, mit dem Allday sein Entermesser aus dem Gürtel zog, und sah die Kanoniere auf der Steuerbordseite wieder näher an ihre Kanonen herantreten.

Wenigstens konnten sie Rémond einen heißen Tag bereiten, den er so bald nicht vergessen würde.

Bolitho zog seinen Säbel und warf die Scheide zum Fuß des Besanmastes.

Eines stand nun fest: *Odins* Herausforderung mußte die Franzosen so lange aufhalten, bis Herricks Geschwader sich Tod und Verderben speiend auf sie stürzen konnte.

Bolitho lächelte zufrieden; Inch und der Erste Offizier sahen dieses Lächeln und wechselten einen Blick.

»Seesoldaten – Front zum Feind!« Steifbeinig marschierte der Hauptmann hinter seinen Soldaten auf und ab und hatte die Augen überall.

Allday stieß versehentlich gegen den Midshipman und spürte sein nervöses Zusammenfahren. Es war dem Jungen nicht zu verdenken.

An Steuerbord wuchs das Gewirr der Stagen und Wanten, der Rahen und Segel immer höher, bis die Takelage des Franzosen den ganzen Himmel auszufüllen schien; und ihnen die Luft abschnürte, dachte Allday und lockerte sein Halstuch.

Stirling zog seinen Fähnrichsdolch, stieß ihn aber gleich darauf wieder in die Scheide zurück; angesichts dieses erschreckenden Panoramas feindlicher Segel und Flaggen erschien er ihm so nutzlos wie ein Belegnagel für den Kampf gegen eine Armee.

Allday sagte durch die zusammengepreßten Zähne: »Halten Sie sich in meiner Nähe.« Er deutete mit seinem Entermesser hinüber. »Das wird harte Arbeit, möchte ich wetten.«

»Zwei Strich nach Luv!«

Odin kehrte sich etwas von der *Sultane* ab, so daß ihr Rumpf noch länger und mächtiger wirkte als zuvor.

»Klar zum Einzelfeuer!«

Inch spähte über die dreieckige Wasserfläche zwischen den beiden Schiffen. Das Dreieck wurde jetzt wieder spitzer, denn beide hatten nur kurz abgedreht, um ihren Kanonen besseres Schußfeld zu geben.

»Feuer!«

Noch während das Deck unter den unregelmäßigen Abschüssen der einzelnen Kanonen bockte und bebte, brüllte Inch: »Zurück auf Kurs, Mr. M'Ewan!«

Vorn auf der Back duckten sich die Seeleute, als der hochaufragende Klüverbaum des Feindes, von dem nach dem ersten kurzen Beschuß gebrochene Ketten und Stagen baumelten, über sie hinwegstrich.

Die ersten Musketenkugeln zischten durch die Luft, einige davon schlugen dumpf in die an der Reling festgezurrten Hängematten, andere prallten mit grellem Aufheulen von den eisernen Kanonen ab.

»Es ist soweit!« schrie Inch wild. Er drückte sich den Hut tiefer in die Stirn. »Auf sie, Leute!«

Und dann schien ihre ganze Welt in einer einzigen ungeheuren Explosion in die Luft zu fliegen.

Niemand hätte sagen können, wie oft *Odin* ihre Breitseiten gegen den Feind abgefeuert hatte und wie oft sie im Gegenzug von den Franzosen mit Eisen und Schrot beharkt worden war. Jedes Zeitgefühl verlor sich unter der erstickenden Rauchdecke, durch die immer wieder orangerote Feuerzungen zuckten; die Männer an den Kanonen feuerten und luden ohne zu denken, mechanisch wie seelenlose Marionetten.

Bolitho glaubte gelegentlich, in einer Gefechtspause von fern das schärfere Krachen leichterer Kaliber zu hören; wahrscheinlich verbissen sich dort drüben *Ganymede* und *Rapid* in ihren ungleichen Kampf gegen die französische Fregatte.

Der Rauch hing so dicht zwischen den beiden Linienschiffen und stieg so hoch empor, daß er allen die Sicht nahm. Die anderen französischen Schiffe oder Herricks Geschwader mochten schon längsseits sein oder auch noch eine Meile entfernt – Bolitho hätte es nicht einmal erraten können; so hermetisch schloß ihn Rauch und Kanonendonner vom übrigen Tumult ab.

Über ihren Köpfen wippten die Schutznetze unter dem Aufprall herabstürzender Spieren und Blöcke; und dann wurden – gemeinsam und gleichzeitig, als hätten sie einander an den Händen gefaßt – drei Scharfschützen von einer Kartätschenladung aus dem Großmars gefegt; ihre Schreie gingen unter im Getöse des Gefechts.

Eine Kugel krachte durchs Schanzkleid, pflügte über das mit Menschen vollbesetzte Achterdeck und durchschlug die Reling auf der gegenüberliegenden Seite. Vor Bolithos Augen färbten sich die Decksplanken rot vor Blut, das bis zum Besanbaum hinaufspritzte. Wie das Fleischerbeil eines Riesen war die Kugel zwischen Seesoldaten und Achterdeckswache gefahren.

Inch schrie immer wieder: »Einen Strich nach Luv, Mr. M'Ewan!« Aber der Master lag tot über seinen beiden Rudergasten, und das Deck rund um die Gefallenen war rot gesprenkelt.

Mit kalkweißem Gesicht trat ein anderer Rudergast ans Rad und griff in die Speichen, bis der Bug langsam herumzuschwingen begann.

Immer mehr Seesoldaten enterten in den Webeleinen auf und begannen, die feindlichen Offiziere drüben aufs Korn zu nehmen.

Bolitho biß die Zähne zusammen, als ein Schuß zwei Seeleute von ihrer Kanone dicht unter dem Achterdeck wegschleuderte; dem einen war der Kopf abgerissen worden, der andere schrie gellend wie ein Tier, während seine Hände sich um die Splitter krallten, die ihm aus Hals und Gesicht ragten.

»Feuer!«

In den Lücken, die der wirbelnde Rauch ließ, gewahrte Bolitho immer wieder Szenen unsäglichen Leidens oder überraschender Beherztheit. Die Pulverjungen rannten weiterhin gebückt unter dem Gewicht der Kartuschen von Kanone zu Kanone. Ein Seemann stemmte sich mit äußerster Kraft in die Handspake, während sein Stückmeister ihm durch Rauch und Lärm Anweisungen zubrüllte. Ein Midshipman, noch jünger als Stirling, preßte beide Fäuste in die Augen, um die Tränen über seinen toten Freund zurückzuhalten, der, von einer Schrotladung zerfetzt, davongeschleift wurde.

»Und noch einmal, Jungs: Feuer!«

Allday drängte sich schützend an Bolitho, weil das Musketenfeuer immer intensiver wurde. Rund um sie fiel und starb die Besatzung, während die Überlebenden ihren Haß in den Rauch schrien und weiterfeuerten.

»Sehen Sie dort, Sir!« Allday deutete nach oben.

Bolitho hob den Blick und sah einen großen Schemen wie einen Rammbock durch den Rauch auf sie zukommen.

Vielleicht hatte die *Sultane* vorgehabt, auf dem anderen Bug an *Odin* vorbeizulaufen und sie durch die gewaltige Überlegenheit ihrer Feuerkraft bis zur Aufgabe zu beschießen. Und dann hatte der Kommandant es sich möglicherweise anders überlegt oder das Manöver nicht ausführen können, weil sein Schiffer wie M'Ewan mitsamt seinen Rudergasten gefallen war. Jedenfalls stieß *Sultanes* Klüverbaum wie ein gewaltiger Hauer auf sie herab; als sich der zwischen den Rümpfen gefangene Rauch wirbelnd hob, gewahrte Bolitho verschwommen die Galionsfigur des Franzosen, die mit vorquellenden Augen und blutrotem Mund wie ein Schreckgespenst auf sie herabstarrte.

Der Klüverbaum krachte durch *Odins* Besanrigg, mit prasselndem Knallen brach das Stampfstockgeschirr, Ketten peitschten durch die Luft, und gerissene Leinen wehten aus wie Lianen.

»Enterer zurückschlagen!«

Bolitho spürte, daß sich das Deck unter seinen Füßen aufbäumte, und begriff, daß die letzte Breitseite den Rumpf voll getroffen haben mußte. Zwar nahm ihm der beißende Rauch die Sicht, aber er hörte Warnrufe und dann Schreckensschreie, als der Vormast donnernd von oben kam. Das Krachen übertönte sogar das Kanonenfeuer; Bolitho verlor das Gleichgewicht und wäre fast gestürzt, als das Schiff unter dem Aufprall des gewaltigen Gewichts der gesamten Fockmasttakelage erbebte.

»Sie spricht nicht mehr aufs Ruder an!« schrie der Rudergast verzweifelt.

Aus dem Rauch über ihren Köpfen zuckte grelles Mündungsfeuer; die ersten Enterer krochen über den Bugspriet und den Stampfstock des Feindschiffes heran und versuchten, auf *Odins* Deck zu springen.

Aber die Schutznetze hielten sie auf. Schon warf sich ein Marinekorporal hinter eine der Achterdecks-Drehbrassen, riß an der Schnur und fegte die tollkühnen Enterer mit einer Schrotladung ins Wasser.

Ohne Hut, den einen Arm schlaff herabhängend, trat Inch aus dem Pulverrauch und sagte durch die Zähne: »Wir müssen sehen, daß wir freikommen, Sir!«

Bolitho sah den Ersten Offizier mit weitausholenden Armbewegungen mehr Leute zur Abwehr der zweiten Entererwelle aufs Achterdeck winken. Ihm kam es wie ein Wunder vor, daß die Kanonen immer noch feuerten, obwohl doch die Hälfte der Kanoniere in ihrem Blut lag. Und im unteren Deck mußte es noch viel schlimmer aussehen.

Bolitho konnte den Blick nicht von diesem Bild des Grauens und der Vernichtung wenden. Die beiden Schiffe waren in einen mörderischen Kampf verbissen, niemand dachte mehr an Sieg, nur noch ans Töten.

Allday ließ ihn nicht aus den Augen, und neben sich gewahrte er Stirling mit verkniffenem Gesicht.

Dann wirbelte der Rauch durcheinander, und übers Wasser klang neuer Kanonendonner herüber, dumpf grollend wie ein

Vulkanausbruch: Herricks Geschwader war eingetroffen und begann das Gefecht mit den anderen Franzosen.

Und plötzlich durchzuckte ihn die Erkenntnis wie ein Blitz. Es ging gar nicht mehr um Sieg oder Niederlage. *Nein, Rémond wollte ihn!*

Hatte er die Worte laut ausgesprochen? Jedenfalls sah er das plötzliche Begreifen auf Inchs Gesicht und Alldays geballte Fäuste.

Keine Chance, daß sie sich noch rechtzeitig von der *Sultane* lösen konnten. Entweder mußte *Odin* von ihrer überlegenen Bestükkung zu Kleinholz zerhackt werden, oder beide Besatzungen lieferten sich ein blutiges Gemetzel.

In Bolitho stieg eine wilde Wut auf, die er vergeblich zu unterdrücken suchte.

Mit einem Satz war er auf dem Steuerbord-Seitendeck und überschrie das Krachen der Kanonen und das Musketenfeuer. »Klar zum Entern!« brüllte er. »Folgt mir, Odins!« Er blinzelte kurz, vom Mündungsblitz eines unsichtbaren Scharfschützen geblendet. Ja, Neale hätte dasselbe gerufen.

Jetzt hackten sie selbst die Schutznetze beiseite, andere rissen Äxte und Entermesser an sich und scharten sich um Bolitho; seine Tollheit steckte wie ein Fieber alle an, schweißte sie in einem wilden Aufflammen zusammen zu einer einzigen, überlebensgroßen Waffe.

Graham, der Erste Offizier, sprang als erster hinüber, sein gezogener Säbel schimmerte matt durch den Rauch. Blitzartig wie eine angreifende Kobra schoß vom Schanzkleid drüben ein Enterspieß vor und stieß Graham, der nicht einmal Zeit zum Schreien fand, ins Leere zwischen die beiden Rümpfe. Bolitho konnte noch einen kurzen Blick auf ihn werfen, sah seine Augen vom Wasser zu ihm heraufstarren, dann schoben sich die Bordwände wieder knirschend zusammen, und Graham wurde zwischen ihnen zermalmt.

Rutschend und stolpernd sprang Bolitho von Handlauf zu Handlauf und wurde sich plötzlich bewußt, daß er auf dem Vorschiff des Feindes stand. Hinter ihm drängten seine Leute nach und warfen ihn fast um, als sie an ihm vorbei nach vorne stürmten. Mit einem Geheul wie tausend Teufel der Hölle hackten sie alles zusammen, was sich ihnen in den Weg stellte, bis sie gegenüber die Steuerbordreling erreichten.

Vom Batteriedeck wandten sich entsetzte Gesichter zu ihnen herauf, während immer noch einzelne Kanonen ihr Eisen in *Odins* Bordwand spuckten, obwohl beide Schiffe so ineinander verhakt waren, daß die Rohre der Gegner sich fast überlappten.

Ein französischer Fähnrich sprang aus den Webeleinen herab und wurde noch im Sprung von einer Enteraxt zwischen den Schulterblättern getroffen.

Eine nach der anderen verstummten die französischen Kanonen, weil ihre Kanoniere zu Spießen und Messern griffen, um die englischen Enterer zurückzuschlagen.

Bolitho wurde von der Angriffswelle auf dem Seitendeck nach achtern geschwemmt, die brüllenden, jubelnden Matrosen bedrängten ihn so, daß er den Arm mit dem Säbel nicht heben konnte.

Von überall her krachten Schüsse und jaulten Querschläger, fällten immer wieder Männer in der weiterdrängenden Masse, die nirgends Deckung fand.

Mit gespreizten Beinen stand ein französischer Leutnant quer auf dem Seitendeck und erwartete Bolitho, der sich endlich freigekämpft hatte. Einige seiner Männer hatten sich auf das Batteriedeck unter ihnen herabgelassen und fochten dort in kleinen Gruppen weiter.

Bolitho hielt den Säbel in Gürtelhöhe und beobachtete die noch unentschlossenen Augen des Franzosen.

Dann zuckten beide Waffen hoch, kreisten kurz umeinander und schlugen mit hellem Klang zusammen. Die Überraschung im Gesicht des Franzosen wich eiserner Entschlossenheit. Aber Bolitho stemmte sich gegen eine Schanzkleidstrebe und zwang den Arm des anderen mit seinem Griff beiseite. Der Leutnant verlor das Gleichgewicht, einen Augenblick berührten sich fast ihre Gesichter – blanke Angst stand jetzt in dem einen und in Bolithos der eiskalte Wille, dieses Hindernis auf seinem Weg zum Ziel beiseite zu räumen.

Eine schnelle Drehung, dann ein Stoß mit der unvertrauten, aber geraden Klinge; Bolitho spürte die Schneide durch Knochen knirschen, als sie dem Mann knapp unter der Achselhöhle in den Leib fuhr.

Er riß den Säbel heraus und rannte weiter nach achtern. Schemenhaft sah er durch den Rauch *Odins* Umrisse, entstellt durch gebrochenes Tauwerk und zerfetzte Leinwand. Umgestürzte Kanonen zwischen grotesk ausgestreckten Gestalten zeugten von der Erbarmungslosigkeit des Gefechts.

Neue Empörung trieb Bolitho noch schneller aufs Achterdeck, wo die Fechter vor und zurück drängten; gellend schlugen die Waffen aufeinander, übertönt nur vom Knallen der Pistolen und Musketen.

Ein Engländer machte einen Ausfall gegen einen französischen Quartermaster und hackte ihm den Arm fast an der Schulter ab. Kreischend vor Entsetzen rannte der Mann in die falsche Richtung und wurde vom Bajonett eines Seesoldaten durchbohrt.

Zwei Matrosen, einer davon schwer verwundet, warfen Pützen mit Sand auf die kämpfenden Franzosen unterhalb des Achterdecks. Sie krachten wie schwere Felsbrocken auf Köpfe und Schultern. Eine Gestalt hieb durch den Rauch nach Bolitho, aber die Schneide glitt von seiner linken Epaulette ab, ehe sie ihm die Schulter zerhacken konnte.

Doch Bolitho kam aus dem Schritt und stolperte, während der Franzose schon zum zweiten Hieb ausholte.

»Von wegen, Musjö!«

Alldays mächtiges Entermesser zuckte am Rand von Bolithos Gesichtsfeld vorbei und traf mit einem dumpfen Schlag wie auf massives Holz.

Wo steckte Rémond? Fieberhaft sah Bolitho sich um, den Säbel am schmerzenden Arm gesenkt. Endlich waren auch weitere Soldaten herübergesprungen. Mit ihren Spießen bahnten sie sich eine blutige Gasse zum Achterschiff.

An der Backbordleiter zur Poop stand, gedeckt von einigen seiner Offiziere, Konteradmiral Rémond. Sie entdeckten einander im selben Moment, und ihre starren Blicke verhakten sich.

Rémond reagierte als erster. »Ergeben Sie sich! Ohne das Flaggschiff ist es um Ihr Geschwader geschehen!«

Hohn- und Protestgeschrei der Engländer, die sich über die ganze Länge des Schiffes bis zum Achterdeck durchgekämpft hatten, antwortete ihm. Bolitho hob die Waffe und rief: »Ich warte, Admiral!«

Das Herz klopfte ihm bis zum Hals, denn er wußte, daß er seinen Rücken ungedeckt jedem Scharfschützen darbot, der noch den Schneid zum Weiterkämpfen aufbrachte.

Rémond riß sich den Hut vom Kopf und antwortete: »Nur zu, *M'sieu*!«

Bolitho hörte Allday hinter sich flüstern: »Mein Gott, er hat Ihren alten Säbel, Sir!«

»Ich weiß.«

Bolitho machte einen Schritt von seinen Männern weg nach vorn und spürte dabei, daß ihre irrwitzige Mordlust einer grimmigen Neugier gewichen war.

Aber daß er die alte Familienwaffe in Rémonds Hand sah, war genau der Ansporn, den er noch gebraucht hatte.

Ein enges Geviert auf dem von Schüssen zernarbten Deck wurde ihre Arena, gesäumt von Matrosen und Soldaten, die vorübergehend zu Zuschauern geworden waren.

Die Klingen kreuzten sich und zuckten wieder zurück. Bolitho achtete auf einen guten Stand und ignorierte den alten Schmerz in der Schenkelwunde, um dem Gegner keine verräterische Schwachstelle zu zeigen.

So Mann gegen Mann, mit gekreuzten Klingen, spürte Bolitho die ganze Kraft seines Gegners, die Stärke dieses untersetzten, muskulösen Körpers.

Trotz der Todesgefahr empfand Bolitho Alldays Nähe als beruhigend. Der Bootsführer begriff, daß dies eine Sache zwischen Bolitho und Rémond war, und hielt sich zurück; aber seine Untätigkeit konnte nicht endlos währen, genausowenig wie dieses Duell wirklich den Ausgang der ganzen Schlacht entscheiden würde. Schon jetzt mußten die Offiziere auf dem unteren Batteriedeck der *Sultane* begriffen haben, was vorging, und ihre Leute in den Kampf gegen die Enterer werfen.

Mit hellem Klang schlugen die Klingen aneinander. In plötzlicher Klarsicht erinnerte sich Bolitho an seinen Vater, der ihn mit dem Säbel, den Rémond jetzt führte, das Fechten gelehrt hatte.

Drohend bedrängte ihn Rémonds Nähe, er roch seinen Schweiß, als die Säbel sich am Heft verhakten; dann stieß er den Gegner zurück und verschaffte sich wieder Luft.

Hinter ihm schluchzte jemand unbeherrscht auf. Das mußte Stirling sein, der wohl entgegen seinen Anweisungen hinter der Entermannschaft an Bord gekommen war, obwohl es ihn leicht das Leben kosten konnte.

Sie rechnen alle mit meinem Tod, dachte er.

Wie vorhin der Anblick des alten Familiensäbels in der Hand des Feindes brachte diese Erkenntnis ihn in Weißglut. Doch während er zuhieb und parierte, den Standort wechselte und den Gegner umkreiste, spürte er die Kraft seines Arms allmählich erlahmen.

Am Rand seines Blickfelds gewahrte er eine langsame Bewegung und stellte sich einen fließenden Moment lang vor, daß ein zweites französisches Schiff seine *Odin* jetzt von der anderen Seite her in die Zange nahm, wie sie es von Anfang an geplant hatten.

Aber dann verschlug es ihm fast den Atem. Dieser Schatten war kein Linienschiff! Er konnte nur die *Phalarope* sein! Während *Odin* sich in ihren übermächtigen Gegner verbissen hatte und Herricks Geschwader den Rest der französischen Streitmacht band, hatte *Phalarope* sich durch die Schlachtlinie gekämpft, um ihm und *Odin* zu Hilfe zu kommen.

Bolitho schnappte nach Luft, als der Schutzbogen von Rémonds Säbel ihn schmerzhaft an der Schulter traf. Er konnte ihn gerade noch zurückstoßen. Der andere hatte sein momentanes überraschtes Zögern ausgenützt und sah sich schon als Sieger.

Bolitho taumelte gegen die Hängemattsnetze, sein Säbel fiel klappernd aufs Deck. Vor sich sah er Rémonds schwarze Augen, starr und erbarmungslos, an der gezückten Klinge entlangvisieren, deren Spitze genau auf sein Herz gerichtet war.

Da – ein ohrenzerfetzendes Krachen! Karronadenfeuer aus nächster Nähe verwandelte die eben noch erstarrte Szene auf dem Achterdeck in ein wildes Chaos. *Phalarope* hatte das ungeschützte Heck des französischen Flaggschiffs gequert und spie ihm ihre großkalibrigen Kartätschen durch die Heckfenster, daß der mörderische Hagel durch die ganze Länge des unteren Batteriedecks flog.

Das Schiff bäumte sich auf und schien auseinanderzubrechen. Vor Bolithos Augen barsten Metallsplitter und gehacktes Blei durch die Decksplanken und die Bordwand; manche fetzten wie riesige Hornissen als Querschläger durch die Luft. Und einer dieser Splitter traf Rémond mitten im Ausfall zum Todesstoß.

Bolitho merkte, daß Allday ihm auf die Füße half, daß Rémond auf dem Rücken lag, in Höhe des Magens aus einer faustgroßen Wunde blutend. Neben Bolitho erwachte ein englischer Seemann aus seinem Schockzustand, gewahrte den sterbenden Admiral zu seinen Füßen und hob das Entermesser, um seiner Qual ein Ende zu machen.

Aber Allday hatte Bolithos Gesichtsausdruck gesehen und fiel dem Mann in den Arm. »Langsam, Kamerad! Er hat genug.« Dann bückte er sich und entwand den Fingern des Sterbenden vorsichtig den alten Säbel der Bolithos. »Er dient eben nicht zwei Herren, Musjö.« Aber Rémonds Blick war schon starr und ohne Begreifen.

Bolitho nahm die Familienwaffe in beide Hände und drehte sie langsam hin und her. Rund um ihn schrien seine Männer hurra und stürzten einander jubelnd in die Arme, nur Allday stand stumm und wachsam da, bis auch der letzte Franzose die Waffe weggeworfen hatte.

Bolitho sah Stirling an, der vor ihm lehnte, von einem unkontrollierbaren Zittern geschüttelt.

»Wir haben gesiegt, Mr. Stirling.«

Der Junge nickte, aber sein starrer Blick verriet noch Benommenheit. Dieser große Augenblick verstrich, ohne daß er ihn im Geiste für den Brief an seine Mutter festhielt.

Ein junger Leutnant, dessen Gesicht Bolitho irgendwie bekannt schien, drängte sich durch die jubelnden Seeleute und Marinesoldaten. Er erkannte Bolitho und griff grüßend zum Hut.

»Gott sei gedankt, Sie leben, Sir!«

Bolitho musterte ihn eingehend. »Danke. Aber kamen Sie, mir das zu sagen?«

Der Leutnant starrte die Toten und Verwundeten an, das zerschossene Deck und die blutigen Spuren der Schlacht.

»Ich soll Ihnen melden, Sir, daß der Feind die Flagge gestrichen hat. Das heißt, alle Schiffe bis auf eines haben kapituliert. Es versucht, in die Loire zu entkommen, aber *Nicator* ist schon hinter ihm her.«

Bolitho mußte den Blick abwenden. Also ein Sieg, wie er nicht überwältigender hätte sein können. Mehr hätte selbst Beauchamp nicht erwarten dürfen.

Dann wandte er sich wieder dem Leutnant zu; der junge Mann mußte ihn ja für wunderlich halten.

»Von welchem Schiff kommen Sie?«

»Von der *Phalarope,* Sir. Ich bin Fearn, provisorischer Erster Offizier.«

Bolitho konnte ihn nur anstarren. »Provisorischer Erster?« Der Mann wich verwirrt zurück, aber Bolitho dachte jetzt nur an seinen Neffen. »Ist Leutnant Pascoe ...?« Er konnte es nicht aussprechen.

Erleichtert atmete der Leutnant auf; also hatte er doch nichts falsch gemacht.

»O nein, Sir! Leutnant Adam Pascoe ist provisorischer Kommandant.« Er sah zum Batteriedeck hinunter, als sei ihm eben erst die Erkenntnis gekommen, daß er überlebt hatte. »Leider muß ich Ihnen mitteilen, daß Kapitän Emes gefallen ist, als wir durch die französische Linie brachen.«

Bolitho packte seine Hand. »Gehen Sie jetzt zurück an Bord und danken Sie der Besatzung von mir.«

Er begleitete den Leutnant auf dem Seitendeck bis zum Fallreep, unter dem ein Boot festgemacht war.

Dicht bei lag *Phalarope* beigedreht, mit zerschossenen Segeln, aber immer noch schußbereit ausgerannten Karronaden.

Ihm fiel wieder ein, was er nach der Schlacht bei den Saintes zu Herrick gesagt hatte, als sie über die anderen Schiffe sprachen.

»Sie ist nicht wie die anderen«, waren seine Worte gewesen. »*Phalarope* ist eine Klasse für sich.«

Adam brauchte er davon nichts zu erzählen. Denn wie Emes vor ihm, würde auch er das bald genug selbst herausfinden.

Er sah Allday mit der eingerollten französischen Flagge auf sich zukommen, die ihren Admiral überlebt hatte, nahm sie entgegen und reichte sie an den Leutnant weiter.

»Geben Sie das Ihrem Kommandanten, Mr. Fearn, und richten Sie ihm meinen Respekt aus.« Mit einem Blick auf den alten Säbel an seiner Seite fügte er hinzu: »Wir alle wollen diesen Tag in ehrenvoller Erinnerung behalten.«

Epilog

Richard Bolitho musterte sein Spiegelbild so kritisch, als hätte er einen zur Beförderung anstehenden jungen Offizier vor sich.

Über die Schulter sagte er: »Ich weiß es zu schätzen, daß du hiergeblieben bist, Thomas.« Dann wandte er sich um und musterte Herrick voller Zuneigung; sein Freund und Gefährte saß vorn auf der Stuhlkante und hielt sich an einem halbvollen Glas Wein fest. »Obwohl ich befürchte, daß unsere Nerven in einem Zustand sind, der uns nicht zur Ehre gereicht.«

Immer noch hatte er sich nicht an den Gedanken gewöhnt, daß er wieder daheim in Falmouth war. Zuviel war geschehen: die langsame, mühselige Heimfahrt nach Plymouth, die ersten dringenden Reparaturen an den schwer mitgenommenen Schiffen des Geschwaders, dann der Abschied und das Gedenken an jene, die nie wieder den Fuß auf englischen Boden setzen würden.

Wie still das Haus war! Er konnte sogar Vogelstimmen draußen vor den Fenstern hören, die jetzt im Oktober schon geschlossen gehalten wurden. Es war still wie auf einem Schiff vor der Schlacht oder nach einem Sturm.

Herrick rutschte unbehaglich auf seinem Stuhl herum und blickte an seiner neuen Uniform hinunter.

»Konteradmiral bin ich jetzt«, sagte er, und es klang immer noch ungläubig. »Aber auch nur so lange, bis der Friedensvertrag unterzeichnet ist.«

Bolitho mußte über Herricks Unbehagen lächeln. Noch hatte die Admiralität keine offizielle Stellungnahme zur Vernichtung der französischen Invasionsflotte abgegeben, aber in bezug auf Herrick hatten Ihre Lordschaften gesunden Menschenverstand bewiesen.

Leise sagte er: »Konteradmiral Thomas Herrick, das klingt gut und ist ehrlich verdient. Ich freue mich für dich!«

Herrick schob trotzig das Kinn vor. »Und du selbst? Womit wirst du für deine Leistungen belohnt?« Warnend hob er die Hand: »Jetzt kannst du mir nicht mehr den Mund verbieten, wir sind gleichgestellt. Das hast du selbst zugegeben. Ich werde es mir von der Seele reden, und dann Schluß damit.«

Bolitho nickte. »Na gut, Thomas.«

»Also dann: Jeder im Land weiß, daß der Friedensvertrag nur noch unterzeichnet werden muß, daß die Kämpfe überall eingestellt wurden – und zwar deshalb, weil die Franzosen plötzlich auf einen Waffenstillstand drängen. Weshalb wohl, frage ich dich?«

»Sag du es, Thomas.«

Bolitho wandte sich wieder dem Spiegel zu. Jetzt, da der große Tag gekommen war, fühlte er sich unsicher und nervös. Noch in dieser Stunde sollte ihm Belinda angetraut werden. Das war sein größter Wunsch gewesen und hatte ihm auch in den schrecklichsten Stunden in Frankreich oder auf See Halt gegeben.

Aber angenommen, sie hatte es sich insgeheim anders überlegt? Sie würde zu ihrem Wort stehen, das bezweifelte er keinen Augenblick, aber dann geschah es um seinet-, nicht um ihretwillen. Im Vergleich dazu schien ihm Herricks Verärgerung über das mangelnde Interesse der Admiralität an Richard Bolithos Zukunft ganz unbedeutend.

Aber Herrick fuhr fort: »Es ist dein Verdienst, und niemand kann das leugnen! Seit sie ihre verdammte Invasionsflotte verloren haben, können die Franzosen nur noch bellen, nicht mehr beißen. Eine Landung in England jedenfalls können sie sich abschminken, diese, diese . . .« Vergeblich suchte er nach einem Schimpfwort, das seiner Verachtung entsprach, und schloß: »Jedenfalls war das kleinlich und unfair von Ihren Lordschaften. Ich werde befördert, obwohl ich bei Gott sehr viel lieber Kapitän wäre, und du bleibst, was du bist!«

»Ist dir der Abschied in Plymouth schwergefallen?«

Herrick nickte. »Sehr schwer. Ich wollte dem neuen Kommandanten der *Benbow* noch so vieles erklären, schließlich weiß er ja nicht, was sie leisten kann und was nicht . . .« Er hob resigniert die Schultern. »Aber so geht's nun mal. Ich habe sie ordnungsgemäß übergeben und bin dann hierher nach Falmouth gefahren.«

»Wie schon damals, was, Thomas?«

»Aye.« Herrick erhob sich und stellte das Weinglas nachdrücklich auf den Tisch. »Aber heute ist ein ganz besonderer Tag. Wir wollen ihn gebührend feiern. Ich bin froh, daß wir zu Fuß zur Kirche gehen.« Offen sah er Bolitho in die Augen. »Belinda ist zu beneiden. Und du auch.«

Allday trat ein und brachte ihre Hüte. In der neuen Jacke mit Goldknöpfen und den Nanking-Breeches sah er sehr schmuck aus und erinnerte in nichts mehr an den wilden Enterer auf dem Achterdeck des französischen Flaggschiffs.

»Sie bekommen Besuch, Sir.«

Herrick stöhnte auf. »Schick ihn oder sie zum Teufel, Allday. Dies ist wirklich nicht der rechte Zeitpunkt für Besuche.«

Eine hohe schlanke Gestalt schob sich durch die Tür und verbeugte sich formell.

»Bei allem Respekt, Sir, aber kein Admiral kann ohne seinen Adjutanten vor den Traualtar treten.«

Bolitho eilte durchs Zimmer und packte Brownes beide Hände. »Oliver! Welche Freude!«

Browne lächelte zurückhaltend. »Und eine lange Geschichte, Sir. Unser Boot wurde von einem amerikanischen Handelsschiff gesichtet. Es nahm uns an Bord, wollte aber leider unseretwegen keinen Nothafen anlaufen, sondern setzte uns erst in Marokko an Land.« Er hielt inne und studierte Bolithos Gesicht. »Wohin ich auch kam, überall wurde von Ihrem großen Sieg gesprochen. Aber ich hatte Sie ja gewarnt: Die Admiralität sieht Beauchamps Pläne und ihren Vollstrecker mit ganz anderen Augen an.« Er musterte Herricks neue Epauletten und fügte hinzu: »Einer hat immerhin den verdienten Lohn erhalten, Sir.«

»Junger Mann, Sie sind zur rechten Zeit gekommen«, sagte Herrick.

Browne trat zurück und ließ Bolitho den Vortritt. Der warf vor der Tür einen Blick in die Runde. Seine Hochzeit sollte ohne viel Aufhebens und ganz intim vonstatten gehen, aber trotzdem schien das ganze Gesinde, sein Steward Ferguson eingeschlossen, ihm schon zur Kirche vorausgeeilt zu sein.

Leise sagte er zu Browne: »Ihre gesunde Heimkehr, Oliver, freut mich mehr, als ich Ihnen sagen kann. Es ist, als sei mir eine Last von den Schultern genommen.« Damit winkte er seine drei Freunde heran. »Und jetzt wollen wir gemeinsam hinuntergehen.«

Als sie auf dem Dorfplatz ankamen und den Weg zur alten Kirche einschlugen, sah Bolitho zu seiner Überraschung, daß sie von einer Menge städtisch gekleideter Zuschauer erwartet wurden. Während die drei Marineoffiziere mit einem vergnügten Allday auf den Fersen die Kirchentreppe erklommen, begannen einige in der Menge zu jubeln und ihre Hüte zu schwenken; ein Mann, dem man den ehemaligen Matrosen ansah, rief durch die hohlen Hände: »Viel Glück! Ein Hoch auf unseren Dick!«

»Was ist bloß los, Thomas?«

Ungerührt zuckte Herrick die Achseln. »Vielleicht Markttag.«

Allday nickte und verkniff sich ein Grinsen. »Das wird's wohl sein, Sir.«

Vor dem Portal verhielt Bolitho und lächelte den erwartungsvollen Gesichtern zu. Einige davon kannte er, sie gehörten Menschen, mit denen er aufgewachsen war. Andere waren ihm fremd, sie mußten aus den Dörfern der Umgebung, ja sogar aus Plymouth gekommen sein.

Mochten die Politiker und die Admiralität denken und handeln, wie sie wollten, für diese Bürger hier war es ein besonderer Tag. Denn wieder einmal war Richard Bolitho gesund in das graue Haus unterhalb von Pendennis Castle heimgekehrt: kein Fremder, sondern einer von ihnen.

Die Kirchturmuhr schlug, und Bolitho flüsterte Herrick zu: »Laß uns hineingehen, Thomas.«

Herrick tauschte mit Browne einen belustigten Blick. Noch nie hatten sie Bolitho so verlegen gesehen.

Das Portal öffnete sich, und wieder wurde Bolithos emotionales Gleichgewicht erschüttert: Das Kirchenschiff war voller Menschen. Als Bolitho an ihnen vorbei nach vorn schritt, erkannte er darunter viele Matrosen und Offiziere seines Geschwaders. Eine ganze Reihe nahmen seine Kommandanten ein, die mit ihren Frauen und sogar mit Kindern erschienen waren. Inch saß da, einen Arm in der Schlinge, zusammen mit seiner hübschen Frau. Verriker, der wie stets den Kopf leicht schräg hielt, damit er nichts überhörte. Auch Valentine Keen, dessen *Nicator* das letzte Franzosenschiff bis vor die Rohre der Küstenbatterie verfolgt hatte. Dann Duncan und Lapish, auch Lockhart von *Ganymede.* Nancy, Bolithos jüngere Schwester, stand neben ihrem Mann, dem Richter. Schon tupfte sie sich die Tränen von den Wangen, lächelte aber zur gleichen Zeit, und sogar ihr gestrenger Gemahl sah ausnahmsweise zufrieden aus.

Einige von ihnen mußten sich an jenen Tag vor sieben Jahren erinnern, als Richard Bolitho, damals noch Kapitän wie sie jetzt, hier auf seine erste Frau gewartet hatte.

Bolitho sah sich nach Herrick um. Allday hatte sich zurückgezogen, und Browne stand neben Dulcie Herrick, deren Hand auf seinem Ärmel ruhte.

»Tja, alter Freund, da hat man uns nun allein gelassen.«

Herrick mußte lächeln. »Aber bestimmt nicht für lange.«

Auch seine Gedanken schweiften in die Vergangenheit, was

sich an diesem Ort eben schwer vermeiden ließ. Die Wandtafeln hinter der Kanzel, die alle den Namen eines Bolitho trugen, erzählten die Familiengeschichte: angefangen von Kapitän Julius Bolitho, der in Falmouth zu Tode gekommen war, als er gegen die Roundheads* kämpfte, die Pendennis Castle abriegelten. Und ganz unten eine einfache Platte mit der Inschrift: »Leutnant Hugo Bolitho, geboren 1752, gestorben 1782.« Dicht daneben hing eine andere, die nach Herricks Schätzung erst vor kurzem angebracht worden war: »Zum Gedenken an Mr. Selby, Steuermann auf seiner Majestät Linienschiff *Hyperion,* 1795.«

Ja, hier wurde einem das Vergessen wirklich schwergemacht.

Dann sah er, daß Bolitho sich straffte und dem Seitenschiff zuwandte, wo eine Tür sich geöffnet hatte.

Die Orgel begann zu spielen, und ein Raunen der Erwartung ging durch das Kirchenschiff, als Leutnant Adam Pascoe mit Bolithos Braut am Arm langsam zum Altar schritt.

Bolitho vermochte den Blick nicht abzuwenden aus Angst, ihm könnte ein Detail entgehen. Denn Belinda war überwältigend schön, und Adam mußte so aussehen wie er selbst in seiner Jugend.

Dann sah er, daß Belinda den Blick zu ihm hob und ihn anlächelte. Er reichte ihr die Hand und führte sie die letzten Stufen zum Altar hinauf.

Sanft drückte sie seine Hand, und Herrick hörte, wie er ihr zuflüsterte: »Endlich haben wir Frieden.«

Dann schritt auch Herrick die Stufen hinan und stellte sich neben das Paar. Er bezweifelte, daß auch nur einer unter den Zuhörern verstand, was Bolitho mit diesem letzten Satz gemeint hatte. Daß er selbst nur zu gut verstand, machte ihn stolz.

* Rund- oder Stutzköpfe: auf der Haartracht beruhender Spitzname für Anhänger der englischen Parlamentspartei im 17. Jahrhundert

Bitte beachten Sie
auch die folgenden Seiten:

Alexander Kent

Die Richard-Bolitho-Romane

Die Feuertaufe *(UB 23687)*

Strandwölfe *(UB 23693)*

Kanonenfutter *(UB 22933)*

Zerfetzte Flaggen *(UB 23192)*

Klar Schiff zum Gefecht *(UB 23063)*

Die Entscheidung *(UB 22725)*

Bruderkampf *(UB 23219)*

Der Piratenfürst *(UB 23587)*

Fieber an Bord *(UB 22460)*

Des Königs Konterbande *(UB 22330)*

Nahkampf der Giganten *(UB 23493)*

Feind in Sicht *(UB 20006)*

Der Stolz der Flotte *(UB 23519)*

Eine letzte Breitseite *(UB 20022)*

Galeeren in der Ostsee *(UB 20072)*

Admiral Bolithos Erbe *(UB 23468)*

Der Brander *(UB 20591)*

Donner unter der Kimm *(UB 23648)*

Die Seemannsbraut *(UB 22177)*

Mauern aus Holz, Männer aus Eisen *(UB 22824)*

Kurzbiographie
des Seehelden

Richard Bolitho

Historische Romanserie
von Alexander Kent

1756: Geboren in Falmouth, Cornwall, als Sohn des James Bolitho, aus einer alten Seefahrer-Familie.

1768: Erstmals im Dienste des Königs auf der *Manxman*.

1772: Midshipman auf der *Gorgon*. Siehe *Die Feuertaufe* und *Strandwölfe*.

1774: Beförderung zum Leutnant auf der *Destiny*. Siehe *Kanonenfutter*.

1775/77: Leutnant auf der *Trojan* während der amerikanischen Revolution. Siehe *Zerfetzte Flaggen*.

1778: Ernennung zum Kommandanten der *Sparrow*. Siehe *Klar Schiff zum Gefecht* und *Die Entscheidung*.
Schlacht in der Chesapeake Bay.

1782: Als Kommandant der *Phalarope* in Westindien. Siehe *Bruderkampf*.

1784: Kommandant der *Undine*. Indien und Java. Siehe *Der Piratenfürst*.

1787: Kommandant der *Tempest*. Australien und Tahiti. Siehe *Fieber an Bord*.

1793: Kommandant der *Hyperion*. Mittelmeer, Biskaya, Westindien. Siehe *Nahkampf der Giganten, Feind in Sicht* und *Des Königs Konterbande*.

1795: Beförderung zum Kommandanten des Flaggschiffs *Euryalus*. Verwickelt in die Große Meuterei. Mittelmeer. Beförderung zum Kommodore. Schlacht von Abukir 1798. Siehe *Der Stolz der Flotte* und *Eine letzte Breitseite*.

1800: Beförderung zum Konteradmiral. Schlacht von Kopenhagen. Ostsee und Biskaya. Siehe *Galeeren in der Ostsee* und *Admiral Bolithos Erbe*.

1802: Beförderung zum Vizeadmiral. Westindien. Siehe *Der Brander* und *Donner unter der Kimm*.

1805: Schlacht von Trafalgar. Siehe *Die Seemannsbraut* und *Mauern aus Holz, Männer aus Eisen*.

1812: Beförderung zum Admiral. Der zweite Krieg mit Amerika.

1815: Auf See gefallen.

Ullstein

Jan de Hartog
Der Commodore (22477)

Alexander Kent
21 marinehistorische Romane um Richard Bolitho und 22 moderne Seekriegsromane

Wolfgang J. Krauss
Seewind (20282)
Seetang (20308)
Kielwasser (20518)
Ihr Hafen ist die See (20540)
Nebel vor Jan Mayen (20579)
Wider den Wind und die Wellen (20708)
Von der Sucht des Segelns (20808)
Weite See (22862)

Klaus-P. Kurz
Westwärts wie die Wolken (22111)

Sam Llewellyn
Laß das Riff ihn töten (22067)
Ein Leichentuch aus Gischt (22230)
Schuß in die Sonne (22417)
In Neptuns tiefstem Keller (23235)
Als Requiem ein Shanty (23351)
Ein Sarg mit Segeln (06723)

C. N. Parkinson
Horatio Hornblower (22207)

Dudley Pope
Leutnant Ramage (22268)
Die Trommel schlug zum Streite (22308)
Ramage und die Freibeuter (22496)
Kommandant Ramage (22538)
Ramage in geheimer Mission (22760)
Ramage – Lord Nelsons Spion (22794)
Ramage und das Diamantenriff (22861)
Ramage und die Meuterei (22917)

Herbert Ruland
Eispatrouille (22164)
Seemeilensteine (22319)

Karl Vettermann
Hollingers Lagune (22363)

Rudolf Wagner
Weit, weit voraus liegt Antigua (22390)
Kokosnüsse satt (23016)

James Dillon White
3 Romane um Roger Kelso

Richard Woodman
Der Mann unterm Floß (20881)
In fernen Gewässern (22124)
Der falsche Lotse (22375)
Unter falscher Flagge (22553)
Kutterkorsaren (22776)
Die Wette (22808)
Die Augen der Flotte (23154)
Fliegende Geschwader (23230)
Kurier zum Kap der Stürme (23247)
Gezeiten der Nacht, Band 1: Schlacht ohne Sieger (23663)
Gezeiten der Nacht, Band 2: Ein nasses Grab (23664)

Elmo Wortman
Auf Leben und Tod (22648)

Segel-Thriller

»Llewellyn kennt sich mit Booten so gut aus wie Dick Francis mit Pferden« *The Times*

Sam Llewellyn

Laß das Riff ihn töten (22067)
Ein Leichentuch aus Gischt (22230)
Schuß in die Sonne (22417)
In Neptuns tiefstem Keller (23235)
Als Requiem ein Shanty (23351)
Ein Sarg mit Segeln (6723)